林惠子◎著

樱花恋

YINGHUA
LIAN

中国文史出版社

图书在版编目（CIP）数据

樱花恋 / 林惠子著 . -- 北京 ： 中国文史出版社，
2023. 7

ISBN 978-7-5205-4254-8

Ⅰ．①樱… Ⅱ．①林… Ⅲ．①长篇小说－中国－当代
Ⅳ．① I247.5

中国国家版本馆 CIP 数据核字（2023）第 163983 号

责任编辑：徐玉霞

出版发行：**中国文史出版社**
社　　　址：北京市海淀区西八里庄路 69 号院　　邮编：100142
电　　　话：010-81136606　81136602　81136603（发行部）
传　　　真：010-81136655
印　　　装：廊坊市海涛印刷有限公司
经　　　销：全国新华书店
开　　　本：16 开
印　　　张：24. 25
字　　　数：300 千字
版　　　次：2024 年 5 月第 1 版
印　　　次：2024 年 5 月第 1 次印刷
定　　　价：72.00 元

目　录 | CONTENTS

前　记　　　　　　　　　　　　001

第一章　邂逅有缘　　　　　　　005

第二章　王子世界　　　　　　　023

第三章　伊豆恋情　　　　　　　039

第四章　雨夜情怀　　　　　　　062

第五章　奇异真相　　　　　　　077

第六章　温泉宫殿　　　　　　　091

第七章　中国旅情　　　　　　　110

第八章　坎坷之路　　　　　　　128

第九章　美子来访　　　　　　　150

第十章　大阪奇遇　　　　　　　160

第十一章　流逝的爱　　　　　　171

第十二章　走投无路　　　　　　186

第十三章　告别东京　　199

第十四章　苦海无边　　209

第十五章　故国重逢　　217

第十六章　重拾旧情　　229

第十七章　爱的残梦　　244

第十八章　路在何方　　261

第十九章　柳暗花明　　275

第二十章　时来运转　　287

第二十一章　藕断丝连　　300

第二十二章　情迷千岛湖　　312

第二十三章　大功告成　　332

第二十四章　重返东瀛　　342

第二十五章　笑泯恩仇　　356

第二十六章　永恒的爱　　369

尾　声　　381

前 记

　　1996 年，又迎来了春光明媚的 4 月。每年 4 月来临，我总会情不自禁地想起在那太平洋的彼岸，有个弓形似的岛国日本；想起东京的池袋、板桥、银座，以及十年前我在日本留学时曾经住过的地方。

　　现在，正是樱花盛开的季节。小巷、山坡、马路边都开满了粉红色的樱花，像一团团粉红色的云雾覆盖着大地。新宿御园、上野公园的樱花树下，簇拥着成群结队的人。学校的学生、公司的职员们载歌载舞；一对对情侣依偎在层层桃色掩映的湖畔旁观景赏花；几棵茂盛的樱花树枝垂荡在湖面，与碧波窃窃私语；湖中的水鸟、仙鹤，悠闲自在地寻觅着食物。噢，多么绚丽多彩的异国风光！

　　然而，生活并不都是绚丽多彩的风景画，在那似云似雾的樱花树下，就有个充满了浪漫、激情而又悲哀的爱情故事。

　　在那美丽的樱花树下，有一位我每天都思念的恋人。刚从日本归国时，我时常去图书馆翻看日本的图书、报刊，总有一种异常的亲切感，眼前总会浮现出他的面影。为了不使自己陷入痛苦的回忆中，我毅然放弃了这怪异的习惯。

　　每每想起，逼得我无法在日本生存下去的那位绝色美人，心中便感到一阵阵的疼痛。至今，我仍没有忘记八年前，离开横滨港口时立下的誓言：我一定要再回去复仇！

　　如今，我不再是一个三等公民的留学生，不再是一个无权无势、被迫放弃爱的弱女子，我已是一个在美国、日本、韩国都设有分公司的 TB 电脑集团跨国公司的副总经理。

　　今年，我们研究的实用软件即将启动生产，打入市场。这也是我的情敌——美子的公司五年前研究开发的新项目，也是我们击败美子的关键一步棋。现在，我们必须每天关注日本的经济动态。

今天新闻的头版消息写道：

铃木俊雄是年轻有魄力的国际化企业家。他目前拥有的财产达几十亿日元。1990 年初，日元大幅度升值，资金大量过剩，国内贷款利率降低，所以他将公司 1/4 的资金在香港买下了 TB 银行大厦。当时香港的地产处于上升初期，投资的回报率达 8.91%，为此他净赚了 10 亿港币。

他还在中国的海南岛买了几千亩土地，建立了一个集商业性、娱乐性于一体的综合型超级太阳城。在新加坡、韩国也都有他的大批不动产；去年，他又进入苏联、越南，将大批电脑软件输入东南亚一带。

……

是他？我的脑袋"嗡"地一下。当我再一次仔细地看着那张演讲的照片时，脑海里一瞬间变得空白一片。思维仿佛停止了，呼吸仿佛也窒息了。是他！他没有变：那双乌黑的眼睛仍旧是那么冷峻，犀利；那希腊式的鼻子，挺直，俊美，但拒人于千里之外；他仍是那么英俊而风度翩翩。10 年前，他才 28 岁。

前几年，我在西安的研究所里像关禁闭似的搞软件开发，一点儿也不知道他的消息。今天，意外地知道了这么多，我还是为他感到高兴。以前，我知道他有与众不同的才华，可是他却不属于我。他属于他野心勃勃的事业，属于支配他一切活动与生活的那位绝色佳人。我无法与她竞争。

现在，我已经能够与她竞争了。回国后，在各方的协助下，经过八年的奋斗、拼搏，我已拥有了公司 30% 的股份。公司的声誉在东南亚电脑行业中无人不知。在那日日夜夜的拼搏中，我忘却了悲哀与不幸，忘却了那段勾人心魄、如痴如醉的异国之恋。那时我才 26 岁。

今天的消息，又唤醒了我当年的恋情，我迫切想知道有关他的一切信息。近日来的日本报刊肯定会有许多采访他的文章。我马上打了电话给秘书，叫她去日本共同社驻上海办事处，借那里所有日本近期的报刊。

没多久，秘书送来了一大堆日本的报纸和杂志。我如饥似渴地翻看起来。在一本妇女周刊上，我看到了他与一位女记者的对话：

"铃木先生，为什么你到现在还没结婚？"记者问。

"因为这十几年来，我忙着公司的事以及新进党的建立和发展，根本没时间谈恋爱。"铃木很冷静地说。

"你以前有过喜爱的女人吗？"记者追问道。

"那是 20 年前，一位中学时的女同学。"

"那以后呢？"记者又接着问。铃木犹豫了一下，他仿佛在沉思。

我迫切地想看下去，他还爱谁？爱铃木美子？百明子？他已经忘记我了吧。我们仅仅相爱才两年，可我们是那么艰难而真诚地相爱。

我的心有些隐隐作痛，我早就被他遗忘了。可我却将他送我的生日礼物珍藏在身边。那是一只精致的银铃，铃上刻着一对男女交欢的场面，周围是吉祥云彩。

"这是爱的信物，那里隐藏着我的生命与爱。"

这句话一直萦绕在我的脑海中。那是我们彼此在灵与肉的融合下，他握住了我的手，将这只银铃塞在我手中时说的。

"那是我初恋的女友在临死前还握在手中的纪念品，她过 20 岁生日时，我在浅草祠买给她的。在回来的路上，高速公路发生了交通事故，我们没有来得及刹车。她死在我的怀里，手里还拿着这只银铃。我藏了八年，今天送给你。这是我的生命与爱，我的一切任何时候都属于你。"

自日本归来，我把银铃每天都悬挂在阳台的花丛中，听它随风发出一阵阵清脆的铃声。这声音在夜深人静时，将我的遐想与思念带到了东京。

如今他不属于我了，我将手掌蒙上眼睛，不想看到那些陌生的名字。他会说出一个个女人的名字吗？妖艳的国际影星，异国的金发碧眼女郎……

为什么八年了，我还依恋着他？我常常在梦中惊醒，那是在横滨港口难以忍受离别的一幕。那天，他哭了，冷峻的双目中流出一行热泪。他第一次在我面前流泪。

我们抽泣不已。我一步一回首……终于，我踏上了属于自己的国土，他回到了属于他驰骋的天地。

不，他一定还会记得我！我想起了八年前，他说的肺腑之言。我慢慢地移开了手掌，又诚惶诚恐地继续看了下去。我看到了"中国"两个字。

"十年前，曾爱过一位善良、聪明而又漂亮的上海姑娘。"铃木陷入沉思中，"我很对不起她，我的爱不但没给她带来幸福，反而给她带来许多不幸。她是从中国来的自费留学生，一位在日本无亲无故的异国女子。她那么纯情，长得与我初恋的女朋友像一对孪生姐妹。所以我一见到她，就喜爱她。"

"请问，你们同居了吗？"记者穷追不舍。这样一个桃色新闻，怎么能白白漏掉？

"我们彼此都坠入爱河。那时我们还很年轻，后来，由于许多原因我们分离了。"铃木的声音有些变了，他失去了在竞争场上那雄姿勃勃的气度。

也许，铃木俊雄意识到说得太多了，他从回忆中惊醒，笑着对记者说："对不起，我还有会议。"他保持了缄默，十分理智地拒绝了记者们的一再追问。

在保镖与记者的簇拥下，他昂首走出了帝国旅馆大厅。

记者接着评述："没想到驰骋于商界，被女人们称为胸有谋略，英俊而又无情的铃木俊雄，竟有这样一段浪漫史，原来他还是一位多情浪漫的男子。年轻时铃木俊雄先生那段缠绵悱恻的爱情史，一定曲折动人、与众不同。它会使名门淑女为之洒上几滴同情之泪，但也许会激起她们的嫉妒。谁还能从采访中知道这一切呢？这热门的话题，一定会引起日本公民的兴趣。"

"十年前的恋爱，他有什么难言之隐？为何分离？那位中国恋人如今在何方？"

一遍遍地读着文章，泪水模糊了我的视线。我闭上了双目，隐藏在心中的恋情又浮现在眼前，那紧紧封闭了的记忆的大门又一次打开了……

第一章　邂逅有缘

　　那是 1985 年，初春 2 月中旬。那年东京的天气异常，初春季节，下了一场大雪。只一夜之隔，窗外已是"千树万树梨花开"，马路上积了半尺厚的雪，漫天的大雪封住了高速公路、新干线和山手线的通道。

　　第二天清晨，许多交通线路都停开半个多小时。车站发动众多的人员将雪铲掉。东京的道路如同蛛网似的相连接，如果几条主干线停开半个小时，将会影响整个东京的交通。每天通勤的日本公务员们，心急如焚地拥挤在山手线的车厢内。

　　阳光照在雪地上，银光闪烁。我不由想起了小时候和住在隔壁的李逸敏一起打雪球、堆雪人的情景，多么快活。他是我哥哥的同学，"七二届"初中生。他老是来找哥哥，后来哥哥下乡去了崇明。他没去，一个人在家"啃"数理化。恢复高考时，他上了华东理工大学，时常来找我玩。他比我大六岁。

　　后来我也考上了华东理工大学，我们的关系明朗了。在深夜的校园里，我们漫步在小河旁，谈论着未来。他有一副醇厚的好嗓子，《草原之歌》是他唱得最好的情歌，得了全市大学生歌咏比赛第二名。那时我真正爱上了他，可是，他在生活中并不浪漫，他感兴趣的是电脑。

　　就在我们准备结婚的前夕，我去了日本留学。因为我一直想去美国留学，仅差几分没有考上托福。正好父亲以前在印度尼西亚的亲友从日本回来，他在三个月内就帮我办好了去日本留学的手续。我不能放弃这个机会，同班的优秀生都去了美国、英国、日本留学，我不想太早地做家庭主妇。

　　敏没有反对，默默地帮我整理行李，他说等我回来。我带走了他录的歌，到了日本。刚到东京时，每天听他的歌，常常会情不自禁地流下泪水。

渐渐地，我的情感干涸了，代替泪水的是每天十几个小时像机器人似的学习和工作。

两年后，我终于考上了东京大学工学院自动化管理的研究生。我辞去了银座日本料理店的工作，到了日本最大的东邦经济情报公司下属的公司上班。工作是设计化工管道设备，并将这些图形输入电脑中。

生活虽然有了一些起色，可我变成了一个沉默寡言、没有生气的姑娘。在公司里我不大和同龄的青年说笑，所以他们在背后说我是中国来的冰美人。

那天，我干完了所有的图纸，想早一些回去，准备李逸敏来日本留学的资料。我已经为他办了一次，可没有被批准，理由是担保人的税金不够。我白白损失了20万日元，那是买保人资料的钱和报名费，一个月的工资就这样没有了。上个月，我每天加班到晚上11点，第二天还要去学校上课。

"圣薇，今天下雪，车停了半个小时，我手中还有一些图没来得及画好，你先把前几天画好的图纸送到总部去，如果晚了，就不用回来了。"

说话的是电脑室室长落合一郎，他毕业于中央大学工学科，搞了十几年电脑设计制图工作。这工作没有什么技术，只要略懂一些机械设计制图就行，而且电脑室从不设计大型工程产品，都是从日立、东洋、IHI 等公司接来的活儿，另外几台电脑每天输入各种情报：日本各集团的公司名称、产品介绍、地址，会计发票、同类产品价格等。

总部在东京阳光大厦，那是日本最大的情报综合公司，听说老板是个非常漂亮的女人。一起工作的北京人李斐告诉我说，那个女人在东京非常出名，拥有数不清的财产，有不动产、电脑公司，在千叶有一座山也是她的。她祖上以前是德川家的后裔，在东京留下许多土地，后来靠这些土地发了大财。她的老公是日本山田集团的会长，和黑社会有关系。听说几十年前，与同行火拼时不幸身亡，遗留的财产都归她一个人所有。她是东京最富有的女人。

日本同事从不谈论公司老板，更何况我们这些异国人。我们也不想多打听，她拥有几十亿日币以上的财产，而我们只能在她手下捡拾几粒芝麻，每月挣十几二十万日币生活。

在这里我认识了几个中国留学生同事：李斐原在哈军大建筑设计专业毕业；刚去总公司就职负责中国事务的陈弘，以前是芝浦工业大学的博士生。他们年龄都比我大，经历也比我丰富。

平时做完的图纸，都由室长落合送去，然后再接一批活儿回来，因为有技术上的新要求，一般不会让普通职员去总部，今天没什么要拿回来的图纸，所以落合让我去。

整整工作了 10 个小时，我站立起来的时候，脑袋不由得"嗡"了一下。那是脑力劳动过度，脑缺氧引起的，最近常常是这样。我的身体越来越不好，也抽不出时间去医院看看。

"你怎么啦？"落合关切地问道。

我站立了一会，方觉好些，眼前的黑晕消失了。"没事，有些头晕。"

我也想出去遛遛，每天有干不完的活，来一批活儿要加班到 10 点钟，我实在不想像机器人似的拼命工作。近来，因劳累过度而死的日本人增多，已经成为日本的社会问题。昨天的新闻报道，一位才 28 岁的姑娘因心脏病在上班的时候突然倒下。她的母亲控告这家公司超过规定的劳动时间，每天加班到 10 点以后，才造成这样的惨死。

有时，我也害怕。每天像机器人似的我，会不会猝然倒在路上？因为这机器运转得太快了，不断转动的马达会摩擦得发烫，突然发生爆炸，或者机器的轮带磨耗太大，一下子断裂了。我现在迫切需要休息、调养，可是却不能。

今晚再加班，我的脑袋就会裂了。我从心底里是那么厌恶一沓沓总也干不完的图纸，可又必须每天来上班。今天总算让我出去遛两个小时，感谢上帝，也感谢落合。他总是偷偷地照顾我。

以前，陈弘在，我们常常偷偷地说几句中国话，开开玩笑，疲劳之余觉得很开心。落合倒也不管我们，有时还会跟着我们说几句中国话："你好！""下班了！"有一次李斐教他"我爱你"，在下班时，他轻轻地在我耳边说："我爱你。"

我回头看了他一眼，故意板下面孔，吓得他连说："对不起，对不起！"瞧他那尴尬地涨红了脸的模样，我不由扑哧一声笑了出来。

落合今年38岁，至今仍是单身。父亲原是一家公司的老板，后来破产病故了。但也留下一些房产，不算富裕，但有些家底。听说，他母亲和老板娘的母亲是远房表姐妹，可从没有看到老板来看望他。日本人是不太讲亲戚情分的，都要靠自己的本事吃饭。

落合长得也不错，白净的面孔很讨人喜欢，可就是有些任性。有一次，他的一位女朋友迟到了10分钟，他就满脸不开心，只请她吃了一碗拉面。气得女朋友出了店门就跟他拜拜了。

现在电脑室都是20多岁的姑娘，年龄相差太多，落合和她们也讲不到一起，她们恭恭敬敬地称他为室长。休息之余，姑娘们说说笑笑，而他却一个人靠在椅子上看赤川次郎的推理小说。我来到这儿，他多了些话语，常常问我中国的历史、古文等，在工作上也对我很关照。所以在公司里，我的心情倒也不压抑。

我把图纸卷在一个塑料筒里，将考勤卡打了一下，便走了出去。

"你把图纸交给芝本部长。"落合再一次关照我。我知道芝本是总公司的总设计师，也是总部的副董事长，拥有50%的股份。他是我们分公司办公室秘书芝本纯子的父亲。纯子不习惯在父亲手下工作，她认为在小公司干比较自由。

当我走到办公室时，正巧芝本纯子在复印文件。"今天那么早下班？"她永远是那么纯朴可爱，长得不太漂亮，可非常清秀，披着一头乌黑的秀发。那双小小的眼睛看起来很善良。

"去总公司送图纸。"我说道。

"学校快考试了吧？"

"快了，我想请半个月假，复习功课。"

"好，我会和老板讲的，你放心吧。"纯子甜甜地朝我微笑着说，"对了，你毕业了，可别去其他公司，一定要留在这儿。你已经干了两年了，业务都很熟，大家舍不得漂亮又聪明的姑娘走，尤其是落合。"纯子调皮地用手指了指对面的电脑室。

"想哪去了，没这回事。"我根本就不喜欢刻板得像老古董似的日本男人。

我和纯子经常开玩笑，尤其是俩人在一起时。不知怎么，她老是爱打听我在中国有几个恋人。我说只有未婚夫，是大学里的同学。

"我可不相信，你那么有魅力。尤其是你那双眼睛会笑的，腿很长，我的腿可短呢！铃木常常这样说我。"她噘着嘴抱怨着。

铃木是总公司副部长，才28岁。我们没见过面，28岁能当上副部长，肯定才智过人，但肯定是个老气横秋的青年人。他从来也没接送过纯子，也没听纯子说起他俩有趣的恋爱逸事。和他谈恋爱一定非常没趣，纯子怎么会找他？听说是老板介绍的，日本很讲究门当户对。

"今天星期五，你不和铃木出去玩？"我问道。

"不，没时间。"纯子不再笑了。

"那么明天呢？"

"也没时间，他一直很忙。"纯子强挤出一丝苦笑。

我看她好像不太高兴，便说："对不起，我走了，明天再见。"

"再见，路上小心。"她总是那么客气，彬彬有礼。

我背上皮包，手里捧着一个长长的塑料筒，边走边想着：日本人有了朋友，也没有时间约会，每天工作、工作。如果我有了男朋友，每星期起码出去一次，痛痛快快地玩。整天念书、上班，苦死了。

这三年来，没时间听音乐、跳舞、逛街，我觉得自己一下子老了六七岁，刚来日本时，我才23岁，三年前我无忧无虑，人人都说我像18岁。现在我的生活中没有歌声，没有舞姿，没有闲余的时间来喝咖啡听音乐。枯燥古板，没有色彩的日子，我实在受够了！

从千叶坐车到池袋要花40分钟，不用转车，也算方便。我有一个星期没好好睡觉了，在车上，不知不觉地抱着塑料筒睡着了。朦胧中，只听"砰"的一声，我睁开眼，只见塑料筒掉在地上，落在一位乘客的脚上，我很狼狈，连忙说一声："对不起。"

车已到了池袋车站。池袋是 20 世纪 70 年代开始建设的，目前，已成为与新宿一样的东京副中心的新型城市。三越、东武、西武百货公司就坐落在车站附近，富士、东京等银行耸立在车站前。仿佛在向每一位上车的旅客，炫耀着这个新型城市的繁华和富贵。

车站前的广场上，绿树葱郁，开满了杜鹃花；虽然这里景色别致，可是在一尊弓形双人雕塑前的长凳上，坐着些神态麻木、无家可归的流浪者，夜里他们躺在水泥凳上，以天当被，以地作床，饿了去日夜商店拿点过期的盒饭填饱肚子。

以前，每当我去学校经过这里时，总会情不自禁地望着这些流浪者，仿佛自己也是个被命运抛弃的流浪者。然而，是谁让我来日本的？我是自愿的！虽然我现在的生活比刚来时好些了，可我觉得自己也是个"流浪者"。也许，我比他们更悲哀，他们无忧无虑地逛马路，躺街头，明日复明日。可是我不能年复一年过着没有色彩的生活。

这两年来，生活没有什么变化。进了公司，不像以前在咖啡店、饭店工作那样，同事有时还能开怀大笑。记得在丸内大楼里的咖啡店工作，每天有 300 多位客人，每进一个客人必须要叫一声："依拉下依马山（欢迎）。"一位上海人每天才睡四个小时，他实在叫不动，于是含糊不清说得很快，说成了"……西阿娃山（幸福）"，这样，每进一个客人他就叫一声：幸福、幸福。店长开玩笑地对他说："进来喝咖啡的人都很幸福，只有你最不幸福。"我们听了忍不住捧腹大笑。

人在日本，就得融入环境，现在必须学会他们的文化，与他们融合在一起。有时感到很压抑，可我仍努力争取做个像纯子那样可爱的姑娘。

我已好久没有逛商店了，多想买几件漂亮的衣服，可没有时间。不像在语言学校那样，那时候，几位要好的女同学在一起多么开心。有一次，大家在谈日本男人怎么样时，有人说日本男人有两大兴趣：一是爱喝酒，二是要女人，不过日本男人在夜里性技巧比中国的男人高超。逗得我们上课时哈哈大笑，把日语老师气得直瞪眼。

下了课，我们几个便快速地骑着自行车去地下商店，趁年底大减价，我们几个女生常常买回一大包便宜货溜回教室，气得语言学校的班主任摘下老花镜，瞪着眼看我们半天。有一次她问："手里拿的是什么？"

我买的是裤子，便用中文说："裤子。"

"裤子，多少钱一双？"我被问住了，裤子怎么说一"双"呢？这老师的日语也不怎么样。旁边一位同学说：她以为你买的是鞋，日语的鞋叫"裤子"。原来如此，大家又是一阵哄堂大笑。

离开了语言学校，生活就变得无味了。在学校里每天坐在实验室里做实验，写论文；到了公司就坐在电脑前，像个机器人，真没趣。

下了车，步行十几分钟，就来到总部的大楼前，这是战后建造的东南亚最高的 60 层的大厦。仰首望着这座阳光大厦，那雄伟壮观的气势，使我感到自己是那么渺小。

这里有世界最快的电梯，几十秒钟就可以到达最高层。楼下是超级市场，10 楼以上是各大公司的办公室。我们公司设在 58 层，上了电梯，转眼到了 58 层楼。只见，大厅外挂着一个醒目的招牌：东亚经济情报综合公司。

由于第一次迈进总部的大门，我有些拘束。走进自动门内，只见大厅内铺着一条玫瑰色的地毯，服务台前坐着两位身穿米色制服的小姐，笑容可掬地问我："小姐，请问，您找哪个部门？"

"我找技术部的芝本太郎先生。"我小心翼翼地说着。

"请等一会儿，我打电话上去。"那位年轻的小姐十分热情地对我说。我毕恭毕敬地等在服务台前。

"对不起，芝本部长不在。"

"那请找总设计部的铃木俊雄部长。"我对服务台的小姐说。落合关照过，如果芝本部长不在，找铃木也可以。

服务台小姐打完电话后很柔和地告诉我说："请您在客厅的第五号桌等待。"

我道了谢，来到前面会客厅内。会客厅有几百平方米，气派很大，会客室是一间间分开的。许多人都坐在那儿洽谈，看样子总部的生意很好。

我拘束地坐在第五号桌前，看着前面。我不认识铃木，虽然知道他是纯子小姐的男朋友，可他俩都特别忙，好像也不大约会；铃木也不常来电话，只有一次纯子去化妆室我接的电话，那声音很浑厚但不温情。奇怪的是纯子接到电话，并不表现出很喜悦。

也许纯子不像其他日本少女，她父亲是个很有功绩的日本人，当年日美通商协定签署后，他是第一批到美国设立事务所的日美贸易先驱者之一。他卖掉了在公司的 10% 的股份，卖了家当，到了纽约换钱维持生活，因为在当时日元无法兑换美元。由于他在美国为日本商社立下了汗马功劳，日本经连会还奖励过他一枚蓝色勋章。

他很喜欢中国古文，听纯子说他年轻时每天晚上要读一段古文。我第一次见到他的时候，他就说最喜爱老子的一句格言："上善如水。"人要像水一样，既有活性，又要有忍性，放在什么样形状的器具里就会变成什么形状。

纯子上的大学，和皇太子一个学校，听说就差那么一点儿，她就要被选去当皇妃了。皇太子曾和她在学生会上谈过几次话，一起打过网球，一时，大伙以为他们谈恋爱了。没想到皇太子看中的却是外交世家的纪子小姐。

虽然，我没见过铃木，可是从纯子和落合的谈话中，我已经想象出那位年轻而身居要职的他，一定是个非常精明老练的男人。他才 28 岁，比我大两岁，他长得英俊吗？

胡思乱想什么呀？突然一种非常奇妙的念头在脑海中升起：他一定非常英俊潇洒，我不由急迫地等待着他。我干什么呀？今天是来送图纸的，可不是来找男朋友的。

环顾着四周，人们都在专心致志地谈生意；男人们个个西装革履，小姐们仪态万方。我怎么有些乱了方寸？说不出近来怎么啦。

我一直在期待着什么，期待着一个奇迹出现。也许离开男友近三年，那渐渐干枯了的情感在骚动、起伏吧。

每天夜里，我冥想着与敏拥抱亲吻；继而，那面庞渐渐地消失，一个不熟悉但十分英俊的面庞出现在我眼前，但不知道他是谁，生活中从来也没见过。可是，又觉得在什么地方见过。于是，我常常在梦里和他谈情说爱……

"你是圣子小姐吗？"一个浑厚而又动听的声音在我耳边响起。

我豁然抬起头。就在我抬起头的一刹那间，我看见一双漆黑明亮的眸子，闪出惊异的光。我们彼此惊奇地相视了几秒钟。顿时，我感到一股热血涌起，我的脸一定红了。

我从未在东京看到如此俊美的男子。那双像阿兰德龙的双眸，似一潭被明月辉映了的湖水，清澈、明亮但有些冷峻；那高直的鼻子给人以一种男性的威严；那棱角分明，红润的嘴唇有着不可抵挡的魅力，似乎有诱人的情欲流溢而出。

他身上散发一股淡淡的幽雅的香味，那乌黑发光用过定型水的发型一丝不乱。他很年轻，但神态、气质却很老练，我觉得有些心神荡漾，不由下意识地将额前的刘海撩了一下。

"你是铃木先生吗？"我感到自己的声音有些颤抖。

"是的，初次见面，请多关照。"他眼中那道惊异的光即刻消失了。但面庞微微带笑，可那双眼睛却没有笑。他一定是个非常正经、严厉的上司。我想，他和纯子谈恋爱也是这样一本正经的吗？

我告诉自己，千万不要慌，为什么见到他那么拘束？我是来送图纸的，交给他后，马上就逃跑。哦，为什么见了他要逃跑？

"要喝些什么？"他微微带笑地问道。

"谢谢，来杯凉咖啡，这是落合叫我送来的图纸。"我将那只塑料筒递给他。

"这次做得很快，把你们累坏了吧？最近，我们公司要加紧到台湾建一个分公司。"当我看着他的眼睛时，他却迅速地避开我的目光。

"听纯子以前说起过你，你在东京大学学电子计算机专业。很聪明又能干，今天认识你很高兴。"

"我也很高兴。"我嘴上虽然这样说，心里却想，还好，他不是我的顶头上司。不知怎么，我有些怕他，当他的目光看着我时，我也在躲避。我看着周围的人说："总部很大，每天都有这么多的客人谈生意吗？"

"是的，东京最大的情报综合公司，整个大楼内有几千名职工。"他环顾四周有些自豪地说。

"大公司太严格了，我有些不太习惯。"我为自己的慌张找借口。

"我也是，现在习惯了。你每天都上班吗？"他问道。

"是的，有时每天 10 小时在公司上班。工作虽然紧张，可和纯子小姐在一起工作很愉快。"我始终没忘记他是纯子的男朋友。

"是吗？"他十分平静地说，仿佛不太高兴谈起纯子。

"如果没其他事，我想可以走了。"我想马上离开他。不知为什么，我有些紧张，不知该说什么才好。

"你还回公司吗？"他并不希望我马上走。

"不，直接回家，今天的图纸干完了，不用加夜班了，想早些回去休息。"

"你住哪儿？"他急迫地问道。

"住在大宫。"我不太敢看他那双十分迷人但有些冰冷的眼睛。

"我正好要去那儿，开车送你回去。"他那双眼睛在诱惑我，我心慌意乱地回避那双似火一般热情的眸子。

"不好意思麻烦你。"我也并不想马上离开他。今夜我很寂寞。今天是我的生日，想出去玩玩，可没有人陪我去。落合要加班，李斐要去燕燕家，上海的敏远在千里。我已经有三个生日没好好过了，想到这里，内心不免有些凄凉、悲伤。

"你在这儿坐一会儿，我去把图纸放好，一起走。OK？"他站立起来，那冷峻的目光震慑着我，我竟然一声没响，看着他走出会客室。

我怎么能和他一起走呢？叫纯子知道了，多不好。今天星期五，他们一定会有约会。我想起纯子老是淡淡微笑的面庞，真为她感到高兴：她有这样一个才华横溢而英俊的男朋友。

近来，结束了几个科目紧张的考试，空闲的时间相对多了些，孤独又要伴随着我。以前陈弘没有男朋友，我们还能一起逛商店，如今她搬到男友那去了，每天夜里我孑然一身地度过漫漫长夜，我好想和喜爱的人痛快地玩上一天。

"走吧，顺路送你到家。"他迈步走了过来。

我们一起走出公司大门。他走进了车库，开出了一辆白色的丰田轿车。

"今天星期五，你不想出去玩玩吗？"他开着车转身对我说。

"今天是我的生日，朋友们都上班，只好一个人回去。"我的声音有些悲戚。

"是你的生日？噢，那么巧！"他猛然转过头，又一次惊异地望着我。

"怎么？"我有些奇怪。

"没什么。"他的脸上掠过一丝阴影，"你在外面一定很寂寞，今天我给你过生日，好吗？"他微笑地对我说。

"真的？太高兴了！"我情不自禁地抓住了他的手。"噢，对不起。"我慌忙缩回手。

"你刚才笑得特别美，把我给迷住了，差点撞上前面的车。"

我笑了起来："你现在像我一样年轻了，刚才在客厅里像个严厉的上司。"

"刚才在谈工作，我看起来很老吗？"他疑惑地问道。

"不，很年轻。"我觉得他现在和我是一个时代的人了。

"今天我送你一支玫瑰花，好吗？"他的眼睛有些微笑了。

"噢，太幸福了。"我仿佛又回到了恋爱季节，我那双本来就很美的凤眼又开始发亮了。来东京时，李逸敏"特别警告"过：你的那双眼睛会把所有的男人迷住的，千万不要对任何一个男人发出信号！

来东京三年，每天只睡五个小时，睡眼蒙眬，那双美丽的眼睛又怎么能发亮迷人呢？这三年我变了许多，那双被男友说能迷住所有男人的媚眼，因缺少睡眠变得浑浊而无神，因生活没有色彩而变得冷漠而茫然。

"你的眼睛很美。"他深情地看着我说。我来东京三年，终于又听到了这样的赞美词。

前面是红灯，他停下车，目不转睛地看着我说：

"去银座玩好吗？今晚带你逛个痛快，为你生日，祝福！"

"好吧，去银座，我来东京时，同学带我玩过一回，以后再也没去过。"

我们像一见如故的朋友，坐着车兜风。

夜晚的银座，是光的世界、美的象征。这里有许多百年老店，陈列着世界有名的商品，让你看得眼花缭乱。我很少光顾这些琳琅满目的商店，那颗曾经爱美的心，仿佛也被那紧张而艰辛的生活所吞噬，今天我穿着三年前从上海买的涤纶绣花连衣裙，这是我唯一的漂亮衣服。

今天，坐在这样豪华的轿车里，像初到东京的乡下人一样，流连忘返地环顾着四周。我仿佛一下子突然明白：这世界上还有那么多美丽的东西。

"你的眼睛那么明亮，比银座的灯还要美。"他又在赞美我的眼睛。

"今天太高兴了，过生日有人陪我玩。"其实我是个爱玩的姑娘。

前面是一个停放在路口的自行车花摊，上面摆放着许多鲜花：有蔷薇、百合、玫瑰、郁金香。一位老太太正在将一束花包上印花塑料纸，扎上红色的绸带。

"对了，给你买一束鲜花，祝你生日快乐！"他将车停靠在路边。

"这束花很好看，你们恋人一定非常喜欢。"那老太太十分殷勤地将一束很大的玫瑰放在我手里。我不知如何才好。这束花非常贵，初次见面，怎么能接受这份礼物呢？

我不是他恋人，纯子是他的恋人。

"好吧，多少钱？"他从西装的内口袋里掏出皮夹子。

"晚上了，就便宜些吧，8000 日元。"那老太太说。我不由呆住了：8000 日元太贵了，是我两天的工资呀！

"就买那一支吧。"我指着标价才 3000 日元的一支红色玫瑰说。

"不行，怎么能送一支？初次见面，要送你一份厚礼。"他那双冷峻的目光中透出真挚的热情。

"真是不好意思……"我惊喜地捧着那束玫瑰，忍不住地朝他鞠着躬，"谢谢，我最喜爱玫瑰花。"

"你喜欢，我也高兴。走吧，去吃日本料理，今天我也好好玩玩。"他像孩子般地快乐了起来，我们俩竟像久别重逢的朋友，一点也不拘束。

"今天叫纯子一起来玩，那更热闹了。"我对他说，不料，他猛然回头：

"为什么要叫纯子？今天你和我一起玩，不高兴吗？"

"噢，对不起。"我不明白，为什么提到纯子他有些愠色。也许，最近俩人不开心了。我也不常听纯子说起他。在公司吃饭时，几位同事常常一起说起男朋友，大家会笑得捂住嘴，又会悄悄地说和男朋友昨夜去了情人旅馆。唯有纯子从来也不提起铃木，他俩的爱情好像很纯洁。

可是李斐到了公司后，纯子对李斐特别好，每天都要给他多倒几杯咖啡。纯子常常拐弯抹角地问我，李斐在北京的女朋友一定非常漂亮。我说他没有女朋友，纯子听了开心地笑了。

也许铃木太老成、太严肃了，没有年轻人的朝气，他令人可望而不可即。今天我们是初次见面，他对我倒很热情。可不管怎样，我很感谢他在生日之夜送给了我一束玫瑰花。

我们在银座的"天国"吃了日本有名的油炸虾、鱼。美餐了一顿，他便开着车送我回家。一路上，他仍很少说话，偶尔回过头看看我，又看看那束玫瑰，露出一丝微笑。然而，那微笑过后，脸上闪出一丝淡淡的哀伤。

他为什么有时不太开心？好像有什么难言之隐？是害怕我会和纯子说吗？不，我不会那么傻的。

"今天的事，我不会和纯子说的。"我特意对他说。

他回过头淡淡地说了一句："我和纯子没有关系，你不用担心。"

"纯子常说起我吗？"他很在意地问道。

"不常说起，"我猜想他一定不喜欢纯子说起他，"纯子说你对她很好。"

他看了看我说："是吗？你很会说话。"

"你看我是个好人吗？"他的那双眼睛半是自嘲半是诱惑地看着我。

"你很有才华，英俊潇洒。"我还没有说完，他便笑了起来。"今天我们是初次见面，以后你就会发现我是最坏的男人，可要小心！"

"有那么可怕？"我倒觉得他很有趣。

车停在我的家门口时，我说："今天太谢谢了，意外地收到那么好的礼物。"

"我以后给你打电话好吗？"他仍十分冷静地对我说。

"好的。"我伸出手和他握手，他将我的手紧紧地握住。那双明亮而冷峻的双眸久久地凝视着我。

"我还会找你的。"他握住了我的手好久没放。我有些害怕，他会突然抱住我，吻我吗？

"我好久没这么玩过了，今天遇上你很高兴。"他平静地说。

"我该走了，你来电话吧。"我欲抽出手。

"好吧，再见！"他点了头，放开了我的手。

当我走进小巷时，回头朝马路望去，他竟站在车前，一直默送着我。我朝他招招手，他也挥手招了一下。

我有些依依不舍地回到了家。我将花插入瓶中，坐在桌前呆呆地想着：噢，莫不是他喜欢我了？他有纯子，那是不可能的。我怎么能胡思乱想？莫不是我喜欢他了？也许是的，我的眼前尽是他的面庞，那双冷峻的双眸、挺直的鼻子、性感的双唇。

望着那束玫瑰花，我笑了。真的非常感谢他陪我度过了愉快的生日之夜。噢，还要感谢落合呢，是他叫我去送图纸的，今天正是他成全了我们。

他为何不高兴提起纯子？她是多好的姑娘，是铃木还有别的姑娘？他一定很风流。初次见面就那么献殷勤，我真的要小心。我昏沉沉地和衣躺在床上竟睡着了。一阵电话铃声把我惊醒。

"喂，是谁？"我有些不耐烦，好梦被打断了。

"我是铃木，休息了吗？"是他。

"……是的，你在哪儿？"我一骨碌地爬了起来。

"在酒店，陪三位美国来的客人，偷偷溜出来给你打电话。"他的声音深沉而又甜蜜，"今天非常高兴遇见你，我很喜欢你。以前听纯子说过，公司来了个上海姑娘，可没在意，早见面多好。"

"你想象那位上海姑娘一定是个丑八怪。"我笑了起来。

他也笑了，他的声音变得更诱人了："是呀，没想到那么漂亮，我爱你！"

我吃惊了，他怎么那么轻浮？我们才见过一次面呀！"我不希望男人随便说出这句话，我有男朋友，10月我要回中国结婚了。"日本男人都是这样，喜欢把爱挂在嘴上，随便说说，他们专会奉承女人。

他沉默了许久，最后说："对不起，打扰了，早些休息吧！"

他把电话挂断了，我的心也随着电话的挂断声，一下沉重起来。

我茫然地望着写字台前与李逸敏在黄浦江畔合影的照片。我们分别有三年了，我才回去一次，只住了一个星期。他好像老是不放心我，没有以前那样热情。说起结婚也只是淡淡地说："好吧，结了婚，你可以马上回来，我也就放心了。"

分离的岁月，使我们的感情渐渐疏远。以前，我每天盼望着他的来信，如今却不是；他的信越写越平淡，我也越看越没味。

我望着桌前那束玫瑰花，又想起了铃木俊雄，这一夜，我失眠了。

第二天，来到电脑室，纯子小姐仍像以往那样与我打招呼，我有些内疚。

落合见我进屋，便说："昨天是你的生日，你走后才想起来。买了件礼物，不知你喜欢不？"他从抽屉里拿出一只精致的盒子，我打开一看，是个会唱歌，中间有个小人旋转的首饰盒。

"谢谢。"我高兴地对他说。没有想到落合竟然记得我的生日，我很感动。

吃完了午饭，李斐悄悄地把我叫到休息室，有些神秘地说："我碰到麻烦事了。"

"什么事？"我问道，他能有什么不能解决的问题？

"纯子今天叫我下了班去卡拉 OK，燕燕也每天打电话来，老是缠着我，真叫我难以应付。"李斐一直对我很好，有什么事都对我说。

"她和总部的铃木不好了，是吗？"我怎么会关心起她和铃木的事来了呢？

"不知道，从来也没听她说过，好像她并不喜欢他。说不清……"李斐是个一表人才的北京男子，堂堂高才生，电脑天才。当过侦察兵，会开坦克、飞机、汽车，又会说一口流利的英语，棒极了。

他来日本时，不知道有多少日本女孩追求他，可他不喜欢，他还是想找一个漂亮、能干的中国乡下姑娘。陈弘追了他一年，他也无动于衷，气得陈弘说他是冷血动物。

不知什么时候他和燕燕谈上了。燕燕是个任性的高干子女，李斐和她根本不相配。

纯子长得清秀、文雅，李斐也常和她说几句玩笑，我知道他并不想交女朋友。

"如果没事，就去玩玩吧。每天工作、学习，多累，轻松一下吧。现在中国人都说潇洒走一回，我们也该潇洒一回了，别像个机器人似的。"

"怎么，现在你倒给我做思想工作了，劝你别做老修女了。对了，昨天打电话给你，你去哪儿了？"

"我去总公司送完了图纸，去池袋的商店买点菜。"

李斐耸了耸肩，幽默地说："好吧，今天听你的，潇洒一回。"

李斐那双犀利的眼睛发出狡黠而诱人的光。他如果穿上西装，打扮一下，是个非常英俊的男子，可是他老是爱穿 T 恤衫，随便得很。纯子怎么会喜欢他？也许喜欢他的才能。不拘小节而幽默的男人更能打动少女的心。

"对了，千万要保密。"他走出了门，还伸出脑袋特意关照。

我不由笑出声。我走到电脑室里，看见纯子小姐在为李斐倒咖啡，噢，真希望他俩能成为一对恋人。我以前从来没有这样想过。

眼前又出现铃木那双冷峻的双目，天哪！仅仅才见了他一次面，怎么会被他迷上了？

这几天老是心神不定，每当电话铃响，我总是先抬起头来，希望是我的电话。白天铃木从来不打来，到了晚上，我正昏昏欲睡，电话响了，又是那甜蜜而低沉的声音："对不起，打搅了，休息了吗？"

他真有精神，白天在公司干完活，夜里陪完客人，还不累。我可真累了，下班到家 10 点，回家上床就想睡。这几天抓紧办理敏来日本的材料，马上要报学校了。

我有些懒洋洋："……我很累。"

"对不起，我就听你说一句晚上好，就可以了。"

真会缠人，没办法，我不由笑了起来："你真会说话。"

"每天晚上向你问候一声，不会讨厌吧？"

"不会。你真有精神，快 11 点了，还不想休息吗？"我好像也没有了倦意。

"每天听到你的声音后，我才能入睡；否则，会失眠到天亮的。"

"你的嘴真甜，为什么不对纯子多说几句动听的话呢？"我开玩笑地说。

"你不要提纯子好吗？我和她只是一般的朋友。"他说起纯子，语调总是变得那么低沉而不高兴。

"对不起，"我道歉道，"我想休息了，明天见。"

"那好，周末我们去伊豆玩好吗？"

"你很悠闲，老是出去玩。"我确实也很想去痛快地玩玩。

"你不会了解我的，我有五年没有好好地玩过了。每天工作、学习十几个小时，刚搞好一份软件开发的计划。我很累，你相信吗？"他的声音变得那么低沉，"看到了你，我好像又回到了青春时代。"

他的话没有说完，我便大笑起来，"你今年多大了？"

"今年 82 了。"他自己没有说完便笑了起来。

"那我比你年轻，62。"我刚说完，便后悔了。不该说出年龄。在日本的男人眼里，26 岁的姑娘已不是妙龄少女，而是老女人了。

"你看上去好像 20 岁，那么年轻，我好羡慕。"我们俩好像大学里的同学，无拘束地谈笑着。他常常是在银座、六本木的俱乐部里，招待客人时偷偷溜出来给我打电话的。他说每天都是这样的工作程序，非常乏味。

我感到有些奇怪的是，他从来不在家里给我打电话。有一次，我问他。他说回到家总是后半夜，不能打扰你了。以后我也没有再疑心，我知道自己有些喜爱上他了。我为精神上的解脱而感到高兴，每天晚上不再寂寞了。

能每天听到他那温存而浑厚的声音，我就很满足了，尤其他说的"晚安，明天见"，我会拿着电话久久地不想放下。有一次，竟贴着电话筒睡着了。清晨起来，我忍不住流下了眼泪，没有人这样安慰过我，我总是一个人。

突然，我产生了一种很浪漫的激情：如果躺在他的怀里进入梦乡，那该多好！噢，我在胡思乱想什么？我难为情地捂住了脸。

以后每当我接到他的电话，心就会怦怦直跳，好像他已经知道我的心事，可他却从来也没有说过一句过分的话。他在想什么？仅仅向我问候一声就满足了？他是个多么不可思议的人！

他和纯子也是这样的吗？他们俩是什么关系呢？我们又是什么关系？

管它什么关系！只要每天能听到他的声音我就很开心，我的留学生涯中才有了一点色彩。

这些天来，我常常是带着微笑走进办公室，落合和纯子说我变了。一定是男朋友能来日本了。我笑而不语，但是看到纯子，总是感到有些惭愧。

然而，万万没有想到我钻进了一个极其复杂的关系网中。由于他的出现，一切被搅乱了，为此我也付出了意想不到的代价。

爱情并不是春光明媚下的花好月圆，也不是风平浪静中的旖旎景色。

在异国他乡，爱也是很艰难的……

第二章　王子世界

第二天，我接到一份精致的招待券，上面写道：陈燕燕 25 岁生日，敬请光临。地点是东京目黑区，中目黑一丁目。

那是李斐的女朋友，我见过一次，是个胖乎乎很可爱的北京姑娘，父亲是个有相当地位的副部级干部。她来日本不到两年，进语言学校学习了一年，不知怎么又进了上智大学攻读经济学。她的论文都是李斐帮她写的。有一次来不及打字，叫我帮忙，又叫我翻译几份资料。听说她也在我们的总公司上班，但陈弘说从来也没有见她来上过班。和陈弘谈朋友的人事处处长说，每个月都有 20 万日元的工资直接打到她的银行卡上。气得陈弘说，李斐也不是个正经的男人，要这样的寄生虫。原来在陈弘追李斐时，他和燕燕就已经好上了。

李斐比我早几年来到公司，起先他不太吱声，有些高傲。他最瞧不起上海人，说上海姑娘很市侩，一个个矫揉造作的模样，他看不惯。开始以为我也是娇滴滴的姑娘。没想到，在公司里我加班到晚上 11 点，除了吃饭 1 个小时，10 个小时坐在电脑机旁不吭一声。而且，每次我都非常客气地主动向他问候，弄得他反而不好意思，慢慢地，他才主动和我友好起来。

那次燕燕见了我，嘴里总离不开她与李斐的话题，问我在分公司有几个日本姑娘追求他。我说他正经得很，整天没笑容，日本姑娘想勾引他也不行。她听了哈哈大笑，神秘地附着我耳边说："他会让姑娘永远忘不了的。"

"是吗？"我不太理解她说的含意。

"你呀，真傻，一定没有谈过恋爱，即使谈过，肯定没有得到真正的性爱。"我不喜欢谈这类话题，虽然我来日本已经几年了，但在学校里大家见了面都谈考了几个学分，明年想去哪个公司就职，谁也不谈什么性爱。

她好风流，是个无忧无虑的姑娘，听说和她父亲有贸易关系的日本老板免费给她住公寓，又有男朋友帮她写论文，真是一个幸运的白雪公主。

人与人之间为什么有这样大的差别呢？

没有人寄钱给我，我还要寄钱给敏，他辞了职只好待业在家。我住的是只有四叠榻榻米的寒室，每天去打10个小时以上的工，更没有人帮我写论文。下了班回到家看书到半夜，星期日去图书馆看资料。身旁没有一个像李斐那样的男朋友帮助我。我好羡慕那位可爱的"白雪公主"。

我不太想去参加她的生日宴会，要花许多钱，买个大蛋糕起码要3000日元。这个月我写了2万字的论文，打工时间少了，才拿到8万日元，再除去房费、买书，就剩2万日元了。想去买一件漂亮的衣服，我舍不得，但去参加宴会，又不能穿得太寒酸。

我想推辞。正在犹豫时，李斐来电话说："你今天一定要去，燕燕要你去玩。"

"那我买什么生日礼物？"我问道。

"我替你买好了。"李斐回答说。

"多不好意思。"我说。

"你为她干了不少事，我还没谢你呢。去吧，今天玩个痛快。有宴会，音乐舞蹈，还有一个特别节目。你要出去玩玩，去看看别的留学生是怎样生活的，对你有帮助。"

"实在不太想去。燕燕有个好父亲，好恋人，多幸福……"我有些伤感地说。这些日子由于敏的留学又没办成，我病了一场，大伤元气。

"今晚我俩不加班，一起去，说定了。"李斐对我说道。

无奈，只好去了，看看别人是怎么生活的，都是留学生嘛。也许我是太禁欲、太封闭了。从小围绕在母亲的身旁，很少出去玩；进了大学，只跟敏在一起；现在闯荡日本，更孤独了。

到了5点，收拾好图纸准备下班。今天为了提前下班，完成了20张图纸的工作量。每天有干不完的活儿，落合每天都要加班到10点。

我们一起走出了公司。"去晚了，她要不高兴的。她不工作，不知道我这个小职员多辛苦。她每天来电话，每星期要我陪她出去玩，是个大包袱。"李斐边说边摇了摇头。

"你爱她吗？"我问道。我总觉得李斐所爱的人不应该是燕燕这样的姑娘，应该是陈弘。可他和燕燕的父母是一个机关里的，他们从小就认识，在一个四合院里长大。

"我也说不清爱不爱她，她整天缠着我，看见我和别的女孩子多讲话，就不高兴。可是很奇怪，我和她在一起，也经常说起你，她却一点儿也不嫉妒，看来你俩有些缘分。"

"她知道我在上海有男友了，所以我不会爱上你的，她才放心呢。"我解释道。

"如果我真的爱上了你呢？"李斐突然很认真地问我。

"那好呀，我俩就谈恋爱，手拉手地去见燕燕，她一定气得把所有的生日蛋糕从窗口丢出去。"我不由哈哈大笑起来。

"你很能开玩笑，我总以为你是个冷血美人。"李斐见我高兴的样子，狐疑地说。

"其实我并不是沉默寡言的姑娘，但是到了日本这几年，我变多了，和以前完全不一样了。刚来时我每天都哭，每星期打电话给敏，给母亲。有一次电话费花了 2 万日元。后来我就写信，整整写 9 张纸。现在一个星期也不写一个字，觉得好没意思……"

我们俩一边唠着，一边坐上了山手线国铁。"今天你的话很多，几个星期没和人讲话了？"

"有一个多星期了。"我笑着对李斐说。

"好吧，去燕燕那儿痛痛快快地讲到天明。"

李斐在新宿的附近买了一束鲜花和一盒蛋糕，花了 1 万日元。我的口袋里只剩 5000 日元，但我还是掏出来抢着付钱。

"放好吧，这个月你才 8 万日元工资，还不够付房费呢。"李斐开玩笑地说着，但他丝毫没有一点儿讽刺的意思，他的神态是那么真挚而令人信赖。我也只好调皮地说："好吧，下次我请你吃饭。"

"好，但一定要提前告诉我。我一天不吃饭，痛快地接受一顿漂亮姑娘丰盛的招待。"他是那么地幽默，心情不好时，和他在一起很开心。这两年，我唯一的乐趣是和李斐在一起说说笑笑。

"今天注意一点，她有个很自命不凡的表哥。无论他说什么，你都付之一笑，把他们当作一群可爱的大熊猫，切记！"李斐狡黠地朝我笑了笑说。

"你好狡猾。"我总觉得在李斐的身上有一种与众不同的东西。是他的气质？才华？他是个无所不知、无所不会的男人，只是缺少一点儿浪漫与激情，太多冷静和理智。

前面是一幢白色的小洋房，李斐说："瞧，这豪华别墅。"

我好惊疑，燕燕住那么好的小洋房！这可是日本有钱人住的，一般公务员也住不起，目黑区是日本的高档住宅区。

"怎么样，这就是留学生中的贵族。靠着他父亲的势力，在国外也享受荣华富贵，这是与她父亲有十几年贸易关系的老板的私人住宅。以前是老板情人住的，现在空着没人住，让燕燕沾光了。当初如让你和燕燕一起住，不就省下房费了？可是不行，你得侍候她，给她收拾房间、烧饭、洗衣服。"

"我如果能住那么好的房子，干些活儿也行。在日本人手下不也是一样干吗？能省下4万日元的房费，那多好。你和燕燕再讲讲，行吗？"我多羡慕。希望能搬到这儿来，有花园、浴室，我只要住一小间就行了。

现在我住的是木结构房，隔壁住的是两个单身汉，夜里回到家里喝醉了就摔东西。他们有一次走在小道上将邻居的大花盆打碎了，还有一次无意走错了门，用钥匙开我的门，吓得我慌张地从被窝里爬起来，拿起电话要报警。

"你和燕燕说说，这主意倒不错。"我怂恿地看着李斐。他看着我摇了摇头，"什么人都能介绍到这儿来，就是你，我不能让你和她住在一起。"

"为什么？"我不解地问道。

"不为什么。"他若无其事地耸了耸肩。他按着门铃，只听传音器里传出燕燕的声音："是谁？"

"是我。"李斐皱起了眉回答道。

"你怎么没钥匙？"我问道。

"我不想成为这里的半个主人。"李斐轻蔑地说。他有时有些傲气。他很蔑视特权。既然如此，为什么要和燕燕谈朋友？

不一会儿，燕燕飞奔出来，她穿着一件华丽的白色礼服，可是太胖了点，裹在身上紧紧的。模样倒很可爱，白净的脸，面颊红扑扑的，笑起来有一个小酒窝。她像只小云雀似的一下搂住了李斐："客人都来了，就等你了。"她给了李斐一个热烈的吻。

"俩人的吻应该偷偷地。"李斐在她耳边说了一句。可说得不太轻，好像是故意让我听见似的。

燕燕十分娇柔地挽着李斐的手臂。我被冷落在旁边，她连个招呼也没打。我后悔不应该来。既然来了，没办法，只好硬着头皮走进去。

走进大门，燕燕这才想起来说："欢迎你来参加。"

"祝你生日快乐。"我装出十分愉快的笑容向她祝福。

"这是圣薇送的蛋糕。"李斐拿着他买的蛋糕说。

"噢，真是太感谢你啦！"燕燕露出甜甜的笑容，她今天更容光焕发了。

我们走进大堂，只见沙发上已坐着好几位西装革履的男士。

"噢，欢迎，凯旋的越南战场一等英雄。"一位穿着黑色西装，结着花领带的小伙子迎了上来。李斐落落大方地和那小伙子握了手，只见那小伙子的脸部神经抽搐了一下。

"何止是凯旋的英雄，还是俘虏女人的好猎手呢！我们彼此，彼此。"李斐说完便当众吻了燕燕。

"哎哟，你们俩碰在一起就打口仗！注意，今天可是我的生日。"燕燕故意板着脸说。

"干什么火药味那么重？这儿不是战场。"一位坐在正中央，头发理得一丝不乱很有风度的中年人指责道。

我感觉到有些压抑，不习惯这儿的气氛。

"久仰大名，有幸今天相见。"他站起来掏出名片递给李斐。李斐也拿出名片，互相客气地点点头。

"这位小姐贵姓？"他双手递给我一张名片。上面写道：东京王子公司代表取缔役（常务董事长）：王秉鸿。

"我没有名片……"我感到这里好像不是留学生的天地。

"没有关系，以后有事来找我。"他殷勤地对我说。

"咱们老板在东京十几年了，路子通到天皇那里。"那位小伙子说道。

"来，介绍一下，这是我弟弟。"李斐指着坐在角落边的青年介绍道，我看见一位与他长得有些像，但神情有些萎靡的小伙子。

听李斐说过，弟弟很敬畏他，他在部队时寄钱给弟弟上大学。后来他弟弟在大学里谈了一个女朋友，不知为啥分手了。从此以后，他经常上咖啡馆、去舞厅，还泡妞儿，李斐才把他办到日本留学。可他不想干活儿，整天瞎晃，有了工资就玩，没钱就向哥哥借。

李斐说没办法，要不是看在死去的父母面上，恨不得狠狠地揍他一顿，再也不理他。因为弟弟从小没见过母亲，母亲在农场里生下他就去世了。

李斐的弟弟看见我，很有礼貌地和我握了手，他微笑起来可比李斐有光彩，有魅力："常听哥哥说起你，哥哥可不太夸女孩的。"

"谢谢。"我坐在沙发上环顾四周，大厅很宽敞、豪华，前面是电视机，卡拉 OK 机。檀香木玻璃橱柜里摆着一排英国的精制陶瓷，一尊铜制的法海大师像放在正中央，一对法国制的雕着天使的灯架悬挂在两旁。但在墙上却挂着中国张大千的荷花图。

看来主人公是日本的百万富翁。他能够将这幢别墅让出来给一个中国留学生住，实在是个慷慨的施舍，天下有这样的好事？

燕燕好幸福，她像个云雀似的又跳了进来。"今天我们嘉宾都到了，第一个节目是喝香槟酒；第二个节目是卡拉 OK 比赛，谁赢了谁就有一份厚礼；第三个节目是跳交谊舞，每人选一个舞伴；第四个节目是……"燕燕笑了，她望着李斐："你说吧。"

"最后一个节目是自由结合，带着你们的舞伴在樱花树下去散步，或者去情人旅馆。"我没想到李斐会说这些风流话，他实在是个捉摸不透的人。

下面一阵哄笑，鼓掌。"女士不够，怎么办？"那位小伙子叫嚷起来。

"在东京还缺女人吗？"王老板微笑着，又看着我说，"我想请你做舞伴，好吗？"我微笑着点点头。

"今天的皇后被你先抢走了，我们可都没兴趣了。"李斐的弟弟无奈地做了个怪样，他的模样很可爱。

"那我就忍痛割爱，放弃今天的欢乐，等待以后的机会。"王老板用诱惑的目光看着我说。

"你们竞争吧，我和燕燕回到我们的新居，好吗？"他潇洒而风趣地微笑着望着燕燕。

"是呀。"燕燕又当众吻了李斐一下。

我望着满面红光的燕燕，望着李斐与燕燕亲昵的样子，心里有一股说不出的滋味。是嫉妒？我嫉妒她什么呢？她没有我漂亮，也没有我有才华，有什么值得我嫉妒的呢？但我羡慕她是个幸运儿，住那么好的房子，坐在家里拿着工资，还有一位才智双全的男朋友。

在这里李斐是属于燕燕的，不属于我。虽然我对李斐没有爱，可我不愿意看到他对别的姑娘这般亲热、温情。

我有些后悔，为什么跟着李斐来？是他女朋友过生日，我来不合适。好在他弟弟坐在旁边和我闲谈，否则我被冷落在一边。看着他俩亲亲热热的，我感到好孤独，好凄凉。

我又想起了敏。三年前，我 23 岁过生日时，也是这样热闹，大学里的同学一起来聚会。房间里拉上彩条，大家愉快地唱着生日歌。那天我们玩到 12 点，我好幸福，敏也是这样搂着我，当着朋友的面吻我。

想到这里，我好想赶快离开这儿，回到那寒酸的小屋，躲在被窝里痛痛快快地哭一场。我低垂着头，不让自己的悲伤被大家看见，可我忍不住，便借口说去化妆室。

李斐看出我的神情："你脸色不好，不舒服吗？"他跟我到大厅。

"没什么，有些头晕，你进去吧。"我勉强地笑着说。

厕所间在二楼，是自动冲洗的抽水马桶。化妆室里放着香水、化妆品，还有鲜花，厕所都比我的寒室还漂亮。

对着镜子注视了半天，镜子中的我是那么漂亮，为什么紧锁着双眉？我的脸一点也不苦相，为什么现在生活得那么苦？我身边也应该有个恋人，我会好开心的。我不是丑小鸭，为什么整天将自己紧锁在小屋里？燕燕多快活，有那么多朋友。

突然，我的眼前浮起了铃木的面庞，如果今天他能来陪我，我就不会悲伤了。我会高傲地在她面前展示我的魅力，我不能让她那么轻视我，刚才一进门她就没有把我放在眼里。

我对着镜子苦笑着，多希望宴会快结束。讨厌的李斐，要我出洋相，他为什么要带我来？是不是想在我面前显示一下，他有这样一位有钱有势的女朋友？待在这儿仿佛在受罪，我一点也不喜欢这里的男人。

走出化妆室，看见厨房里有人在忙。那人听到声响，回过身，我不由愣住了，那不是语言学校同班的莉莉吗？她毕业后，不知去哪了。我俩曾坐在一张桌上，她上课就打瞌睡，到了考试，总要拿我的答案抄。我看她打工那么累，也就给她抄，她非常感谢我，常常送我些小礼物。

"是你呀！"她也认出了我。"我一直在打听你去哪儿了。"她惊喜地握着我的手。

"你怎么到这儿来的？"我问道。

"我在银座上班时，认识了一位喜欢我的老板。他说有个北京的贵族小姐，一个人住别墅太害怕，要我去陪她一起住。不要付房费。那老板说：好好照顾她，还有工资给拿，但是她和谁来往要我告诉他。"

这里面竟那么复杂。原来那老板并不信任燕燕住这儿，所以叫莉莉监视她。人呀，互相之间为什么那么不信任？难怪李斐说不能让我来住。

"你怎么认识燕燕的？"莉莉问道。

"李斐是我单位的同事。"我说。

"他可是个正派的男人，我也喜欢他。"莉莉直言不讳地对我说，"他好像并不爱燕燕，几个星期也不来一次；燕燕吵着要他住过来，他不愿来。燕燕发疯似的两天两夜没睡觉，我只好也陪她不睡觉。"

"莉莉，东西准备好了吗？"是燕燕在楼下叫，"快，一起来喝香槟酒。"

我们匆匆忙忙地下了楼，李斐已经打开了香槟酒，斟在每人的酒杯里，大家举杯祝贺："祝燕燕生日欢乐！"

那位进门就讥讽李斐的小伙子欢呼道："为世界上最可爱的姑娘干杯！"他好像很巴结燕燕。燕燕没有理他，依偎在李斐的身边。

"生日愉快！"李斐含笑着对燕燕说。我不想再看到他吻燕燕，幸好这次他没有。

晚餐很丰盛，从银座"天国"名店买来的寿司，还有莉莉做的中国炒面，摆满了一桌子。大家边吃边说，王老板对燕燕说："今夜打电话给你爸爸，叫他催催下面的几个单位，今年要订30万个电子元件呀。"

"好啦，今天我生日，不谈公事，明天自己打电话去说！"燕燕有些不耐烦。

李斐的弟弟仍坐在我旁边，不停地给我夹菜。李斐说他有些玩世不恭，可我看他很正经。

我望着他，想起李斐对我说过，以前父母在五七干校，家里只剩下他和弟弟。他常背着弟弟去外婆、舅舅家吃上几顿热饭。晚上哄他睡在薄薄的棉被里，弟弟冷醒了，李斐就把他的小手放到自己的胸前暖着。

李斐是个会体贴人的男人，如果谁做了他妻子，一定会很幸福的。我不由回眸凝视了正在举杯的李斐，他的目光也正对着我，那目光是十分柔情的。也许多喝了些酒，我慌忙垂下眼帘，转身对他弟弟说："你哥哥是个好人。"

"是的，从小是他把我带大的，他是父亲，也是母亲；但很严厉，我有些怕他。"他弟弟露出无奈的微笑。

"是吗，我觉得他一点儿也不可怕。他对你发脾气吗？"我问道。

"发起脾气像头牛，但一般他不发火。"

"好啦，请唱歌吧，每人唱一支。最后谁选票最多，得我的生日奖。"

李斐唱了一首《群山》，他的嗓子也很好，可是他们说太激昂了，不适合今天的气氛，这些男士不想投他的票。

我唱了一首韩国歌《离别》，这是韩国有名的歌手李成爱的名曲。

虽然我们相隔千里，

我每天都思念着你，

当我想念你时，

我就仰望着明月。

哪里有你的身影，你的笑容，

人生为何要分离，要分离？

我含着泪，唱得很动情，每唱这首歌，我便想起敏，他也和我一样，每夜孤独地在上海的新居里等待着我。

当我唱完后，大家都鼓掌。结果我得了六票，中了奖。燕燕送给我一个精制的小熊猫。

男士们在搓麻将，燕燕趁着酒兴，让我去她的房间，那是一间豪华的卧室。一套法国家具很漂亮、很精致，桌上放着她和李斐两人的合影。

"李斐常来这里吗？"我问燕燕。

"他住惯了'猫耳洞'，说不喜欢这里，他是个大傻瓜。"燕燕拿出了一沓照相本说，"给你看我的照片和录像。"

她拿出了在世界各地游玩时拍的照片让我看："这是泰国，这是马来西亚，我都去玩过。"

有一位穿着和服长得非常美丽的日本女人和燕燕在一起，她解释说："这位是日本有名的美人。"

我第一次看到这样美丽的日本女人。

"这个日本女人才是你们的公司老板，你没见过她？哎哟，女人见了她都要嫉妒，男人见了她没一个不想入非非的，她长得美极了。我以前见过西哈努克亲王的夫人，以为她是亚洲最美的女人，可现在我敢说她只能屈居第二了。"

"你怎么认识的？"我问道。

"我父亲两年前来日本考察，她亲自接待的。"

"噢……"我点了点头。

"这是谁？"我看到另一张照片，那不是铃木吗？

他那乌黑的双眸与众不同，炯炯有神却透出一股冷峻。在这冷峻的目光中又含着千言万语。他也望着我。

突然，我冒出了一个非常奇异的感觉：我们真的似曾相识，那天不是第一次相见。

以前在什么地方见过他？我除了来日本没去过别的地方，在中国？他没去过中国，那么在何地相见过呢？

可能我们前世有缘。母亲相信佛教，她常说每人有前世、今世和来世，前世未了的情，会在今世结缘。

"那是她的儿子，以前在美国，英语说得特棒。他在上智大学读过经济管理，他母亲说追他的姑娘很多，要给他找一个门户相当的姑娘。"燕燕介绍说。

为什么他和母亲在一起没有笑容？记得那天在总公司大楼内，他的目光没有这样冷，尤其是当他看到我的一瞬间时，那目光是那么深情动人，可惜仅仅只有几秒钟。

男人在客厅里大声地谈论着政治，谈论着今年市场上引起轰动的书。

我对这些不感兴趣，燕燕又拿出了去国外旅游时拍的录像给我看，只好和莉莉一起看录像了。不知怎的，我总是想着照片中的他。噢，今天那么想他。我怎么啦？多荒唐！也许我是应该有个男朋友陪伴在身旁，我是不是有感情危机了？

"我们见了一面，我就喜欢上他了。那天我骗他闭上眼睛，吻了他一下，他一点儿也不惊讶，拿起我的手回吻了一下，好有风度。我给他打过好多电话，他说工作忙没空，气死我了。"燕燕滔滔不绝地说道，"他再不理我，我叫父亲再也不给他们进口贸易的指标了。"

好大的口气！她的一句话就会翻江倒海似的。"你可不要这样，否则我和李斐可没有工作了。"我开玩笑地说。

燕燕更得意了："这几年你们公司的活儿，许多是我父亲给的，所以他母亲才请我们去她的豪华温泉别墅。噢，那才是享受的王国。"燕燕喜形于色地说道。

好一个公主，借着老子的光，享尽荣华富贵！

生日宴会闹到 12 点。舞会上，李斐与莉莉的探戈跳得美极了。没想到李斐做什么都内行，他在哪儿学会的跳舞？在部队？他一点儿也不像个经过越南战争扛过枪杆子的人，他是个十分潇洒、能文能武的男人，可我为何不爱他？

燕燕又缠着李斐，要他住在这儿。"不行，我要送圣薇回去，那么晚了，我不放心的。"

"那让她和莉莉住在楼下。"燕燕撒娇地依偎在李斐的身旁。

"我下星期一定来，听话，别任性了。"李斐哄着她。

燕燕生气地噘着嘴，她见李斐仍没理睬她，才说："好吧，下星期来，说定了。"她无奈地送我们走出客厅。

我和莉莉告了别，她说以后一定来看我。李斐的弟弟有些依依不舍，要送我回家。

"你先回去吧。"李斐对他弟弟说，"明天还要去学校。"

"林小姐，以后有空来我们公司玩。"那王老板很客气地对我说，"以后有什么事需要帮忙尽管说。"

"好，谢谢。"我寒暄道。和两位北京朋友说了声再见，我和李斐先走了。

我和李斐并肩走在寂静的马路上，路上冷冷清清，有些凉意，远处传来一阵刺耳的摩托车排气声，我感到不寒而栗。远处，一个喝得酩酊大醉的公务员摇摇晃晃地走着。

现在我好像感到李斐是属于我的了，忍不住想拉住他的手，我今天是怎么啦？他又不是我的情人。当我靠在李斐的身边时，觉得他是那么矫健，刚毅。我多想紧紧地靠着他，就像燕燕一样依偎在他的胸前静静地休息一会。

然而，我不能。我真正能依偎的人不在身边，在远方。他在那小屋一个人寂寞地使劲抽着烟，反复地在看我的信和照片。唉，为什么要彼此相思、痛苦？今年毕业了，马上回去！回去结婚，我再也不想一个人在异国漂泊流浪了。

今天，我是如此强烈地想回国，我感到很孤独，很孤独。

"圣……怎么啦？刚才还那么开心，又想家啦？"李斐低下头温柔地问我。

我低垂着头，没有回答。

"都是我不好，本不应该带你来，我看你一个人好寂寞，总有心事。想带你出来散散心，没想到反而使你不高兴。"李斐叹息道。

他送我到了离家门不远的小巷口，我们站在杜鹃树下，他关切地问我："你有什么事，需要我帮忙的？"

我只想和他多待一会儿，今天怎么也不想一个人跨进这间狭小低矮的小屋。我害怕孤独，害怕寂寞。

我站在他面前，多么希望他能伸出那双坚实有力的手臂将我紧紧地拥抱，就像拥抱燕燕一样。为什么？可我并不爱他，只是觉得他是个坚强可靠、值得信赖的男人。

可是他伸出的手臂只扶住了我的肩膀。"你一直不开心，我放心不下。你有什么心事告诉我。"

我苦涩地挤出一丝微笑："我想让他快些来东京，我好想他。"

"你又找学校了吗？"他问道。

"办了两次，第一次理由不足退回来了。第二次，保人收入不够，没批。我花了20万日元，钱也白丢了，我没有信心了。"

"那就再办一次，我帮你找保人，找1000多万收入的。今年4月再送一次，怎么样？"李斐非常诚恳地说，"你为什么不早告诉我呢？为什么要用钱去买保人？我在日本认识许多老板，只要我开口，他们都肯给我出资料的。"

"那时我们刚认识，也不好意思求你。"我没敢抬头看李斐。我今天不敢看他的目光，怕他看透我刚才一瞬间荒唐的念头，想让他拥抱我。

"你真好，一直做我的朋友好吗？"我终于抬起头望着他说。

"好，那我太幸运了。"他憨厚而坦率地笑了。

我这才发现他今天特别精神，头发理过了，涂了摩丝，三件套的名牌西装穿在身上很挺括。他其实是很英俊的，一双剑眉，双眼不大但炯炯有神，是个典型的北方美男子形象，难怪燕燕一天不打电话心就烦。她好幸福，有这样体贴的男朋友在身边。可我没有，我是一只孤雁。

如今李斐能成为我最好的异性朋友，在这异国之乡，我多少有了些慰藉。他是一个能为朋友两肋插刀讲义气的朋友。

我的脸上又泛起了微笑。当我抬起头望着他时，他对我说："你太美了，美得叫男人受不了，我想马上逃跑！"他幽默地笑了。

"神经病！"我狠狠地捶了他一下，"你猜我刚才在想什么？"

"想什么？"他好奇地问道。

"想你像搂抱燕燕一样地拥抱我。"我望着他，等待着他的回答。

不料，他笑着摇摇头："真不知你们女孩子想些什么。我刚才拥抱燕燕，又来拥抱你，那我可成色鬼了。女孩子是不喜欢好色的男人的，是吗？"他望着我的眼睛问道。

"是的。如果你一下子抱住我，那么我会给你一个耳光；可是当一个女孩子需要一个男人拥抱她，而他偏偏不去拥抱她时，那女孩子肯定会伤心的。"

"你现在一点儿也不伤心，如果伤心就不会说出来。"他狡黠地笑了，"我今天交了桃花运，又学了不少恋爱技巧；但真正的爱不只是拥抱与接吻，是吗？"

"你有过真正的爱吗？"我问道。

"没有真正地爱过女人，可爱过我的工作。"他又要和我谈大道理了。

我觉得和他讲讲玩笑很开心，看来今天睡不着了。对了，请他进屋坐坐吧。我很希望他今天多陪我一会儿。

"不，太晚了，你早些休息，明天清晨要去公司上班，以后有机会一定来玩，我明天帮你去弄资料，别花钱去买保人了。"他像大哥似的关照着。

"好吧，再见！"我调皮地看着他，心里高兴多了。

"祝你做个好梦，梦见你那位白马王子。明天上午你一定要精神焕发，可别再胡思乱想了。"他挥手向我告别。

我望着他的身影消失在转弯处，心神不安地走进低矮的木结构的小屋内。

信箱里有一封敏写来的信。以前我总是惊喜地打开，一遍遍地看。今天，我懒得打开信，信中无非又是写道：我每天都盼望着你回来，每夜是那么漫长……

不知道这两地相思的生活要到什么时候才能结束。这几年，为了给他办理来日本，花费了我不少精力和金钱。

我毕业后不能马上回去，我得在日本公司就职几年，有了国外工作经验后才回去。那么我们还要分离多少年？我已经无法承受这种孤独的生活了。今天我看了燕燕的家后，一种从未有的感觉油然而生——我要生活，真正的生活！

我需要爱，需要温暖，需要每天拖着疲惫的身体踏进这间小屋时，能依偎在一个强健而温柔的男人的胸前，安心、恬静地睡到天亮。

可现在什么也没有，我心灰意懒地坐在榻榻米上，这时眼前又浮现了那双冷峻而有神的双眸。多荒唐！刚才和李斐在一起，想着能和他多待一会儿，可现在又想起了他，我可不是个水性杨花的女子。

近来我感到一种焦虑、浮躁，夜里梦见我与敏在一起的情景。当我感受到一种无比的快感后，睁开眼睛，一片黑乎乎的，什么也没有，只有那只小闹钟一秒秒地朝前走着。于是我呆呆地看着闹钟，一秒、一分、一小时……一直到天亮。

我是否在煎熬自己的青春岁月？我这样是否算活着？

不，我不能无谓地消耗我的生命与青春——我才26岁，我要像燕燕那样去寻找一个避风港。这几年艰苦的留学生涯，我感到好累，好累。

我有气无力地打开敏的信。他也和我一样，已没有更多缠绵悱恻的情话。他说不想再来日本了，现在国内改革开放后，社会发展有了很大的起色。

同学中有的办了咨询公司、电脑公司，生意不错；有的去了海南岛大发展。如果可能的话，想借一点资金，开个电脑公司，复印材料、打印名片、翻译资料，利用电脑搞信息咨询。买一台电脑要 1 万人民币。

他把工作辞了，以为我能马上帮他办到日本去。可我无能为力，我对不起他。他有了电脑，就不会整天无聊地待在家里了。他向我借钱。我前一个星期刚交了学费，银行卡上只有 50 万日元了，明天给他寄去吧。

今晚什么也不想干，下半年的学术论文还有 5 万字没写好，10 月有个国际性的论文演讲。朝这方面冲刺，我以前很有信心，我要成为一名女科学家，一名电脑专家，我要满载而归衣锦还乡。

我和燕燕不一样，她有一位有权有势的父亲，大树底下好乘凉。而我，父亲在农场去世后，我与母亲相依为命，好在有香港的几个伯伯、阿姨援助，才没有过上饥寒交迫的生活。母亲一再嘱咐我要成才，要成为自强自立，做一个像父亲一样出人头地的人。

我能吗？我不知道。可我现在需要的是爱、是情！

第三章　伊豆恋情

自从参加了燕燕的生日宴会后，我的情绪发生了极大的变化。我看到了在留学生中的另一个世界，一个完全和我不同的，享受特权的贵族留学生生活。我感到深深的不平，但是我没有嫉妒，时刻牢记母亲在我临上机场时的告诫：要努力靠自己的才能去争得一席之地。

是的，我靠自己的奋斗考上了东京大学，又进了东邦分公司工作，我的老师和日本朋友都称赞我。哦，还有铃木也赞赏我，想到这些我的心理得到了一些平衡。

但是从燕燕家回来后，我决定接近铃木。即使我们不能成为关系亲密的朋友，能交上他这样的日本朋友，将来也许能在一些关键时刻助我一臂之力。燕燕有她在北京的父亲帮忙，我有在日本的朋友帮忙，我想是不会输给她的。我不能像莉莉那样寄人篱下。

出去走走，开阔了思路，非常感谢李斐。

当天的夜里，铃木又来了电话。他又说要星期六带我去伊豆群岛玩。这次，我非常爽快地就答应了。

我一直想去那儿。中学时读过获得诺贝尔文学奖的名作家川端康成写的《伊豆的舞女》：那房檐上"叮叮"作响的铃声，坐落在岛屿边挂着一盏灯笼的民宿，油布伞下的一条石凳，还有跳着日本舞的歌伎……

以前每每读到这里，我就遐想这异国风情，想去伊豆游玩一次。

再也不能像李斐说的"像个修女似的过着禁欲的生活"。我以前并不在意他的话。现在当我对着镜子化妆时，觉得李斐的话是对的，我的眼睛不明亮清澈，肌肤也不红润，岁月在我脸上留下了无情的痕迹。

可为什么铃木还说我漂亮呢？他在奉承我。是的，日本男人很会哄女人。不管怎样，只要我开心，管他如何哄我，我再也不能过着修女似的生活了。

今天去玩，穿什么衣服？对了，穿一套牛仔短裙和 T 恤衫，这套衣裙是敏寄来的，我一直舍不得穿。

当我穿上，一照镜子。噢，我又年轻了！

楼下有轿车的喇叭声音在响，我探出头张望。只见铃木从车窗里伸出手，向我做了一个飞吻。我很开心，好几年没有这种心情了。

我向他打招呼："马上来！"对着镜子又照了半天，感觉不错，就背起了一个牛仔包，飞奔下楼。

"噢！真年轻。"铃木变成了真正的年轻人，他脱下西装，也穿着白色的鳄鱼牌 T 恤衫，一条白色的牛仔裤，一双阿迪达斯网球鞋；嘴里嚼着口香糖，十分潇洒地站在那辆白色的丰田豪华型轿车前。

"你变得更年轻了，不像是一位拘谨的中国女子，成了地道的美国热情奔放的女子了。"我发现他那双眼睛含着淡淡的微笑，不再是那么冷冷的。原来他还是个充满稚气的青年人。我好喜欢他现在的模样，真想伸展出双臂拥抱他，可不敢。我毕竟不是美国少女，我是一个地道的中国姑娘。

上了车，忍不住地看了他一眼。"你是个很会讨姑娘喜欢的男人，一定有很多恋人。"我问道。

"没有，现在就你一个。"他仍嚼着口香糖，漫不经心地说，眼睛却调皮地笑着。

"前几天我在朋友家看到你的照片，好英俊。"

"谁有我的照片？"他疑惑地问。

"在燕燕家，她说好喜欢你。"我看着他的脸说。

他想起来了，"喔，是那位连日语也说不清的公主。以前，他父亲跟我们有不少生意来往，我不得不应酬。那天在酒席上，她冷不防地吻了我。从来也没有碰到过这样的姑娘。"铃木无奈地摇摇头。

我笑着说："如果我冷不防地吻你，你会吃惊吗？"

他转过头看了我一眼："你不会的，所以我喜欢你。"

"喜欢不会接吻的姑娘？你多奇怪。"我知道他不喜欢燕燕这样的姑娘，心里又得到了一些平衡和安慰。

"今天你更美了。"他说着便伸出左手拉住了我的手，我没有缩回手，反而紧紧地握住了他的手。

"真开心！"我望着窗外飞驰而过的一幢幢大楼，不由得心旷神怡。

整整三年我没这么开心地出去玩过，尤其是和喜欢的男人在一起。没有爱情的生活是多么没有色彩。

今天的天，特别明朗，空气也是那么的新鲜，一切都充满了无限的春意。因为身旁坐着他。

我又忍不住地看着他。他注视着前方，侧面的剪影也是那么富有魅力，我不由轻轻地在他的手背上抚摸了一下。"噢……我注意力集中不了，撞车了可怎么办？"他回过头笑着说，却突然抓起我的手，飞快地吻了一下。

我吃惊地叫了起来："你真坏！"我拍打了他的肩膀，仍情不自禁地抓住他的左手。

"你来日本后都到什么地方玩过？"他问道。

"只去过富士山。"我不能说没有钱出去玩，会被瞧不起的。

"以后我带你去京都、冲绳玩，好吗？"

我又想起了纯子："纯子知道了可不好。"

"我俩在一起时，请不要说起她，好吗？"他的脸色有些不悦。

"对不起……"我抱歉地说道。

他见我好久不吱声，就说："我不应该这样和你说话，不要生气。笑一笑，不要变成冰美人。"

我勉强地笑了笑。我总觉得有个阴影在我们身边。

车在高速公路上飞驶着，警戒铃"叮当"地响着。每小时一百公里，可他那只左手仍握住我的手，右手握住方向盘，嘴里那么有味地嚼着口香糖。

当车开在中途的休息站时，他下车买了几罐冷饮，递给我："广告上写道，喝了乌龙茶，会变美人的，你在中国是否每天喝乌龙茶？"

"我在中国从来也不喝乌龙茶，喝白开水。"我说。

他听了我的话，耸了耸肩说："怪不得，中国姑娘很漂亮，天生丽质，日本姑娘不好看，老想喝乌龙茶。"他说话好调皮，不像在公司里那样一本正经。

车整整开了5个小时，才开到伊豆大岛冈田港前。我们将车停在广场上。下了车，我们像一对多年的恋人，手拉着手走到了海滩边。

由于不是盛夏，来游泳的人不多，只有三三两两的人在冲浪，还有驾驶着快艇和帆船的年轻人。

"我在这儿也存放了一只小艇，每年来两次。今天玩什么？还是坐小艇？"

"我有些怕凉，而且又感冒了，还是坐小艇吧。"他走进了一个专门存放各种游艇的地方，将一艘红白两色的小艇搬了出来。

我们换了游泳衣，一起上了船。"今天风向是东南，顺着风向转舵，一直能开到对面的八丈岛，怎么样，害怕吗？"

"不，我在中学里是游泳健将，还游过黄浦江呢，12000米。"

"看不出，12000米吗？看你那么瘦小，好像没力气。"他穿着游泳裤，他的肌肤是那么的白。

"你每天都锻炼身体吗？"我情不自禁地望着他胸前那浓浓的胸毛，在健壮的胸肌前，犹如两座山峰中的一摊绿地，没有想到他那么健美，充满了男性的魅力。噢，真想伏在上面憩息一会儿，异国的留学生涯使我太累了，恋人的胸膛是我的避风港。我来日本后第一次那么强烈地渴望着爱。

想到这儿，我不由羞怯地低下了头。我和他仅仅才见了两次面，怎么能胡思乱想。看来，我不能成为一个地地道道的修女，我的性欲被他煽动起来了。

"你真美，像维纳斯。"他细眯着眼睛，看着我说。我不由用双手下意识地遮住高耸的胸部。三年来，我第一次发现自己的身材还那么美。

"今天风有些大，不凉吗？"他的声音低沉而柔情，他靠近了我说。

是感觉有些凉。我多想他能抱住我，可我不敢说。因为母亲一直嘱咐我：

姑娘家要稳当，不可轻浮。

前面的海一望无边，非常平静。天蓝得没有一丝云彩。几只海鸥掠过，点缀了蓝色的天幕。几只小帆船在前方驶着。

我深深地吸了一口海面潮湿的空气。已经整整五年没游泳了，在来日本前的两年间，一直在大学里，考试很紧张，又要学日语、英语。来日本三年，几乎忘了世界上还有休闲这两个字。此时此刻，我多想跳下海痛痛快快地畅游一番。

"我下去游一会儿好吗？"我小心翼翼地问他。我把他当作保护神。

"你真的游得很好吗？这儿是海中央了，我不放心。"他有些担忧地说。

"等我出事了，你跳下来救我，不就是英雄救美了吗？这多浪漫。"我见他还犹豫，便纵身跳入海中，他紧张地站在船头望着我。

我仿佛又回到中学时代，那次游黄浦江，旁边是李逸敏，他一直护着我，我丝毫也不害怕。如今只有我一个人，可我也要游。在异国他乡，只有靠自己了，只能向前，不能后退。

我抬起头，迎着太阳，展开双臂充满自信地向前游去。自由泳是我最熟练的，在中学比赛 200 米自由泳时，还获得过全校女子冠军。

多么舒畅！多么快活！一直向前游去，向前游去，也不知游了多少米。我几乎忘了这是在日本伊豆群岛的海中，这不是梦幻吗？还有一位美男子陪着我。我没有听到铃木的叫声，只顾向前游去。

我仿佛走进了自己的天地之中。这世界是我的，是我的！当我翻过身仰泳时，凝视着太阳。在那耀眼夺目的太阳底下，有我的故乡，有仍在上海等待我回去结婚的他，我们能共同看到那阳光，可却看不到彼此的身影……

那天我们游完了一万多米，最后只剩下两名女生了。是他小心翼翼扶着我上岸，是他帮我按摩。如今他在干什么？在给我写信吗？在和别的姑娘聊天吗？还是一个人默默地坐在那间已布置好的新房里看我的照片？

触景生情，又激起了我对他的情感；突然，我好想回去，好想马上回到中国！

还有我的妈妈，她怕我被太阳晒脱了皮，就用防晒油涂在我的身上。那天妈妈端上一碗冰冻绿豆汤，慈爱的目光久久地望着我。如今，妈妈在哪里？她一定在惦念着我。星期六傍晚总是守在电话机前，等着我的电话。可我不能流泪向她诉说在日本多么寂寞。我好想回家呀！

我望着阳光与蓝天，眼前渐渐地模糊了，泪水不由得涌了出来。

"圣子……"我听到有人叫我。是他。我睁开眼看到铃木蹲在船头焦急地望着我。

"快上来，要下雨了。"我环顾天空，只见前方一片乌云翻滚，海面起了风浪。我急忙拉住了船身，一跃跳上了船。

脸上分不清是泪水还是海水，我无力地坐了下来，双手捂住了脸，我不想让他看见我哭过。我的情绪仍没扭转过来，心中有些难过。真想对着大海痛快地哭一场，可是他在，我得忍受。他不是我的恋人，我们才相识不久。

"你怎么啦？是不是有些凉？"他看我一动不动地缩着身子，便拿一条浴巾披在我的身上，又拿了一条毛巾帮我把头发擦干。

我又想起了那天，李逸敏也是这样帮我擦干头发的，轻轻地、慢慢地。我再也忍不住，捂住脸抽泣了起来，多想依偎在铃木温暖的胸前痛快地大哭一场。

"怎么啦，刚才你还很高兴，你游得很快，我一直跟在你后面。"

他轻轻地扳开我的手，擦着我的泪水，不料，我哭得更伤心了。他一把搂住了我，将我的脸靠在他的胸前。

"不要离开我，不要离开我……"我喃喃地说着，紧紧地抱住了他。

"我不离开你，想家了是吗？"他温柔地将我的脸靠在他的肩上，"我知道你很不容易，一个人来到日本，一定吃了不少苦，我知道。"此时此刻，他像个慈爱的兄长安慰着我。

就在他拥抱我的一刹那，我意识到自己已经离不开他了。他是我在日本唯一的希望和光明，我的爱与情。

"前面是八丈岛，去岛上休息一会儿。"他一手驾着船舵，一手仍搂住我。我无声地依偎在他的胸前，我丝毫感觉不到我们相识不久，这就是缘分吧。

船停在海滩上，这儿很清静，只有两对年轻的恋人躺在海滩上休息；前面是几间挂着红色灯笼，插着油布伞的民宿。

我们也并排躺在海滩上，"告诉我，是想家了吗？"他在我身边轻轻地问道。

我点点头，闭上了眼睛："我想睡三天三夜。"

"好吧，那就睡三天三夜。我陪你。"他靠在我身旁，伏下头柔情地吻着我，我没有躲避，闭着眼睛等待三年之久的渴望。

"我爱你。"他低沉地说着，将我用力地搂住。狂热地吻着我，吻着我的额前，双唇，脖颈……我融化在那火一般的恋情之中。

他的手轻轻地摩挲着我的背，我感到一阵舒坦，温暖。我需要激情，需要一个爱我的男人。

我们仅仅才见过两次面，他为什么如痴如醉地吻我？为什么那般狂热？他真的爱我吗？不喜欢纯子吗？

我突然想起了纯子，从那狂吻中惊醒，"……不要，你有纯子。"我慌张地躲避他的吻。

"不，我没有纯子，只有你是我的爱。"他固执地说着。

"你骗我。"我从迷恋中猛醒，吃惊地望着他。我非常害怕，害怕陷进爱的深渊中。我是个地道的中国姑娘，不能对恋爱抱着一种玩世不恭随随便便的态度。

"我不爱纯子，她并不是我的女朋友。"他十分果断地说。

"你骗人，全公司都知道。纯子也承认了，你为什么不承认呢？"我有些愤恨他为什么要骗我。

"一时没法解释清，可是请你相信我，我是爱你的。"铃木十分固执地说，"你像我八年前初恋的女朋友。"

"……"我望着他有些悲哀的神态，我相信他没有说谎。

"她死了，在过 20 岁生日那天，捧着我送给她的银铃。"

"对不起。"我向他道歉，爱怜地望着他。

"那天，我们去浅草玩，回来的路上出了车祸，前面的一辆卡车撞在轿车上，后面五辆车没来得及刹车都撞上了。我开得太快了，就在我转过头望着她的瞬间，也没来得及刹车，她的头撞在前面……"他的目光注视着前方，陷入了沉思中。

我相信他说的是真话。"请原谅我。"我后悔两人高兴地游玩伊豆岛，却偏偏提起伤心事。

"那天，她捧着我买给她的银铃，死在我的怀里……从此，我再也没有真心地爱过别人。你的眼睛和她长得一模一样，那天在公司的会客厅里，我几乎不敢相信，以为是友子回来了。"

我这才明白，当他第一次看到我时，为什么那么惊讶。原来他爱的是死去的女友，可我不是他死而复生的女朋友，我为此感到悲哀。

我默默无言地坐着，万一以后他发现我与友子在性格上有很大的差距，他会突然无情地离开我吗？

不行，我要有理智！他是铃木，纯子的男朋友，不是我的男朋友。想到这里，我心里感到一阵绞痛。

我们彼此低垂着头，各自想着心事。

"谢谢你上次送了我生日礼物，我会珍惜你的友情。"我站立起来，望着大海说道，"请你原谅，我不该那么任性，我们以后能成为好朋友。"

此时我敏感地意识到，我比他更悲哀。他的悲哀已经过去，而我的悲哀从现在才开始，我后悔太放纵自己的感情了。

"我们坐一会儿了，就回去吧？"我觉得要收敛自己的感情，刚才似乎过分了，把他当作我的男朋友。可他不属于我。

"你很爱以前的女朋友？"我见他仍沉浸在对往事的追忆中。

"是的，我们从小青梅竹马，一起在秘鲁长大。"他望着前方陷入往事的回忆中。

"你怎么去秘鲁的？"我有些奇怪。

"日本战败后，国家很贫苦，农村连年闹灾害，国民吃不到一口白米饭，许多人移民去了国外。我的一位远房叔叔去了秘鲁，秘鲁政府为日本去的难民分配土地。父亲那时才 20 岁，和村里的几个年轻人一起去了。在乡村耕种土地，后来有了些钱，他们在镇上开了一家日式拉面店。父亲娶了当地一位小商人的女儿，即是我的母亲，她是小镇上的美人。我的女朋友是母亲好友的孩子，她父亲也是日本人。10 年前，日本发达了，移民秘鲁的人都想让子女回日本来念书，我们就一起回来了。"

我这才知道，他为什么长得不太像日本人。他的个子很高，那双眼睛那么乌黑，脸形的棱角是那么分明，他是个十分俊美的混血儿，所以很聪明。

"我刚到日本，不太会说日本话，在学校也受一些同学的欺负。但是我成绩优秀，老师都很喜欢我，渐渐地大伙对我好了。所以我体会到你一个人来闯日本很不容易，要念大学，又要打工。你很坚强，又聪明，我常听纯子和落合夸你。"

他的眼睛又有了淡淡的笑意，可我却笑不出来。我已经没有了刚才的激情，他为什么要说起女朋友的事？她一定是个美人，眼睛发亮得迷人。我为什么要嫉妒他已死去的女友呢？

"今晚住在岛上好吗？"他搂住我的腰说道。

"不，我要回去。"我已没有闲情在这儿休息三天三夜。他是我什么人呢？我的上司、同事。如果他不说女朋友的事，也许我在没有理智的激情中会情不自禁地答应的。从内心讲，我是不想与他分离的，每分每秒都希望他能在我的身旁。

然而，现在我有意识地一直在提醒自己：他不爱你，爱的是以前的女朋友，现在他还爱纯子。他只是一时的冲动，千万要冷静！

"住一个晚上好吗？"他的眼睛中闪着柔情。

"请原谅，刚才我有些冲动，因为想起中国的男朋友。"我若有所思地说着。

他沉默了好半天，"对不起，我不应该留你住下的。"我们默默地走着。当我们走到停车的地方，他站住了，望着我说。

"你是喜欢我的，你的眼睛告诉了我，可为什么不想承认？"他自信地说，他不想打开车门。

"你不要逼我好吗？我们是朋友、是同事，你是上司，我是部下。"我又想起了在总公司里西装革履的他，我和他仿佛又有了一段距离。

"好吧，对不起，我失礼了。"他道歉地说。

我们在前面的海滩上，品尝着当地居民刚捕捉来的新鲜的海虾、鱼。在渔民办的乡村小酒店里唱了几首歌，便开车回家了。

在回来的路上，气氛十分紧张，彼此都很拘束。我们再也不握住对方的手，也没有多余的话，只听到铃声叮当地响着。偶尔，他转头看我一眼，我慌忙低下头。我真想赶快到家。坐在车上，我一直在想，是否太傻了，才见面两次，我怎么能要求他真心地爱我？

我追求的是东方理性的、持久的爱，我是否很古板？

"今天玩得很开心，谢谢你。"他在百忙之中抽空陪我玩，我不能让他太失望了。他要开5个多小时的车，一定很累，我不能那么无情。

他强挤出一丝笑："没事，只要你开心。"

车停在了我家的门前："谢谢你，今天我玩得很高兴。"我想下车，可心里还不想与他分离。"家里很乱，否则，请你去家里坐一会儿。"

"不要紧，我不在乎。"他期待着。

"好吧，去坐一会儿吧。"我下了车，他将车锁上，跟在我后面。当我打开门，开了灯，那束玫瑰花仍十分鲜艳地开放着，我的心里感到一阵温暖。

"屋里很干净，布置得很漂亮。"他高兴地夸道。

"一个人住，也没有什么东西，我喜欢把家弄得干干净净的。"不到六平方米的小屋，只放一张单人床，我特意去买的。我不愿意睡榻榻米，有床才像个家。那条淡黄色的被褥是原来为准备回国结婚买的，很好看，上面绣着吉祥彩云；小桌上，只放着一个米老鼠闹钟和一张我的半身照。墙上贴着从黑色塑料挂历上剪下来的电影《魂断蓝桥》的剧照，小屋布置得舒适、别致。

我泡了一壶茉莉花茶，一股淡淡的香气顿时溢满了小小的屋内。

"今天开了 10 个小时的车，你一定很累。"我很想帮他按摩一下手，可是我不能，我只是他的同事，怎么能这么亲热呢？我怕陷进去。

"圣子，你怎么一下变得那么无情，中国姑娘都是这样吗？"他拉住了我的手问道。

我怕伤害他太深，没有缩回手，可我没有吱声。

"我一直是这样，独身三年，变得有些冷漠，心理可能变态了。"我回避了他那双火一般的眸子。

"不，你骗我，你是个很讲情感的姑娘，我真的很喜欢你，不要拒绝我好吗？我不能失去你。"他又突然拥抱了我，我想回避，可双臂没有推开他。

他吻着我的双唇，那般的温情，他的舌尖轻轻地在我的唇边舔着，仿佛一定要我说话似的。我慢慢地启开双唇，他又趁机而入，不断地用他的舌尖无声地向我倾诉着他的爱与情。

他的吻代表了千言万语，随后又在我的耳根上轻轻摩擦着。仿佛有一股清清的泉水从我心头流过，那么清澈，欢快；那无声的舌尖又滑进我的唇角，慢慢地向前逼进，任何语言都胜不过这无声的进攻……我无法拒绝，双手将他紧紧拥抱住。

我被吻得晕晕欲醉，尽情地享受着爱的狂欢、爱的甜蜜，那是渗入心肺的快感前奏曲。我几欲不能自主，几年来爱的心灵渐渐地干涸了，似一片荒原，一口枯井，渴望着甘露，渴望着爱与性……

清清的泉水慢慢地渗透了地面，流进了万物的根部，那已枯黄了的小草如饥如渴地吮吸着这生命的泉水；那口干涸了的井中又透出了清澈的泉水；一切又恢复了生机，恢复了大自然的本源。

天与地构成了宇宙的生命所在，人又恢复了性的本能。

我沉浸在爱海中，灵魂在那桃色的飘荡的世界中呼唤着一个永恒的概念——爱！

我听到他那急促的呼吸声，我感到他沉重但充满弹性似的压在我的身上，他吻着我的胸前。

我听到他呼唤着："圣子……"

不，我不叫圣子，我的中国名字叫"林圣薇"。

他不是李逸敏，他是铃木俊雄；我不是他的女朋友，他的女朋友是纯子。我下意识地用双手裹住了身体："不，你不能……"

虽然我充满激情地渴望着，又竭力想保护自己，但是却显得那般的微弱——这更激起了他那男性的征服心理和欲望猛然上升。

这时，我想起了远方的他，他在给我写信吗？在挂念着我一个人孤零零地在异国之地吗？他知道我如今有位相识不久的日本男子要征服我吗？

一行热泪无声地流了下来，随着泪水流下，我警戒的精神放松了，无力地瘫软在他的面前。

"你，怎么啦？"他发现我哭了，吃惊地问道。

我任凭泪水像小溪般地流出。他吻着我的泪水："原谅我，我不守信用。"他惊慌失措地抱起我，将我搂在怀里。

他帮我理好衣服和蓬乱的头发："对不起……对不起，"他有些惊慌不安地说，"原谅我，不要哭。"

他低垂着头，我听到他深沉的叹息声。我无声地依偎在他的怀里。此时此刻，我没有一种从他的狂爱征服中解脱出来的喜悦；相反，却感到心情很沉重。我歉意地说："对不起。"我不想听到他深深的叹息和自责声。

许久，许久，我们彼此没有声响，不想分离也不想说话。

"我要回去了，你早些睡吧。"他终于站立起来，将我的头发用手很轻柔地理了理。

我久久凝视着他，我知道他的感情受到了伤害。可我却无法补偿，我很内疚。

"我走了……"他有些伤感地说，挤出一丝淡淡的笑意，他说完，又吻了我一下，转身朝门外走去。

我站了起来，送他到门口。"别出来，要着凉的，早些睡吧，今天你累了。"

在惨淡的月色下，我看到他那双漆黑的双眸显得无神而茫然。

"对不起，原谅我……"他低垂着头，对我说，"忘记今天的一切吧。"

他走了。我听到汽车发动的声音，箭一般冲到门外，他摇开了玻璃窗，向我挥了挥手。他没有笑，神态是那么的平静，就像我第一次在会客厅看到他一样。

随着汽车远去的声音，我的心也随之而去，只感到周围一片空荡，我失魂落魄地走进屋内。

我一下子扑倒在零乱的床上，我没有哭，有些后悔。我为什么要拒绝他？为什么？我不是需要爱吗？每每夜里想起敏时，我多么渴望拥抱着一个心爱的男人一直坦然地睡到天明。

如今，喜爱的男人出现在我的眼前，为什么要拒绝呢？为了保持我的女性的尊严吗？为了保持传统的观念吗？

他不爱纯子，他现在没有爱情，有的是对过去爱的追忆。他坦率地向我说起以前女友的事，他是多么不幸的人，可我为什么要再伤他的心？既然我爱他，为什么不能安慰他？为什么不能付出？

我担心付出后又失去他，害怕再孤独。可这三年来我一直是孤独的，并没有拥有过爱。既然一直是孤独的，那么上帝给你创造机会，为什么又不要呢？

如果曾经拥有过，那也是幸福的。因为，人生不都是孤独。

我是个非常自私、传统、贞操观念强的中国姑娘。我将应该拥有的也抛弃，岂不是更悲哀吗？

当他离开了，我怎么又会想得那么开？可刚才为什么拒绝了他？他并不仅仅是为了占有我，凭他的地位、才华，会有许多姑娘喜欢他，并能为他献出一切。他也不是一个好色公子，那么年轻便掌握着全公司重要的权力，他要花许多精力，哪会有许多时间在风流场上调情？他真的是喜欢我，可我不能说我爱他。

他今天很冲动，很兴奋，如果仅仅是为了占有我，只要趁我流下眼泪，在最软弱最无抵抗能力的一瞬间，便可以轻而易举地使我成为他的人。他并没这样做，他看见我流下了泪，是那么焦虑。他真的爱我，可我却伤了他的自尊心。

一个爱欲即将要奔放的男人，被他所爱而冷静的女人拒绝，这对他来讲犹如拿破仑滑铁卢战败一样，也许是他一生难忘的耻辱。

他不会来电话，再也不会找我了。我觉得对不起他一片真情实意，我太保守、太固执了，心中有说不出的迷惘和悔恨。

我又将陷入孤独、枯燥、理性而机械的生活中，这就是我渴望追求的人生吗？

星期六清晨，我刚起床准备去图书馆。忽然听到电话铃声。我猛地跳了起来，心想一定是他的电话。然而拿起电话，听到是李斐的声音："早，昨天梦见你的恋人了吗？"他说话总是那么幽默。"你的事我帮你说好了，下星期给你资料。"

"太谢谢你了。"我高兴地说。

"昨天纯子约我去吃晚饭，她喝多了，走出店门，她抱着我哭了。她说她很寂寞，想交男朋友。"

"她不是有铃木吗？"我不由问道。

"她说从来也没有和他谈过朋友。铃木是个高傲、孤僻、有才华的上司，她配不上。"李斐继续说，"真搞不懂那些日本女孩子。纯子缠住我，你说怎么办呢？"

"你喜欢她吗？"我知道李斐并不讨厌她，可他说根本不想找日本老婆。

"我一夜没睡好，在想这个问题，讨个日本老婆吧，不用愁签证。"他开玩笑地说。

"她怎么不是铃木的女朋友？"我非常想知道纯子和铃木的事。"哪天你们再见面，先问清楚她和铃木到底是什么关系。你中间插进去，小心三角恋爱，你抢不过铃木的。"我几乎在挑唆着李斐，没想到他果真上了当。

"抢不过他？我哪点不比他强？堂堂哈工大博士，一表人才，打着灯笼也找不到，纯子是有眼光的。"李斐又有了傲气。

"好了，祝你成功。我今天要去图书馆写论文，对不起。"我一看时钟已是9点了。

"对不起，就这样，下午去公司再谈。"真有些莫名其妙。他和燕燕是前几个月才好的。他们一点也不相配，他怎么会爱上她？我感到很蹊跷。

李斐以前的女朋友在北京，是空军文工团的独唱演员，北京城里的一枝花。我们几乎是同病相怜。说起恋人，俩人都会不约而同地说道："有时真寂寞。"

我和李斐几乎无话不谈，心中的秘密能向知心朋友倾吐，这也是一种快乐与发泄。有一次他说女朋友过生日，打了电话给她，没想到接电话的竟是男的，气得他吼叫起来。那男的说："你他妈的在东京待了几年，丢下女朋友不管，你能给她满足吗？"李斐摔下电话，跑到我这儿，一口气喝了两瓶日本酒，醉得说着胡话，叫着女朋友的名字。

那天我也哭了，因为敏已经有一个多月没来信了，我打去电话，他不在家。我也一边喝着啤酒，一边听他录的《草原之歌》。第二天，在公司见面时，大家都不好意思。但以后，我们成为一对非常知心的异性朋友。

有时他问我，女人喜欢什么样的男人？我说年轻的姑娘大多喜欢成熟的男人，可我却不喜欢，我喜欢像阿兰德龙那样有一双勾人心魄的双眸，会讨女人喜爱，要聪明，彼此间能像初恋那样喜怒哀乐，随意发泄。和一个成熟的男人在一起，好像和自己的哥哥或叔叔在一起，我从来就不喜欢。

李斐最爱听我与众不同的言论。但每次都有些失望地说："看来我可不是你追求的对象，太遗憾了。"

我说："我对男人是一见钟情的，不钟情的人，再如何相处也成不了恋人。这也许是'缘'吧。"

虽然李斐长得不错，浓眉大眼的北方男子，可我不喜欢。我第一次进电脑室，一眼就看出他"刚性有余，柔性不足"。做朋友可以，他能为你两肋插刀，做恋人可不太浪漫。

"是呀，我不太浪漫。比方说，过情人节买些巧克力送给姑娘，可我就不习惯这种气派，觉得做作。爱就爱，还搞什么迂回战。"

"所以你风流不足，浪漫不够，怪不得你心爱的歌唱家跑了。"

他听了我的话，恍然大悟地说："怪不得以前谈了几个女朋友都莫名其妙地跑了。"

没想到，日本的纯子倒喜爱他了，最好别惹出麻烦，纯子的父亲连公司女老板还卖他三分面子，因为女老板去世的丈夫和纯子的父亲是世交。

还有铃木，总公司技术部长，纯子的男朋友。他能甘心让一个外国人夺走他的女朋友吗？那多没面子。我很想劝李斐别引火烧身，可我没告诫他，在我心灵深处，是多么希望李斐和纯子的关系日益发展。

为什么？难道我真的爱上铃木了吗？不，我不能爱铃木，我根本就不了解他。

快下班了，落合对纯子说："刚才铃木来电话，叫你去总公司一下。你顺便把今天画好的图画送去。"

纯子笑盈盈地，她好久没接到铃木的电话了。也许以前心情不好，才找李斐随便玩玩的。

"圣薇，今天怎么啦？图画上的数字又没打上去。"落合在检查今天的图纸。

"对不起。"我急忙将数字输入电脑。

"如果身体不好，可以早点回去，今天不用加班了。活儿不多，我来做吧。"落合是很关心我的，但不太和我开玩笑，像个善良、严厉的长者。他虽然很热情，可缺少幽默；虽然很有才，可缺少风度。

他今年38岁，还没结婚，公司加班就不去约会。从来也不会说："今天有事，先走一步。"恋人要约会，他会说："对不起，公司很忙，今天要加班。"恋人受不了他的失约，就跟他"拜拜"了。

我也不太喜欢他，只是看他很热情，总是关照我。有一次约我去看中国电影《菊豆》，我不愿意和不幽默、不潇洒的他出去玩。我说要写论文，谢绝了。以后他再也没有约过我，我感到很安心。

今天我再也不想加班了，想早些回去。这几天脑海中尽是铃木的身影和我们在沙滩上的情景。我在办公室打了出勤卡，和落合道一声再见，便下了楼。

当我走出大门时，看见一辆白色的轿车停在前面。我的心猛地跳动了一下，是他？是他来接我吗？我看见车尾的号：8100。

然而，我却看见穿着蓝色套装的纯子小姐，奔向汽车前。我看见他打开车门，纯子小姐坐了进去。他好像看到了我，却装着没看见似的。

车飞驰般地奔大道冲去，我茫然失措地站在公司的大站口，木然地望着渐渐远去的车尾。我的情绪顿时一落千丈，迈着沉重的脚步回到家里。

走进屋，我久久地凝望着那束依旧鲜艳的玫瑰花。突然，我明白了，我总是用传统的东方文化来看待男女情爱。我多么痴情，多么愚蠢。他不过是逢场作戏，一时高兴，送束花让我高兴，可我却把它当作爱的信物；他与我出去游玩，也是出于一时兴趣，可我却把他当作爱的起点。

我不再伤心了，感到十分幸运。那天夜里如果他得到我，又无情地抛下我，我肯定会受不了的。

虽然觉得万分幸运，可脑海中仍浮现出纯子小姐迈进轿车中的情景，他们去哪儿？去情人旅馆？去铃木家？

唉，我为什么要猜测他们去干什么？与我有什么关系？为什么想着他，他与纯子才是门当户对。我和他才相处了两次就那么放不下，实在是自作多情。

这几天，我怎么也提不起精神。好不容易将论文交了上去，总算心定了。快毕业了，纯子的父亲上次说过让我留在公司就职，他们想将来开辟中国市场，办一个电脑分公司。如果可能的话，叫我回中国搞市场调查，担任海外事务所的工作。我非常乐意接受，回中国就可以和敏团聚了。

最近，敏来了一封信。信写得很短，简单地说了想成立一个咨询公司，现在筹备中，他没有谈什么时候结婚。我看他的信也不像以前那么激动，我们之间仿佛有了距离。

李斐这几天频频向我报"战绩"："昨天和纯子去上野公司看美术展览。她老是挽着我的手臂……"

"纯子这姑娘看起来很文雅，可两人在一起，喝了一点儿酒，就对我撒娇。现在我好像有些喜欢她了，她比燕燕纯情。"

我冷冷地望着兴高采烈的李斐。心想，日本男人女人真会逢场作戏，今天和男朋友约会，明天勾引你，我算领教了。

于是我对李斐说："别指望纯子会嫁给你，你是一个穷留学生。我提醒你，可要冷静些，日本男人女人看起来很纯情，可老练得会叫你分不清真情假意。"

"你最近怎么啦？"李斐好奇地问我，"你好像碰到什么事，以前你可不是这样说纯子的。"

"没什么，我有一种预感，我们之间将会发生什么事情。"

我也不知道，为什么在最近会发生那么多奇怪的事。纯子缠着李斐，铃木送花给我，然而他俩又比以前更好了，铃木今天又打电话约纯子到帝国旅馆出席总公司举办的外国商人招待会。

纯子小姐接了他的电话。这一天她神采飞扬。我看了心里好不舒服，看起来一本正经的，同时谈两个男朋友，纯子是那么老练，真有手段。也许她看到铃木不喜爱她，故意和李斐好，将他一军？

"你最近好像不太和纯子说话了，为什么？有什么不开心的？"李斐也看了出来。

"没什么，最近忙，不高兴多讲话。"

"好像不是吧。对了，是不是看见纯子和我好，你嫉妒了？"李斐恍然大悟地开着玩笑说。

"神经病！"我忍不住扑哧一声笑出来，"是呀，你总算发现新大陆了。我早就偷偷爱上你，只是没表白，你怎么才知道？"

"我是大智若愚啊，其实早就知道了，我用纯子来将你一军，让你嫉妒。"李斐哈哈大笑地说着。

我没有笑。突然，我从他的话中猛然醒悟：对呀，铃木是用纯子将我一军，好让我嫉妒。

这是铃木的伎俩。啊呀，我多笨，以前，他对纯子一直很冷漠，为什么和我出去两趟后，和纯子搞得火热？故意让我看，让我妒火上升。

他多坏，真是个情场上的老手！然而，我也得到了一个暗号：他爱我，他真的爱我。可爱我什么呢？爱我漂亮？"总公司的人都说分公司来了个聪明的上海美人，我很想见见。"那是他第二次见了我后说的话。

李斐的话提醒了我，当天夜里，我决定打电话给他。他家里的电话号码是那天给我的，但他特意说了一句："有急事，来电话，平时我不在家，很晚回来。"我知道他的话外音：没什么意外的事，最好别打他家中。我知道日本人的习惯，一般的朋友是不打电话到家里的。

他是独身，为什么关照我有急事才可以打电话呢？莫不是纯子小姐经常在他那儿过夜，怕纯子嫉妒？可是他不喜爱纯子，纯子喝醉了酒也对李斐说过，他们不相爱。我有些弄不清楚，可不管怎样，今晚一定要打电话给他，约他明天出来，我真的很想见他。

当我拨了电话时，心"怦怦"地跳得好快。我有些紧张，怕纯子小姐接电话。她一定能听出我的声音来，那多狼狈，明天去了公司该怎么解释？

不用害怕，她不照样和李斐好吗？难道就不允许我和铃木好？

自我安慰了一番，不再那么紧张了。电话拨通了，好久没有人接。可我不想放下电话，多么希望能听到他那浑厚的声音，我的心怦怦地跳了起来。

仍没有人接，我看了手表，已经是 10 点多了，他怎么还没回来？总公司不常加班。和纯子出去玩了？不会的，昨天他们才参加过招待会，他们不会亲热得每天约会。

今天无论如何要打通，要找到他。那天夜里，我拒绝了他，他不会再主动找我的，我知道他的心思。

每隔 10 分钟打一次，每次都听到铃声响。我有些失望了，越失望越想听到他的声音。我不再害怕是纯子接电话，如果是纯子的声音，我马上把电话放下。

电话拨通了，突然，听到对方在说："喂。"

怎么是个女人的声音？不像是纯子，纯子的声音我很熟。"对不起，这么晚打电话，请问铃木在家吗？"

"他出去一会儿，可能要过半个小时回来，请问，你是谁？"

一个女人的声音，那声音很柔美、很亲切，是他母亲？

"唉，我是公司的同事……那我过一会儿再打来好吗？"我隐瞒了名字。

"好的，等一会儿再打来吧，谢谢。"那声音是那么动听，似潺潺流水。

"再见，不好意思，打搅了。"我竭力控制自己慌张的情绪。把话说完，我的手渗出了冷汗。

真遗憾，等了两个小时，竟不是他，气死我了。半夜去哪儿了？陪公司客人出去喝酒了？可能是吧，美国公司的客户还没有走。

想到这儿，我的心好受些了。那女人是谁？是她母亲！儿子有姑娘的电话，她不多问。她不像我母亲，有人给我打电话，要问人家有什么事；是同事关系，她才叫我听电话，如果听起来对方支支吾吾的，她就知道对方是追求我的小伙子，于是她说："不在家，出去了。"便把电话挂断了。

看来还是日本人开放，半夜里一个姑娘打电话找他儿子，她仍那么彬彬有礼。也许他母亲还为儿子感到骄傲呢。

今天怎么也睡不着，一定找到他。我为什么那么痴情，桌前有一张我和敏合影的照片，他瞪着眼睛看着我，我有些惭愧心虚，起身将照片翻了个身。好像不再惭愧了，这不是掩耳盗铃吗？

已经有两个星期了，那束玫瑰花还没凋谢。里面加了药水，可以保存一个月。

在那花丛中，我看到他那双冷峻的眸子和英俊的面庞。

看了一下时钟。已是 11 点钟，他该回来了。他母亲会对他说，公司的一位姑娘来过电话，他一定会等我电话，或许会打过来的。但是刚才没有说出我的名字，他怎么会知道是我呢？

还是我打过去吧，他该回来了。又一次按了一下电话自动拨号按钮，听到一阵嘟嘟声，没有人接。他母亲大概已经休息了吧。我不想按掉自动消除钮，让电话声继续响着，大约过了很长时间，我听到"啪"的一声，电话铃声突然断了。

怎么回事？电话出故障了？电话局把电话线拔了？不会的，日本电话局怎么可能拔客户的电话线呢？对了，是对方拔了电话线。只要把小小的塑料钮朝下一按,才会有这样"啪"的响声。

他为什么将电话线拔断?他母亲如果和他说了我来过电话,他知道再过半个小时我还会去电话,他不会那么失礼地不接电话;如果他母亲没有关照他,那么他回来后听到电话铃声,也不会去拔电话线的。

我觉得十分蹊跷,他不是没有修养的人。半夜是和纯子一起回家的吧?是纯子拔的,一定是纯子干的,她最近得宠了。

一夜未睡,我比以前更想见到他。从纯子手中夺回铃木,她自己脚踩两只船,却不允许铃木有女朋友,何况铃木并不喜爱她。

爱情就是这样不可思议,当铃木热恋我时,我退避三舍;当他远离了我,我却是那么渴望见到他。

第二天清晨上班,一眼就看见纯子,她仍像以前一样朝我微笑说:"早晨好。"

我勉强堆起笑脸:"早晨好。"

我今天怎么也看她不顺眼了,她笑得那么灿烂,昨夜一定和铃木狂欢了一夜。我心里有些醋意。

我想马上打电话给铃木,刚上班,他肯定在办公室。我拿了张电话卡,偷偷地从公司溜到对面的电话亭中,打电话到总公司。

电话铃声响了,接着就是他的声音:"谢谢,东邦情报公司。"

"早晨好,打搅了,我是圣薇……"我用敬语说着。

"哦,你好……这几天很忙。"他的声音有些冷淡。

我顿时心慌意乱,不知该说什么好。他怎么变得那么无情,我真不应该那么多情。真想把电话挂断,但是拿着电话却傻愣着。

对方也沉默着。

"……我就要回中国了。"我急中生智地撒了一个谎。这样说,他才能在今晚出来见我。

"什么时候回去?"他真的有些着急了,语调也变了。我得到了一个信号,刚才他的冷漠不是发自内心的。

"近期,要去很长时间。"我见他沉不住气了,干脆再编下去,我要让他更着急。

"家中有急事吗？怎么突然决定回去？"

"因为我心情不好，想回去休息一下。如果今夜你有空，来我家一次；如果不能来，我永远不想见你。"我十分果断地说。

"好吧，我一定尽力抽空来，你一直在家吗？"在公司上班时，他不会说个人私事。他说来看我，说明他非常在乎。不在乎周围人听着我们的谈话，说不定办公室里还坐着公司的人。

我非常高兴自己耍了一个小小的计谋，他不也耍小计谋吗？

"我尽量抽空来。好，就这样。"我听到他旁边有人在说："早晨好！"一个女人的声音，可能是秘书送文件来了。他马上挂断了电话。

我松了一口气，好像打了一个小胜仗。我无力地靠在电话亭前。从昨天到今天，我已经打了八次电话。

终于找到他了。真累，爱情有时并不使人轻松。可人人都渴望着爱，为什么？

一看手表，不好，过了10分钟了，我飞奔回电脑室。上班时候是绝不能溜出来的。落合正好从电脑室里出来，"干什么，慌慌张张的？你去哪儿了？"他老是爱盯着我。

"对不起，早晨肚子不舒服，可能是拉肚子。想出去买药，附近没药房。"我尴尬地涨红着脸说。

"吃了什么不卫生的食品了？"他十分关心我，可我不太喜欢。虽然他是那么亲切，在工作上总那么认真，做错了一点儿，就严肃地板着脸。出去时间长了，他会准确地说出你去了几分钟。

这样古板的人难怪找不到恋人。如果他真的喜欢我，应该多护着我才是，老是盯着我，哪个姑娘喜欢这样的男人！

有多少次，我想告诉他为何他仍是独身的原因。可李斐关照我说千万不要说，日本人心眼小，小心以后给你小鞋穿。再说日本人这种认真的精神是传统的，你改变不了他。等他到了白发苍苍的时候，也许会后悔的：我年轻时活络一点，不是早就结婚了吗？给公司干了一辈子活儿，到头来落得孤寡一个，这人生多没意思！

我听从李斐的劝告，所以一直没告诫他。可我觉得他实在太傻了，不会讨好办公室里姑娘们的欢喜，又不讨上司欢心。只是拼命地干，两面不讨好，自己累得很。

我擦了一下汗，又坐在这张椅子上像机器人似的，干着每天千篇一律的活儿。昨天刚送出一沓图纸，今早又拿来了厚厚的一沓，这是台湾分公司的设计规划。

我干了两年，早就厌倦了这工作，没有一点儿创造性。好在我心中现在还有那么一点期待的爱。

今天，我不时地看着时钟，希望时间一下子能跳到下午5点。

当我刚坐定不一会儿，落合走了过来："给你买了止泻药片，先吃两粒吧。"

我一时不知如何才好，他那么热情，竟买了一瓶药，我只好硬着头皮将两粒止泻药吃下去。

真是吃错了药，看来我们几个人都有点吃错药了。

第四章　雨夜情怀

还没下班，我就不断地看着时钟，怎么还不到 6 点钟？李斐坐在前面，不时地转过头对我说："今晚一起去卡拉 OK？"

"唉，对不起，我想早些回去，和你的那位去吧。"我用中国话说着。落合抬起头看了我一眼，他欲说什么。见我俩不说了，也不吱声了。我和李斐在一起说话，聊天，他老是有种说不出的表情。我讨厌别人监视我。

时钟刚到 6 点，我便站立起来，将做好的图纸交给落合："今晚我不加班了，赶回去写论文。"他抬头看了看时钟："好吧。"他总是那么心细，我实在不喜欢他那么认真。

"别忘了晚上吃药。"落合特意关照了一句。

"好的，谢谢。"我无奈地向他道谢。

外面下着毛毛细雨，真倒霉，蒙蒙细雨使我快活的心情索然消失。下着雨，他不会来了吧。今天无论如何要见到他，我们已经三个星期未见面了。

"晚上好，下班啦！"纯子小姐在复印材料。她这几天神采奕奕，同时谈两个男朋友嘛，可我每天却独守空房。

她的出现撩起了我的不平。不知怎么，一向对人宽容的我，怎么心胸变得那么狭窄？我从来就不是这样的。在中国、日本都是别人追求我，我常常仰起高高的脖子，像只骄傲的小天鹅。

如今，我成了一只丑小鸭，拍着翅膀，总也飞不起来。每天围着小水塘在转。我变得古怪、孤僻、多疑，那不是以前人们常说的老姑娘心理变态吗？

她朝我微笑着说："今晚不加班了？"

"是的，回去写论文。"

"你好用功，听李斐说你每天学到半夜，可要注意身体。"

"谢谢。"我强挤出一丝笑容。瞧她那发亮的眼神，便知道她在谈恋爱。今晚和谁约会？我不由想起了那天她和铃木一起坐在轿车时亲密的情景。

我又对自己失去了信心，心里感到一阵难过。李斐推开门说："怎么今天不出去玩了？"

"你和纯子去吧，我不去。"我跟李斐出去算什么，现在不是需要朋友，而是需要恋人，可我又不能和他说。

"你在生我的气？"李斐疑惑地说。

"没有，你不要多心，我们永远是好朋友。"我说。

回到家中，匆匆地吃了晚饭，我也写不出东西，想让自己的情绪安定下来，随意拿了本书翻翻。那是本新书《中国房内术》，荷兰人写的。

以前对这类书我从不感兴趣。在日本有许多关于性爱的书，我从来也不看。偶尔有同学拿来几盘录像磁带，看着觉得没趣，也许这几年感觉神经麻木了，性功能也失调了。仿佛这世界除了学习、工作，就是睡觉。睡眠是为了解除疲劳，解除疲劳是为了明天又像机器人似的学日语、学电脑、写论文。

白天是苍白的，金钱以它不可抗拒的魅力，诱惑着人们拼命地工作；人们为了无穷无尽的欲望而奔波、操劳，却常常忽略了身边自然而完美的人生乐趣，现在我才发现自己只生活着一半。

今天，我翻看着这本书，不由得想入非非。外面的雨淅沥地下着，我是个喜爱静坐在雨夜中，喝着咖啡独自沉思的女孩子。以前我常常遐想在雨中遇见一位白马王子，在雨中接吻，拥抱……

那是一种静谧的享受。今天我的心绪又回到了少女时代，原来我的情感并不完全麻木。

今天我期待他的到来，只要他出现在我面前，我会如痴如醉地投入他的怀抱，再也不会像上次那样拒绝他了。

已经是9点钟了，我仍那么痴情而纯真地等待着他。看着时钟，又有些心灰意冷。算了，他是逢场作戏，我又何必当真呢？我不再期待，便去浴室沐浴。

我喜爱淋浴。洗浴中，我常常欣赏着自己洁白如玉的肌体，那丰满的双乳，颀长的双腿……我有些孤芳自赏，这三年来只有自己欣赏，这是一种自恋吗？我不知道。

温暖的水淋在如脂如玉的肌体上，我昂起头，闭上眼睛，脑垂体下的细胞又开始跳跃起来了，不由想入非非：一个强壮的身躯靠在我的胸前，在我耳边低语，摩擦。我被一双有力的手臂紧紧地拥抱住，一座伟大的丰碑在我的敏感区耸立起来，我盼望着、期待着……

眼前是一双冷峻、明亮的眸子，当我慢慢地睁开眼，只见前面是一片白色的雾气，白色的瓷壁。

我怎么又是孤独的一个人？不，我再也不能这样生活下去，刚来东京的日子里常常是这样想着敏。慢慢地，这座现代化的城市，机器人似的紧张的生活无情地摧毁了我浪漫的想象，连幻想的时间也没有。每天只有五个小时的休息时间，我只剩下一具无生气的身躯。

今天又是谁使我恢复了人的本性？是他，是铃木，我需要他。

我需要他！如果他现在敲门，我马上冲出浴室，赤裸裸地站在他的面前，我不再怕羞，我要紧紧地拥抱他，将一切奉献给他。不，也是他奉献给我，真诚的爱是彼此奉献。

我从来也不是那么狂热、开放，这是怎么啦？只觉得鼻子一酸，泪水涌了出来。温水淋在脸上，分不出是泪还是水。这三年来我一直过着苦行僧般的禁欲生活，我内心是多么痛苦。

心灰意冷地穿好了一条真丝内衣。那是我在订婚前，敏特意帮我去上海妇女商店挑来的。那天他附着我的耳边说："每天夜里你都穿这件内衣，特性感。"我红着脸，生气地捶了他一下。

今天我穿给谁看？这是我刚从箱子里拿出来的，没有开过封。穿上这件白色的内衣，轻盈而富有魅力，我还是那么年轻，为何没有一个男朋友？

躺在床上，怎么也睡不着。雨越下越大，又有雷电，我胆怯地裹紧了身体。此时此刻，好盼望有个坚实的胸膛紧紧地靠着我。这几年，我觉得好疲倦，好疲倦。真想睡上三天三夜……

以前我在寂寞时，拿起国际电话，向敏哭诉我的孤独和悲伤。他每次都那么温情地安慰我，像哄孩子般地叫我闭上眼睛，靠在他胸前，快睡吧……

好几次，我都是这样画饼充饥般地拿着电话，睡着了。

当我从梦中醒来，他却不在我身旁，我常常捧着枕头痛哭起来。我每天睡觉时都放两个枕头，等待他的到来，然而一次次没有等来，如今我再也不要这虚幻的影子。

我要现实中的爱，我实实在在的生活！我内心强烈地呼唤着——我要铃木俊雄。

朦胧中，听到"咚咚"的脚步声，是他！不，怎么没汽车声？听脚步声是朝我的房屋走来的。

不是，他的脚步声不会那么响。

继而，我听到很响的敲门声。我一惊，又听到嘶哑的声音："再来一杯……我有钱。"接着又是一声急促的敲门声。

我不由发怒了，那是住在隔壁的一位临时工，独身一个人，常常喝醉酒，摇晃着半夜回来。有时把自行车撞倒了，或者回到房里，打着雷鸣般的呼噜，我的房间都能听到，因为这是木结构的两层楼房。

他是临时工。有活儿了，有人就叫他去。有时清晨5点就有人叫他，常常把我从梦中惊醒。今天是一场多么富有诗意的夜晚，却被咚咚的敲门声和吵闹声打破了。

爱的诗情画意陡然消失。我蒙上被子，狠狠地翻了身，强迫自己马上睡着，口里念着1，2，3，4，5……可我的耳朵却谛听着外面的声响；怎么也睡不着，呆呆地望着天花板。

今天我一直在期待，期待着三年来一直想得到的东西。

我等待着，虽然以前与敏相爱很深，可没有像今天以这样的心情等过一个人。凡是能得到东西，大凡人都不太爱珍惜，而姗姗来迟的期望之物，人们总是望眼欲穿地等待。

突然，有汽车在雨中行驶的沙沙声，在前面的小道上停住了。是他来了？我顿时来了精神，我听到汽车关上门的声音。他从汽车里出来了……

怎么，好半天没脚步声？也许他走得很轻，怕被邻居听见。好半天没声响，噢，那是对面大楼里住的公司职员半夜回来了。

我又失望了。他肯定忘了我的约会。或许，他故意让我等待，他多么狡猾。我从来也没有这样心急如焚地等待过。在中国，每次都是敏等我，我总要迟到十几分钟，姗姗而去。每次他看到我便一把将我抱住说："等得我好着急。"

现在我明白了等候人的滋味，以前真不该让他每次都等我。来到日本三年，我变得懂事和成熟多了。

没隔多久，一阵隆隆的马达声，在前面小巷停住了。一阵急促的脚步声又朝我的房间走来，那么匆忙，一定是他。

为什么敲得那么响？被邻居听见多不好。人家知道我一个人住，半夜有人来，肯定是男人。

不会是他，一般有修养的人不会这样半夜敲门的。可又是谁半夜到我这里呢？从来没有男人半夜找过我。又听到咚咚地敲了两下门，我急忙从床上跳起来，打开房间的门。

外面是厨房。"是谁？"我穿着内衣在厨房里问。

我一阵慌张，有些害怕，怕抢劫。最近不时发生抢劫，有人冲进留学生屋内，逼着你交出银行卡。

当我打开厨房的小窗时，不由惊叫一声，转身飞快地奔回房内。是李斐，他怎么半夜来找我？他半夜从来也不来的，白天来玩，也要打电话，今天发生什么事啦？

还好，我没有穿着内衣给他开门，那多狼狈。我进屋急忙穿好外套，去开门。

他披着雨衣兴冲冲地踏进屋。

"你怎么现在来？半夜了。"我有些不高兴。

"对不起，今晚睡不着，想借几张留学生周报看看。今天新买了一辆摩托车就开来了。"李斐的家离我住处才一站路。

"你怎么连招呼也不打。"我仍在生气。

"才10点半，怎么那么早睡啦？平时你不到12点不睡的。"他好奇地问道，眼睛中闪着疑问，好像我的屋里藏着男人。

还好，铃木没来，他来了，那可就糟了。今天怎么都碰在一起了？我打开房门走进去拿报纸。

"告诉你，今天纯子硬要我去情人旅馆。"我这才发现他满面红光。

"什么？你可真会搞呀，那么快就……"我十分惊讶他俩的关系会发展得那么快。

"她硬拉着我，可我没有去，她哭了。"

"真不可思议。"纯子看起来很老实，怎么会同时和两个男人好？我摇摇头，望着李斐说。

李斐的眼光中闪着快乐和激情，"真的，不骗你。"他异常激动地说，"她真的很爱我，我没想到，以为她玩玩呢。"

"好了，别说了，半夜三更的，一男一女说这些。"不知怎么我有些反感，也有些不耐烦，心里说不出的滋味。我怎么啦？又是老姑娘的心理障碍。多可怕，我不能使自己的心理变态。

我的冷漠，如同一盆冷水把李斐的兴趣泼凉了。他无奈地耸耸肩说："真没想到，我把你当知心朋友，可你却那么冷。你是否应该找一个男友谈谈恋爱？以前我也和你一样，听到同学们讲男女情爱，很反感。"

"不要跟我说这些好吗？我是心理变态！我没你那么开放，没你那么潇洒！"我莫名其妙地朝他发脾气，心里有说不出的骚动和不安。

"对不起，不应该半夜打搅你，我想告诉你，你能为我高兴。你以前也一直说我保守、禁欲，我不爱燕燕，是她缠着我；我喜欢纯子，但不是爱。你不感到我们生活得多么沉重，人生如梦，青春如烟……"李斐声音低沉地说着。

我觉得他近来也变了，失恋后，有些玩世不恭。他的行迹也很神秘，有时不上班经常回北京，也不知道干些什么，可从来也不和燕燕一起回去。

他说可能要回国了。他如果真的要回去了，我又少了一位知心朋友。

我们站在门口沉默着。我不好意思地低下头，知道今天不应该对他这样说话。他是喜悦，要我为他分享；他要找个知心的人分享一下兴奋的情绪，可我却那么冰冷地泼了一盆冷水。

"对不起，这些日子我心情不好。"李斐有两个女人爱他。可我呢，仍孤独一个人，痴情而傻乎乎地在等一个人，而那个人根本就忘了约会。

我感到十分悲哀，别人的欢乐使我的不幸增添了几分。我的眼中噙着泪水，可我不能够对他说铃木的事。他肯定会告诉纯子的，纯子怎么能答应呢？

我越发感到自己没有能力从她手中抢过铃木，我感到自己是那么地无能，我是一个从异国而来的弱女子，在爱情上我的智商等于零，不像纯子能驾驭两个男人，我连一个男朋友都支配不了。

"你最近好像不高兴，有心事吗，他离你那么远，我是很真诚希望你能高兴，对不起，今晚打搅了。"他拿了报纸，穿好了雨衣。

"再见，对不起。"我勉强挤出一丝笑，向他道了别。

"进去吧，别着凉了。"他特意关照着。

我点点头，目送他出了门。一阵"突突"的摩托车声渐渐地消失在雨中。

我回到屋，一头栽倒在床上。不再想什么，眼前是一片空白。我的期待渐渐地冷淡下来了。我又变成了没有激情、没有性欲的老姑娘。可我才26岁呀！

电话铃响了，我麻木地拿起电话筒。我没有吱声，对方也没有声音。近来常常有奇怪的电话，对方不吱声。等我说了一声，电话又放下了，那是日本怪僻的人干的。

又是这种电话，今天我没有精神愤怒地骂一声"八格牙路"，真想把电话放下。这时却听到一个熟悉的声音："是圣子吗？"是他。他的声音！

"……是的。"我已没有了热情，我恨他，不愿意再掉进陷阱里。

"你没睡吗？"我听到电话声里一阵卡拉OK的喧闹声，他又在六本木总公司开的高级俱乐部里。多么风流，多么洒脱，酒醒了，才想起给我来电话。

他见我没吱声，压低声音又匆匆地问道："就你一个人在吗？"

"是的，从来就是一个人。"我的声音很冷漠。

"你怎么啦？我下班想马上过来看你，但今晚有台湾来的客人，一定要我陪。还有半个小时，我马上过来，等我……"他压低了声音，有些急促地说。

"我不希望你来。"我满不在乎地随意说着，可是心里还期待着他的到来。但我已经下了决心，今晚他不来，我决不再见他。我们没有缘分，我不愿意再折磨自己了。我隐隐约约地感到我们的事是不会有圆满的结局的，在上次听到他母亲的声音后，我有一种预感。

其实今天我不能怪他。他没有忘记约会，他不可能推掉对客人的应酬。还有半个小时，他一定会来的。

但是我的激情仿佛不能够再燃烧了，心理又变态了，李斐说得一点儿也不错。纯子使他充满了光明，可我呢？

不一会儿，听到"沙沙"的脚步声，很轻很轻，像一阵微风在飘，是他来了。

脚步走得很快，我的心也随着脚步声咚咚地跳了起来，轻轻地两下敲门声，一定是他。我没有披外衣，便一骨碌地下了床，打开房门走到外间，我没打开电灯。正欲开门，不行，万一不是他，这不是太冒失了吗？

"是谁？"我低声地问道。

"是我。"我听到那熟悉而盼望已久的声音。我打开房门，他闪身迈进门里，温情地看着我。

猛然，他将我紧紧地拥抱住。就在这一瞬间，我也伸出手臂搂住他的脖子。此时此刻，我们像久别重逢的恋人一般，我激动地说："我好想你，想你！"

他没有平时的矜持和傲慢，充满感情在我耳边喃喃地低语："我也好想你。"

我们站在门口疯狂地拥抱着、亲吻着，两人如饥似渴般地吮吸着爱的甘泉。当我被吻得晕晕欲醉，我搂住了他的脖子，闭着双眼，好像置身于云雾之中，一片五彩缤纷的云雾在我身边飘浮。

伸展着手臂躺在那层柔软洁白的云海中，我感到从未有过的轻松；我的身躯不再沉重，精神不再疲倦，情欲不再禁闭，爱的温情沐浴了我的全身，那不是梦幻吧？

"我爱你，圣子……"他是那么热烈，狂热地吻着我，吻着我的耳边，顺着耳垂，吻着我的脖颈，我听凭着他那疯狂的吻；闭着眼睛，享受着他给予我的每一个吻。

我从来没有被人如此地吻过，即使热恋了八年的敏也从未这般地吻过我。那舌尖柔软地在我双唇中舔着，仿佛在安抚着一颗受伤的心，此时语言是多余的。

心中那块冰融化了，一切误解、悲伤都融化了。春天又来临了，树枝上又萌发出了新芽，干涸的河水又开始流淌着。

我微微地启开双唇，接受着他那无言的爱语。无须解释，无须辩解，那无言的爱语又在我的耳边低吟着。耳边的神经也是性之敏感区域，直接接受着外界的信息，感触着传递过来的爱意。

没有听到话语，我便知道他是那么爱我。听觉要通过语言转化为信息而进入大脑皮层，从而产生情趣。真正相爱的人是不需要倾诉那么多爱的术语的，默默相望，也是幸福和理解。

此时此刻，语言是多余的。我俩站在门前不知吻了多久。突然，他才发现我只穿着一件非常薄的绣花真丝睡衣。

"你会着凉的，进去吧。"我已被他吻得晕眩眩，无力地瘫软在他的双臂中。他的手臂是那么有力，坚强。他竟一下子抱起了我，我牢牢地勾住了他的脖子，我们携手走向爱的海洋中。

我看见一朵朵樱花慢慢地绽开了，那么地缓慢。樱花的盛开季节很短，一年中仅仅有一个星期，一夜间突然绽放盛开。没有风，没有雨，就能维持一个星期，它经不起一场春雨，一阵春风，它是那么娇嫩，爱也是这样的吗？

　　我紧紧地抱着他，不让他离开我半寸。他是属于我的，我决不能让任何一个人夺走他。

　　我的眼中盈出了几滴泪水，是喜是悲？"圣子，上次你拒绝了我，我一直想躲开你，我怕见到你，抑制不住自己。那天我看你哭了，我很难过。"他开始低语着。

　　"不要离开我，永远不要离开我。"为什么在如此兴奋的情绪下，我害怕他会突然离我而去呢？

　　"我不会离开你的，永远爱你！"他动了真情，双眸中充满了柔情。他吻着我的嘴唇，仿佛不想让我再开口说那些使人伤心的话。

　　"我一直在寻找，寻找自己真正喜欢的人。没想到上帝会将你安排到我身旁，我们永不分离。"他深情地说。

　　"永不分离！"此时此刻，我已经忘记了远在中国的他。

　　我是不安分的女人吗？堕落的女人吗？如果敏知道了，一定会恼羞成怒。难道中国男人都死光了吗？一个个女人跑去跟着日本男人！

　　我为什么要跟着铃木？他没有给我一分钱，我也不会要他一分钱，那他给了我什么？我无法说清，也许这就是"缘"，爱的基础就是"缘分"。

　　我爱他，爱他那深沉、矜持、刚中有柔的性格；爱他那冷峻的目光中透出的热忱、机智及才华。他才毕业三年，便能在这样一个大公司站稳脚跟，难道不是靠他的才智吗？

　　谁都说日本年轻的一代是享受的一代，而他却不像日本 20 多岁的年轻人，也许他过早地饱尝了人生的辛酸苦辣，使他比同龄人成熟得早。

　　我依偎在他的胸前，闭上眼睛。

　　"你和纯子很要好吗？"我突然想起他驾车接纯子的情景。

　　"不好。"他非常果断地说。

　　"你骗我。"我娇嗔地拍着他的胸不高兴地说，"那天你特意去接她，连个招呼也不和我打，我好难过。"

　　"那是我故意做给你看的，因为你拒绝了我。"他伏下头狡黠地笑着对我说。

"你好坏……"我用力地搂住他，怕他被人夺去似的，"你是我的，是吗？"

"不完全是。"他又果断地说。

"什么？"我仰起头，生气地望着他，"你在逢场作戏？"我有些嗔怒了。

"我就喜爱看你发怒的样子。"他的眼睛又变得那么冷峻了，"你真傻，我不是随便看一个就爱一个的花花公子。第一，我需要事业；第二，我才需要爱情。所以我不能够完全属于你的。今天是属于你的，可明天却属于公司的。"他起身拿了一支烟抽了起来，他有些伤感，也许他无法摆脱纯子的爱。

"你既然不爱纯子，为什么还和她好呢？"我不想让他知道纯子和李斐的事，纯子也不爱他，可他们俩在搞什么名堂？我不明白。

他深深地叹息了一口气，仿佛有许许多多怨气要吐出来似的。

"你不开心吗？"我有些爱怜地问。

"没有，和你在一起，很高兴。你很美，很聪明，又能理解人，和你在一起，我觉得好轻松，好像又回到了 20 岁的时候。"他的眼睛看着远方，又在回忆着昔日的恋人。

"和我讲讲你的事，是否有男朋友？"他突然问我。我说在上海，三年没有见面了，我们经常通信，打电话。他听了后叹息地摇摇头："真不知道你这三年怎么过的，我以前经常和友子在一起，后来她走了，我也一个人度过了一年孤独的生活，后来……"他停住了话，将烟用力地掐灭。

"后来遇上了谁？"我非常敏感地抬起头问他，他冷静地看着我，凝视了好半天才说："遇上了纯子。"

我这才松了一口气，"那时候你失恋遇上纯子，感情一下子就投入了，是吗？"我有些故作聪明地判断道。

他没有吱声，又点燃了一支烟。

"后来，发现她不是你理想中的恋人，所以你就疏远她，是吗？"我在推论着他的爱情故事。

"有些事不是一句话能说清楚的……"他像个饱经风霜的中年男子，

一点儿也没我刚才那充满了热情的少年形象，我实在不知道究竟他经历了多少人间悲喜。

我不想再问他的隐私，过去是过去，现在我已经爱他了，不要再追问他的过去了。

"不管你以前如何，我都不在乎，只要你以后对我好。"我将脸贴在他的脸上撒娇地说着。

"真的？你真好，我知道你是个很善良的姑娘，我会永远爱你的。"他抚摸着我的头发，捧住我的脸，仔细地端详着，"你好美，好美，尤其是这双眼睛好像友子。当我第一眼看到你时，真的大吃一惊，以为是她复活了……"他对友子那么深情。

可我不嫉妒，因为我觉得他对感情是一如既往的，不是朝三暮四的男子。我非常幸运，因为我像友子，他喜爱我，不管这种爱是移情，还是暂时的，我都愿意接受，我不能将现在的几分欢乐都抛弃。

我和李斐都是一样的，我们再也不能带着心灵的缺憾，无望地跋涉在这异国的征途上。今天我们相逢，成为旅途中并肩同行的伙伴；如果我们明天分离了，我也要接受这个事实，重新开始我人生的另一段旅程。

"你在想什么？"他见我沉默着，便问道。

"我想，万一以后我们离别了……"没等我的话说完，他便用手捂住我的嘴。"为什么说这话？我们不会再分离的。不会的！上帝不会这么残酷地让我接受第二次爱的毁灭。"他有些忧郁但又很自信地说。

"你的眼睛为什么那么冷。"我对他说。

"我不能给人热情、幼稚的感觉，我要做生意。谈公司的大生意，以前去过美国、韩国、中国台湾，我怎么能像孩子似的带着微笑去谈生意？"

"你谈成了很多生意吗？"我问道。

"是的，几年前，谈了你们中国一笔大生意。"他的脸上露出了自豪的微笑。

"你们做什么生意？"我无意问道。

"那是公司的事，保密……"他半开玩笑半认真地说。

"哦,对不起。"我发现他是个很老练的上司,在恋爱上也那么精明!

"你好好休息吧。你很累,又学习,又上班。我能帮你什么呢?"他像个长者似的对我说话。一只手仍慢慢地抚摸着我的头发,又轻轻地拍着我的肩膀。

在他面前,我怎会变得那般驯服,柔情似水,我在敏的面前,像个任性的傲慢的姑娘。为什么敏驯服不了我这颗傲慢、倔强的心呢?

也许是太疲倦了,我竟不知不觉地依着他的手臂睡着了。迷糊中,我听到他轻轻的声音:"圣子,我要走了,已经快1点了。"

"噢,1点了,你一直坐着?"

"我看你睡得好香,没敢动一下,手有些麻了。"他抽出手,用另一只手使劲地揉着。

"对不起,我几天没好好地睡……"今天我感到有了依靠,睡得很踏实。

"不要紧,只要你高兴。今夜我还有一些文件没有看。"

"半夜还要回去?是不是和纯子约会?和别的女人约会?"我有些生气了。

"不是,我向神保证,没有和任何一个女人约会。"他非常认真地发了誓,一只手指向空中,闭着眼睛说。

我知道日本人是不轻易向神发誓的。欺骗了神也要遭天打五雷轰的,他们有时候也比较迷信。

"那么你能告诉我,为什么不让我打电话到你家?我以前想可能纯子在,不太好,现在看来不是。你夜里有什么工作?"

我不知道铃木夜里为什么一定要回去,我总觉得他有什么隐私没和我说,我不想打听到底,日本人最讨厌管闲事。

"我好担心你。铃木,因为我爱你……"我无奈地说着,我想起了上次电话线突然被谁拔掉了。

"你放心,我不会找别的女人。"他捏了一下我的鼻子笑着说,那一笑的瞬间,像个调皮的小青年。可我有时却喜欢他的沉着和老练。

"昨天给你挂电话,不知怎么断了?"我又想起了昨夜的事,"和纯子小姐在一起了？"我嫉妒地说。

他回避了我的目光。"可能是线路坏了。我不可能不接你的电话，你说是吗？我不爱纯子小姐，她根本就不去我那儿。"他站了起来，帮我盖好了被子。

"别着凉了，快睡吧，明天给你打电话。"

我多想发脾气，对他大吼，却没有。如果是敏，也许我会大叫起来：你以后别再来，半夜还回去！我不敢这样对铃木，怎么也不能发作，为什么？

因为，我深知日本人是不欢喜自己爱的人问长问短。工作是第一位的，约会可以不去，但工作绝不能不去。落合不也是这样吗，我对他说："不可以说谎吗？说头疼，家中有事，自己的个人婚姻是大事嘛。"他说不是为了几个加班费，而是觉得工作是第一位，绝不能为了个人的事说谎。

唉，固执的日本人。我深知日本人的这个传统习惯，所以丝毫不能阻止铃木在热恋中仍要回去看文件，他要准备明天的工作。

我只好默默无言地望着他，虽然有些扫兴，可发不出一点儿脾气。我已经潜移默化地融合、接受了许多日本文化。

他穿好了西装，将头发梳理了一下，站在我面前，又像在公司会客厅第一次见面时的上司铃木俊雄。哦，他是个可望不可即的人物，总公司有绝对权力的关键人物；他是一个几千名职员都要向他礼貌鞠躬的人物，不管他们比他年长多少，他的资历与身份决定了这些。

他为什么会在众多年轻美丽的姑娘中看上我？一个来自异国无权无势的弱女子呢？因为我像他已故的恋人？我想到这里，又有些悲哀。我不洒脱，刚才还想得那么现实而有理智，当他真的要与我分开时，却依依不舍，一行热泪流了下来。

他慌张地走过来，双手又捧住我的脸，"别哭了，听话，明天一早我给你打电话，以后有空我一定会来看你的。"他用手帕擦着我的泪水。

当他拿起了公文包，走到外屋，我一下从床上跳了下来，又将他用力地抱住，"你走了，我好孤独，好害怕……"

"快进去吧，要着凉的。明天早上给你打电话，快睡觉，你会在梦中看到我的。"他微笑地朝我调皮地挤了一下眼睛，我忍不住破涕为笑："一定要给我来电话。"

他走了。我关上门，听到汽车发动机的声响，渐渐地，声音消失了。

外面的雨仍在淅沥地下着。街上没有一点儿声响，只有一只野猫发出婴儿般的怪叫；隔壁的那人又打着雷鸣般的呼噜。

我真的做了一个梦，梦见我们相隔一条小河，互相在呼叫着，突然从森林里钻出一条蛇，缠住他的身体……我惊叫起来，那条蛇又变成了一个美丽非凡的少女勾着他的肩膀，搂着他向森林走去，他挣扎着，边走边回头向我招手，他的眼睛里满是忏悔和痛苦。

我怎么做起了《白蛇传》的梦？醒来时想起了那个可笑而滑稽的梦。以前在梦中从未梦见别的男人，我已经深深地爱上了铃木。

以往情陷恋爱中的女性，当她们冷静下来时，她们的智商一下子会升到顶点。我预感到有一个女人要从我身旁将他无情地夺走。

那个女人好像不是纯子，可她是谁呢？

第五章　奇异真相

我再也睡不着了，甜蜜地回忆着深夜的一幕幕，不知不觉天色蒙蒙亮，看看手表，已是 7 点钟了。他早去高尔夫球场了，他不是说清晨要给我打电话吗？是怕吵醒我？想打电话给他，可不知他去哪个高尔夫球场，天黑他回来一定会来电话的。

今天休息，我将屋里收拾了一番。虽然以前我是个爱干净的女子，可最近没有太多的时间整理房间，好像这里是临时窝棚一样。可现在不一样了，我要将房间布置得漂漂亮亮的。

写字台上堆满了书和信件，那一沓信是敏写来的，我不想再看了。

桌上原来是与敏合影的照片，我将它放进抽屉里，放上了一张我在伊豆拍的照片。我将多余的书、衣服都整理好，房间显得干净多了。

我又去超市买了些生鱼片和啤酒，万一他晚上回来，可以招待他。我好像成了他的妻子。

这一天我精神焕发，一边穿衣服，一边哼着歌。这首喜爱的《草原之歌》我已三年没唱了，今天怎么哼起了这首歌？

恋爱使人容光焕发，使人青春无限。难怪以前李斐说我变得像冰美人，没有一点儿生气，整天板着脸，男人不敢和我多说话。我以前的面容一定没有光彩。那天在大厅里等铃木见面时也是无光彩的吗？不过那天，我一看见他，眼前觉得一亮，也许有了些生气，使他觉得我很可爱。

我感到女性重新获得爱的骄傲，这种异性的骄傲我已经三年没有了。

到了晚上，落合来电话，他约我吃了晚饭去打网球。我说太累了，不想去，他也没有勉强，说声对不起打搅了，便放下电话。

我觉得落合很可怜，他一点儿也不浪漫，也不会讨好姑娘，他太认真、太财迷了。

无人能改变他的生活习惯与性格，命运注定他将独身一辈子，好可怜。有一次喝醉了酒，他说他好寂寞，看到同班的朋友都结婚，孩子都上中学了，也想要个家。快40岁了，还和父母住在一起。现在他也不去朋友家玩，人家有家了，也很忙。何况去了后，触景生情，心里好难过。

我一直想帮他找一个上海姑娘，可他说完全不认识，怎么行。他就那么死板。他说喜欢我，可和他出去一次，吃的是最便宜的三明治。吃完后就挥手说"拜拜"，真扫兴。

瞧，铃木第一次见面，就买一束玫瑰花给我，我真是非常开心。爱情是门艺术，需要技巧，光靠一颗盼望的心是不行的。落合这个傻瓜，没法帮他洗洗脑瓜，日本男人有的是这样的"傻瓜"。

我一直等到晚上8点钟，他还没电话，我有些心急了。好盼望他的声音，我拿出了他写的电话号码，想打电话给他。可他特意关照过，有急事来电话。我不管，拨了电话。没有声响，他没有回来。

我又拨了一下，有人接了，又是他的"母亲"，非常柔和而客气的声音："你找谁呀？"

"我找铃木俊雄。"我希望他母亲马上把他叫来。

"他还没回来，去大津高尔夫球场了……"她的声音是那么动听。

"噢，对不起，如果他回来，叫他给我来电话，我叫林圣薇。"我非常希望他母亲再也不要像上次那样忘了告诉他。

"好的，回来我就告诉他，再见。"她仍是那么温和地说。

今天仍像上次那样，一直到10点钟也没电话，我有些生气了。可我十分固执，今天一定要听到他的声音，不管他认为我多么任性。这就是中国姑娘与日本姑娘的区别，日本姑娘可没这样痴情。

我怎么也学不会她们的恋爱法！

当我再一次拨着电话铃声时，好半天没有人接，接着又听到"啪"的一声，电话线被拔掉了，我像被受了骗似的热血沸腾起来，谁拔掉电话线的？是他？他怎么会变得那么无情？

是纯子？昨天和李斐在一起，今天又和铃木一起？真恶心！为什么她要同时占有两个男人？不，我不能允许她！

受侮辱的心使我变得愤怒起来，我不再软弱，不再姑息，我要从她手中抢过铃木俊雄！在家里我一直是个十分听话的孩子。一旦我任起性子，谁拿我也没办法。

怎么办？独自坐在床前，想着如何对付纯子，我天生就不是一个笨姑娘。对，叫李斐约纯子，然后，让他告诉我，他们何时在什么地方约会。我再告诉铃木，让他亲眼看看那场面，那情景……

多么恶毒的挑拨离间！我怎么会变得这么坏？

或者，让李斐拍几张他与纯子俩人接吻的照片，那多精彩，多刺激，叫铃木看了大发雷霆。

对了，我去告诉李斐，纯子根本就不爱他，叫他马上打电话去铃木家，说他们在一起，让李斐气得火冒三丈。

多么阴险的手段，我怎么会变得这么狠心？

好，就这样办！当我欲拿起电话，却停止了这种想法，好像不太道德吧。不，她不仁，我不义，在爱情上也是如此。不争夺，我将必败，我不能失去铃木，不能！

可光凭我的花招能战胜她吗？能，她也不过尔尔。

我毫不犹豫地拿起电话打给李斐，正好他在家。"今天你和纯子出去玩了？"我直截了当地问道。

"是啊，怎么啦？"他有些奇怪，以前我从来也不会开门见山地问他和纯子的事。

"怎么样，玩得很来劲吗？"我有些带讽刺地问。

"你怎么啦？我发现你最近有些变了。"他疑惑地问。

"现在，你的纯子在什么地方？"我有些生气了。

"今天我们去迪士尼乐园，我刚送她回家，和她的父亲谈了一会儿公司的事。"

"那么你打电话给她，看看她在家吗？她是个脚踏两只船的姑娘，爱玩弄男性的姑娘，你还以为她爱你吗？告诉你，她现在在铃木家，昨天和你，今天和他，多么刺激，两个呆男人！"我愤怒地骂着李斐和铃木。

李斐有些摸不着头脑，但他被激怒了。"不可能，她根本就不爱铃木，她说那是一场骗局。"

"你才是那骗局中的主人公呢！"我觉得李斐真的爱上了纯子，爱得那么纯真。纯子和我一样，我俩真是一对中国大熊猫，笨得可爱。

"你在说什么呀，我实在搞不懂你最近怎么啦？"李斐确实不知道什么，这不能怪他。

"好吧，你马上打电话给纯子，她保证不在家，明天我把一切都告诉你。"当我把电话放下后，心里有些后悔。我怎么那么冲动，为什么要向他说这些呢。我无论如何要沉默一段时间，千万不能说出我的事。

没多久，电话铃响了："圣薇。纯子在家里，你怎么说她不在家呢？"

我愣住了。不，不可能，才10分钟前的事，她怎么可能赶回家？但是李斐是不会骗我的。

"喂，你说话呀，怎么啦？"李斐在电话里叫了起来。

"我不想说什么。"我无力地放下电话。搞不清楚所有的一切，本来是一场多么美好的爱情，怎么会冒出那么多戏剧性的情节？

但我的直觉告诉我，我已卷进了一场暴风雨中。我感到害怕，感到颤抖。唉，为什么上帝连一点怜悯心也没有，偏要让我在异乡之地饱经沧桑，让我在风雨中受尽磨难……

不，我不想变成凤凰，也不想成为一个受尽苦难、饱尝人生真谛的殉难者。我只想做一个平凡的女子，接受一份人间的真情，仅仅这些就够了。

但是，如今我无法逃避，从客厅与他会面的一刹那，命运已决定了我将为他去殉难，为他受尽爱的煎熬。

我不再哭泣、悲哀，我突然变得如此地冷静；三年的异国生活，使我改变了优柔寡断的性格。后退是没有出路的，如同三年前，我仅仅带了5000日元来到东京一样。

三年来，我闯出了一条生路，还了债、上了大学、进了公司，这三年中我经历了过去二十几年也没有经历过的一切。

我呆呆地坐在床前，想起了三年中经历的一切：

风雪之夜，我被一个色情老板辞了工作，一个人行走在寂静的小路上，双脚冻得难以步行，当走进小屋时，我整整哭了一个夜晚……

我饿着肚子，清晨 6 点去大楼清扫。由于睡眠不足，眼睛发花，我从楼梯上滚了下来。还好，我在小学里学过体操，双手敏捷地抱住头，出了一点血，我用手帕擦干了血，又拿起了扫帚……

凌晨 2 点，我仍看着日语书，一遍又一遍地背着日语单词……

这三年中，我有的是泪水，我没有开怀地大笑过。更没有像昨天那样，得到如痴如醉的爱。

如今，我已经得到了，我绝不能让它再失去——我的爱情和希望。

我已不是一个只带 5000 日元，不懂日文，举目无亲的姑娘。我有了足够的钱来生活、读书，有了一级日语能力的证书；有了两年在公司工作的经验，马上又有硕士学位的证书。我有能力、有智力向爱神挑战，不管这场争夺胜负如何，我也要挺着胸迎上去，不认输，绝不认输。

明天我要把铃木叫来，我要他向我说明一切，如果他欺骗了我……如果他真欺骗、玩弄我，我怎么办？

我一时又没了主意。我要报复他，就像班里的文文一样，和一位日本男子恋爱，两人难分难离。当她怀孕想结婚时，那日本恋人才说自己有妻子儿女，他舍不得两个孩子和老婆，要文文一直做他的情人。文文一气之下，回上海生下了孩子。在新年那天，她抱着孩子来到情人家。他们一家措手不及，文文放下孩子就走……

班里年轻的女生没有一个不为她喝彩。我当时真不理解文文怎么会那么做。她是一个非常文静而软弱，才 23 岁的姑娘，在国内曾得过全国中学生钢琴比赛第二名呢。

现在我理解了，爱就是容易让人发疯啊！

可我不愿意步她的后尘，如果有了孩子，我要把孩子抚养大，把他带回中国去，我不能那么狠心。

我的心一阵阵地隐隐作痛，骗局！那是一场骗局。我想起纯子对李斐说的话，在铃木的幕后有个女人。怪不得他一定要回家，怪不得两次拔断电话线。昨天，他也是这样拔断电话线的。他们在做爱，经常在做爱……

我感到一阵恶心，简直不能忍受！我恨他，恨他。我也要像文文那样报复他。我也要让那妇人吃够醋，不能让他们今后幸福美满。

我怎么变得那么狠毒、那么刻薄？是异国生涯的冷漠、无情、孤独造就了我如今的性格吗？我不知道。

真正占有铃木的那个女人是谁呢？是那个说话柔情万分的女人吗？

这一夜，我失眠了。到凌晨才睡着，我梦见了敏，我和他结婚了。可在结婚之夜，我发现竟不是他，是铃木俊雄。我惊叫起来，推开他的拥抱，我给了他一个耳光，逃出新房……

头有些疼，晕沉沉的，梦醒了，我哭了几个小时，眼睛有些肿。上午我不想去公司上班。我要他马上来。我向落合说头疼，感冒了，今天不去公司了。

给总部打了电话，说铃木今天外出开会，可能不来公司上班了。接电话的是纯子的父亲。他好像听出是我的声音，我才不管他呢。

我昏沉沉地睡在床上，迷糊中听到了汽车的声音，又听到急促的敲门声。我懒得起床，可能是送信的。如果有挂号信要叫名字，不像。也不是李斐，是他，早就嚷起来了。

门又急促地敲了两下，我懒懒地起了床，披上外衣走出门。我打开小窗，竟是铃木，他十分焦急地等在外面。

"圣子，快开门，我有话跟你说，对不起，昨天应该来电话的……"他在小窗外解释道。

我冷漠地望着他，我不想开门。

"请开门。我清晨打电话到公司，听说你病了，马上赶过来，10 点钟要去银座开会。"他的眼睛中满是焦虑。

听到他清晨打电话去公司，我的心有些软了。慢慢地打开门，可仍茫然地站在门前。

"你怎么啦？眼睛肿了。怎么，哭了？"他欲抱住我，我本能地朝后退去，我有些厌恶他，我想着他背后那个女人，简直不能忍受。

我不想看到他，希望他快走，可却没有勇气说出来。我转身冲进了屋，委屈地哭了起来。我不让自己哭出声音，用牙紧紧地咬住枕头。

他坐在我身旁，拉开我蒙在头上的被子。我紧紧地抓住被子，哭得更伤心了。

我听不见他在说什么，好半天没有动静。他走了？我停住了哭声，屏息谛听。外面没有一点声响，我猛地翻开了被子。只见他弯腰坐在床头，双手埋在头发中。

他一动也不动，他用手捂住了脸，没有一点儿声音。任凭我失去理智般地狠狠地捶打着他。"我恨你，恨你！你出去！"

我打够了，骂够了，无力地瘫坐在他的身旁。当我掰开他的双手，我愣住了。只见他那双冷峻的双眸中，盈着泪水，他回避我，闭上眼睛。

"对不起，对不起……"我见他哭了，心里好痛苦。我不愿意看到我所爱的人流泪。他心里一定非常痛苦，他绝不是轻易流眼泪的男子，他内心一定有许多无法摆脱的痛苦和难言之隐。我为什么不听他的解释，却那么狠心地打他骂他呢？

他是爱我的，否则，他不会清晨驾车来看我的。我感到委屈了他，对不起他。

"原谅我……"我用手绢擦着他的泪，喃喃地低语着，"我爱你，我真的好爱你。"我见他仍低垂着头，我一把将他抱住。

"你睁开眼睛，看看我，我好难过。"我哽咽着，竟呜呜地哭了起来。

"不要离开我，不要离开我。"我在他耳边低语道。

"不离开你。"他强打着笑，对我说，"我想和你去中国旅行两个星期，我们每天在一起。"

"真的？"我吃惊而喜悦地问他。

他点点头，含情脉脉地望着我，慢慢地吻着我的双唇。我不再怀疑他，不想在此时问起他难以启口的事，也不想马上知道那女人是谁。

此时此刻，我仍需要他的爱，他的情。

又是一阵激动的颤抖，一阵快感，彼此像分离了许多年的恋人一般。完美无瑕的爱代表了千言万语，融化了我们心中的一切悲哀与不幸。

我愿为他殉难，为他下火海。如果要我明天离开人间，我也无悔这一人生。

"你能原谅我吗？"他温情地说道。

我点点头，再也不想听到他解释什么，再也不想要他说什么。只要他爱我，这就够了。我不想知道那女人是谁，在精神上占有他的只有我，而不是那个不知名的女人。

"如果你能原谅我，我把一切都告诉你。"他的双眸又变得那么冷峻。

"无论你干了什么，我都原谅你。因为我爱你，愿为你而生，为你而死。感谢你给了我那么多爱。"

"以前友子也一直这么说的，你们俩真是一个人。我非常感谢上帝将你安排到我身旁，只有上帝才知道我内心是多么痛苦。"

"告诉我，昨天你和谁在一起？我知道有个人一直占有你，你无法摆脱她，是吗？"我猜想道。

"是的，她一直占有我，占有了我十几年。我无法摆脱她。摆脱她，我将失去现在的一切。我的地位、名誉……我不能够违抗她，因为是她把我从苦难中拯救出来，她是上帝身边的马利亚。我必须听她的支配，白天与夜晚……"他的脸上出现难以言状的表情，是悔、是恨、是羞愧，也许什么都有了。

"她是我父亲的恋人，你不要吃惊。她比我大 20 多岁，可看起来像我的姐姐，她是那么年轻、美丽、有教养。她出身于福岛一个武士世家，她的祖上是德川将军的后裔。她的容貌似浮世绘中的美人，她的肌肤洁白如脂。我祖母是她的奶妈，她和我父亲是一起长大的，像兄妹一样。"

"后来他们长大了，俩人私奔来到了东京。可是她父亲派人寻找到她后，将她软禁在家里。我父亲一气之下，离开了东京去了秘鲁，不久娶了当地的姑娘。她知道后，也一气之下，嫁给了东京福盟会的黑社会头子，一个有着亿万家产的比她大 20 岁的老头子。

"那老头在一次黑社会两帮派的火拼中，被打死了。她成了寡妇，那时她才 28 岁。多少人追求她，可她没有再结婚，一个人掌握了亿万财产，在东京、新宿拥有大量地产。她成了东京首屈一指的亿万富翁。"

我知道他指的那女人是谁，这好像是天方夜谭。可他不像在编故事哄我。我知道他双眸中有许多的经历。其实，我不想让他说出来，是他自己要告诉我的。也许隐藏得太深、太久，也很痛苦。

我不能嫉妒，我要理解他、安慰他。不能再伤害他，我一直在提醒自己。

"后来我父亲因劳累过度得了急性肝炎死了，留下母亲和我们姊妹三人。那时家里很穷，父亲在临终前给她写了一封信，并寄去他们同居时爱的信物：一只风铃和一件和服。

"当她赶到秘鲁，父亲已经去了。她抱着父亲的遗体，流着泪默默地一直坐到天亮。那时候我才 8 岁，我觉得她是那么美，是上帝派来的天使，可是为什么不在父亲活着的时候来呢？那天她吻了我。我望着她，心想：每天能看到她该多好。

"虽然我也爱母亲，可是她爱喝酒，喝醉了就唱歌，大声地教训我们。我们好害怕。那天，她和母亲说了好久，母亲只摇头……后来她走了，给了我一沓钱。那天我一直追赶着她坐的轿车，她不停地向我招手。以后每年的圣诞节，我们会收到一个很大的圣诞老人，上面挂着许多礼物。自从父亲去世后，我一直想念的人就是她，也许这是我童年朦胧的爱……

"后来她看我母亲得了高血压和心脏病，无法带好三个孩子，决定将我带到东京来。那时我才 15 岁，还不会说日语，只会英语和秘鲁土语。是她培养我上高中，进了东京上智大学，请来家庭教师，教我学中国语、学电脑、学管理。

"24 岁我毕业的那年，我就进了她的公司当技术科长，由于我会中文，参加了和中国方面的谈判，我为公司提出了很多建议，成功地为公司拉住了一个长期业务，利润占总公司 30% 的大客户。我马上被提升为公司海外部的部长，公司重要的国外谈判都由我出面。

"后来，我和大学里的友子谈了朋友，她也是从秘鲁来的。父母都去世了，由她叔叔抚养她。我们同病相怜，很快恋爱了，没想到两年后，她出车祸……"他说不下去了。

我握住了他的手安慰道："不要难过，我会像友子一样爱你的。"他苦笑了一下，"你的心真好，像友子一样。"

"那天我没上班，夜里她回来了。回来得很晚，她好像刚哭过，脸色很难看。那时她才38岁，可看上去像28岁。那天，她一个人坐在大客厅里不断地抽烟。我问她发生什么事了，她难过地说，今天是她和我父亲结婚20周年。

"她说好想我父亲。

"'那时，你父亲和你一样，那天也穿着一件蓝色的和服，好俊好精神。'那天，她呆呆地看着我，那神态很温柔，她握着我的手一直没放，突然她紧紧地抱住了我，哭了起来。

"她说这几十年来，非常寂寞。每当清晨她看我时，就像她看见我父亲一样，她有时不能自主了。那天，她紧紧地抱住了我说：如果你是你父亲，我该是多么幸福，我什么财产都不要，跟着你父亲做一个普通妻子。她哭得好痛苦，好凄凉；又温情脉脉，她捧住我的脸，久久地看着。我没有逃避，我也看着她，我第一次仔细地看她。她真的是那么美，美得让你情不自禁，美得摄人心魄。我看着她为父亲而难过，父亲在临终前还念着她的名字……

"好可怜，为什么有情人远隔天涯生离死别？我望着她含泪的双眸，她吻了我。她是一个能使所有男人醉倒的女人，尤其是她动情的时候。如此美丽的女人，她对父亲的深情、对爱的执着、对我如儿子般的爱护，我没有理智，无法拒绝她。

"那时，我失去友子，也好悲痛。我把她当作了友子，她把我当作我父亲。事后我后悔极了，我亵渎了父亲的爱，辜负友子的情。我痛恨自己，我逃出了家，一个人到伊豆住了三天。

"她找了我三天三夜，得了病，人瘦了许多。几天中苍老了许多。她见我回来了，马上容光焕发，她答应将公司她的 1/5 的股份转给我，让我当副董事长。我经不起诱惑。我需要钱、公司、别墅、汽车，我要寄钱给在秘鲁生活的弟弟、妹妹；要让他们能上大学，让母亲过上好日子，我不想再贫苦。

"小时候，我常常领着弟弟、妹妹去捡垃圾，去捡铁罐头。我跟着父亲在秘鲁的油船上干活儿，到过东京，发现那里是那么富有，可我们是那么穷，你知道没有钱的痛苦与艰难吗？父亲在临终前觉得对不起我们，他第一次放下男人的自尊，写信给美子，哀求她帮助我们去日本。

"她对我恩重如山，像母亲一样照顾我，像姐姐一样亲切地看管我，我觉得无法摆脱她。我也需要她的温情，她的财产……"

我不想再听下去了，心里感到一阵痛楚。我闭上眼睛，竭力不使自己的泪水再流下来。

昨天，我还那么满怀信心地要取胜，自信我会战胜对手。可今天我的信念一下子垮了，我无法战胜她，一个才貌双全、拥有亿万家产，有地位、有名誉的女人。我的力量与她相比，简直有天壤之别。

现在最悲哀的是我，不是铃木俊雄，也不是她。

我想逃，赶快地逃，可逃到什么地方去？只有回中国，马上离开他。

"请你不要说了，好吗？求求你。"我不想再听下去，虽然我不恨他，可我再也不想看到他。

"我不应该告诉你，让你蒙在鼓里，你像友子一样善良、纯洁。我怎么忍心欺骗你呢，我不应该诱惑你……"

"不要说了……"泪水流在他的手上，我啜泣道。

"你走吧，不要再来了，我会好的。"我不想再看他一眼，看了他，我说不出来要他离开的话。

"不要赶我走，从那天见到你后，我猛地醒悟了，我觉得自己非常堕落，我简直不像男子汉。这几年来，白天我有男人的尊严，下级敬佩我、畏惧我，可我有时觉得有愧于他们，虽然他们不知道我们的事。纯子是我名义上的女朋友，纯子每月去我们公寓一次，我们三人一起用餐。这些都是她安排的，因为她又让给了纯子父亲5%的股份。她父亲也不反对我们假意谈朋友，我们有个默契：纯子28岁以后才能谈朋友。以后，她再帮我找一个纯子的替身，这是为了不让外人知道我们的关系，她不想现在我有女朋友。"

纯子的父亲是个有名望的人，怎么会同意这样做的？也许是为公司的整体利益和信誉，他不光是为了钱。我心里想着。

"每次看到你，我仿佛就听到友子在谴责我，心里很痛苦，想摆脱她。这几年来，她变得很专制，控制了我的一切，我发现自己像个傀儡，成了她手中的工具。人到中年，她脾气变了，变得古怪、猜疑，不允许我与任何一个姑娘亲近。"

"那么她知道我吗？"我想起了两次电话的事。

"是的，她逼问我。我怕影响你，没说，她每天夜里逼我说，我被她问得发火了，前一天没回去睡。昨天，你来电话，才知道你是分公司的人。她冷笑着说，好哇，一个中国美人，如果你是玩玩，我允许；如果你们来真的，她不能在日本再待下去。她太霸道、太专制了，我不允许她伤害你。"他生气地说着。

我真的有些害怕了，不由打了个冷战。铃木见我颤抖着，十分动情地说："不要紧，有我在，她不会对你怎么样的。"

连纯子与她父亲也斗不过她的势力和专制。我更没有能力来与她抗争，我是一个来自异国的弱女子。

"你真的能保护我？"我又变成了三年前那个矫情而纯洁的女孩子。这三年来我好累，好累，我没有文文那种垂死般地挣扎连自己也毁掉的勇气。

他怜爱地搂住我，我像一只可怜的掉进了陷阱里的小羔羊一样，在他的怀里瑟瑟发抖。

弱者虽是无能，但能博得同情，以求得生存的一席之地。退却成了我进攻的战术，成了刺激铃木的武器。我找到了唯一能保护自己的办法，尽快地退却，以退为进，激发他们之间的矛盾，激发铃木那男子汉的责任感和自尊心。

我怎么一下子变得那么聪明了？是的，后退不一定是失败。

我以前很喜欢听在文史馆工作过的父亲聊天，听他说中国古今兵法，好像听故事一样。对了，父亲常说分解敌人以农村包围城市，打巡回游击战，以小部队灵活多变的优势，袭击敌人庞大的军队。没想到父亲讲的用兵之法，今天也能灵活运用上了。

对，就这样，我内心不再伤感，又有了信心，可我的表情仍那么惶惶不安和楚楚可怜。

女人的若即若离，会更激起男人的兴趣。"放暑假，我决定回中国一个月。"

"你想回中国？"铃木听了我的话惊愕了，"还回来吗？"

"我成全你们，还是我走好。"我观察着他的脸色。

"不，你千万不要走，我会保护你的。"

"你连自己都保护不了，怎么可能保护我？没有她，你就没有权力、地位、钱财、公寓、汽车。"

"不，我有能力，有头脑，我还年轻；自己能创造财富，我不需要一个女人来安排我的命运。"他激动地说。日本是个男权主义的国家，我的话激起了他本能上的反感。

"好吧，那我就回来，你说话要守信用。"我用小手指勾住他的小手指说，"一言为定，对神发誓。"

"我对神发誓，我一定要保护好圣子。"他当真用手指着苍天闭上眼睛，认真地念着。

瞧他那模样像个孩子，我忍不住笑了。我知道他不敢对神说谎。对神发誓，一定要守誓，否则是对神的亵渎。

"不好，快9点半了。10点钟要赶到银座。"他慌张地站了起来。

"我要走了，别伤心，我会来看你的。没要紧事，不要打电话到公寓去，打到公司去。"他像疾风一般来，又像旋风一般地走了。

她真有那么漂亮吗？铃木走后，我不由对着镜子看了自己的容貌。她比我还美吗？有我那一双发亮而迷人的凤眼吗？有我那小巧而挺直的鼻子吗?

　　我非常自信,在年龄上、容貌上能与她竞争。我能战胜她,我记得刚来日本时,常常有人跟在我后面。有一次,一位日本女性杂志记者跟了我一个小时,要我去拍封面,做广告。说我是他看到的最漂亮的中国姑娘,我怕是黄色杂志的记者,吓得逃跑了。

　　我非常想见那位能迷住所有男人、才智双全的日本美人,我会输给她吗?

第六章　温泉宫殿

5月，春暖花开。虽然樱花已凋谢，可郁金香、杜鹃、玫瑰花开得正艳。日本又迎来了一年一度的连休，人们都在这季节度假，去海外旅游，或去温泉玩上几天。调节一下疲惫的身躯，松懈一下麻木了的神经，这是个日本公民最欢乐的季节。对于日本人来说，连休是欢乐、愉快的，可对于我来说，是恐慌、沉重、压抑的日子，不知如何打发才好。

因为不能打工，5月工资最少，6月的生活就会困难，我也根本没有心思去旅游，那要花很大一笔钱。偶尔和同学小聚一会儿，暂时忘却忧愁和烦恼，可走出那间窄小的木板房，就会感到寂寞与孤独包围着我。于是我就开始拼命地打电话。唉，都不在，陈弘去男朋友家了，莉莉又去打工了，李斐回北京了……于是我就打开录音机，反复地听着敏给我寄来的磁带。我试图用歌声来驱散孤独，填补精神上的空虚。

今年的连休也许是我一生中最幸福的日子。铃木早早就约我去美子的温泉别墅，我每天都盼望着这一天快些来到。我感到留学的生活太累了，去那个风景幽雅舒适的别墅，痛痛快快地玩上三天，该多好啊。

他说别墅内有温泉游泳池。我好想去温泉，以前去过一次，是京都内的人造温泉，里面放着温泉药水，我泡了几个小时就觉得浑身的疲乏消失了，轻松得人快要飞起来。这几年我一直希望能与喜爱的男朋友一起到温泉痛快地玩玩。曾经想过，如果敏来日本，第一件事就去箱根温泉，可他一直没能来日本。

朝思暮想的这一天终于来了，能与自己真正爱的人离开这喧闹、纷乱的东京到一个世外桃源去度几天神仙般的生活。可又有些恐慌，我知道这次去，我最后的一道防线即将崩溃，我无法再拒绝他爱的攻势。

今天当我又一次坐在他驾驶的轿车里，便和他定了个君子条约："到了别墅后，我俩住一个房间，可分别睡两张床。"

他看了我，很认真地对我说："我不会'侵犯'你的，放心吧。"

"如果我睡不着，到你那里来了，怎么办？"我看他那么认真，便试探道。

"可以，对你我可不设防，你睡不着觉，想和我聊天，我拥抱着你，一直到天亮。"他仍十分认真地说，但是眼中有些调皮的笑意。

其实，我真的只要像邓丽君歌中所唱的那样："我只想就这样在你的胸前静静地躺着。"

"那么，你就在我胸前躺三天，我会像保护嫦娥一样看护着你。"他看了我一眼说，"还有什么不可违反的条约吗？"

"唉，没有了，如果当你感到抑制不了自己的感情时，马上就应该想到'不行，眼前是我的妹妹，我不能这样。'"

他没等我说完，忍不住扑哧地笑了起来："你这样会把我的神经系统搅乱的，脑子要出毛病的，你太刻薄了，没有一个姑娘对我这样约束。"

"你知道今天去的是最有名的伊豆热海温泉，前面可以鸟瞰大海，后面可以看到绿树成荫的小坡，石板小道蜿蜒不断通向山峰。日本最古老的温泉是在神户的六甲山腰的有马温泉，还有大分县的别府温泉之乡，从山上看下去，整个山在冒烟。"

"山上着火了？"我忍不住打断他的话。

他听了哈哈大笑："不是，那是温泉的热气从地底下冒出来，那儿有一千家温泉旅馆，是世界上最大的温泉城市。有红色的温泉水，能染布；有蓝色的，那是含磷很多，你只要拿一根火柴放在上面，就会着火。还有一个温泉口，每到一定的时候要喷射几米高的泉水，像一条巨龙跃出，好看极了。"

我听了好来劲："那我们什么时候一起去？"

"你很贪玩，好，带着你周游日本。带你去日本樱花的名胜之地。"

"那不是上野公园吗？"我只去过那里。

他又笑了起来，"那也是，但是日本第一樱花之地是在奈良吉野山，被誉为'吉野千棵樱'，从山脚到山峰满山遍野都是樱花，美极了。"

"对了，日本赏花从什么时候开始的？"我想故意考考他，他老在嘲笑我。

他愣了一下："你在考我。是在江户时代。"

"也对，也不对。让我告诉你，日本赏花的历史悠久，一般认为源于平安时 812 年宫中举行的樱花宴，1598 年，丰臣秀吉在京都醍醐寺举行的'醍醐赏花会'以其铺张豪华而载入史册，江户时代起平民百姓开始把赏花作为娱乐活动。"

他惊讶地看了我好半天："比我知道的还多，可不能小看你。"

我终于将了他一军，看他还笑我吗？其实这是我昨天刚从书上看来的。

"小心，朝前看，要撞车了！"

我们忍不住大笑起来。我俩说笑着，感觉时间过得很快，几个小时过去了，转眼车已开到了一片绿树葱葱的山林之中。

一幢幢乳白色的别墅隐在松树丛中。这儿是日本财政界和一些知名人士的别墅区。每一幢别墅的花园都很大，都有温泉，山上的温泉顺着岩石直接流进室内。

我们的车在一道铜铸的雕花大门前停了下来，铃木走下车，按了一下门旁有密码的自动控制器，大门缓缓地打开了。噢，呈现在我面前的是一个天堂般的世界：砖石铺成的大道旁是修得平整的绿色草坪，两旁种着盛开的玫瑰花，玫瑰花的尽头，是一幢很有气派的三层楼洋房。

有跳台的游泳池设在楼房前，蔚蓝的水中映着蓝天白云。唉，多想一跃而下。这儿简直是豪华的宾馆。一排小巧玲珑的喷水池随着音乐的节奏，喷射出形态不同、色彩斑斓的水柱；时而像一片奔流的瀑布、一层蒙蒙的雨帘，时而又像跳跃的小精灵，欢乐而舞。

"这幢别墅是美子前夫送给她的结婚厚礼，当时连土地和建筑物就达 3 亿日元，现在已涨到 30 亿日元。一层楼下是各种温泉、客厅；二楼是弹子房和卡拉 OK 厅；三楼是客人的卧室，有洋式，也有日式的。等会儿带你去参观一下。"铃木向我介绍道。

我简直像个灰姑娘走进宫殿一般,我什么时候穿上那双奇异的魔法水晶鞋,认识了这位王子的?当我看到这幢豪华得像宫殿一样别墅的那一刹那,我突然觉得自己在铃木面前是那么渺小。偷偷地瞥了一眼他那风度翩翩的神态,我第一次感觉自己配不上他。

我是一个穷留学生,住的是摇摇欲坠、没有浴室和厕所的旧式木板房。他是这个宫殿的半个主人,瞧他的神情是那么潇洒。在这儿,我感到在他身上又增添了一份光彩。我和他不是一个阶层,是不同身份的人,仿佛也不是同一时代的人,他所拥有的一切,离我是那么遥远,我感觉到一种从未有过的自卑。

突然,我产生了一个非常奇异的想法,这儿不属于我,我想逃跑,转身逃出这扇大门,躲到我那窄小的木屋里去。此时此刻,竟心慌意乱地呆立着不知所措。

"你怎么啦?"铃木已走在前面,关切地问我:"你脸色不太好,是否坐车累了?"

"好像是……有些不舒服。"我从迷惘中惊醒,想微笑,可嘴角却僵硬着。

他走了过来,拉着我的手:"进屋休息一会儿,去泡泡温泉,就会恢复体力的。你太累了,最近好像瘦了。"他深情而关切地望着我说。

我不敢看他那冷峻中透出温情的双眸。唉,怎么一下子变得这么拘泥,刚才还在车里开玩笑和他"约法三章",现在我连"约法三章"的勇气也没有了。想马上逃出这深宅大院。可是要在这度过三天的假期,对我来说,仿佛不是享受,是受难。

可这儿不是地狱,是天堂,既然是人间天堂,为什么要惶然不安?

身边的王子挽着灰姑娘迈进了这座宫殿,我走进了一个童话世界。

我们走进大厅内,只见毕恭毕敬地站着两排日本人。右面是穿着和服,年龄在 20 岁左右的女子。她们的举止那么优雅,低首微笑着对我们说:"今日好,欢迎贵客光临!"

"她是天国温泉有名的艺女，名叫千贺子。她们从小就练习舞蹈和茶道，专门为这里的客人献艺。后院有个专门招待客人的清水厅，客人一边品尝着日本料理，一边观看舞蹈。"

左边是穿着西装，衬衫领上系着黑色蝴蝶结的年轻侍从。

"他们是负责整个别墅的工作人员，厨房里还有两位高级厨师。"铃木向我介绍道。

我看到大厅的墙上挂着一位男子和日本天皇的照片，还有美子和日本前首相及政治要人合影的一排照片。

"他们都来过这里，美子在这里经常举办各种宴会。她最近很忙，没有来这里。"铃木对我说。

简直不相信这是私人别墅，像个宾馆，什么都具备。温泉、剧场、网球场、游泳池，这么大的别墅每天要多少费用？我沉思着，突然脑海中莫名其妙冒出了一个念头：如果学校放假了，来这儿当一个月临时工，那多好！在这么美的地方打工，心情一定很好，工资也很高。以前听莉莉说，她在鬼怒川温泉干了几个月，每月 30 万日元的收入，后来要上学，只好放弃了。

此时此刻又想到打工，真是个名副其实的"灰姑娘"。来到日本，除了学习，就是想怎样多打工，挣些钱，可以将敏办到日本来，再带几件家电回去。

当我抬起头，看到铃木那严威而潇洒的神态，我一时有些不知道今天来这儿是干什么的，来游玩，度假，度蜜月？……这一切令人向往的生活，我几乎不敢去企求。

"这两天，你可要痛快地玩。泡了温泉，我教你打高尔夫、打网球，教你唱几首日本歌，在这儿好好地享受一下日本最现代化的超级生活。"铃木有些傲慢地说道。

他对仍恭敬地站立一旁的仆人挥了挥手："今天圣子小姐是我的客人，不要按美子的那套招待程序，我们自己随便玩。"

"是！"他们同声弯腰鞠躬道。

"我们先去温泉，再去休息厅，去准备一下吧。"铃木挥了挥手，像个长官似的命令道。此时他一点儿也不像刚才那么温情、调皮，好严厉。我仿佛也成了他手下的人，唯唯诺诺地等待他的吩咐。

当他转过身来，那双冷峻的眼神有了些笑意。我看着他，可一点也笑不出来。在一瞬间，我感觉到，虽然我们近在咫尺，可我俩却有着不可逾越的鸿沟。我们谁也逾越不过，只能站在深谷两岸相望呼唤……

我们不会天长日久，更不会结为夫妇而白头偕老。

"你在想什么？"他好奇地望着我问道。

"……"我不知该如何回答他，"好像有点紧张。"我支吾道。

"走吧，先带你看一遍，不要紧张，在这儿就我俩。"他拉着我的手，冷不防吻了我的脸颊，"今天你更有魅力，那么文静、漂亮。"

可我看到了大厅瓷砖墙上圆镜子里的我，笑得很尴尬，很难看。

走过大厅，看到四周宽敞明亮的玻璃窗内的温泉池。有深蓝色、橘黄色、白色等不同的颜色，铃木向我介绍道：

"这是从地底下冒出来的温泉，这儿面向南极。太阳从海面升起的时候，平躺在带有磁场的温泉里，面对阳光，采阳气于下丹田。人随着年龄的增长，特别到了中年，阴盛阳衰，内气失守。不练气功，则任天地夺气，日月催老；气失则虚、气虚则弱、气弱则病、气衰则老。所以美子经常练元神采气功，能夺天地之元气、采日月之精华，能强身健体，益寿延年。

"美子喜爱泡温泉，她每个星期要来这儿住一天，也许是泡温泉的原因，她保养得很好，公共温泉她不愿去，所以她丈夫特意将别墅建造在海岸边。后院是天然露天温泉，泉水是从岩礁地带涌出来的，温度高达80摄氏度。但是通过散热后，温度就不高了。那是含铁强食盐泉，专治神经痛。室内温泉，有从山上引下来的，那是单纯的硫黄泉，专治皮肤病、胃病。"

"怪不得她那么年轻，原来经常练功。"我问道，"怎么练法？"

"她教我秘诀：松静站立，两手托天，神高意远，从天而降，先入劳宫，再贯下丹田，采中有夺；共有三十六法，四时之气流向须明，春气西行、夏气北行、秋气东行、冬气南行。她有时就教我，可我不静心去练，偶尔也站在这玻璃窗前，用眼观太阳，以吸入腹，古有'先把乾坤为鼎器，博约乌兔采药烹'。"

我听不懂他如此深奥的说法，更想不到美子还教他中国气功，她真是个女神。而我确实像个"灰姑娘"。中国出身的大学生，连自己中国的气功都一窍不通，一个日本女人竟精通中国古文化，并运用于实践之中。

"乾指上，是神，坤指腹，是下丹田；乌指太阳，兔指月亮。以眼采光，以口采气，以胸采磁，以腹采药。"铃木也知道得那么多。

"怎么个采法？"我觉得很有意思。

"用眼观太阳或月亮，以吸入腹；口采法，口含真气，吞入下丹田；采磁法是意念南极，中丹田进气，采药是吸光、磁，气入腹后，既驱二物归黄道（带脉），争得金丹不解生，乾坤做熔炉，在腹中用文武火炼成丹，采药还含有采外界微量元素和智能之意。"

我一知半解地听着，不敢多问，怕被他笑话。噢，美子是个有学问、有魅力的女人，她拥有这座宫殿，拥有财产与地位，我由妒忌变为敬佩。

"美子有许多学生，都是财政界的名人；我也是她的学生，一个最不认真学的坏学生。"铃木笑了起来，我没有笑，陷入了沉思。

我从历史悠久辉煌的中国而来，为什么对宝贵的文化一窍不通？记得父亲以前也亲自带我到静安公园练功，我还常笑他是个老古董。为什么那时不向父亲学些气功，听听他的教诲？否则我就不会傻乎乎地去问铃木，我也能说出一些，虽不像美子那么精通，可至少在这方面知识不至于等于零。

他又带着我走进一间用彩色瓷砖垒成的温泉室里，里面有五六个像浴池似的温泉池，奇怪的是池中有各种水柱在喷射。

"那是干什么的？"我问道。

"这是按摩水柱，你进去后就知道了。"铃木微笑着对我说，"三天后，当你从这里出去，肯定会变得更年轻漂亮。"

我看着一个个温泉池，冒出了一个念头："他会不会和我一起泡温泉？那可不行，这儿不是游泳池，万一我裸身泡在里面，他突然进来了，怎么办？"

我感到脸上一阵发烫，不，我已经和他"约法三章"，他不会冒失闯进来的。

"你在想什么？"他仿佛看出我在思索什么，便问道。

"那么就我一个人吗？"

"是呀，这儿不是公共温泉，你泡室内温泉，我在露天温泉，然后进休息室休息一会儿，我们再交换。还有森林桑拿喷雾，温度不高，你要注意，温度太高的桑拿进去后一会儿就要出来；你体质不好，不能待长时间，在里面热晕了过去，我不能进去救你了。"

"如果我不行了，就喊'救命'，你就进来吧。"

"那我就要违反'约法三章'了。"他没有笑，看着我说。

我嗔怒地打着他："你好狡猾，我可要小心点。"

"你把我当成好色之徒了，我可是第一次带姑娘到这儿来。美子的温泉别墅在东京很有名，多少日本漂亮的姑娘要我带她们来玩，我都拒绝了。唯有你，也不知中了什么邪，带着你来，还约法三章，真叫我神经紧张……"

"你怎么今天话那么多？肯定在公司一个星期没说话了。"我又觉得铃木是我同时代恋爱的男朋友了。

"先去泡 会儿吧，如果感觉热了，就到休息大厅来，椅子上有电钮，你按一下，我就会出来的。还有，如果需要什么饮料或需要按摩，按一下墙上的电钮，会有人按照你的指示送来的。"

"唉，有那么好的超级服务项目，太有意思了，好吧，一个小时后再见。"我挥手向他拜拜，便迫不及待地走进"温泉的天国"。

整个华丽的温泉厅内只有我一个人，是否太奢侈了？享受着贵宾一级的待遇，太感谢铃木了，他真的喜爱我。他不会随便带一个姑娘来这儿的，这儿是美子招待各国政界、商界名人的地方。

我边思索着边脱下了衣服，迈进了蓝色的冒着气柱的温泉池中。平躺在池中，那气柱有节奏而轻缓地拍打在我肩膀两边、脚底板上，像按摩师一双柔软而带着气功的手。好舒服，我全身舒展开了，闭上眼睛尽情地享受着。

我感觉进入一个奇妙的世界之中。周围万籁无声，耳边是自然界的次声波，人十分舒展地飘浮在大气层中，双手与身躯变得很轻很轻，我一直朝前遨游，无边无际，没有任何险阻。精神与肉体在一个极净的世界中。

睁开眼睛，一道光亮从玻璃窗前闪在眼前，前方碧波荡漾，蓝天白云，远处是一块块礁石、岛屿，这儿是伊豆岛。我和谁来旅游？是和铃木吗？为什么我们要分开呢？唉，我不是和他"约法三章"了吗？

我跳出温泉，走进旁边的一间像森林似的"雾的温泉"，真好像迈进了一个童话世界：一簇簇紫藤悬挂在半空，一串串葡萄晶莹欲滴。看见葡萄，觉得有些渴，真想吃几串，伸手去接，是真的葡萄，尝一口，那么甜，这儿怎么会有葡萄？

仔细看，原来是临时挂上去的，让这儿的客人坐在石凳上，当他们觉得渴了，便能尝着新鲜的葡萄。两边是翠绿的草坪，像真的一样。这儿的空气湿淋淋的，从空中飘下蒙蒙雾雨，落在脸上，痒痒的、湿润润的，真舒服。昂起脸，恍惚中我看见俩人裸着体在温泉中，他那男性的躯体一定非常健美。哦，多难为情，我怎么会这样去想象他？

仿佛置身于梦境中，突然我觉得，一个人在这"森林"中是那么孤单，想起了铃木，如果我按一下电钮，他会进来吗？我不是在诱惑他吗？他会瞧不起我的。刚才还"约法三章"，自己就失约了。

怎么办？我需要他，一种从未有过的情欲从心中涌起，我想象着一双有力的双手紧紧地拥抱着我。我闭上眼睛，尽情地享受着他的吻，他的爱……

内心感到一种从未有过的强烈的欲望，心灵深处如饥似渴地盼望着一个亚当。我不想再孤独，不想再禁欲，我要真正的爱与生活！

我鼓起了勇气，当我的手刚碰到电钮时，却突然停下了，眼前出现了一张期待的脸，那是敏，他在等待着我，等待着我回国结婚，我怎么能这样？

我只能专一地为他而守贞节吗？即使他不在我身边，一年，两年，三年或者是五年，十年，我也要为他守一辈子吗？不，这太残忍了吧！让我的青春白白消耗在美好的时光中，让我的欲念封闭在黑色的匣子里，锁在无形的锁链上吗？

我的眼前仿佛出现了一座座黑色的牌坊，上面清晰地写着"贞节牌"。在牌坊下，有个幽长女人的身影，她在干什么？她为了熬过一个个漫长的夜，将特意撒在地上的黄豆一粒粒地捡起来。

我又看见一个与我相似的身影，她坐着干什么？为了熬过漫长的夜，书写着几千万字的论文，那不是我吗？

不，我不想再无谓地熬过这漫长寂寞的夜，我要生活！真正恢复上帝赋予人的本能的生活。

我迅速地按了电钮，我靠着开满了鲜花的大树旁，闭上眼睛等待着电闪雷鸣，等待着倾盆大雨，等待着一个奇迹——

好像等待了一个世纪，好久、好久，我感觉到被一团火焰包围着。那火焰燃烧着，自下而上地向我袭来，我的灵魂随着一束激光，越出了森林的温泉中。

我感到脑后有个射线的喷管，朝前额视屏射去，出现许多像喇叭形的光波，这彩色光谱无阻无障，飞跃于脑际；这激光随着我的意念、欲求驶向一个遥远的地方，翱翔在一个奇妙无比世界中；它穿云透雾，一飞冲天。顿时，我感到光芒万丈，心花怒放；刄下如喷泉、刄上花盈盈，内光合补光、佛光普玉体，阴与阳，灵与肉天衣无缝地结合在一起……

一阵阵欢愉的沉醉，令人销魂的快感从脑海中涌起，灵魂飘向远方，漫游在五彩缤纷的天国；我们融为一体，拥抱着飞向那一片桃红色的樱花丛中；我那荒芜的情感、饥渴的情欲、疲惫的身躯在光彩夺目的绚丽中焕发出一片勃勃生机。一种从未有的快感震撼我的全身，我将永远地结束了清教徒式的生活，义进入了恋爱的季节。

我已经是属于他的了，我不后悔。我那禁欲了二十几年的处女竟被仅仅相处了半年的异国青年所开拓。我和敏谈了六年的恋爱，我们只等着新婚的那天。我是否堕落了？

铃木无限温情地微笑着对我说："你今天就成了我的新娘，今夜在客厅里为我们举行婚礼，好吗？"

我很感动，当然我们没有领到一张红色的结婚证书，可他却把婚礼看成一件大事。他拿起了电话："伊藤，今晚我们在大厅内举行婚礼，准备最好的日本料理，别忘了采些玫瑰花。"

"那美子知道了怎么办？"我顾虑道。

"她知道了已经晚了，我们已经结婚了。"铃木有些狡黠而调皮地对我说。他见我没吱声，便冷冷地看着窗外，"我有时很恨她。"

"可她给了你那么多的财产，如果没有她，你可是一贫如洗，怎么可能带我到这里来？"他沉默了一会儿说："如果我一贫如洗，我就有自由，有选择爱的自由，可现在身不由己……"

看着他那充满稚气的脸，我知道这次他带我到美子的豪华别墅，是一种无奈的"反叛"。他像一个孩子似的和威严的母亲在示威、赌气，甚至做出意想不到的叛逆行为，今夜的婚礼就是一种压抑已久的心理逆反。

我感到有些悲哀："今夜我们随便吃些便饭，不要兴师动众，好吗？"

他用一种非常陌生的眼光看着我："以为我没有这个权力吗？美子将公司 20% 的股份给了我，这里也有我 20% 的权力。"

"美子知道了，会大发雷霆的，我担心你。"我爱怜地望着他，"我什么都不在乎，只要你真正爱我，仅仅这样就够了。"

我已经是他的人了，不能让他在心理上有过重的负担和压力。"我没有财产、没有公司；今天当我来到这里，突然觉得自己是那么贫困、渺小、可怜；美子是那么辉煌、光彩，她是个什么都拥有的女王，可我能给你带来什么呢？"

我用双臂搂住了他，将头靠在他的肩上。看着窗外那碧波荡漾的海水，水面上几只帆船，朝远处驶去。

我们在这温泉王国如痴如醉的情爱中醒来，又回到了现实中。

"不管怎么说，今天一定要使你愉快，我们不在教堂举行婚礼，就在这里举行，从今天起，你真正是属于我的了，我不能让你有半点委屈。"

我看着他面庞的剪影，那一道浓浓的剑眉下闪着明亮的眸子，挺直的希腊式的鼻子，给人一种刚毅而稳健的信任感；那红润的嘴角洋溢出无可挑剔的男性魅力。

那是他最富有情感的地方，我忍不住斜过脸吻着他的唇，又一次如痴如醉的吻。就像一个婴儿，在饥饿时终于找到了母亲的乳房一般，找到了生命源泉，那源泉甘甜、清凉，潺潺地流入心田。

我瘫软在他的怀抱中，他将我平仰在温泉中，轻轻地在我耳边喃喃低语："好一个睡美人……"

水中两条精灵紧紧地交尾着，那么自在，轻柔飘逸，在水中翻腾、结合。人类起源于碳水化合物，形成生命的核体胰岛素。当人类向陆地移动、繁衍时，仍离不开水，受精的卵子在羊水中形成胎儿；水与人类有着割不断的缘，在这与生命紧密相关的水里做爱，也是人类爱的最完美的形式。

肉体和灵魂都沉浸在湿润的水中，与世尘隔离，周围没有干燥的空气，环境的污染，水能荡涤一切污秽的杂念；在水中，脑细胞的活性化增强，肺中的碳素全部一吐而光，我感到如鱼得水般畅快。

我俩像一双未出世的婴儿，彼此不能分离，生命融合于一体，当我们浮出水面吐出肺里的二氧化碳时，我们仍依依不舍地拥抱着，久久不想分离，这是一个多么令人销魂的时刻，但愿永远不要消逝。

"哦，如果让我明天就死去，我也愿意。"我仍在醉梦中。

他用双唇封住了我的嘴，好久他才说："我们才刚刚开始。"

耳边响起了一阵悠扬、优美的铃声。"6点钟了，他们已经准备好晚餐了，我们去吧！"

从水中跃出了两条美丽的精灵，在晚霞的映辉下，显得那么迷人而富有生命力。那是一幅上帝精心绘画出的爱之恋。

我们携手走进了那间闪着淡紫色光的"樱花厅"客厅，满眼是粉红色的樱花。那是一幅画吗？不是，原来窗外是一棵茂盛的樱花树，所以使客厅的大型玻璃前映现出一幅天然的屏风画。

两位穿着西装的侍者推来了小滑轮车，上面放着一个帆船，帆船上横放着一条大鱼，两只红色的大龙虾点缀在两旁；白色的萝卜雕刻成的一朵朵浪花，纤细的海带嵌在由深紫色的茄子刻成的礁石上。盛开的菊花恰到好处地盛放在海岸边，这是一幅用料理做成的盆景，上面写着："伊豆渔情。"

"这是北海道一级厨师的手艺，是用最名贵的鳜鱼做成的生鱼片，这是美子招待国家一级宾客的。这两只北海道的大龙虾是国家水产局每天空运来的，光这道菜就价值 10 万日元。"

"太贵了！"我目瞪口呆，情绪又回到现实之中，10 万日元，我要打半个月工呀。刚来日本，才带了 1 万日元，那是一个月的饭钱，每天吃鸡蛋、鸡翅膀。我又和留学生时期相比，唉，艰辛的留学生活，给了我太多太多苦涩的回忆。忘记一切悲哀与不幸，何不潇洒走一回？

什么时候可以不考虑这些，像贵族一样举着白兰地酒杯，开怀大笑，品尝这人间的佳肴美酒？

"来，为我们的婚礼干杯！"铃木含笑的双眸深情地凝视着我。

"干杯！为今日的幸福干杯！"我只为今天干杯，不期待天长日久。我俩一饮而尽，彼此相望默默无言也是幸福。

"我想给你买一只钻石戒指。"他深情地对我说。

"我什么也不要，只要你的爱。"我是真心这样想的。

"一定要的，回东京去三越看看，好吧，答应我！"他拿起我的手亲吻着。客厅里是悠扬的轻音乐，两位侍者退到了外面。时而送来一盒盒精致的料理，可我的眼前尽是铃木的微笑，偶尔想起在温泉中的温存，忍不住羞怯地低下了头，不敢看他能洞察一切的眼睛。

"我知道你在想什么。"他轻声对我说。

"想什么？你猜对了，我就把这杯酒都喝了。"我说。

"好，一言为定，你在想那温泉中有两条金鱼在漫游。"没待他说完，我急忙用手捂住了他的嘴："不许你说出来……"

"我就喜爱你的纯情，日本姑娘不会像你这样。她们一定会说，每天都泡在温泉里该多好！"他若有所思地对我说。

"每天泡在温泉可不行，我还要写论文呢。"我不假思索地说了出来。

"噢，多扫兴。"他忍不住笑了起来，"你可是老师的好学生，和情人坐在这里品尝佳肴，还没忘了要写论文。"他又变得幽默起来了。

"不许嘲笑我。哦，今夜我住在哪里？"我想起来时就考虑的问题。

"今夜我们住一个房间，但是，彼此不能越过'界线'，这是你对我的约束。"他故意严肃地对我说，又像在公司时对部下讲话一样。

"OK，我得考虑去大阪演讲的论文，你可不要打扰我。"

他无奈地耸耸肩："那我要写公司下半年的计划，那套软件开发要进行了。"

"什么软件？"我无意地问道。

"是美子准备在今后占领东南亚市场的新计划，和中国的业务做得差不多了，听说上面的首长有些靠不住了。"

晚餐整整吃了三个小时。就餐后，他领着我走上三楼的一个房间。

"这是美子为我特意准备的婚后别墅，今晚就住在这里。"打开房门，我不禁目瞪口呆。好气派，里面已摆放着一套豪华的英国贵族家具。

"其实我不喜欢在这里，旁边一栋二层楼是我的私人书房和卧室。去那儿看看吧，我好长时间没有去了。"他领着我绕过大花园，来到靠海边的白色的小楼房里。

"我刚从秘鲁来时，就住在这里，开始学习日语，和你一样。"

"我可没有那么好的房了。"我对他说，我发现屋里堆着许多旧的东西。

"那录音机是我和父亲在船上打工时省下钱买的，那大背包是我和父亲一起采矿时用的。看到这些东西，我就想起在秘鲁的弟妹，想起以前的贫困的生活。我烦恼时，常常一个人来到这小房间里。有一次，躺了三天，我是从后院溜进来的，谁也不知道，美子差一点没登报寻找。"

"你真像个调皮的孩子，哪像个公司的部长。"

"从那儿的窗口，可以看到对面大岛。瞧，那是热海宾馆，前面是钓鱼场，我常常坐在书房里看着对面礁石上钓鱼的人，很羡慕他们，什么时候我也能像他们那样悠然自得地坐在那儿，坐上整整一天……"

我也很喜欢这里，好像回到了我的小屋，前面的宫殿太豪华太气派了。

踏进这个书房，虽然感到很亲切，但我感到这儿有些阴森，它不是朝东南，而是朝西北方。"这是友子送给我的响铃，我一直挂在窗前，每当听到铃声，我就想起了她……"

"对不起，我感到有点压抑，还是回到美子为你准备的新房去吧。"也许是今天在温泉的宫殿玩得太快乐的缘故，我觉得待在这房间里有点发闷和不祥的预感。

这夜，我们都有些累了，俩人竟分别睡在单人床上，一觉睡到天蒙蒙亮。当我俩同时睁开眼睛时，都忍不住大笑起来。当我们拥抱在一起时，同时说出："还想去温泉……"

我们又潜在水底，他以一种野性的征服力，卧伏在我的背后。我不想屈服这不习惯的压力，欲站立起来，他的双手却奇妙地征服了我高高隆起的乳房。我忍不住转过脸，吻着他。在这一瞬间，他十分狡猾地进入了一个幽深的王国之中，在那里播下了他的精华……

不知经过了多少次，那水中的跳跃、波动，像水中的芭蕾般，造型是那样优雅，完成了一个又一个旋转自如、得心应手的动作。

不知经过了多少时间，又听到了悠扬的铃声，已到了 7 点，该用早餐了。

当我从温泉中站起来时，感到身体那么沉重，双脚好像踩在月球上，一步一步地那么艰难、沉重，人类从水面迈向陆地，也是那么沉重吗？

俩人平躺在白色的大理石上，喘着气，他擦干我身上的水，拉着我的手说："起来吧，他们可要笑我们了。"

当我们手拉手走进餐厅，藤野、千贺子已恭敬地站立在那儿了："早晨好！"大家齐声问候道。

"早晨好！"我们回答道。

用完了早餐，便去打网球，累了就回到休息室的客厅里，听音乐，看电视。下午又去海边露天温泉。在露天温泉前，我们伏在礁石旁，朝前方望去。"前面是伊豆石屋，那儿是乡村式的旅馆。以前那儿居住着很多贫穷的人家，60 年代日本经济开始发展了，许多发了横财的人开始旅游玩乐，这儿开始兴旺起来。每户人家都开了旅馆，发了大财。"铃木向我介绍道。

"那儿有个火山喷口，还冒着热气。村头的居民在冒出的热气岩峰口上，放上草扎的垫子，然后将鸡蛋和肉放在中间，上面盖上草垫盖，不一会儿，就蒸熟了。村头的居民不用煤气，就用火山发出的余热煮饭，很有意思。"

"那么要炒菜怎么办？"我好奇地问道。

"他们一年四季不用豆油，蔬菜也是蒸熟的，然后放上各种调料品。"

"那我可不习惯，每天要炒一个青菜。"

"你可是一个小馋猫。"他又嘲笑我。

我们每天都像神仙般地度过，在这座豪华庞大的温泉宫殿里，我俩是主人。深夜，我俩手拉手漫步在开满玫瑰花的花园里，有时坐在五彩的喷水池边；有时我躺在乳白色的大理石池边上，将头靠在池边的藤蔓上。

我看着满天星星。在东京看不到星星，今天可以看个够。可他却俯下身，轻轻地吻着我，我看见两颗最明亮而闪耀的星星，那是他的一双深情的眼睛。

"这几天是我一生中最幸福的日子，这是上帝对我的恩赐。曾想带友子来，美子不同意，那时我刚来日本，不敢得罪她，一直忍受着。"

"这次你敢了，不怕回去受训吗？"

"我就要让她生气。但是，她从来也没有对我发过脾气，只要我几天不说话，她就会哀求我不要对她那么冷淡，她现在唯　的爱就是我。"

我无言地看着他时，他马上柔情地说："我唯一的爱是你。"

"谢谢你，使我度过了愉快的假期。"

幸福是短暂的，爱也是短暂的，人生更是短暂；短暂才显得珍贵，我将这片珍贵永远地留在心里。谢谢你，我的异国恋人！

我从伊豆美子的别墅回来后，仍沉浸在爱的欢乐中。当我走进电脑室时，不由脑子里轰了一下，我又变成机器人了。每天呆板地坐着，1小时，2小时，10个小时，生命与青春消耗在一大堆数据和程序之中，这就是现代人的生活吗？

这几天心不在焉，输入图形常常出错，落合不时地提醒我。

　　铃木每天来电话问候，但是没有来我那间小屋。他说接到一项特别工作，要为开发一项新产品做筹备工作，好像很着急。当我问美子怎么样时，他只是淡淡地说："她什么也没有说。不要担心，下星期我抽空来看你。"

　　我知道他回东京后很忙，不会每天与我约会。日本男人工作第一，恋人第二，一个星期不见面是常有的事。

　　星期五下班的时候，我给铃木打电话，想叫他星期日去我那里。已整整一个星期没有见他了，我发疯似的想他。可他没有在，秘书说他出差去了。

　　我没精打采地刚走出电脑室，被落合叫住："到会议室来一趟。"

　　他刚才到总部去送图纸的。对了，问他看到铃木了吗？

　　"圣薇，你闯祸了！"他开门见山地对我说。

　　我瞧着他很恐慌的样子，立即知道发生了什么事。我没有吱声，慢慢坐在他面前。

　　"你怎么那样糊涂？什么时候和总公司铃木部长好上的？"

　　"半年前……"我冷冷地看着他十分惊慌的脸。他见了上司就唯唯诺诺的，我就不喜欢他这副奴才相。

　　"今天没有发生地震，那么害怕干什么？"我冲了他一句。

　　"这和地震差不多，你知道吗？"落合那恐慌的样子，好像真的要来八级地震了。"公司总裁美子对我大发脾气。"他说。

　　"对你发什么脾气？我个人的事与你有什么关系？"

　　"你是我招来的临时职员。她说不到几年，一个中国姑娘竟有本事叫铃木带她去我的别墅。我说，你是个很聪明能干的中国姑娘，她没听完，就拍着桌子对我大吼说：她是个极坏的中国姑娘，竟然在我招待贵宾的别墅里和铃木睡一个房间，我的别墅不是妓院……"

　　"她说什么？"我发火了。

　　"你不要生气。我说你去问铃木，他又不是小孩，圣薇并不认识你的别墅，这是铃木的原因。她瞪着眼睛气得发抖，要我转告你，以后不许和铃木来往。"

　　"真是个女王。"我轻蔑地说了一句。

"她是个女王，全东京的女王，谁也不敢得罪她。谁都可以喜欢，你怎么偏偏看上他？他是纯子的恋人，纯子知道吗？"落合很认真地问我。

"他不是纯子的男朋友，你不知道这里面的原因。"

"不管怎么，你不应该和他好。"

瞧他胆怯的模样，我心里非常生气："为什么我没有爱的权利？日本法律有这条规定吗？她也太专制了，她的事我都知道……"

"你是个中国姑娘，很要强，可这是在日本。"

"日本怎么啦？不就是一个小岛吗？"我不服气地对他说。

"你太逞能了。我知道你不是一个坏姑娘，才这样对你说。你得罪了她，可怎么在这儿继续工作下去？"

"不在这儿工作，到其他公司也可以。"后来的事证实，我低估了美子，犯了个大错误，使我在东京的努力前功尽弃。

"你要吃亏的，听我的话，不要再和铃木来往了！这是不现实的。"落合很中肯地说。

我沉默了，我知道我们的爱会有许多波折，可我不想放弃铃木，放弃了他，就等于放弃了我生命的一部分。我不愿意再回到以前没有朝气苦行僧般的生活中去。

落合见我不吱声，以为我同意了，就很真诚地说："我不希望你离开这儿。"

他像一个家长对做错了事的小孩那样，如果小孩终于认错了，家长感到很欣慰。

"谢谢你告诉我，我会注意的。"我不想和他再争下去了，我们彼此谁也说服不了谁，"给你添了不少麻烦，谢谢你的关照。"

"没事，只要你生活、工作得愉快，我也很高兴。明天工作注意些，你今天出了不少差错。"

我俩走出了小会议室，正巧碰到纯子从复印室走出来。我不敢看她，想避开，不料她却说："放假打电话来找你，想一起去横滨玩，你没在家。"

"是，出去玩了。"我支吾道。

"去哪儿？"纯子好奇地问。

我还没来得及回答，落合接着说："我带圣薇去日光遛了一圈。"

"怎么不带我一起去？"纯子更来劲了。

"怎么能带你去呢？你去了就不方便了。"我没想到落合应付得这么快，我原以为他是个很古板的人。

"我知道了，对不起，打搅了。"纯子神秘地笑着说。

"别瞎猜，我俩没什么，工作关系。"落合有些着急了。

我趁机说："我要回去了。"便溜回了电脑室。

一路上我在想：美子对落合发那么大的火，说明她早知道了，可铃木为什么不说呢？他怕我担心。

今天落合的顾虑是对的，虽然我嘴硬，可心里明白，我闯祸了。我将面临意想不到的曲折与艰难。

从快乐的童话世界回到了严峻的现实生活中，我感到害怕。

第七章　中国旅情

人间的一切是那么不可思议，半年前，才见到他，可今天我们却生活在一起。我丝毫不感到事情的突然，好像我们似曾相识了好多年，彼此分离又经历了许多人间沧桑，最终我们又走在一起了。

那是美子成全了我们，当美子知道铃木和我相爱的消息后，她每天都监视着他。不许他独自外出。铃木终于忍不住了，他们大吵了一场，铃木提了一个皮箱就走。

我们找了在池袋地区两房一厅的新房，是铃木老同学的不动产，所以才要了一个月的押金，房费也便宜了几万日币。当他的老同学看见我，便以为我是友子的妹妹，说我俩眼睛长得很像。

看完了房子，我们又去订了一套家具。我欢喜洋式的，那套白色的很是玲珑精致。铃木对我说："以前友子也欢喜白色的东西，她说结婚时买一套白色的家具。"我知道他仍没有忘记友子，可我并不嫉妒。他是个非常重情感的男子，只是表面看起来很冷淡。

"我会像友子一样对你很好的。"我常对他说道。

"噢，对不起，我不应该老在你面前谈起她。"铃木仿佛醒悟了什么，很抱歉地对我说。那一天我们一共花了100多万日元。我不想都花他的钱，我拿出了50万日元。虽然我来日本4年，才积攒了200多万日元。我想把这个家安顿好。

一个星期后，我们搬进了自己的新居。我说请几位朋友欢聚一下，可他说不要了，悄悄地就两个人庆祝一下。

是呀，我们毕竟不是堂堂正正地结婚，我们是同居。我为什么不叫他去开结婚证书呢？连一个字也没提。多奇怪，我不是个浪漫的姑娘，可为什么会那么不忌讳？我自己也说不清，但我想能得到他，比得到一张结婚证书更重要。而且，目前他刚与美子分手，我们马上结婚也未必是时候。

"你不后悔吗？"那天当我做完了一桌中国料理，点上蜡烛，举起酒杯时，他脉脉含情地问我。

"不，不后悔，我非常感谢你给了我爱。"我举起了酒杯喜悦地对他说。

静静的屋里，只有几根红蜡烛在燃烧，他打开了录音机，放着一首他喜欢的日本新歌《干杯》，这是近年来的流行歌。

当听到"为我们的爱情，为我们的未来干杯"时，我忍不住将他紧紧拥抱住，我们彼此沉默着，倾听着这首祈求幸福与未来的歌。

我望着燃烧的蜡烛，心里充满了温暖。来日本4年，我第一次感到身心的解脱与轻松。终于结束了苦行僧般的生活，我抬起头，望着他那双像钻石般明亮的双眸，久久凝视着……

他也深情地看着我，慢慢地他用双手捧住我的脸，轻轻地吻着我眼睛，我闭上眼睛，喃喃地说道："谢谢你给了我爱，谢谢。"

"不，我要谢谢你，永远不要离开我，答应我。"他对着我耳边柔情万分地说道，我捂住了他的嘴，不让他说出来。我伸出小拇指，他也伸出小拇指，两根小拇指勾在一起。日本人也和中国人一样，用这种方式表示俩人约定，永不分离。

"我小时候常和友子勾手，我们不知道有过多少约定，没想到，今天和一位中国的圣子山盟海誓。"他又提起友子，他见我没有笑，连忙说，"对不起，我不应该在这时候又提起她。"

"不，我不忌讳，说明你是个很重情感的人。我很欢喜，万一以后我与你分手了，你也会像惦念友子一样惦念我。"我十分冷静地说。

"我们不会分离的。今天是我们的好日子，我保证再也不提友子了。"他很认真地举起右手，闭上双目，口中念道，"我向神保证：永远爱我的圣子。"

瞧他那认真可爱的模样，我忍不住"扑哧"一声笑了出来。他有时真像个调皮的孩子，生活过早地将他推到了生活的浪尖上。每天必须西装革履，不苟言笑，尤其是美子要求他每天必须清晨洗头，将头发吹得挺直、发亮，虽然看起来很精神，可我不太喜欢，太老成了。

我瞧着他，独自笑着。

"笑什么？"他问道。

"记得第一次在大客厅里与你见面的时候，你真像个大部长；我有些拘束，我都不敢多看你。"我不好意思地说。

"现在好意思看了，看个够吧！"他故意将脸贴着我的脸说。

"瞧你多么色情。我第一次见面，可不知道你那么色，早知道的话，就不理你了。"我仍不敢多看他那双充满了柔情的乌黑的双眸，故意用手遮住了他的双眼。

"我是一个男人，难道对着我爱的人，还板着脸，像布置工作一样地说话？你说我色情绵绵的，可你呢？要我告诉你，我第一次见到你的时候，是怎么样的吗？"

"怎么样？"我想知道第一次留给他的是什么印象。我只记得当我一看到他，心里不由咯噔一下，心想：多俊的美男子，他好像不是日本人。

"你看见我时，你的脸唰地一下红了，马上低下了头；一会儿又向我瞟来一丝微笑，我一看就知道你爱上我了。"他十分得意地说着。

"你好会观察女人，肯定遇到过不少姑娘，谁都会被你迷住的。"我说道。

"谁也迷不上我，就被你迷上了，也不知是中了什么邪。也许是你从有五千年历史的中国而来，你的身上有能使男人迷住的汉方迷惑药味，于是我情不自禁地跟着你了。"

今天他的话特别多，在公司他不可能和下属职员谈许多闲话。即使星期五出去喝酒，有美子在，他也感到很拘束。酒店里他仍是上司，与他年龄相同的下级也不敢和他开玩笑，他也不能放肆地谈笑风生，今天可是彻底解放了。

"你好幽默，没想到，今天你要说个够，我听一个晚上。"我们并排躺着，我依偎在他的肩膀上。

"对了，说起汉方药，我想起来了，中国的万金油在秘鲁可是万能药。我小时候有一次咳嗽、发烧一个星期，母亲就买了一盒万金油，抹满了我的胸前、脑门上。"他低下头看着我一双狐疑的眼睛。我不由笑了起来："万金油不治咳嗽的。"

"不骗你，到了晚上，我真的不咳嗽了，烧也退了。从那次起，我就想什么时候去一次中国，买回一麻袋的万金油，肯定会发财。"瞧他，老是想着发财。

"那好，下个月我们去中国，背一旅行袋万金油回来，寄一些去秘鲁。"

"现在有许多中国华侨开了汉方药房、中国料理店。以前没几个中国人，所以中国的东西很珍贵。"

"秘鲁那儿的生活和日本一样吗？"我好奇地问道。

"不一样，夏天，村里的邻居也像中国人一样端着饭碗，坐在门前边吃饭边闲谈，我不喜欢现在的日本人，人际关系那么远。秘鲁人以前是印第安人，所以现在还保留着印第安人的文化，到了节日，大家狂歌、狂舞。"

"你也会跳舞吗？"我想象不出，他跳舞是什么样的，一定也很有风度。我不太喜欢他穿西装的模样。

"我在村里可是跳舞王子。"他骄傲地对我说。

"是吗？我总认为你就是会夹公文包、小轿车的上司，跳一个给我看看。"我硬要推他下床跳一个。

我打开了录音机，那是一首美国民歌：《你从没说过》。当音乐响起，他情不自禁地跳了起来。他那娴熟旋转的脚步，优美潇洒的舞姿，我简直看入迷了。

我没有他那么在行，我也跟着他一起跳了起来。我们随着《蓝色多瑙河》的音乐舞起了快三步，最后我们累了，拥抱着跳着慢步。那是美国电影，乱世佳人中的插曲《真诚爱情》。随着悠扬动听的小提琴的伴奏，我们沉浸在爱的旋律中。

那天我们跳到夜里 10 点，我俩累得平躺在床上。"离开秘鲁，我从来没有这样开心地跳过，便没有想到你跳得那么好。"

"你也是，一点儿也不像大部长。"我兴奋地说。

"其实我很喜欢玩，喜欢跳舞、唱歌，我会唱三个国家的歌，英语、日语和中文歌。"

"会唱什么中国歌？"我问道。

"唱得最好的是《草原之夜》。"我听到了他轻轻地唱了起来，我惊奇极了，他的声调发音竟和敏差不多。

"你唱的歌是我最喜爱听的，我们许多地方都那么相同。"

"你喜欢就好，我还会唱一首你们中国人都爱听的歌。"他笑着对我说。没想到他竟站立着，手里拿着一本书放在胸前。他唱起了："东方红，太阳升……"我忍不住大笑起来。

我说肚子有些饿，问他想吃些什么，他说想吃中国的汤圆："小时候，跟着父亲去中国料理店吃过一次，回到家一直在想那肉怎么放进去的，想了一个晚上，瞧我多笨。"

我哈哈大笑："好吧，那今天，你就在旁边看看这肉怎么放进去的。"

也巧，陈弘刚从上海回来，母亲托她带了一袋常熟糯米粉，我一直没时间做。冰箱里还有一盒从超市买来的肉馅。我从母亲那儿学来的手艺，今天在他面前可大显身手了。

没一会儿，一个汤圆包好了，他像个孩子似的斜着头看着我，想学，可怎么也捏不住。

他吃得不多。我们每人只吃了四个肉汤圆。已是凌晨1点钟了，吃完了汤圆，肚子有些胀，又睡不着，俩人竟坐在沙发上玩起纸牌。

来日本4年，我可从来没有这样兴奋过，像在家过年一样。

"中国的料理真好吃，看来我得去一次中国，你也两年没回去了，怎么样？"他提议道。

"好吧，等我把一篇论文写完。回去后，就没心思写了，10月要去大阪参加全日本中国留学生论文大奖赛。"

那天，直到清晨5点，我俩才紧紧地拥抱着睡去。奇怪的是我俩竟没有像以前那样如痴如狂地过性生活，也许是太累了；也许彼此谈话比性生活更重要。我一觉醒来已是 9 点，太阳从白色的窗帘中透出一丝光线，我睁开眼，看着他，他仍睡得那么香甜。

瞧他那长长的眼睫毛，细密地排列着，好看极了。那双冷峻的眼睛安详地闭着，挺直的鼻子那么高傲地立在我面前，那富有性感的双唇紧闭着，他的整个面庞像一座雕塑。

我忍不住伏下身偷偷地吻着他的双唇，他的嘴角翕动了一下，仍没睁开眼。

我不想去吵醒他香甜的睡意。从今天起，我就是主妇，一个日本典型的家庭主妇，我要学会伺候丈夫，起来烧好早餐，等丈夫起床。

他爱吃什么早餐？以前听他说早上起床爱喝一杯咖啡和煮一个半熟的鸡蛋，还有三片烤面包。

于是，我蹑手蹑脚地下了床，去浴室冲了浴，便去厨房准备早餐。不一会儿，他爱吃的早餐准备好了。我早餐从来都不吃，从今天开始要陪着他一起用餐。我要渐渐改变自己的生活习惯，现在是俩人的世界了。

吃什么呢？大清晨的，实在吃不下，也喝一杯咖啡吧。我站在厨房前想着，突然，我的眼睛被蒙上了，吓了一跳，一定是他，我已经闻到他的气息了。他临睡觉前涂些法国香水，早晨起来也要洒几滴。

我一动也不动地站着，头朝后仰去："你是个爱偷袭的小狗。"他没有吱声，蒙住我眼睛的双手慢慢地朝下滑去，他从后面用双手抚摸着我的乳房，轻轻地，缓慢地……

我闭上眼睛，一动也不动，我感觉到和以前不一样的情趣。

他慢慢地撩起了我的睡衣，我听到他急促的呼吸，他那座骄傲的丰碑毫无忌惮地向我进攻，我支撑不住了，转过身一下子抱住他，我俩疯狂亲吻着。穿着睡衣，站立在厨房间里，我们又结合在一起，这是我们新生活的第一天。

我感觉到现在不是恋人般的奉献，而是一种对丈夫的奉献，增添了另一番情趣和欢乐。在厨房里与在床上做爱有不同的乐趣与刺激，他实实在在是我的丈夫，而不是恋人。

恋人之间的爱是轻快、浪漫的，而妻子与丈夫之间的爱却是充实、稳健、多彩的。

"好幸福……"他附在我耳边低语道，"有妻子每天为我做早餐，谢谢你，我的圣子。"他又变成了一个多情的男子，不是一个想从中国背回一旅行袋万金油，想发大财的调皮男孩。

"我做的早餐，不知你喜欢吃吗？"我有些担忧。

"喜欢，可惜昨夜的汤圆还没消化呢。"他笑了起来。

"我俩像个贪吃的孩子，好像明天要断粮了。"我对他说道。

虽然他说汤圆还没消化，可却把两片三明治都吃光了，吃得好香。他喝着咖啡说："今天干什么？"俩人不上班，时间如何安排才好。

"是呀，今天干什么？好像要大连休，以前连休也要陪美子出去参加各种交际活动。陪她去游玩，整天和像母亲一样的女人在一起多没劲。她老爱管我，真受不了。现在时间都由我来决定，不过我是讲民主的，你说今天干什么？"

"去新宿舞厅跳舞，怎么样？"

"对，去跳舞，我有 5 年没好好跳舞了，和美子老是跳慢步，慢悠悠地转呀转，真受不了。今天好好痛快地跳一场，你还会跳很多舞吗？"他好像有些瞧不起我。

"看来在你的眼里，我像个机器人是吗？要么去图书馆，要么坐电脑机房，就你行。"我有些生气地说道。

"不是，在中国能跳舞吗？"

"那当然。我在学校里是有名的'小戴爱莲'，谁也跳不过我。小时候就爱跳舞，去考芭蕾学校，那天正好生病，否则，我一定成为好有名的芭蕾舞演员。"

"看不出。"他半信半疑地说。

"好吧，舞厅上见，看谁第一，到时候有男人追我，你可不要吃醋。"

"那不行，我不能让别的男人勾引你，连手也不能碰，算了，还是别去了。"他慢慢地呷着咖啡，连连摇手，"不去了，你会被别的男人迷上的，明天就没人给我做早餐了。"

"那就再找一个纯子、美子啦……"我看出他有些不放心我，如果我真的与一个男人跳舞，他一定会嫉妒得眼睛直冒冷光，我不喜欢他这样。他不太有气度，我能够容忍理解他以前对友子、美子的情与爱，可他却不能理解我以前的爱。他叫我把敏的照片寄还给他，他还叫我以后少和落合、李斐来往。我知道日本人的生活方式，男人不喜欢自己的女人和其他男人多接触。

我默默地收拾好厨房的一切，又去收拾卧室。他回到了客厅，拿着早晨的《朝日新闻》看着，这就是日本男人。中国男人一定会一起帮老婆干活，然后一起上班。不知怎么，一霎时，一个熟悉的身影出现在我的眼前，那是敏，他现在干什么？

在等我的信？在收拾我们那间新房？房间都是他设计的，安灯、接电线。如果我们结婚了，早晨起来一定是他出去买油条、大饼和豆腐脑。

我不由默默地站立着，不知怎么，心中感到难过，我没有心思打扫房间。一个人跑回卧室，呆呆地坐在梳妆台前，刚才在厨房里做一个妻子的喜悦陡然消失。

我不是他妻子，我们没结婚，没有办过盛大的结婚宴会，我没有穿和服和他喝过交杯酒。

我不是他妻子，也不是他恋人，他心中喜爱的恋人是友子、美子。我莫名其妙地伤心起来，这几个月一切来得那么突然，我害怕失去他，一种不祥的预感飞速地掠过我的脑际，我与铃木不会天长地久的，我们会离别的……

想到这里，我痛苦地伏在桌上。为什么在新生活开始的第一天，我有这不吉祥的预感？如此幸福，可将来要分手，现实该是多么地残酷。

我不敢再想下去，听到脚步声，他进来了。他走到我面前，焦虑地问道："你怎么啦？"

"没事，好像没睡好，有些头晕……"我不想扫他的兴，说出我的预感。

"那再睡会儿吧，其实你才睡了三个小时。对不起，我照顾得不周，记得以前你说，要靠着我睡三天三夜，现在就睡吧。我坐在这儿看书，好吗？"他还是很体贴我的。

我真的有些困，还想睡一会儿，这几天，找房子，买家具也好累。

心情不好，我不想出去，也不想干别的，又睡下了。他坐在床前，看着一本《二十世纪的中国》。

一会儿我就睡着了，可是却做了一个梦。我梦见在结婚的宴会上，当我穿着和服与他缓缓地沿着红色地毯向宴会厅走去时，只见前面一个宴会厅也有一个新娘；她一个人独自站立着，我好奇地向前望去，我看见新娘的背影，这时，只见铃木挽住我的手松开了，朝前面的新娘跑去……

我惊讶了，只见他俩挽着手，随着音乐走进了宴会厅，我疾步向前欲拉住他，他俩同时回头，那新娘竟是美子。

我惊愕地哭喊起来："铃木……铃木……"我紧紧地拉住他的手不放。

"你怎么啦？"铃木亲切地贴着我的脸问道，我睁开眼，紧张地环顾着四周。没有宴会厅，没有伴随者和鲜花："美子，我看见美子，不要离开我。"我知道刚才做了一个梦。

"做什么梦了？别怕，我会一直在你身旁的。"

我将头枕在他的腿上："梦见我们结婚，突然你又跑了，跑到旁边一个宴会厅，美子在那儿等你。"我不好意思地说着。

他没有笑，用手轻轻地摩挲着我的头发："我永远不会离开你的，好吗？你太累了，脑子也要好好休息，不要老是想她们，都已经过去了。"

我很乖地点点头，在他面前，我总是像个小孩，其实他才比我大两岁。

"我想下个星期回中国一次，好好玩两个星期，一起去好吗？"我想调剂一下自己的感情。在东京太累了，即使和他在一起，我也要做不吉祥的梦，害怕他哪天突然离开我。

我们商定下个星期回中国，我这才感到浑身轻松，有一种解脱感。

东京的生活使人感到沉重、压抑、紧张，我现在需要轻快、欢乐与爱情。

一个星期后，我与铃木到了上海，我们住在离家不远的希尔顿饭店。我不想马上将他领回家，左邻右舍都知道我以前有男朋友，以前敏每天来我家。出国三年却带回来一个日本男人，我觉得自己这样做很理亏。

而且家中又小，也不方便，他住在美子的别墅像个阔少爷。他将行李放好，便要去我家看我母亲，他特意为母亲买了一只蓝宝石戒指。我说打电话把母亲叫来，他有些不高兴：

"为什么到了家不马上回去呢？我在秘鲁不住宾馆，提着行李马上回家，回到自己的家高兴极了，会想起以前许多事。"

我不能和他多解释，虽然他知道我以前有男朋友，万一敏知道我回来，跑来看我，岂不是很尴尬。

"中国有个习惯，一般未结婚的男友不去女方家中。"我只好对他说谎。

"噢，现在是自由恋爱，不像以前小姐不出门，才有张生跳墙的故事。"我没有想到他连《西厢记》中的人物也知道。

"现在去看丈母娘，还要拿香烟、酒吗？"他见我没有吱声，便急忙说，"就让你母亲来宾馆吧。"

我打了电话，告诉母亲我已经回来了。母亲早在家里准备好了晚饭，一直在等我电话，听说不回来吃饭，有些不开心。我说有个日本男朋友一起来的，所以今晚不回去了，母亲这才说马上就来宾馆。

当母亲踏进希尔顿楼下的餐厅时，铃木一下站了起来，向前迎去。他好聪明，一眼看出是我母亲："是妈妈吗？我是铃木，圣子的朋友。"他说着标准的中国语。

"你好……"母亲喜悦地望着他，抑制不住地高兴。

"你怎么不早打电话给我，还瞒着我干什么？"母亲责备我，又不时地朝铃木看，"好英俊的青年，看起来很有文化。"母亲对我说。

"是日本大公司的部长。"我说。

"是和你一个公司的吗？"母亲恨不得一下子什么都知道。

"是的，我们认识三年了。"我又说谎了，我们仅仅相识才几个月。

"对了，李逸敏在你刚走后，他还常来，后来电话也不来了，不知道整天忙些什么，听说最近交了女朋友。我一直在担心，这下可好了，你自己的大事，要解决好，别让妈妈每天操心……"母亲滔滔不绝地说了起来。

我怕冷落了铃木："对不起，母亲见了我，想知道很多事。"

"没关系，你们谈吧，我回家也是一样，和母亲要说几个小时。说吧，不要介意，看到你们母女俩那么高兴，我也好高兴。"他笑着对母亲说，"你们说吧，没关系。"

"他好懂事。"母亲笑眯了眼睛。

"你母亲好漂亮、好年轻，看上去像你姐姐。"铃木看着母亲说。

我把他的话翻译给母亲听，母亲不好意思地说："我50岁了，老太婆了。"母亲确实很年轻，得比她实际年龄年轻10岁，我俩出去买东西，别人都以为我们是姐妹俩。

铃木将菜单递到母亲面前："请，肚子一定饿了吧？"

母亲高兴得吃不下什么，随意点了几个冷盘和皮蛋、鸡。铃木爱吃麻婆豆腐和烤鸭，他又点了我爱吃的烤牛肉。

我们边吃边谈，母亲问我什么时候结婚。我问铃木，他微笑着对我母亲用日语说："已经结婚了。"

他回答得好滑头。我嗔怒地瞪了他一下，"别开玩笑，我不是你妻子。"

他微微地怔了一下："我让你母亲高兴嘛。"

是呀，我为什么生气呢，其实我们才刚刚开始，我为什么那么着急。说明我没有能力长期地驾驭他。没有本领和魅力驾驭他，就是今天结婚，明天他也会跑的，为什么老爱在结婚两个字上打转呢？一张纸能代表永恒不变的爱吗？

我一点儿也不像他那么潇洒，也该学学了。

母亲见我不吱声，责骂道："你别老是板着脸，瞧他多亲切，对他好一些。"母亲见了他不到一小时就帮他了，他连连对母亲鞠躬："谢谢，谢谢！"

母亲更笑得合不拢嘴："我好喜欢他，多乖巧。"

"好会拍马屁。"我说道。铃木更来劲，不断地夹菜给母亲，用中国话说："您吃，多吃点。"

"明天和母亲一起去苏州玩，好吗？"他对我说。

我不想让母亲一起去,俩人不是更有情趣吗?他见我不吱声,又说:"你两年没有回家,母亲很想你,又很寂寞;好不容易盼你回来了,不陪母亲出去玩玩,你真不孝。"他像个上司一样地责备我。

"我怕你不方便。"我只好这样推却说。不知怎么,望着他微微带笑的眼睛,觉得他很懂事,在家一定是个孝子。

我把他的意思和母亲说了,母亲说不去,挤在你们年轻人中,不好,还是你们俩痛快地去玩吧。

最后,大家决定一起去苏州。

第二天,我们坐着双层旅游快车去苏州。他看见火车特别高兴:常听父亲说,在乡下时坐趟火车去东京,那是一件非常快乐的事。那时候上野车站可以看到许多乡下农民到城里来。车站前的百货商店前有个大食堂,那里有盒饭买,才 10 日元,乡下的孩子特别爱吃,一口气能吃两盒。

"苏州也有各种小吃,去尝尝吧。"我看他像个嘴馋的大孩子,于是我们先到观前街,那儿摆着许多小吃摊。

他吃惊地说,"有那么多好吃的?今天可要尝个够。"他不太爱甜食,可每一样尝一点儿,觉得很好吃。尤其是鸡血汤、牛肉汤,他最爱吃,吃了一碗好像还没够,眼睛直盯着那小摊的锅看。

我母亲喜悦地看着他,真是丈母娘看女婿越看越欢喜。

我们吃饱喝足,游玩了狮子林、寒山寺,一路上他兴冲冲地,左顾右盼好开心。但当他看到小河里的水,又不由皱起了眉:"我想苏州河一定很干净,没想到这么脏。以前听说上游的人家倒马桶,下游的人家在淘米、洗菜,有这回事吗?"

"那是以前,现在有自来水了。"我不太高兴他说中国如何脏,如何不卫生。"你看,这家不是在洗衣服吗?"前面小河旁石阶上一位姑娘在洗衣服。

"听说苏州美女第一,皇帝选妃子要到江南来选是吗?"他知道得很多。

"是呀,苏州姑娘个个水汪汪、清秀秀的。"我母亲说。

"可我没看见一个好看的。"他欲在街上寻找，他有些失望了。街上没有漂亮的苏州姑娘，当他的目光转到我的身上时，不由拍手叫道："美貌的姑娘就在身旁，我怎么还在找？"说完哈哈大笑起来。

他来到中国仿佛变了一个人，现在真正才像28岁的年轻人。他喜形于色，滔滔不绝地问这问那，母亲总是笑眯眯地瞧他几眼。

他上前拉住我母亲的手好亲切的样子，有时还回头朝我挤挤眼说："母亲很喜欢我的。"我无奈地对他摇摇头。

也许我在日本待得有些习惯了，不太爱喜形于色。当我看见他那无拘无束的模样，也很高兴。可我更喜爱他的深沉、老练、精干。在东京他好像总是将自己隐藏得很深，他和许多日本人一样，个性得不到发挥。尤其在美子的约束下，失去了个性和创造性。

难怪有时候他一个人沉思着，拼命地抽烟，其实他内心很不平衡。他才28岁，可身居要职，他得表现出像三四十岁中年人的风度与气质。他在东京，真的很累，很苦。今天我才真正地理解他，看到他心灵深处的东西。

"怎么啦？"他见我默默无言，关切地问道，"我和母亲好，你好像还嫉妒？来吧！"

他右手勾住了我胳膊，"这下可好了，三人同行。"他爽朗地笑着说。

我们二人都快活地笑了，我希望他每天都像今天这样快乐！

晚上，他从背后搂着我，突然问道："你想回中国吗？"

"想，因为这是我的国家。"我毫不犹豫地说道。他的那双眼睛没有笑意，一直望着我："是的，中国多好，可是我不能离开日本。"

我一时没有理解他的话。他接着说，"我希望你永远留在我旁边，不要回国。"

原来他是害怕我们分离，我很感动，可是我能永远地在日本吗？只有和他结婚才能留在日本，可美子会放弃他吗？会同意我们的婚事吗？

想起美子，我顿时没有了精神，我苦笑着没有吱声。

我知道，要摆脱美子，只有俩人"私奔"回中国。可铃木是绝不会离开日本的，绝不会放弃他已得到的一切地位、财产的。他能为了我再去过贫苦的日子吗？当然，我俩在中国不至于饿死，但我们不会成为百万富翁，他也不会有在东京这样显赫的地位与荣誉。

虽然我和铃木玩得很愉快，可总是有一件事压在我心头，那就是敏。我要去看他，不知他现在怎么样了。这次我回来应该和他结婚，可是我却带着铃木回上海。我是个多么堕落的姑娘，难道我也成了被人看不起的只想找日本男人的姑娘吗？

不，我不是，岁月无情地冲淡了我和敏之间的感情，现实也无情地摧毁了我们的希望。我恨自己为什么没有能力将他办到日本来，莉莉的哥哥不是一下就办过来了吗，这也许是命运吧。

可不管怎样，是我对不起他的。我有选择爱的权力，我不想再孤独、再寂寞，我需要一个能体贴我的男人在身边。曾记得：那个雷雨交加的夜晚，我已整整两天病倒在小木屋里，我害怕雷声，吓得躲在被窝里发抖。此时此刻，只要有一个我不讨厌的男人在身边，我会不顾一切地抱住他，请求他不要离开我。

那天我发疯似的打了许多国际电话，敏不在家，去了海南；李斐也不在北京，不知他又去哪里了；东京的朋友都在上班，没有一个人在家。我觉得世界上只有我一个人坐在方舟里，周围是茫茫的海洋，那时我仿佛听到一个声音在我的耳边响起：走出悲哀、走出孤独——

就在第二天，我强打着精神去上班，落合叫我去送总部图纸，我遇见了铃木。多么巧合，这是天意吗？我不知道。

今天我要去见敏，不能不见面就回日本，那太无情了。可见了面说什么呢？我没有想好理由，打了电话约他到宾馆旁的咖啡店。我不想去那间已布置好的新房，我看了会难过的。

我对铃木说，去看一个好朋友。他吻着我说："你离开我一分钟，我会感到很寂寞的，快回来。哦，给你的朋友带一份礼物去吧，是男朋友还是女朋友？"

"……是男的。"我不想说谎，他以前知道敏的事。

"还有一个双面的夏普剃须刀，代我向他问好。"他很爽朗地说。

　　我知道他没有敌意。临离开日本时，我们特意去秋叶原电器商店买了些礼物。他说中国人喜欢日本的电器商品。他是个很懂礼节的人。

　　当我来到宾馆旁的小咖啡店时，我感到心情很压抑。灯光是绿荧荧的，对椅很窄，一对对情侣挤在一起，显得很沉闷，我不喜欢这儿的气氛。喜欢坐在宽敞、明亮、优雅的大厅咖啡店。

　　在这又小又暗的地方我看见一个熟悉的身影，他就是我曾经爱过的敏。

　　他低垂着头，双手埋在浓发里。他听到我的脚步声，缓慢地抬起头。我看见一张疲倦不堪的脸，没有微笑和生气的脸。那是他吗？

　　他在学校里是那么帅，那么精神，现在怎么变得那么沮丧？头发那么蓬乱，他不像铃木那样每天清晨洗澡，头发喷上摩斯，穿上西装系上领带再出门。敏穿着灰色的真丝夹克衫，虽然我知道那是现在流行的款式，可有些土气。

　　那个眉心结着深深忧郁、冷漠的男人，就是我少女时代的偶像吗？

　　我强挤出一丝微笑，便坐在他身边："很早就来了？"

　　"刚到一会儿。"他的声音没有一点热情，我俩像初次见面的朋友一样问候道。

　　"近来好吗？"我问道。

　　他仍淡淡地回答："还可以。"他没有回头看我一眼。

　　我俩沉默着，默默地喝着咖啡。"噢，这是给你的礼物。"我拿出了铃木送给他的剃须刀。

　　他没有说一声谢谢，也没有看。我有些不高兴，真想马上离开这里。

　　好半天才听他说："听说你交了好运，祝贺你……"

　　一定是母亲告诉他的，母亲不太喜欢他，说他虽聪明但有些势利。

　　我不想再隐瞒了："在我最寂寞、最痛苦的时候他出现在我的面前，我接受了他。我希望你能理解我一个人在国外艰难的留学生活。"

　　"我知道，所以我不怪你，只怪我无能。"他自嘲道，"如果你很幸福，我也很高兴，真的……"他的笑很勉强。

　　我发现他拿着咖啡杯的手在微微颤抖着，顿时觉得他好可怜，我真想拥抱他，可是身体却僵硬着。

"我对不起你，但是我和他不可能结婚。"

"不结婚，谈谈朋友也好，青春无悔。"他讽刺地说着。

我愤怒了："我不想告诉你，我这三年是怎样熬过来的，当我生病时，没有一个人给我端一杯热水；当我受委屈时，没有地方可以诉说……你以为我在国外很开心吗？有一次，给你付了保人费，我只剩下2000日元，买了五盒鸡蛋和豆腐，那是我一星期的食品……"我的心里又泛起了一阵痛苦。

"对不起，你不要说了，我都知道，我欠你的钱会还你的。我李逸敏有朝一日会重见光明的，不会那么窝囊，请你相信。"他猛然抬起头，他的眼睛又变得那么明亮有光彩，那就是我曾经爱慕过的双目。

"我相信你会成功的，我能帮助你什么呢？"我真诚地说道。

"不用，我想办个小公司，翻译外文资料、印名片、搞咨询。我想早一些回去了。哦，你以前的东西我寄到你家去。帮你新买了费翔的磁带，上次的那盘是翻录的，音质不好。"

"谢谢……"我听了他那深沉而熟悉的话语，我又想起了以往的一切，每次都是他帮我买好我需要的东西，寄到日本或叫朋友带来。有一次我想吃广东话梅，是敏跑到南京路，又赶到虹桥机场，叫认识的航空小姐带到东京。后来他在电话里说："我骗她们说未婚妻可能怀孕了，一定要今天吃上中国的话梅。她们这才答应当天快速送到。"他还悄悄地说，他多希望我真的有了。我生气地说："你不在，我怎么会有呢？"

想起这件事，我觉得敏是多么可怜。我好想留在他的身边，可是不能；我还要回日本，完成我的学业，我们只有分离。

我现在已不需要费翔的录音磁带了。在没有遇见铃木前，几乎每天都听，每当听那首《故乡的云》里的"回来吧，浪迹天涯的游子"，我就想哭。我想马上打电话告诉敏，我明天就回来，我们结婚吧。

可那是不现实的，我上大学刚交了100万日元，不能半途而废。在我的面前纵然是刀山火海，我也要朝前走。

那首《昨夜星辰》的歌词也是我最喜爱的。耳边好像又响起了那歌词：

爱是不灭的星辰，
爱是永恒的星辰，
决不会在银河中坠落，
追忆着那份情那份爱，
昨夜星辰今夜依然闪烁……

三年来，就是这种力量支撑着我。可是见到了铃木，我的信念动摇了、瓦解了。

爱的星辰今天坠落了，可那份情和爱只能埋藏在我的心里，对不起，我的敏。我不忍心说一声：别了。我得马上逃跑，可身体却没有动。

他却站立起来，"不早了，我们走吧。"走出门口，彼此淡淡地说一声再见。我们都在忍受离别的悲哀，当我们朝着不同的方向走出几步时，却不约而同地转过身。在昏暗的路灯下，我们凝望着对方……

我看见一双无比悲哀的眼睛。我多想走上去，可是身体仍然站立着，泪水涌了出来，我猛然转过身，慌忙挥手叫住了一辆轿车，回到了宾馆。

我下了车，匆忙走进房间的浴室，我再也忍不住大声痛哭了起来。我怕铃木听见，把水龙头开得很大，我仰起了脸，任水珠溅在脸上……

好久，好久，我昏沉沉地走出浴室。

我惊呆了，原来铃木就站在门口看着我。他那双眼睛满是疑惑，"你哭了？"他将我搂在胸前，轻轻地说："我知道你去哪里了。"听到他那温存的声音，我忍不住又抽泣起来。

"我知道你很难过，一切都过去了。"

"你想喝些什么吗？"他给我倒了一杯柠檬汁。

"他好可怜，一个人走了。他没有工作，没有钱，又没有了爱。三年来我一直想把他办到日本，可是没有成功。"我哭着说道。

"那再办一次吧，我来做保人，好吗？"他十分诚恳地说。我不能相信那是铃木说的话。

"你为什么要这样做？"

"因为是我夺走了他的爱，我有愧于他。"他扶住我的肩膀说，"他一定很难过，我能做些什么呢？"他深深地叹息道。

我抬起头，望着他那双无限真诚的眼睛。"你真好，你不要自责，我有选择爱的自由。"我没有想到他是那么仁慈宽厚。我没有爱错他，得到他是我的幸福。

今夜，我经历了这场离别的痛苦。我感到很累很累，迷迷糊糊地躺在他的怀里睡到天亮。

当我醒来，发现他不在了。他一向起得很早，每天清晨都要跑步半个小时。今天他又跑哪儿去了？我看见桌上留了一张条，上面写道：我有事要出去一个小时。他那么早到哪里去？我俩是来旅游的，他不会有公务。

也许去拍照片了，下半年要参加在东京举办的世界风俗摄影展。他是银座摄影俱乐部的会员，他参加过朝日新闻举办的摄影比赛，得了银质奖。他拍的是秘鲁的风景，命题为：大地。

一个小时后，他回来了。

"你去哪里了？"

他回避我的目光，"……散步去了。"

他的神态有些蹊跷，我顿生疑惑。他走上来握着我的手说："圣，你现在是我的妻子了，我永远爱你。明天要回日本了，我不能让你受一点委屈。"

想到要回东京，我不由感到一阵寒冷："我好害怕，我怕美子。"

"不要紧，我会保护你的。"他深情地说。

是的，唯有他才是我在东京的依靠。我的爱和希望，我将头深深地埋在他的胸前，我觉得找到了一块临时的避风港。

回到东京等待我们的是什么呢？美子又会耍什么花招呢？我担心有一场灾难。脚踏在邻国的小岛上，总有些不安，来了八级地震，我能承受得了吗？

我俩默默地想着心事，不像昨天那样无拘无束地欢乐了。我们生活在一个充满了矛盾、困惑的世界中，不是一切都合我们的心愿。

生活并不是每天都有玫瑰花，每天都有爱的旋律的。

第八章　坎坷之路

我们从上海兴冲冲地回到了东京。当我到公司上班时，落合告诉我说，芝本先生下午要来找我。我想可能是关于在公司就职一事，心里好高兴。虽然我和芝本先生只见过一面，但当初我去总公司是他面试的。他说以前去过中国的东北，他的父母是铁路工程师，后来战败后回到日本。

他说非常想念中国，所以看到中国留学生有一种亲切感。虽然我和他只见过一面，他又是纯子的父亲，所以我对他印象很好。

纯子见我回来，高兴地瞧着我说："回去变得更漂亮了，母亲好吗？"

我说："很好。"我拿出了上海的真丝围巾送给她，她高兴极了。

"最近和李斐怎样？"我问道。

"很好，上次去日光玩了一次。他好调皮，躲到温泉后的竹林中，我以为他迷路了，找了好半天，急得我直叫他。"纯子抑制不住喜悦的心情对我说。

我把上海带来的陈皮梅、橄榄都分给了大伙。这是日本公司的习惯，谁出去旅游都要买些小礼物送给大伙。当我刚坐定，落合告诉我说芝本先生来了，叫去会议室见面。

我有些奇怪，为什么他屈尊来分公司？应该我去总公司人事处。我走进了会议室，只见芝木部长已经坐在那儿，他客气地向我问候："早晨好！"

"早晨好！"我也问候道。

"一晃快两年了，当初你来公司面试，好像就在眼前，你越长越漂亮了。"他若有所思地说道。

"谢谢这两年来大伙的关照，我在公司干得很高兴，也学到了不少知识，真得感谢大家。尤其是纯子，刚来时，得到她很多关照。"

"她经常说起你，你们俩很好，我也一直想请你吃饭，可一直没有时间。"芝本边说边从包里拿出一沓文件，那是我填写的简历和一沓雇用签约书。

"今天特意来，有一件事想告诉你。你也知道，近来日本经济不太景气，尤其是电脑行业；目前日美关系有些紧张，他们从各方面控制对外贸易，日本方面也感到非常棘手……"日本人说话一直是转弯抹角的，我得耐心地听完。

"我们公司一直是和美国 TCC 公司做生意，上面指示，明年减少我们的情报交换，专利买卖。所以，从这个月开始，公司开始解雇一批职员，大约 100 人。"他停顿了一下，呷了一口茶。

我有些紧张，知道他将说什么。"所以，我们经过董事会商议，决定不聘用外国人了。今天总公司特派我来告诉你，我们感到非常抱歉，你在公司已经干了两年，工作很出色，和大家一起共同研究出邮电部门的通信软件，我们很欣赏你的才干。"

听到他的话，我没有感到吃惊，已经预感到宣战的到来。我默默地坐着，没有说一句话。

"你不要难过，我也感到很惋惜。我在会上为你争取了，可是……"芝本叹息了一声，"你走了，纯子也少了一个朋友，她也会很难过的。"芝本似乎有些动感情了。我呆呆地望着他，他感到有些慌张，点了一支烟。

"我知道真正的原因不是这个，你是知道的。"我冷冷地说道。

芝本看我一眼，他点了点头，然后严肃地对我说："你很聪明，我一直很欢喜你。日本的这些女孩子没有你聪明。你离开父母，一个人来日本，不容易，你能走到现在这步，不是一般姑娘能做的，可是你犯了一个大错误。"他将烟雾狠狠地吐出，"你不应该去夺纯子的男朋友！"

我猛地抬起头："他不是纯子的男朋友，难道你不比我清楚吗？"我此时感到眼前衣冠楚楚、温文尔雅的芝本先生竟是那么丑陋。为了自己在公司的地位，竟出卖女儿的青春，做父亲的一点儿也不感到羞愧。

"你怎么知道他不是纯子的男朋友？"他有些发怒了。

"他什么都告诉我了。"我抬起头冷眼看着他。

他低下头将烟狠狠地掐掉:"你是中国来的姑娘,不知道这里的一切实情,你不要瞎猜!"

"我不知道实情,可我知道一个做父亲的不应该出卖女儿的青春!你知道纯子心里怎么想的吗?你为女儿想过吗?"我愤愤地问道。

芝本的脸色变得发青了:"这是我们家的事,为什么要你来责问!"他变得可怕极了,瞪着眼睛,只是差一点没骂出"八格牙路"。

"是呀,不关我什么事,告诉你,纯子现在有真正喜爱的男朋友了,请你不要再干涉她。"

"我知道他是谁,那是不可能的,我不会同意的。他们是两个国家的人,在一起不会幸福的。"他坚定地说。

"我们是谈恋爱,不是在一起谈政治。"我打断了他的话。

"婚姻和政治是分不开的,你太单纯了。"芝本原来是那么固执而自私自利,看来也只有美子的权势能使他屈服。

我冷冷地哼了一声:"请你不要忘记是谁把你从病危中救出来的!"我知道纯子常说起她父亲在撤离长春时得了瘟疫,是位东北老乡把他救活的。

"……"他猛然抬起头,目光直瞪着我,然而又迅速避开了我的目光。

"我们不谈私事,今天还有一件事,就是转告你一句话:如果你离开铃木,那么你会得到想得到的一切。"

"那是铃木美子叫你转告的,是吧?她凭什么叫我离开铃木,她占有了他十几年,够了。她以为有了钱,什么都能得到吗?"我不服气地几乎叫喊起来,我恨她那么卑劣,一个笑里藏刀的王熙凤式的女人,我恨她!

"你是斗不过她的。你还年轻,会后悔的,我真为你惋惜……"芝本先生收拾好材料,放进公文包中,朝我点了一下头,"失礼了!"

"我不后悔,不后悔!"我朝着他喊叫起来,只听门"砰"的一声关上了。

我一下子瘫软在椅子上,茫然失措地望着桌上退回来的简历。我知道我的喊叫是徒劳的,我是斗不过她的,为什么?为什么?

我泄气地将桌上的简历愤恨地撕成碎片，丢在地上。望着地上的碎片，我哭了，我将永远地离开这儿。三年的努力就此付诸东流，没有一家公司可能收我为正式职工，美子控制了全东京的电脑公司，她是女王，是魔鬼！

我清楚地知道自己难以在东京站住脚，忍不住伏在桌上伤心地抽泣起来，越哭越伤心。

门轻轻地推开了，不管进来的是谁，反正我就要走了。有人轻轻地推着我的肩膀，附在我耳边低声地叫着："圣薇，吃饭去吧……"我知道那是落合。不知怎么，我哭得更难过了。

这几年他对我关照不少，所有的操作都是他教我的，原想还能在这儿干几年，没想到再过一星期就要走了。真的离开了，我这才感到依依不舍。

"我都知道了，没想到。"他的声音很低沉，我知道他舍不得我走。"你真的走了，我又要寂寞了，能每天看到你，我很满足。"

他也是多愁善感的人，此时此刻，我感到他的心真好。

我抬起头，擦着泪水："对不起，没事的。"

"以后，我留心帮你找工作。"他安慰我道。

我苦笑着说了一声："谢谢……"

他根本就不知道这里的真正原因，他比我还单纯。

他为我难过，我很感动。他是个好人，一个不会虚伪，不会弄虚作假，淳朴的日本公民。

"我坐一会儿就去，你去吧。"我见他已经把盒饭拿到会议室来了，可我一点儿也吃不下去。他望着我，我也望着他，俩人默默无言。

只听门"砰"的一声推开了，李斐来上下午班了。他一进门就嚷了起来："真他妈的，说翻脸就翻脸。"我看到他横眉冷对的表情，就知道纯子已经告诉他了。

"怎么办呢？"他站在我面前，见我哭红了眼睛生气地说："别在外人面前哭！"他对落合印象不太好，说他是忠实的监工头。

我没有吱声，我不喜欢他吵吵嚷嚷的。

"噢，你们谈，我先走了。把饭吃了，还有半个小时要上班了。"落合朝我点点头，便走出门去。

"你怎么搞的，回中国没去结婚，却和铃木旅游去了？"纯子把什么都告诉他了。这纯子真是的，我不想让李斐知道这一切。

"怪不得，你没去中国之前，我发现你不对劲儿，原来……"他像是老大哥似的对我说："你为什么不早些告诉我，可以趁早悬崖勒马。"

"你还说我不要落在圈套里，现在你可成了这场人生游戏的一个悲剧人物了，一场精彩的小说素材，这人生，他妈的！"他不太爱骂人，今天冒出来了。

我不想解释什么，他绝不会理解一个女人柔情万分的爱。

"你得罪这老妖怪，有你受的，她在东京可是第一号大美人，上至国会议员，下至山口组的头目，谁不认识她？我没进公司前，就久闻她的大名了。说实在的，进这公司，还是靠国家某某部长的一个电话，我才成了她接受的第一个中国人。"李斐第一次和我说起他进公司的事。

"她权力真的很大吗？"我有些不服气地问李斐。

"她懂四国文字：中文、朝鲜文、日文和英文，从小跟着父亲去过中国吉林，专业也很出名，连中国电脑大王王秉也认识她。她是国际第一号美女加才女，你怎么会惹她发火呢？"李斐坐在我面前，瞪着眼睛愤愤地说，"怎么办呢？我也帮不上忙，现在部长退休了，她对我根本就不像从前那样关照了，以前还打个电话问，'小李，身体好吗？'如今，连个问候也没有。"

"你不要为我着急……"我心里好烦，想一个人静静心。

"你怎么一点儿也不着急，好不容易走到这一步，进不了公司就职，岂不是前功尽弃了吗？要把先进技术学到手，然后回国发展。"李斐皱着眉，好着急的样子，"对了，俗语道解铃还须系铃人，你告诉铃木，要他去说了。"

"我不想告诉他。"

"为什么，这都是他造成的，美子是他的母亲。他不想担一点儿责任吗？你知道吗？你怎么那么傻，公司当然讨论了，他为什么不阻止，他没有能力吗？"

"我去把事情告诉他。"李斐欲拨电话。

"我的事你不要管好吗?"我抢过电话。

"你还为他想,他为你想过吗?纯子早就知道,他也应该知道。为什么事先不告诉你,使你有一点儿心理准备呢?"是呀,回来已经三天了,他没有说。也许眼下有许多工作要干。

"喂,请转铃木俊雄。"李斐已经拨通了电话。

我也不知道怎么才好,一筹莫展。唯有李斐为我那么着急,我不能泼冷水,他是真心为我想。

"你知道吗?圣薇这个月被公司解雇了,工作签证也不给她了。什么?你不知道,你怎么会不知道呢?去大阪出差了……"李斐看了我一眼说,"那么你必须马上将这件事办好,她是为了你才遭到解雇的,一个男人要负责任。"

我连忙阻止他:"别说了。"

"她哭了一上午,应该来看看她。"李斐看看我。

"好吧,让她听电话。"李斐将电话交给了我。

我拿着电话,竟不知道说什么才好。我听到他焦急地叫着我的名字,我又流泪了。

"别哭了,我真的一点儿也不知道,对不起,让你受委屈了,我马上去和美子谈。放心,我说过有责任保护你。"我想起了那天夜晚,我们勾过小拇指,他说过一定保护我,他没有忘。

"我等你消息,不要和她吵。"我关照着。

"知道,千万不要着急,不会有事的。有我在,我下午给你打电话。"他放下电话。

我没精打采地放下电话,看了看李斐。

"还算有点儿良心。"他自语道。突然他转身莫名其妙地冲着我说,"你怎么会爱上他?你们什么时候碰上的?"

"你和纯子好的时候,我们认识的。我去总公司送图纸时碰到他的。"

他若有所思地想了想:"难怪……"他好像醒悟了什么,然而,又不可思议地摇摇头。

如果没有今天的事，也许我会兴高采烈地向他谈起和铃木俊雄相遇的一系列罗曼蒂克的事，他也会以胜利者的姿态说起如何回避燕燕，征服纯子。

现在，我觉得付出的代价太大了，我有一点儿后悔。

"我上班去了，别着急，车到山前必有路。"李斐赶去上班了。过了休息时间，我没吃饭，就去电脑室。

落合不时地回过头看我，一会儿走到我面前说："累了，休息一会儿吧，反正今天活儿不多。"

"谢谢！"我感谢地朝他笑了笑，我仍盈着泪。他拿了一张餐巾纸放在我的手上，转身走到自己的工作台前。

整整一个下午，我心不在焉地等着电话。我知道他没有好消息告诉我，我已经不期待什么了。只期待着他不变心，永远地爱我，我就心满意足了。到哪儿都能有口饭吃。

想当初到日本，带了5000日元不也闯过来了吗？如今不怕过不了难关，不要伤心。如今还有他的爱，他不会抛下我不管的。只要有他的爱，我再苦再累也心甘情愿。

眼前又浮起了他那双柔情而有些冷峻的双眸，想起了他热烈的吻和他的拥抱，也许命运注定我是为爱的男人而殉难的女人。

这一天他没有回家，他一定和美子争吵得很厉害。不能去催他，他会更着急的。如今，我已经接受了挑战，也只好面对现实，相信一切不幸都会过去的。

第二天，仍没有他的消息。我有些着急了，他会不会和美子吵得不可开交。他的性格也很倔强，他不止一次地说过，再也不能忍受美子支配着他的一切。他曾说过美子是慈禧太后，那个小皇帝真可怜，他就是小皇帝。

李斐不断地问我有消息吗？我说没有。他说："你准备好撤退吧，回去赶快和留守男人结婚吧，否则他要做飞鸽牌了。"

我已经预感到我的爱是无花果。既然已经种下这颗种子，那么也要等它结出果来。再播种别的，春季已经过了，我不后悔。在与铃木俊雄合为一体的瞬间，我的灵魂已向神祷告：我得到了从未有过的欢乐，让我明天离开这个世界也愿意，那还有什么不可以超脱的呢？

第三天，我离开了工作两年的公司。落合帮我收拾东西，送我到了楼下。我望着落合难过的样子，便安慰他说，以后会来看你们的。纯子也哭了，她说她实在无能力帮助我，很抱歉。

当天，我买了本招聘的书，一个个电话打过去，回答是最近不景气，暂时不要人。现在不是春季招人的季节，打电话不行，我又将自己的简历一份份地复印好，寄到各公司去。

我每天都打开信箱，没有回信。后来终于收到了几封回信，只是写道，由于已找到聘用的人，目前暂不需要人，请原谅云云。

三天后，铃木回到了家，什么话也没有说，一个劲儿地抽烟。在我的逼问下，他说："我将了美子一军，请假几个月，下个月台湾的业务由她去办理。"

铃木说，与台湾合资的那家公司生产的电子元件全部给美子公司，再由日本输入中国、东南亚一带，光中国就需要几千万个，这样一转手，就有一亿美元金的营业额。目前，中国台湾的公司想脱离美子公司，自己去中国大陆投资有线电视。因为，他们已经有了足够的资金，美子要我去诱惑台湾老板的女儿。

他第一次和我谈起公司的事，可我感兴趣的是老板的女儿是否看上他了？"是的，她在美国攻读经济学。我们一起说英语，讲美国的爵士音乐。可我不爱她。"

"为什么？"我问道。

"她难看得男人不想再看她第二眼，简直是上帝的最拙劣作品。"我没有想到铃木竟会这样评论一个女人，他太刻薄了。

"你不应该这样去说人家。"我第一次责备他。

"噢，没有想到你心比人更美。上帝对我太偏爱了，所以我一直在等你。"

铃木和我讲美子要利用他拉拢老板的女儿，来个缓兵之计。利用中国的王子公司的关系，先在中国投资。

没想到今天他和我讲的公司的事，以后竟在关键时刻成全了我。当时我根本没有在意。

我们已经在家悠闲地休息了一个月了，铃木不要我去上班，他能养活我。只要每天在家烧好他爱吃的中国料理。

李斐劝我去一家料理店，那里正好缺一个跑堂的，可是铃木不许我去。而他自己不愿意屈尊求人，去请求下属公司，他以前从不去求他们。更不让我去干第三产业的活儿。

我们每月开销30万日元，前几个月又到中国玩了一圈，转眼几百万日元用光了，不能再没有工作。我实在有些着急，可是他好像并不着急。每天清晨起来，喝一杯咖啡后，就看每日新闻；下午看棒球，晚上去附近开满杜鹃花的河边散步。有时，他也常常一个人抽着烟，独自坐在椅子上沉思，我知道他失去了很多。

如今没有别墅，没有汽车，没有高薪，更重要的是他离开了公司，感到无所事事。美子也没有来找他，他们俩都憋着一口气，看谁先投降。

每当我看到他冷峻的眼中透出悲哀时，心里就很难过。他失去的一切我不能给了。我没有美子的权势和地位，只有一片真挚的心。以前，我感到爱的力量是无穷无尽，能战胜一切的。可现在这爱的力量在无情而冷酷的现实面前，显得那么微不足道，但我仍然耐心地等待着奇迹出现。

于是，为解决每月生活费的开销，我瞒着他，我又到了三年前在那干过的一家银座日本料理店里工作。这是我刚到日本时工作的地方，店长是个非常和善并会讲中国话的年轻人。当他知道了我的处境后，破例给了我每小时1000日元的报酬。但是我们的工作很忙，要穿和服，必须要像典型的日本人一样，双膝跪在榻榻米上，将一碟碟日本料理端上去。

由于此店闻名东京，每天夜里顾客盈门。每天干完了10小时的活儿后，人会瘫倒在椅子上，爬不起来。但是我必须每天这样干，才能拿到每月20万日元的工资，这笔钱刚好够我付房租和饭费。

铃木每天在家，有时去打棒球，参加摄影比赛。我倒很希望他能出去，这样我回到家就不用做饭了；因为我太累了，可我不能和他说仍在料理店工作。我骗铃木说找到了一家小公司打字、翻译的工作。

每周六、周日的晚上，我到日中协会举办的中文班讲课，每小时5000日元，只要干两个小时，就有1万日元了。加上中国料理店每月能赚到20万日元，这样每个月20多万日元的收入，可以够每月的生活开销了。

铃木说每天要来接我，我没有把电话号码和地址告诉他。我说什么时候下班也不一定，因为公司忙。我说这家公司以后可能去中国投资，我又能干以前的专业了。他听了也很高兴，只是白天一个人在家，有些冷清。我身体也不如前两年那样好了，坐了两年的办公室，十几个小时有些站不住，但只好忍着。

有一天，当我走到厨房里去端菜时，我闻到一股油味，感到一阵阵的恶心，只想吐，我连忙跑出来；当我将菜端到客人的面前后，急忙奔进卫生间，在那里我呕吐了……

一算，月经期已经延迟十多天了，我知道怀孕了，心里不由泛起了一阵喜悦。我正想打电话告诉他，可是一想，不行，让他知道了，他不会让我再上班。不上班，我们怎么生活呢？再说我不能用他的钱。

那天夜里，快10点，当我拖着沉重的脚步走出车站时，发现他站在车站外等我。

"我等了两个小时了。"他好像有些不高兴地对我说。

"今天加班。"我说了谎。

"你的脸色不太好，累了吗？"他看着我说。我急忙低下头，我不想让他看见我一脸疲惫不堪的样子。

"没什么，用脑过度，有些头晕。"我看见他的脸色变得阴沉了。

我不知道他为什么不高兴，这些日子他老是说整天待在家里没趣。

当我们到家，桌上什么也没有，他没有做饭："今晚一起出去吃饭，去吃韩国料理。"他对我说。

早晨我已经买好了生鱼片，只要切一下就行了，再做一个菜烧一个汤很方便，可他一天在家不知道干什么。现在又不是以前，跑到外面吃可以开发票，一顿饭又要吃掉1万日元，怎么办呢？他怎么一点也不着急，以前在美子那儿什么也不用担心，可现在我们没有工作。

我不想说什么，我太累了，便从冰箱里拿出生鱼片，想自己做。"我不想再吃家里的饭菜，吃腻了，你知道吗？"他冲着我说。

"这样不是节省吗？我们没有多少钱了。再过几个月，连房费也付不起了，你知道吗？"我生气地说。

"几顿饭钱，还能省多少呢？真不知道你是怎么想的……"他说了一半，急忙停住。

然而，我已经发怒了："你没钱，装什么阔气？你要知道现在没有人会给你钱，你也不是以前公司的部长，一个月100万日元的工资！有本事，自己挣钱去，小公司不想干，苦的活儿又不想干。"不知怎么，看着他刚才傲慢的神态和语言，我非常反感。

"你是不是后悔跟着我？"他的目光逼着我。

我不想看他，放下手里的东西，朝里屋奔去。这时，我又感到一阵恶心，难受得不知如何才好，我站立着，只觉得一阵冷汗冒了出来，眼前一片漆黑。

当我醒过来时，我已经躺在床上，他坐在我身旁，拉着我的手，十分焦虑地看着我，"你醒了，我好着急。想送你去医院，不要吓我好吗？"

我望着他那双伤感的眼睛没有话说。

"你后悔了是吗？"他又低声地问道。

我闭上眼睛，仍不想说。后悔什么呢？我已经有了他的孩子。今天我多想告诉他，我们有了孩子，他一定会抱着我，像个孩子般地狂欢起来。可现在不会的。从今天的争吵中看到，我们之间不会长久的，只有结婚，才能改变他的孤傲。

"我们结婚好吗？"我睁开眼，冷静地对他说。

他微微一怔，"现在还不能。"他武断地说。

我苦笑着扭转了身，再也不想和他说什么了。我真的有些后悔了，我想起李斐的教训：你图什么？丢了专业，丢了工作，他能给你什么？是的，他能给我什么？如今有了孩子，他也许会说，现在不能要孩子。

现在有孩子，我不告诉他。等我流产了，再告诉他，让他难过痛苦，为什么他说不想与我结婚呢？我决定不告诉他怀孕的事。

这一夜，不管他如何温存，我都不想理他。想起他说的"现在不想结婚"，我心里不由一阵阵痛楚。我觉得他并不真正爱我，他爱那个已经去世的友子；他爱美子，爱美子的权势与财产。

这一夜，当他要想和我在一起时，我第一次厌恶地推开了他。他看到我眼中的冷淡，从床上坐了起来，一支支地抽着烟。

我不知什么时候睡着了。清晨醒来，他在厨房里做好了稀饭，蒸好了刀切馒头。

"我知道你喜欢吃稀饭，特意起早做的。"他很殷勤地说。

"谢谢。"我冷冷地说着，他尴尬地站立着没有再吱声。

我告诉他说，晚上不用去车站接我，我要很晚回来。匆匆吃完了早餐，便去池袋一家语言学校教中文。晚上我到日本料理店上班。

今天是星期五，格外忙，有几十桌预约的宴席。干到 10 点钟时，客人都将走尽了，却来了一群年轻的客人，店长让我去招待，当我走上前，才知他们是经常来的棒球俱乐部会员，他们都是东京的富家子弟，平时无所事事，夜里骑着摩托车兜风，玩六本木游戏。

其中一位是汽车大王的儿子，东京有名的花花公子，叫野村一郎。三年前，我刚进这里时，他就诱惑我，要我干完活陪他去银座喝酒。有一次说我要陪他去情人旅馆，就送我一辆奥迪。我从心底里鄙视这种人，从来不和他多说一句话，以前店长看见他来就自己上去招待。

今天店长忙着结账，他也不知道野村来，所以我就上去点菜，他和一位年轻人在聊天，没有注意到我。然而，当我端上头一道菜时，他叫嚷起来：

"快点，肚子饿坏了。"

我发现一个熟悉的身影，那人低着头用手绢擦着手从洗手间走了出来。当他在野村的旁边坐了下来抬起头时，我看见竟是铃木！我的脑袋嗡地一下，只觉得眼前一片黑暗。恍惚中听到"哐啷"一声，盘子落在地上。我恐慌地睁开眼时，我看见了一双惊愕的眼睛。

他猛地转过头，狠狠地抽了一口烟。我知道他的自尊心受到了深深的伤害。

"你怎么搞的？"野村嚷了起来。

"……对不起。"我硬着头皮跪在榻榻米上，将碎破的盘子捡起来。此时此刻，恨不得有个地洞能钻下去，我自己像个小偷一样，无地自容。一生中从来也没有像今天这样狼狈不堪，我的自尊、自爱在一瞬间崩溃了。

"我以为你嫁了有钱的男人，没想到你又来这里干了。"

"对不起，他酒喝多了，不要理睬他。"另一位常客抱歉道。

"哈哈！今天怎么变得那么文雅？铃木，她可看中你了……"

没等野村说完，铃木拍案而起，他狠狠地朝野村吼道："闭上你的嘴！"他狠狠地瞪了我一眼，那眼神中满是愤怒。我从来没有看到他这样，我害怕得竟说不出一句话来。

"对不起，我先走了。"铃木说完，便离席而去。

"你不要走……"野村急忙招呼道。

"怎么回事？"店长从里面走了出来。

"是你的这位中国姑娘，把我的老朋友气跑了。"野村对店长说道。

我气得大骂他一声："叭嘎！"我端起了盘子，跑进了里面。店长跟着我走了进来："圣薇，不要和这种人怄气。那位客人怎么走了？"

我委屈地流下了眼泪："他就是我说的铃木先生，他不允许我在这里打工。"

"不许你打工，他养活你吗？自己花天酒地，什么男人！"店长愤愤地说道。

"不，是我要出来干的。他跟着我什么也没有了，今天我回去该怎么办呢？"我忧虑地说道。

"没想到你那么好，日本姑娘绝不会这样的。"店长叫我早些回去。

我第一次害怕回家，害怕他的目光。可我没有错，没有在外面干坏事。我要打工，是为了我们的生活。

这天夜里，我很早就下班了。我干不动，也不想再加班。

我也不想早回家，觉得回到家，也没有意思。好像没有前两个月的激情，每天都看他不够。我今天始终没有忘记昨天他说的话，"现在不想结婚……"心里感到隐隐作痛。

我打了电话，叫文文出来陪我，我们已经有一年多没有逛商店，喝咖啡了。

她正好在家，当她看见我脸色不好时，便说："你和他同居了？"

我点点头。她摇摇头，"为什么一个个都那么傻？这些男人根本就不想结婚，为什么要跟着他们？你有那么好的专业，又是大学毕业，为了他把什么都抛弃了。又怀着他的孩子，到头来还不想结婚，干什么呀？"

"也许他觉得现在还不稳定……结婚需要很多钱，我们现在没有多少钱。"我为他辩解道。

"你还那么痴情，想当初我的那位也是，当初说一定离婚，一定结婚。好了，他老婆一吵，要抽回他一半股份，吓得他连电话也不敢接。我是看穿了，现在你把孩子打掉，省得以后是个累赘。"文文已经没有当初的幼稚，她变得那么世故、成熟。

我不敢把今天发生的事和她讲，她知道了更会骂我了。

"我现在轻松得很，一个人很自在。一星期去三次大学，晚上打工，有喜欢的就出去玩玩，我从来不想在这儿结婚，也不会再为谁爱得死去活来。"

我们坐在咖啡店里边喝边说。

我看了表，每天 10 点他要到车站接我，今天他不会再等我了。

"你呀，着什么急，让他等到 11 点。告诉他，和别的男人出去玩了。让他吃吃醋，他才会珍惜。"文文轻松地说。

"其实，他心里也很痛苦，只是不说而已。他跟着我，我真的不能给他幸福，心里好难过。"我想起了今早他做早饭的情景，其实他十分委屈自己，在强制自己做个中国男人。

以前他不可能起早做早餐给美子吃，是美子像母亲那样照料他。如今是他照料我，我觉得很不应该。

"烧一顿早餐，有什么稀奇，你每天打十几个小时的工。"文文又反驳我，"瞧你心神不定的样子，行啦，早点回去吧。可是要记住我的话，小心他跑了，唉，咱俩是一对痴情的傻姑娘。"文文不由笑了起来。

我们逛了新宿、银座，最后我坐三田线地铁回到家。

当我捧着一套新衣服走到家时，发现他不在家，这时已经10点半了。

我马上骑车去每天下班回来的池袋车站。车站外没有他的人影，去哪儿了？我应该给他打个电话，都是文文叫我故意让他着急，真不应该。

昨天他叫我出去吃饭，是怕我太累了，让我吃顿好的；晚上想哄我，我又不理他；早晨又那么冷淡他，今晚又发生这样的事，他自尊心一定受不了。他跟着我失去了那么多，我还能苛求他什么呢？只要两人朝朝暮暮在一起就满足了。

我决定去找他。我打了几个电话，那是他常去的酒店，他们都说他没来过。我又茫然地在附近的马路边寻找，对了，会不会去纯子那儿？去美子那儿？

我在外面的公用电话亭打了电话给李斐，告诉了他今天的事。叫他马上打电话给纯子和美子，可千万别说他不见了，我说好过10分钟再打电话给他。

10分钟后，我又打电话给李斐，他说纯子没见到他，还有美子去台湾谈生意了。

"你能否出来？陪我一起去找他，他从来不出去的。"我很着急地对李斐说，没多时，李斐骑着摩托车出来了。

"先打电话给他的朋友吧？"李斐帮我接打了几个电话，对方都说没看到他。

"我们到附近的酒店看看吧？"李斐建议道。于是我们推开了附近一家小酒店的门，仍不见他的影子。

李斐带着我盲目地穿过一条条小巷，仍没有他的影子。

"会不会回到家，我打电话回去看看。"我在小巷口拨着家里的电话，没有人接。这时已经 12 点钟了，我和李斐面面相觑。

"李斐，我想问你一件事，如果一个男人和女人恋爱了，他又不想与她结婚，你说他是真心爱她吗？"我突然问李斐。

"这是个非常复杂但又很简单的道理，比方说，那男人有老婆，另有恋人，可又爱上了另一个人，这时候，他是很难下决心。比如说我吧，我喜欢纯子，也有些爱她，但我不想与她结婚。因为我们之间差距太大，我不可能做日本男人，我永远是个典型的中国男人。纯子现在跟着我很不错，可结了婚，我中国男子的那套生活方式，她未必能全盘接受；我又不能改正，那么婚姻就会发生危机。"李斐振振有词地说。

"好像有些道理，可是，我总觉得有了爱就必须结婚。"

"为什么必须结婚？有爱不结婚，更富有生命力。瞧你今天，如果结了婚，你会那么着急吗？早在家里等着呢，怕他不回来？晚上不回来，清晨一定会回来的。"李斐对我说。

"我着急得很，你还开什么玩笑？你的纯子跑了，你骑着摩托车要找遍全东京的。"

"她决不会跑出东京的。行了，现在怎么办呢？那么大东京去哪儿找呢？我先送你回家吧，他一定会回来的。"我也不好意思再麻烦他了。晚上，他说还要去中日友好会馆，要去看北京部里来的几位领导。

于是他骑着摩托车送我到了家。"再见，他一定会回来的，别着急，没有一个男人会负心于这么痴情的女人，拜拜！"李斐滑头地朝我挥挥手，一溜烟地开走了。

真气人，人家那么着急，他还开玩笑。不过我相信他的一句话：他一定会回来的，不会丢下我走的。他又能去什么地方呢？

我回到家，想找找他留下什么纸条，可是没有。时间又过了半个小时，我独自坐在椅子上想着：他每天去接我，今天也一定会去。会不会在车站里面？对了，我脑子一转，茅塞顿开，连忙骑上车赶到车站。

最后一班崎京线班车经过池袋，我买了 120 日元车费，挤进涌出的人群中，冲上站台；站台上剩下几个乘客走了出来。

没有他，乘客都走光了，站台上没有一个人。

我最后失望了，真想回去，我无意地瞥见，前面靠自动饮料机旁的凳子上坐着一个人，那人低垂着头，我想，又是喝醉的公务员，正欲回身走出站台时，不对，会不会是他？可他从来也不会那么狼狈地喝醉酒，倒在车站的长凳上。

我狐疑着，朝前走去，只见地上丢了好几个啤酒瓶。

是他！那魁梧的身影，那双手掩在浓密乌黑头发中熟悉的动作，"铃木！"我叫了一声，没有动静，他没有抬起头来。

我疾步走近，蹲了下来。"铃木……"我轻声地又呼唤了一声。

他这才慢慢地抬起头，我惊讶地看到他一双布满血丝红肿的眼睛。"你怎么在这里？"我拾起丢在地上的啤酒瓶，扔进了旁边的垃圾箱里。

"你终于回来了。"他无神地望着我，喃喃地说着。

"我早就回来了，你不在，我和李斐找了你两个小时。他刚走，我又出来找你了。"我望着他那满脸疲惫不堪的面孔，心里很难过。

"今天，我8点钟就到车站等你，我不知道你公司电话号码，知道你又加班。正好碰到他们在这里下车，硬拉着我去喝一杯……没有想到会遇见你，你知道我的心里有多难受。出来后我干脆到这里来等你，一直坐在这儿。每班车都没有你，我好着急。"

他抬起头，深情地望着我说："我知道你生我的气，我不是不想和你结婚，是我没有能力。瞧我现在多么无能，自己不干活儿，让你每天去干活儿，我心里很难过。你知道吗？"他哽咽道，连续地说着，"我哪像个男人，你不会看不起我吧？"

"不，我不会的，我不愿意看到你现在这样伤心。我能打工，能养活你……"我抱着他哭泣道。

"不，不要你养活我！我是男人，我要养活你！"他推开了我，目不转睛地望着我，"我要使你幸福，使你每天开心。不要你每天去上班，去干那累活儿、脏活儿。我知道你天天在料理店里工作，你回来我就嗅到料理店的味了。以前我也干过好几年。你为什么骗我？为什么骗我？"他使劲地摇着我的肩膀，"我不愿意让你去干这种活儿，为什么我自己不去干？我要面子、我虚伪，是个伪君子，你不恨我吗？"他的眼睛里盈着泪水。

"不，你不是伪君子，你是个有才华、有抱负的男人。是我不好，你跟着我，才落到这地步，我没有能力给你以前美子给你的一切。可我爱你，什么都愿意干。"

他有些醉了，眼睛中满是迷茫，我不忍心看到他现在这么狼狈不堪的样子，我扶他起来，他有些摇摇晃晃："我一直等你……"他摇晃着嘟囔着，"我害怕你出什么事，看见你，我放心了。"

我说不出话来，心里好难过。眼前又浮起一年前在总公司的会客厅里他的形象，那时他多么英俊，多么潇洒；可如今他什么都没有了，都没有了。

唯一有的是我的爱。可这爱是那么渺小，那么无力，这爱能给他什么呢？

我使劲地扶起他，蹒跚着走下了楼梯，走出了车站。

这时一阵隆隆的雷声，一道刺眼的闪电，天空一片乌黑。"我们坐出租车回去吧？"我对他说。

"不，我要开自己的车，为什么要坐出租车？我的车，我的车呢？"他挥着手朝前指去："是那辆车，以前也停在那儿。"前面也是一辆白色的丰田。

"那不是你的车。"我难过地对他说。

"是的，是我的。"他欲上前，走到车门口，里面坐着一对年轻的恋人。

"对不起，他喝醉了。"我急忙打着招呼。

车起动了，铃木猛然朝前，他扑了个空，朝前栽去，我急忙扶住他。只见他呓语道："我的车……"

我想起一年前，他开着车带我去伊豆群岛，那时他好潇洒，嚼着口香糖，一只手驾着车，一只手握住我，一路上我们一双手紧紧地握住不分离。

可如今，他是那么地痛苦，他呆呆地望着那辆车，摇摇头，独自朝前走去。

天下起了小雨，我流着泪扶着他，艰难地向前走去。

当走到一条大路的红灯前，我们停住了，我望着他似醉非醉的神态。我突然对他说："铃木……我们分手吧。"

他惊讶得转过头，像陌生人似的看着我。

"我们分手吧，你会得到以前的一切。我很痛苦，什么都不能给你，真对不起！"我没有避开他那有些呆滞的眼光。

"你在说什么？再说一遍！"突然，他的双眸变得那么怪异。

"你回到美子那儿去吧，她会给你车、给你钱、给你工作。"我害怕他的眼神，低下头。突然，我听到他昂起头对着蒙蒙的雨天哈哈大笑。

我好害怕，他怎么今天变成这样子。他一直是很稳重的，即使他喝醉酒，也不说胡话。

"好呀，我现在什么也没有了，都想抛弃我。当初，父亲抛下我，给了美子。友子抛下我，独自走了。现在你又要抛下我，都走吧，都走吧！"他对我吼叫着，发疯般地将我朝前推去。

我没留神不小心，脚下一滑，被推倒在地上。他没有看我一眼，摇晃着只顾朝前走去。

我从地上爬起来，奔跑上去，从后面一把抱住他的腰，"我真的不想离开你，可我不忍心你那么痛苦，你不能失去以往的一切……"我抬起头哭喊着。

他仍木呆呆地伫立着。"你说话呀，不要这样好吗？"我哀求道。

他缓慢地转过头，久久地望着我，将我的头靠在他的肩上："原谅我……"

雨越下越大，我们全然不顾。此时此刻，山崩海啸，我们都毫不惧怕，我们紧紧地搂抱在一起走向前方！

我们在风雨中流着泪亲吻着，仿佛生离死别。他脱下西装，蒙在我的头上，我依偎着他一步步地朝前走去。

回到家，已是深夜两点了。我们谁也没说一句话，淋浴后，都感到很疲倦，我们仿佛经过了一场生死搏斗。

"我喝多了，在家时我一个人，喝了半瓶茅台酒。"我这才发现一瓶准备送人的茅台酒只有一点了。虽然他酒量很大，可喝得太多了，他躺在床上便呼呼地睡着了。这天夜里，他睡得很香很甜。

我久久地望着他沉睡的面容，心里不能平静。刚才他说出了最痛苦、隐藏在心中谁也不知道的话。他是一个被抛弃的人，他的父亲、美子、友子，他们都是他最亲近的人，可他们又给了他什么呢？美子虽然还在，可是她给了他真正需要的东西吗？

不知道内情的人，一定会认为他是上帝的宠儿，他什么都拥有了，然而他却什么也没有。今天他和我一起生活，他想给我很多，可是他没有这个能力。因为他不真正属于自己，他钻不出美子这个庞大的网。

他清楚地知道这点，所以不能和我结婚。我好心疼他，可是一筹莫展。以前还能去打工，现在再也不能去了。

半夜，他醒了便说：“我想明天把我的退职费要回来。有了这笔钱，你不要打工了。东京找不到工作去外面看看吧。我在大阪有个客户，你去看看，如果行的话，我们搬到大阪住，等有了2000万日元，我们马上结婚。生一个儿子，和我一样神气，再生，一个女儿，和你一样美。”他又笑了，但他从来也不开怀大笑。

“不，不想和你去。”我虽然融化在他的温存中，但却十分理智了。

“为什么？”他不解地问。

“我不在乎结婚的事，等你有了工作后再说，美子会来找你的。”我感觉到美子决不会放弃他的。

“告诉我，你和美子在一起也很开心吗？”我突然想起了美子。这个阴影老是在我的眼前，虽然没见过她，可我很想知道她的事。

“是呀，和她在一起有时很开心，我像她儿子，她是个充满了爱的母亲，她像母亲般地把我搂住，哄着我。我好像又回到了童年时代，小时候母亲忙着干活儿，没有时间哄我们，我是老大，总是看见母亲穿着一件缝着补丁的长裙不停地干活儿。如今我能够在母亲的怀里，好好休息，多么好。”他说着，眼睛中充满了一丝光亮。

我不嫉妒，好像美子就是他的母亲。我好想见一位美丽非凡的母亲，她能接纳我吗？我夺走了她的"儿子"。

"有时她像一个严肃的姐姐，有一次我与家中来的客人交谈，还嚼着口香糖，她狠狠瞪着我，把我叫出去，用手指着我的嘴边，我这才知道，我失礼了。"

我不嫉妒，好像美子真是他的姐姐，我多想见这位亲切而漂亮的姐姐，她能接受我吗，我夺走了她的"弟弟"。

铃木看我没有吱声，他不再有顾虑。我知道这些日子，他还是很想她的。只是藏在心里罢了，我要让他统统地说出来。我不要打断他的思路，不要发火，像一个朋友似的听他内心的自白：

"她是一个谁也不能与她相比的女人，柔情销魂。她会像个蛇似的缠着你，使你无法摆脱。伏倒她柔软销魂的玉体中，任凭你吮吸她的精华，她的甘露；每次我们在一起时，我把她当作是友子，是马利亚的化身。她满足了我少年时的情欲，撩拨我少年时的冲动……

"我第一次从她身上得到人间最美好的快感，她比妓女更高一筹，更有技巧，又富有情感；她的声音娓娓动人，她的眼神能融化我全身，我无法拒绝她的诱惑，她的柔情。"

我看到铃木的眼神中充满了对过去的回忆，仿佛又看到美子一般。

我不太嫉妒，因为我没有美子这样的魅力。我不懂如何使他满足，当我看到他拿来的性爱录像，我会羞得闭上眼睛，叫他快关掉，看了录像，我觉得这样的男女交欢是那么俗气，那么低贱，我觉得爱不再神圣了。

我更不会去想怎么才能使他快乐，美子的一切我永远也学不会，我觉得学技巧是在亵渎爱情。

然而，我是自私的，极端的自私。我从没想到应该怎样学会使他满足？却希望他每天能满足我。我在尽情地吮吸他的精华，他的甘露。

今天我才知道他为什么还怀念美子？美子给了他许多我不能给的东西。

"在你面前，我总是胜利者。白天是公司的上司，晚上又成了你的上司……"我捂住他的嘴，不让他说出来，我第一次才觉得自己是那么笨拙。

"我不要你说出来。"我好难为情。

我珍惜爱情，可我忽视了性爱。我实在像个从乡下出来的小丫头。我不敢去看他那双火热的双眸，像个可怜的小猫似的缩在他的胸前。"对不起，我学不会美子那一套爱你的方法。"

"能不能告诉我，美子怎么爱你的？"我好想知道美子怎么能使他快乐，至今还令他难以忘怀。"记得美子说过，日本男人很懂得如何爱他喜欢的女人，而日本女人也很懂，他们都从录像或书里学来的，可我从小就没有看过这类书。"

"你不要去学她，你也学不会的。我喜欢你现在的样子，像个可爱又可怜的小猫似的，可你白天却不像个猫，像个老虎。前天对我发那么大脾气，我只好乖乖地起早给你做早餐，做个中国丈夫。美子从来也不对我发脾气，我对她任性，耍孩子气。"

"对不起，以后我不会了。"我更像个小猫似的朝他胸前钻去。我仿佛觉得这块能栖息的安全岛，马上要离我而去。

"我想看到美子，他们都说她可誉为东京第一美人。"

"是的，她很美。她充满了智慧、成熟、丰满的美。可你也不比她差，你是中国的纯情姑娘，上海第一美人。和你在一起，我像有责任感的男人，又像回到了与友子谈恋爱的时候。我很高兴。"

"好了，早些睡吧，明天我去千叶县，找几家公司，先去上班。你不要去料理店啦。"他终于想通了，应该屈尊求全。我也很高兴，因为马上要去大阪举办的国际第二届留学生博士论文演讲会。

我十分惊讶，经历了今天在风雨中的一场折腾后，我俩竟能毫无顾忌地谈起美子。是我们之间的爱更信任了，还是我们之间的爱有了距离？

我不嫉妒他谈起美子，说明我不忌讳他还有另一份爱，是我对他过去爱的宽恕吗，还是我的胸怀宽阔了？我不知道。而他也不回避有关美子的话题，他不怕我吃醋吗，不怕我离开他吗？

我们之间的关系变得那么微妙而不可思议，爱情永远是个解不开的未知数，所以也是文人笔下永恒的主题。

第九章　美子来访

早晨，吃完了早餐，铃木便去千叶县的几位老同学处找工作。关照我千万不要再去打工了，把论文演讲稿修改一下，争取拿个大奖回来。

我不想让他伤心，就答应不去打工了。今天应该像个主妇那样好好地烧几个日本菜，等候他的归来。他找工作比我容易，希望他能挣很多钱，有了孩子需要很多钱。

当我做好了他爱吃的炸虾、烧鱼块和蔬菜沙拉后，便坐在桌前修改论文。不一会儿，我听到门铃声，一下子从椅子上跳起来，是他回来了？一定带来了好消息，找到了一份工作。

当我奔出外屋，打开了门，不由一愣，只觉得眼前一片光彩，一位穿着玫瑰色套装的女人略带微笑地站在我的面前，她微微地鞠了个躬：“对不起，打搅了，事先没说就来了，我叫铃木美子。”

“你是美子？”我吃惊了，她比我想象中的美子还要年轻，漂亮。在东京我从来也没看见过这样美丽典雅而高贵的女人，她是一种古典与现代相融合成一体的女性。白皙细腻的皮肤，年轻的容貌，活像 30 岁，只是那淡淡而迷人的微笑是属于 50 多岁成熟的女人。

当她出现在我面前时，我的自信在一瞬间几乎崩塌了。我的追求、信念都融化在她那美不可言犹如天使般的神韵中，消沉在她那光彩照人的明艳中。我简直不敢看她，只觉得自己相形见绌，想象不出当我与铃木在相爱时，铃木怎么会喜爱我？我哪一点儿能吸引他？

简直看不够，在这世界上还有这么美的女人！燕燕说得一点不错，她是世界上最美丽的女人。以前我曾多么自豪自己的美貌，上海电影学院招演员，看中了我，母亲说文艺界不好，硬要我学数理化。

有一次我在回家路上走，遇见一位意大利导演，那位60岁的老导演说，她从来也没有看到有这么美的东方少女。她在为一部电影中的"情人"选主人公，可惜我那时还不会说英语，很可惜。我曾骄傲自己年轻、漂亮，没一个人不说我是个典型的东方美人。

虽然我很美，可并没有她那种摄人心魄、倾国倾城的妩媚。看到了她，我简直不敢在铃木面前娇柔多情，我是那么地笨拙。

她比我看到的任何电影中的明星有气质、有风度，她是那么光彩照人。在那一瞬间，我恨不得有个地道钻进去逃掉才好。我昨天还依偎在铃木的怀里，他怎么会认为我漂亮呢？如果我和美子一起出现在他面前时，我一定会丢盔弃甲逃跑的。

铃木是属于她的，我没有和她说上一句话，就战败了。在这以前，我简直狂傲得根本就没有把一个掌握着亿万财产，在东京有名望有地位的女人放在眼里，我曾发誓要从她手中夺回铃木。并不是因为我有才、年轻，而是我那颗不屈服的心要战胜她。

今天怎么啦？我从来也没有像今天这样灰心丧气过。难道我不战自败，第二天要悄悄地溜回中国去吗？

不，我不能失去铃木，不能失去他。如果说一对一宣战，我已经输给了眼前这位温柔似水、美貌惊人的女人。可是我有铃木，有他爱我的那一片真情，我俩一定能够战胜她，不是吗？如今，她屈尊来到我们这套简陋的住所，她已没有当初一张辞退书驱逐我的气势，也没有威力打一个电话能使铃木回到她身旁。

我又充满了自信，面对情敌，我不能坐以待毙，不能诚惶诚恐地向她献出我的爱与生命。我不能！

"对不起，铃木在吗？"美子很有礼貌地问道。

"噢，对不起，他今天出去了……"我还是有些紧张。真不应该开门让她看到我。在她面前，我好像缺少什么，缺少她的风度和气质。

"请，请里面坐。"我这才想起她站在门口好久了，我十分坦诚地请她进屋。哦，我母亲典雅而又温情的遗传因子在这关键的时刻得到了发挥。

她脱了鞋走了进来："你很有教养，一见面我就喜欢你。"

好一个王熙凤，我可要小心。

"好漂亮的屋子。"她笑盈盈地说。

"谢谢，过奖了。"还好，屋子清扫过了，今天屋里蛮像样儿，我特意买了一束鲜花放在桌前。

我倒了一杯红茶放在她面前。我知道她喜爱喝红茶，上次铃木在喝乌龙茶时说过，美子每天要喝三杯红茶。我听了后，很不开心他把美子的习惯记得那么清楚。他是一个很细心的男人，他也记住我每天临睡前要喝一杯热牛奶。有时我打工回来累了，忘了喝，他烧好牛奶后，轻轻地推醒我，叫我喝了再睡。

今天，我没忘记铃木告诉我美子的习惯。

"也没打招呼就来了，打搅你了。昨天刚从台湾回来，所以今天处理完公司的事就赶来了。"她的脸上没有微笑，但很甜，使人感到很信赖。

她像母亲？她像姐姐？她是能迷住一切男人的女人……

我想起昨夜铃木对她的评论。坐在她面前，还是有些自卑，觉得铃木是她的，不是我的。我没有一点优势可以夺走他，可为什么那么固执，害得俩人都爱得那么痛苦？乖乖地把铃木交给她吧。她是应该庇护铃木的，铃木也只有在她的羽翼下才能如鱼得水，如愿以偿。

不，我不能束手就擒，我比她年轻，我并不丑，为什么自卑？

"你们俩都没有工作，我以前跟他说过，还可以来公司上班。可他说不愿意在我身旁，其实他还是个孩子，一个非常任性、聪明、可爱的孩子……"

说话口吻多像他妈妈，是妈妈就应该占有他？是妈妈，就不应该对儿子的女朋友那么刻薄。公司不让我就职，不就是她的主意吗？我恨她，看到她带着十分迷人的微笑，我更恨她，为什么天使般的女人有那么坏的心？

"我知道你们现在生活很困难，我带来他留下的一张银行卡，里面存了 200 万日元，你们先用吧。"她眼睛略微环顾着四周说，"再买些家具，买台电脑，他每天都要学习，不能让他每天看棒球，喝酒。"

她像母亲一样告诫道，可她不是母亲，是情人——是一个占有他十几年的恋人，现在她仍想占有他。

"我们不要你的钱，我们可以自己去挣。"我愤恨她。如果不是她，我可以干自己的专业，为什么还去端盘子？她很有手段，很阴险，看我们维持不下去了，来一个猫哭耗子假慈悲。

"你拿回去吧，他也不会要你的钱。昨天他还对我说，他恨你！"我对她说了一个弥天大谎。

只见美子的身体微微一颤，她拿起了茶杯喝水时，那只手在颤抖。我终于给她来了个下马威，我不想对她假惺惺，昨夜雨中的一幕幕，难道不是她造成的吗？

"昨天他喝醉了，他哭了，一个人站在雨中，他说要有自己的汽车，可那辆车不是他的。他说对不起我，没有给我幸福，'都是美子，我恨她！'"

美子低垂着头，很难过的样子。

"他为什么不跟我要呢？只要他开口，我会把车给他的，本来也是买给他的，是他自己没开车就跑出来的……他是个不听话的孩子，每天当我看见那辆白色的车，心里很难过，好像看见他坐在里面等我。"美子哽咽道，"我知道他喜爱你，可我不能失去他。我们一起生活了15年，自从他走了后，我一个人待在空荡荡的屋里，像少了什么东西似的。每天希望他能来电话，他问我要什么，我都能给，可他连一个电话也没有给我。"

"今天他出去找工作了，再也不想到你公司工作了。也不想再依靠你，我们马上要结婚了。"我看见美子哀伤的神态，又有了自信。

美子猛然抬起头，慌张地对我说："他真的说要结婚吗？"美子怀疑地问。

"是的，下个月结婚。"我又说了个谎。

"他不可能抛下我，我也不能没有他。你知道吗？我们彼此谁也离不开谁。"美子的目光中充满了柔情和自信。

"那是不现实的，你们年龄相差那么大……"没等我说完，美子接着说："年龄没关系，我能给他一切。"

"他需要爱，我们才是心心相印。"

"你们怎么可能心心相印呢？你们的出身、修养、经历都不一样，你们是完全不同的国家教育出来的，怎么可能生活在一起呢？"

"这和社会教育有什么关系？我不理解你为什么不尊重个人的情感、意志？我们之间的爱好、志趣是相同的，我们可以互相帮助，这些都是属于我们个人的事，为什么你要用社会主义、资本主义来约束我们？"我觉得她和芝本唱的是一个调。

"你太单纯了，我很喜欢你的纯情。可是我要告诉你，虽然你走出国门，可你仍是中国人。你的思想观念无法与铃木沟通，所以你们的恋爱终归要失败的。"

我不想和她谈大道理："既然你爱他，就应该为他想，不要让他痛苦，现在他很痛苦，你知道吗？"

美子的眼睛发亮了："他痛苦，说明他没有忘记我，我能给他幸福。"

"不，你不能给他幸福。你只能给他金钱、权势、地位……"我争辩道。

"这些就是幸福的来源，没有钱能幸福吗？时间长了，他会后悔的，慢慢地你们之间会有不完美的事出现。"美子自信地说。我特反感，尤其是她说到金钱、权势。

"如果你爱他，就祝福我们。不要再从中策划阴谋了。我是多么恨你，你知道吗？"我愤愤地说。

"可是爱是自私的。我不能失去他，正像你不能失去他一样。"我知道我是斗不过她的，在日本这块土地上，到处是她的势力。

"告诉你，我已经怀孕了。"我摆出了最后的王牌，我终于看到她脸上的悲哀。

"……是真的吗？"她的声音颤抖了。

"如果不和他结婚，那我就会死在他面前的。"我抬起头，十分自信地说。因为我一无所有，无所顾虑。这是美子不能做到的，我终于找到了她的弱点。

果然，美子吃惊地看着我，好半天她没说话，嘴角翕动着："你……

你不能这样。"

"一定会的！"不知道哪来的勇气。我能为铃木去殉情吗？我不知道。可今天唯一能战胜美子的是，我对爱那片赤诚的一如既往的心和视死如归的勇气。美子没有我的勇气，她舍得抛下一切为爱去死吗？

哈哈！我才发现了她致命的弱点。她不能，永远也不能。她贪得无厌，她有数不清、用不尽的财产，她还要铃木的爱。金钱、爱情和美貌，她都拥有，她实在是上帝的宠儿。

我没有金钱没有地位，只有一件无价之宝——爱情。所以我舍得抛弃。两手空空而来，空空而去，无牵无挂，这也是我唯一能战胜美子的武器。

如果我真的死了？美子和铃木这辈子能幸福吗？不，不能，铃木永远也不会原谅她，她非常清楚这点，她好聪明。

"圣薇，你还年轻，还能拥有许多爱，可我没有了，永远没有了。几十年前，我爱上了铃木的父亲，那时候他父亲也和他一样，那么聪明、英俊。我们常常手拉手去滑雪，去钓鱼，我们偷偷说好到了 18 岁结婚……后来由于战争，我们分离了。他去了秘鲁，一别几十年，当我去见他时，他已成了垂危的病人……"美子拿出一块手帕，轻轻地擦着泪水，"我很难过，我们说好天长地久，白头到老，可他却先走了。后来我和一个不爱的男人结了婚，一过就是十几年，他死了。我再也不想结婚，后来把铃木接来。"

听到她发自内心的自白，我有些怜悯她：我好像看到了一个颤抖、哭泣的灵魂。

"十几年来我们朝夕相处，我把他培养成一流人才，我后半生的希望、爱，都在他身上，我不能没有他！也只有我能给他一切，你能理解我吗？"她抬起那双美丽的眼睛，泪眼汪汪地望着我。

我不敢看她那双美得能叫任何一个男人都醉倒的眼睛，我怕自己也会被她的眼睛所迷惑，被她的真情所感动。

"如果你能答应我，我送给你两室一厅的房子，给你搞签证，只要你离开他。"

"什么？"我非常气愤，为什么要我放弃爱？我根本不能接收这个诱惑。她为了爱，可以叫纯子当傀儡，可以用物质和我交换，爱是可以来交换的吗？

我发现她工于心计，实在是个耍弄手腕的老手。可要小心她的眼泪，她能勾引任何一个男人，可勾引不了我。不能被她的甜言蜜语迷住，她是王熙凤式的女人，我一再提醒自己。凭才智，我斗不过她，可我每分每秒在防备她，知人知己才能百战百胜。

"我希望你好好想想，这样对我们都好，我能给你工作签证，也可以搞长期居住。参议院里有我的老朋友，如果你不想在东京也可以长住上海。"

我真想对她大吼：滚出去！不，要冷静，所以没有愤恨地去责骂她。

"我考虑一下吧，等铃木回来，我们商量一下，好吗？"我心想尽快结婚，领了结婚证书，我就不怕你了。

美子以为她的建议打动了我，她盈盈地笑了，从包里拿出一沓现金："这些钱你们先用吧。回来后，叫他打电话给我，那辆车叫他开回来用吧。哦，他每天洗两次澡，别忘了，他每天睡觉前总是要按摩的……"

多恶劣！临走还说这句话，要让我嫉妒，我不在乎。"他现在不是和母亲在一起，谢谢您的关照。"我也要学着像她那样用甜蜜的语言作武器。但我的眼前仿佛看到美子柔情万分搂着铃木的情景，我感到恶心。

我的脸上露出不耐烦，看了看表，铃木要回来了，千万不要让他碰上。"对不起，我想去买点菜。"我心里恨不得她快些走。

"下午还有一个董事会，我走了。别忘了，叫他给我打个电话，只要能听到他的声音就放心了。你真的好漂亮，难怪他会喜欢你，我也很欢喜你。"美子笑盈盈地对我说，"以后我们一定会相处得很好。"

我不会上你的当，也不会像男人一样受你的迷惑。我心里想着，可我也挂着微笑："你也好美，铃木也说起你。"啊呀，我又说漏了嘴。

"真的？他说起我，没生我气吗？"美子的双眸中闪出喜悦，她那清澈明亮的眼睛似一汪清清的湖水，美不胜收。我看到了那湖中闪出一道耀眼的光辉，那就是她对铃木深深的爱。

她走到门口，还频频回首关照："叫他来电话，别忘了。你的身体要小心。"她像一位多么慈爱的母亲。

"好的。"看在她在我们经济危机的时刻送钱来的分上,我答应了她。有了这笔钱,我不需要再去打工了。

她是独自开车来的,开的是一辆黑色的凯迪拉克。我望着她钻进汽车,多么有气派,有风度,我很羡慕。以前我从来没有这种感觉,因为我没有能力像她那样为铃木买一辆高级的轿车。

我们彼此很客气地挥手告别。

我走进屋,看了银行卡,上面写的是铃木俊雄的名字,是昨天刚存储进去的钱。200万日元,我要干一年才能得到,只要按一下密码,钱就出来了。有了钱,就能买车、买公寓、去旅游。如果是这样,我和铃木就不会为生活的烦恼发愁而争吵了,也不会有昨天那悲伤的一幕。

我拿着银行卡,沉思着,我第一次真正地思考起金钱与爱情的关系。我想起鲁迅小说中《伤逝》中的一对男女,他们热恋、相爱、分离,他们最后生活的食品只能维持几天……没有钱,爱情能幸福持久吗?

我和美子彼此都很自信能得到铃木,可最后谁能赢呢?

不知道什么时候铃木回来了,他悄悄地在我后面,一下子蒙住我的眼睛。"我知道是你呀。"我已经嗅到了他最爱涂的香水味。

"你想什么呀?"他斜着眼看我问道。

"想你呀,我等了一天,菜都做好了。"我看到他,却笑不出来。

"我出去一天也好想你,他们叫我喝酒,我没有去。"他从我的身后将我紧紧地搂住。

"我总觉得我们之间不会天长地久的。"美子的来访使我的心里蒙上了阴影。

"为什么?你不爱我吗?"他用疑惑的目光看着我说。

"我好害怕。真的,我没有能力从美子手中夺回你。"我把银行卡递给他,"她来过了,叫你打电话去。"

他看看银行卡,生气地朝桌上丢去:"算她有钱,总拿着钱来向我示威,你为什么不还给她?"

我无言地望着他愤然而变的脸色。他不是很喜爱钱吗？对了，是因为她侮辱了他的自尊心，美子让他在我面前失去男子的尊严。铃木一直在我面前是个自立、自强，有责任感的男人。可美子的到来，丢下了这笔钱，等于剥下了一个男人的自尊心，所以他憎恨她。

"别生气了，其实这钱也是你应该得的，为她干了那么多年活，也应该有一笔退职金，是吗？我不会因为这而看不起你的，我觉得自己无能，不能像美子那样给你金钱、地位、权力。"

"难道你认为我仅仅需要金钱、汽车、地位吗？这些我以前都拥有过，可我并不开心。每天戴着假面具出现在公司的职员面前，谁看了我都说我成熟得像个38岁。我不喜欢听这种话，我还年轻，为什么会变得那么老成？我希望自己每天快乐得像20多岁的小青年一样。"他坐在沙发上，狠狠地抽起了烟。

"认识了你，我觉得又回到初恋时节，和你在一起，好开心。去中国旅游，像小时候去春游一样，充满了童趣与喜悦。我已经十几年没有这种感觉了，我要自由！要青春！要爱情！你知道吗？"他第一次这样大声叫喊着。

我默默无言地坐着，冷静地看着他。

他意识到自己太冲动了，马上坐在我身旁："对不起，我太激动了……等我挣了一大笔钱，我们就结婚。但是你要再学习，我不希望你像家庭妇女一样，你很有才华，将来一定和美子一样。"他搂着我，在我耳边低声地说着。

"又来了，老是搂着，我怎么有心思学习、工作呢？"我扭捏地对他说。

"刚才看到美子，她好美。像30多岁，保养得那么好，用什么美容秘方？"

"我也不知道……"铃木突然意识到什么，马上停止了话题。

他避开了我的目光："对了，你还没吃饭吧？我吃了，朋友招待的，他们要我去工作，可是才40万日元工资。以前在总公司我每月100万日元，差得太多了，我还没答应。"

我觉得铃木有些虚荣,不切实际。他有时很任性,像孩子,可我却把他当作一个成熟的中年男子。他有时并不成熟。

我没有他那么乐观,我已经不是一个理想主义者了,不是三年前来日本时充满幻想的幼稚的我了。现在我首先要解决的是毕业论文答辩,然后找工作。

吃了饭,我便坐在桌前修改起论文,他却兴高采烈地看电视棒球赛。

不知怎么,我心神不安。美子的出现,使我有了很强的危机感,我有能力来力挽狂澜吗?一切听天由命吧。

我想起了答应美子的事,便对铃木说:"给美子打个电话吧。"

"不打,让她着急。谁叫她那么刁难你,你还老想着她。"铃木有些不满意我。

"可是她还想着你,送来那么多钱,你去一个电话,她会很高兴的。"

我自己也不明白怎么竟会为美子讲话。美子临走时哀求我的样子,好可怜!恋爱着的女人都是那么痴情,和我一样。

铃木看得来劲,竟从沙发上跳了起来。他一点也没听进我的话。"啊,哎,你别吵……"他看棒球时不愿意和我多说话。

"你去个电话,这是礼节。"我生气地命令道。

"好吧。"他无奈地说着,"你快去写论文吧,我看完了棒球,就去打。"他迅速地吻了我一下,又聚精会神地看电视。

真没办法,他哪像个总公司部长?不过,偶尔看到他那可爱纯真的模样,我也很喜欢。

第十章　大阪奇遇

由于要参加第八届日本外国留学生论文答辩会，我要去图书馆查一些资料。当我刚走出家门时，听到前面有人叫我。回头看，是李斐。

"后天我去大阪，你有什么事吗？上次谢谢你了。"我问道。

"我知道他一定会回来的，我想在你走之前，和你谈谈。"

"我们去咖啡店谈一会儿吧。"我不想带他去我们的新居，铃木不太欢喜我和中国人多接触。铃木说李斐有背景，要小心，不要和他多接触。

在附近的一家咖啡店里，我们坐了下来。

"我一直认为你很正统，对爱是很真挚，可没想到……铃木有什么好？我一直没敢告诉你，美子那女人是有背景的，你要小心。"

"你们真是的，互相攻击不信赖，尔虞我诈。你们都有背景、后台，你有北京的关系，他们有东京的上层，可我不干涉你们，你们也不要管我和谁在一起，我不是小孩子。"他们之间的互相猜疑令我厌恶。

李斐向我吼了一声："我不愿意看到你以后哭泣，流泪。你一直是我心中的偶像，一个传统中国女性的化身，可现在却……"

我猛然抬起头，十分惊讶地望着充满情感的李斐，我第一次这样注视着他，他为什么那么痛苦？

莫不是他爱上我了？不可能，我们之间不可能有爱情。我信赖他，但他固执，又缺少浪漫，我仅仅把他当作知心朋友。

"在日本三年你一直等待着李逸敏，帮他办到日本，也只有你能办到。我不知道你什么时候却爱上了铃木。"

"你不要说了，好吗？"我冷漠地回答。

"为什么我喜爱的女人都跟着外国人跑了？图什么？"他说着这句话。

今天听他说了这句话，我有些反感。

"告诉你，我从来也没用过铃木一分钱，你不要侮辱我们之间的感情。"我生气地对他叫了起来。

"你们有什么感情？国家不一样，又没有基础。是浪漫、风流，我没想到你也会变得这样，叫中国的他知道了，有多寒心！眼看快要回去结婚了，却突然和日本人住在一起。这世道！难道这就是爱情吗？"李斐猛然地站立起来，他伸出了双臂，仿佛在向天空呐喊。

"你只会呐喊，不会用心去感受，去理解。你的眼中尽是你的观念、道德，所以你用自己的道德观、爱情观来衡量别人，你永远也弄不懂！"

我今天怎么啦？应该对铃木去发泄，去喊叫，怎么却对李斐发起了脾气。

李斐低垂着头，许久没有吱声。

沉默许久，抬起头来，缓缓对我说："对不起，我刚才说了不应该说的话……我要回北京去了。我们这些从东京回去的人，真是寒酸。几位朋友开了一个电脑公司请我去宾馆，一只龙虾三吃，花2000块人民币，把我这个从东京留洋的'乡下佬'吓一跳。朋友不要我掏一分钱，说舍不得花我的血汗钱。这几年中国变化很大，你想回去吗？"

我也很想回去，大学的同学也开了公司。他们也劝我回去。如果没有铃木，我会考虑，可是我现在不能决定。

"我的上司在电子部，能开订单，搞个贸易公司不错。"

"那燕燕怎么办？"

"我和她没有爱情。"李斐冷静地说。既然没有爱，可上次她过生日，他竟会那么热烈地拥抱她，逢场作戏？可他不像那种人。

我突然觉得李斐太与众不同了。为什么他明明知道美子的幕后背景，可和她的关系一直不错，总是给她送礼。

他讨厌燕燕周围那帮王子公司的阔少，可还和燕燕谈朋友。他昨天才去见北京来的领导，今天就突然决定要回国了。他到底是干什么的？莫非……想到这里，我不由打了一个冷战。我得装糊涂，不要知道他的内幕。

"你和纯子怎么样？"我知道他真的很喜欢纯子。

"不知道，我喜欢她，可并不爱她。"

"以后你回中国，有什么事来找我，这是我家的电话号码，万一有什么急事，打我的手提电话。"他怎么还没有回去就连手提电话都有了？

"你还回来吗？"我问道。

"不知道，身不由己。"他深深地叹了一口气，"和你在一起同事几年，我很高兴，我希望你能幸福。"他低头回避我的目光。

"谢谢你。这几年，你关心我很多，我不会忘的！"他不在东京，我少了个朋友，但现在有铃木在，我觉得有了依靠。

我看了手表："我想快去图书馆，手中一份论文还有两个数据要考证。我会给你消息的，祝你一路平安！"

"好吧，以后有事找我。"李斐说道。

我们走出咖啡屋，自从我与铃木在一起后，我对李斐有些敬而远之，不像以前那样无所不谈了。

第二天，我便去大阪参加全日本大学电脑专业论文答辩大奖赛。这次有 20 多名中国留学生参加答辩，他们都是一流名牌大学的博士生。有的在国内是清华大学、中国科技大学电脑系的高才生，有几位是 1980 年来日本的中国第一批公费留学生。

我在大学里学的是物理，到东京才转学电脑软件。虽然在国内也学过 C 语言，可和这些一流的电脑才子相比，信心不足。但我有一个优越的条件，我曾在全东京最大的电脑公司直接参加过几次大型的软件设计助理工作，实践基础比他们好一些。

我的论文在第一轮比赛中位列第三名，当天夜里，我打了电话回家。铃木在家，好半天才来接电话，当告诉他这个消息时，他好像并不太高兴，没有他看棒球时兴奋地叫喊起来的激情。

我的热情被他的冷漠打断了："你好像不开心，是吗？"

"不，我很高兴，你那么能干，可我却什么也不是，在家泡了几个月，觉得好没意思。"他平静地说。

"你为什么不去朋友公司上班呢？"那天他说朋友公司一定要他去。

"工资太少了，再说以前在大公司，现在跑到朋友手下干，算什么？"他的虚荣心也很强，一点儿也不愿意委曲求全，都是美子把他宠坏了的。

"今天有家 TBB 公司老板邀请我晚上参加酒会，他有意要我去他公司工作，他说将来到中国发展市场。我看如果行，在大阪上班，你也来好吗？"我不想再待在东京了，东京留给我的伤痕太多了。

"再说吧，你什么时候回来？一个人好寂寞。"他又说寂寞了。是呀，整天待在家里，也不出去。他常说，现在出去见了朋友很难为情，以前高尔夫的朋友约他打高尔夫球，他说玩不起，每月几十万元的开销，只好借口说身体不好，不去。

"待在家里，是没意思，我们自己开个小公司怎么样？有个来了八年的中国留学生自己开了一个软件公司，为中国做生意，他设计了一个中文转英、日语言软件。销路很好，他说以后收集一些电脑人才，开发尖端项目……"我兴高采烈地说着，可他在电话中支支吾吾："你太理想主义了，开发一个新产品要几年时间，你养得起这些高级人才吗？"

"……给美子打电话了吗？"我问道。

"打了电话，好麻烦，她要来看我，怎么办呢？我不愿意见她。"他的声音很低沉。

我也担心他和美子单独见面，美子太美，太富有魅力了，他会不会又回到她的怀抱，被她的柔情万种、仪态万方而迷住？我不担心别的女人去勾引他，最担忧的是美子，美子也自信别的女人不会夺走她的爱，没有想到被一位来自中国的姑娘夺去了她的爱，她不会认输的。

而我也绝不能将已得到的爱拱手还给她，我俩最后谁能得胜？我不知道，这要取决于铃木。

我的演讲获得了一阵阵的掌声，我望着台下的人群，激动万分。这篇论文是我三年大学的结晶，多少个不眠之夜，我伏案而写；多少个炎夏寒冬之日，我缩在没有空调的屋子里，省下钱买了一台旧电脑每天写到天亮；几度春暖花开之季，我抑制住游玩之心，翻看着资料学着日语、英语……

如今这一切都得到了全日本有关权威人士的认定，我百感交集，向大家深深地鞠着躬，可当我抬起头来时，泪水情不自禁地流了下来，竟讲不出一句话，只是哽咽地说："谢谢，谢谢……"

看见我的指导教授田中也在用手帕擦眼镜，他是位非常严肃、不苟言笑的怪人，在日本学术界是权威的老学者。三年中，他从来也没当我面说过一句赞扬我的话，但其他教授说他常常夸我。有一次在申请奖学金时，田中教授还为我说话："我的学生哪一样不好，不给奖学金，我不服的。"第二年他为我争取到了每月8万日元奖学金，解决了我的房费与学费。

我们平时很少讲话，我有些怕他，我们常在背后叫他"冷血动物"，他太认真、太严肃，可是不管怎样，学好专业就使他高兴。今天我第一次看到他那平时冷峻古板的面孔上露出由衷的微笑，他不住地朝我点头，看来他是个感情很丰富的老人。

当我要走下台时，我看见一个人朝前奔来，他手中拿着束鲜花，我不由一愣，是不是铃木偷偷地来了？那人双手举着花，脸遮在花的后面，我看不见，当他将花送到我面前时，我失望了。不是目光炯炯有神的铃木，是一位戴着一副宽边眼镜的男子，他握住我的手连连说："祝贺你，你为我们中国人争了光，太高兴了，我叫蒋儒煜，在台湾电脑软件开发公司工作。"他匆匆地说道，用手扶了一下眼镜便走下台。

我接过鲜花心里也高兴。可是一瞬间，我又想起铃木，如果是他送给我，我一定会兴奋得当着那么多人紧紧地拥抱他，我会说：我太幸福了，有了爱，也有了事业……

台下又响起了一阵阵掌声，我双手举起鲜花："谢谢，谢谢大家！"

我的指导教授已走上台，慈祥地拍着我的肩膀说："不愧是我的好学生。"

"谢谢您的指导……"此时此刻，我已经忘记了平日他对我近乎苛刻的严厉。

"回东京，介绍你到我的一个学生的公司去上班，那是一流的电脑公司。"他对我说。

"太好了！"我知道他的学生很多，都是大公司的老板，只要他一句话，我的工作是没有问题的。"是什么公司？"我问道。

"东邦电脑情报公司。"我的天哪，那不是辞掉我的美子公司吗？他不知道我上学时每星期打三天工，我没告诉他，他是不允许学生打工的。可是除了他为我争取的一笔奖学金外，并没有谁给过我一分钱。况且，来日本前我已辞去了中国的工作，如果现在不存一笔钱，光拿一张文凭回去，半年、一年找不到合适的工作，谁给我生活费、医疗费？

他不知道中国的国情，只知道要我学习、研修，我根本没法向他解释。被同学们称为"日本孔老二"的他，就是这样一位古板的大学老教授。如果他一旦去东邦公司推荐我，他就会知道这两年我在打临时工，而且还会知道我和铃木的事，他会认为我骗他，会责备我的。他只希望所有的学生最好是只学习、学习、再学习，研修、研修、再研修！

"不要麻烦老师了，还是去小公司好，有发展。"我谢绝了，我再也不想迈进这家公司。

"我不轻易介绍学生去的，这是日本最有名的一家公司，老板可是我最喜欢的学生。在我这儿研修了两年，她非常聪明，和你一样。我的学生在世界各地个个出人头地。我只收过两个女学生，一位是日本的铃木美子，一位是中国大陆的林圣薇，希望你也能和美子一样。"

他又恢复了严肃古板的面庞。我沉思了一会儿，抬起头自信地说："请老师放心，我一定会胜过美子的！"

"好，好。"他兴奋地握住了我的手，竟爽朗地大笑了起来。

可是我却没有笑，我将为这句话付出极大的代价，我能胜过美子吗？她拥有亿万财产，可我却身无分文；她有显耀的地位，我是个穷留学生。唯一能取胜她的是，我比她年轻20岁。在这20年内，我能创造出亿万财富吗？

事后，我觉得自己言过其实了，我太好胜了。我和美子在赌博，老师并不知道我们之间的隐私。生活中有那么巧合的事，连小说都构思不出如此精彩的故事。

本来我的心情应该是兴奋的，可是我说出了这句话后，心情一直是沉甸甸的。

我在爱上了铃木以后，事业心渐渐地被磨蚀了许多。每次看到他，我不太专心致志地看书，再也不想整天坐在计算机前。我要做一个女人，一个贤妻良母，要用全部的身心使他幸福。结了婚，为他生一双儿女，每天看着孩子，守着这个家，我就心满意足了。

如果铃木属于我，我有什么必要还要第二次拼搏呢？

可是第六感觉使我敏感地意识到，今天不是心血来潮对老师发这个誓。我感觉到自己面临着第二次人生冲刺，它比第一次更为艰难，更为漫长，我能挺过来吗？

在晚宴上待了一会儿，借口说太累了，想早些回去。没想到刚走出大门，被蒋儒煜叫住了："林小姐，去喝一杯咖啡，好吗？"

"好吧。"我不好意思拒绝他，我们走进了宾馆内的咖啡厅，那儿很清静。

"我毕业了，想去大陆发展，21世纪是属于中国的，你说呢？"他开门见山地说。

"我没定，想在日本工作两年，熟悉一下日本的先进管理，现在我只学了理论的东西。"

"以后离开日本，来台湾看看，到我公司来怎么样？"

"你的公司？"我疑问道。

"是的，我有自己的公司，现在已经有50多名职员，都是电脑专家，专门生产电子计算机的超密级集成电路。中国大陆是个大市场，想今年去大陆发展，招聘大陆一流的电脑人才，如果你能来，我是如虎添翼，怎么样？"

没想到这位蒋先生有这样的实力和远见，我不由对他刮目相看。当我仔细打量，发现他并不是书生气十足。他是典型的中国北方男子的形象，浓眉大眼，由于戴着一副镶金边的眼镜，显得有些书生气。他的鼻子挺直，棱角很分明，尤其是他的耳郭特别大。

我不会看面相，但我知道耳大福大，有钱财，可是我不喜欢他，因为他见面就谈生意。于是我说："以后再说吧，到时候我会与你联系的。蒋先生很有眼光，看你的面相，将来一定是台湾商界的巨头。"

"如果有你林小姐助我一臂之力，那么我就会腾飞了。"他豪爽地笑了起来，他很会说话。

"你怎么还会看面相？"他问我。

"不，我看不懂，但我比较相信面相和手相。"

"我也很相信，而且还专门研究过。来，帮你看看手相，怎么样？"见他一本正经的样子，便伸出手来，我最近不知怎么对命运特别相信。

"你的手相不错，事业兴旺，有钱财；可是你的爱情线很复杂，一共有两个恋人，可都未能成功。"

"为什么？"我不由着急地问。

"因为与你的事业发生冲突，恋爱线与事业线重叠，你的恋人既是你事业的动力，又是你事业上的障碍。"他振振有词地说。

他说得不错。

"那看看最近会发生什么事？"

"不好！"他拿着我的手不由惊叫一声，他看着我的脸，好半天没吱声，我望着他有点变色的面孔，有些慌张。他看着我，眉峰聚成一个"人"字形。

"你要我说实话吗？"他一字一句地说。

"怎么啦，有什么严重的事吗？"我怕他故弄玄虚。

"我看手相和面相，你在近期内会发生一件大灾难，这场灾难就在你27岁生日之前，你能躲过灾难，便会飞黄腾达，你避不过就……因为你的面相是柳眉鱼眼属佳人之相；可你的鼻梁中有一道纹痕，这是生命的灾难线；也许你能逃过这一关，因为你天庭饱满，地角方圆；如果你下巴尖小，那么肯定逃不过，属佳人薄命。"他滔滔不绝地说着。

我心里一惊，因为出国前也曾算过命，也说我出国三年后，会碰到一次大灾难，但没有说什么时候。可他却说出在我27岁生日之前。还有一个星期，不，没那么可怕。

即使爱情失败，也不至于有生命危险，美子会暗杀我吗？她可没有那么傻。

"有什么办法可以避掉？"我求教解脱之道。

"我算命最准，能讲出发生什么事，可要逃避……很可惜，我师父没教我就死了。他是台湾有名的占相者，95 岁死的。他算我的前半生，连我小时候差一点掉河里都知道，我服了，好奇地跟他学了几年。他说我会发迹，成为巨商，和你说的一样，在 40 岁这年。还说我会在外国碰到红颜知己，可我下个月就要回台湾了，还没碰上，还有一个星期……"

"那你说我该怎么办？"我不想知道他的命运和什么红颜知己，只请求他快想办法。

"我真的说不出来，不能瞎说，那是不好的。可我师父说有灾难，最好夜里 12 点之后不要出门。如果我师父在，我一定马上打国际电话，向他求教。"他说得像真的一样，实在不知道他是在耍小计谋还是开玩笑。

他见我神情有些慌张："没事，你能逃过这关的，因为师父说我要碰到红颜知己，就有感觉。第一次看到你，就有不一样的感觉，你与众不同。没想到大陆女孩子那么聪明、漂亮，又有思想。所以我有意送一束花给你，否则我师父的预言要失灵了。"他虽然笑着说，但没有一点轻浮。

我不想知道谁是他的红颜知己，只想知道我如何能避开这场灾难。昨夜我还做了一个奇怪的梦，梦见一条蛇盘在我身上，突然那条蛇又不见了。

占梦的书上说，女人梦见蛇要怀孕的，能生儿子，可蛇一下子不见，变成一股青烟，青烟不好，是乌有的象征……

"如果你是我的红颜知己，那么你一定不要紧的，因为我们以后能天长地久。我们俩那么巧，你还有一个星期，我也还有一个星期，多巧合，好像老天故意安排的。"

他不知说些什么，我不想听。我有些怀疑他是否借算命向我进攻，虽然表面上并不太殷勤，可这往往是聪明男人的套路。我根本就不喜欢他，并没有像见到铃木那样，有一见钟情的感觉。

算了，我有些讨厌他，故意说算命，拉着我的手不放，多么狡猾的男人。他看上去有三十七八岁，肯定也是个花花公子，长得不错，有才能有地位，也不知有多少女人围着他转，像他这样的人，不知交了多少女朋友。

我要提防着表面一本正经、实为色鬼的男人。我已经不是十几岁的小姑娘了，快30岁了。我越想越觉得有些受骗上当的感觉，忙缩回自己的手："对不起，我想早些回去休息了。"

"对不起，初次见面，说不太吉利的话，以后你会知道我是个心直口快的人，不太好，不会讨女人欢心。"

他又顺手扶了一下眼镜："以后我会来看你的，有什么困难告诉我，这是我的名片。"他递给我一张名片，我没有给他名片，因为我不在东邦公司工作了。家中的电话我也不想给他，铃木要吃醋的。

他送到我宾馆里的房门前："今天怎么会给你算起命来！我来日本五年，从来也没给任何一个看过手相，也忘了我有这门手艺，太对不起了，但我相信你能避过去的。"他又在说这事。

我虽然不开心，可是瞧他很认真的样子，也不好意思："没事，我相信命运。能否躲过，你不要在意，晚安。"

我在大阪的比赛会上认识了东京、大阪、九州几个大学的中国电脑博士。他们都想在日本人的公司里干几年后，回到中国准备自己开公司。我们互相写下了中国的地址和电话号码。五年、十年后，中国电脑软件开发的人才在我们之间，谁是将来中国软件开发的最优秀人才？谁是集团公司的总裁？我们在讨论着这个问题，大家都自信，我们之间一定会有的。

我并不自信，因为与他们相比，我是小巫见大巫。何况到底是回中国还是在日本，这个未知数取决于铃木。

我为什么老是将自己的命运系在他的身上？我是个女人，需要一个男人的胸膛作栖息之地。也许是年龄逐渐大了，需要一个安稳的家庭，做一个贤妻良母。

我还是一个传统的中国人，又有些爱情至上，把爱情看得重于事业与生命。所以当他们高谈阔论地谈着将来的设想时，我仅仅付之一笑。此时此刻，只是想快回东京。

清晨 5 点，在旅馆给铃木打电话，想把成功的消息告诉他，铃响了半天，没人接，他不是睡得很熟的人。我疑惑起来，会不会去美子那儿了？不会，怎么可能？我离开他才一个星期呀。

清晨 5 点，他能去哪儿呢？前些日子听说他想学中国气功，会不会去找气功老师到公园练气功了？想到这里，我方才安心一些。

最后一天是参观大阪工业区，我没心思，只想早一些回去。

晚上是日本经济财团招待我们的离别宴会。我心不在焉，想赶新干线最晚的一趟车回东京。等宴会结束后，我便急匆匆地和大伙告别，坐上了10:50 去东京的最后一班车。

第十一章 流逝的爱

我在大阪买了一盒铃木最爱吃的栗子饼，他说小时候做梦都想吃到这种糕点。

从东京车站到我们住的池袋区要一个小时。我不想打电话给他，要给他惊喜。他知道会议今天结束，我一定会赶回来的。

此时此刻，他一定等在客厅里。我想偷偷地打开门，蹑手蹑脚地走进去，蒙住他的眼睛。不行，他肯定知道是我。对了，我溜进自己房间里，然后进浴室，当我打开浴室的门时，他会大吃一惊，是谁跑进了浴室？然后，他打开门，看见是我，他一定会惊喜若狂地把我抱起来，我们已经有一个星期没在一起了。

我好想他，想他那热烈的吻，想他使我的灵魂能飘向天空，似触电般达到快感的爱。今夜我们一定会如痴如狂地爱到"世界的末日"。

这一个星期，由于答辩会的紧张，我的面容明显地憔悴了，他看了一定会责怪我的。每次打电话他都叫我早些休息。

有一次竟对着电话说："躺在我怀里闭上眼睛，对，就这样，慢慢地把头靠在我的胸前，听到我心跳的声音了，是吗？"他甜蜜而低沉地说着，他真会哄人，像个魔术师似的，我竟昏昏沉沉地睡了。

第二天，他说一直在轻轻地哄着我，后来听到我的鼾声，直到我累得睡着了，才把电话挂了。他说最近在练气功会将情绪通过电话线感应给我，每天给我催眠。我发现他不像以前老成；而变得活泼可爱了，开起玩笑，逗得我哈哈大笑。

我真的好想他，恨不得三步并作一步马上看到他。

到了门口，我想按铃，想看见他一下子奔出来。不，我已想好了一个浪漫的计划，一定要再耐心等待五分钟，那多刺激。

于是我轻轻地打开了门，房里没有亮灯，他可能已经睡了。我把行李放在外套间，然后打开卫生间的电灯。卫生间的灯亮了，我便脱去衣服，拿起了毛巾，刚要洗澡，怎么，毛巾是干的？他没有洗澡就睡觉了？他一天要洗两次澡，睡觉前和起床后一定要洗澡的，我再去拿另一条毛巾，怎么也是干的？

突然，我明白了，他不在家里，至少没在家里睡觉。我惊慌地穿好衣服，飞奔进房间，打开电灯，床上没有他的人影，床铺得好好的，我的心一下子凉了下来。

他去哪儿了？我环顾四周，房间里一切照样，我俩的照片仍摆在写字台前的电脑机旁。他爱看的漫画书丢在沙发上，高尔夫球棒仍放在橱柜顶上。

卧室里也一切照样，他用的香水仍摆在梳妆台上。

卧室和客厅整理得和我走时一样。忽然，我发现摆在床前小柜上我穿和服的近影不见了。我下意识地打开衣橱门，我惊愕住了，他的一排西装也都没有了。

我又打开另一衣橱门，他的一只皮箱没有了……

这不是做梦吗？我是回到自己的家了吗？是的，那曾经是我俩共同生活了半年的家。这儿的家具是我们亲自挑选的，这房是我们跑了许多不动产介绍所后才看中的；那扇窗帘也是我亲自挑选的。他喜欢蓝色的，我们就拣了这块蓝色的带着白色花纹的窗帘，那天是我们一起挂上去的，挂完后，我俩累得躺在这张床上，好半天没有动一下。

他怎么能就这样抛下我，不辞而别了呢？他太无情无义了！不，他不是这样的人，前几天还在电话里哄着我睡觉呢！怎么可能变得那么快，他还说到了夜晚好寂寞，只能抱着枕头当作是我才能入睡，盼着我早些回来。

一定是美子，是美子派人带他走的。她认识黑社会的头头，她威胁铃木，强迫他走的。这个女妖魔，我不禁想起画皮里的美人，她披着一件多么美丽的画皮，我仿佛看见美子吐出血红的舌头，伸出长长的魔爪，在抓铃木……

我猛然从床上蹦起来，发疯般地喊叫起来："魔鬼，魔鬼！"

他被抓走了，关在什么地方？他一定在骂美子，可美子却对着他在冷笑……

我要去救他，去救他，拨110，叫警视厅。不行，我没有证据，警察也不会去她家搜查的。我找到了美子上次留下的电话号码，气愤地拨着，只听到嘟嘟声，没人接。我再隔五分钟，按一下自动机，还是"嘟嘟"的铃声。

现在她不会在家的，她知道我要去找她的。此时，一定也在藏铃木的地方，可我不知道在什么地方，听说她的别墅很多。

我想打电话给落合，一看手表已是12点半了，他已睡了。我不想打搅他，明天他要上班的。

一个人呆呆地坐到快天亮，没有一点儿倦意，感到有些饿。昨天晚饭没吃，买回来的大阪糕点还放在桌上。我想与他共餐，还特意买了一瓶绍兴酒，准备庆祝一番，我能在大阪找到工作，他也终于想通了能去小公司工作，我们的危机即将过去了。

然而，却没想到这突然之间的变化，可我仍不相信，我等到凌晨4点钟左右，没有一点儿消息。前天晚上，蒋儒煜的占卜真的没算错？

我苦笑着，茫然地望着屋里的摆设，这间我们亲自布置的新屋，曾经充满了多少欢声笑语，这只木棉的枕头上还留下他的气息，每天夜里我都依偎在他的手臂上进入梦乡，可如今，只留下我孤独一人……

当我和衣躺在床上，习惯地用手搂住枕头，突然发现，枕头下有件东西，抽出一看，原来是铃木留下的一封信，我迫不及待地打开，只见上面写道：

圣子：

当你看到这封信时，我已经不在日本了，要去很远的地方。我知道你回来没有看到我，你会心急如焚的。我仿佛已看到了你悲哀、伤心的神情，可是我没有勇气等你回来告别。你去了大阪后，我冷静地想了许多，自从与你相识以来，我觉得自己的生命中又有了一股活力和生气，又回到了年轻时代。其实我才28岁，可别人都说我成熟、老练得像38岁。我很不愿意听这种奉承话，我需要青春，需要自由！可美子把我训练成了一个多么老气横秋的男人。

每天与你在一起，我无忧无虑，生活在安乐园中，多希望我们能永不分离，白头偕老。可是认识了你以后，我没有给你带来幸福，你失去了日本就职的机会，又去了四年前的料理店干活。我知道你心里很痛苦，可你却强忍微笑。

当我听到你在大阪答辩会上得了优胜奖后，我一夜没有睡，为你感到自豪，我没有爱错你，你是那么聪明而有才华，你比我有才能。你必须在日本就职，必须掌握日本最尖端的技术，我已经和美子说了，她会答应我的要求，为你在东京创造一切条件。

美子说如果我们结婚，我将永远离开公司，所有的财产都不会给我，叫我从零开始。如果我们自己开公司的话，要一大笔资金，我们接不到业务。在日本，美子的势力很大。如果我去其他公司上班，只能拿40万日元，都不够生活。我不能让你过贫困的生活……我必须离开，只有这样，别无选择。

为什么要用爱来交换呢？为什么要失去爱才能得到这一切呢？难道爱与事业就不能同时得到吗？现实是那么地残酷！

我多么不想离开你，每天在你身旁，伴随着你，每天能听到你的笑声，看到你明月般纯情的面庞，可是不能够；我只有走，远远地离开你，我多么不愿意，不愿意啊……亲爱的圣子，你能原谅我吗？能理解我的一片真情实意吗？

我再也看不下去了，泪水模糊了我的眼睛。我看见信封上点点泪痕，他是流着泪给我写这张留言的。可是他为什么要一意孤行地这样做呢？他以为一走了之就能给我带来幸福吗？

我不要向美子乞求，不要她的施舍，我恨她！从心底里鄙视她，她不是一个高贵有修养、心胸宽阔的妇人。她不择手段，不顾一切地将铃木从我身旁夺过去，可她能幸福吗？铃木即使又有了以前的一切，他能心满意足吗？

他去哪儿了？他没有写。去美子那儿了？他没有别的选择，我又接着看下去：

其实美子是个重感情的女人。她至今都保留着小时候和我父亲做的一对羽毛球的木拍子，还有我父亲送给她的一个京都木人偶……她常常问起我父亲的事，她是个传统、保守和纯情的日本女人。我崇敬她对父亲的一片深情，也许她是为父亲赎罪（当初由于她家不同意，父亲一气之下离开了日本。我曾听她说，当时想去大岛跳海自杀，她多么痴情）。我是被她的真情而感动，我怜悯她、同情她、爱戴她……

现在我冷静地想了想，你能原谅我过去与美子的关系，你是那么宽厚，在你面前，我常常很自惭，也许我是个很色情的男人。当初与你相见时我是把你当作友子，可渐渐地我真心地爱上了你，今生今世，我不会再有这样的情感了……

你不用找我，存折上还有200多万日元。你留着用，美子将车又给了我，我先放在这里，有空学学开车。你刚学会，千万不要去高速公路。我给你买了一台NEC电脑，这是最新式的，明天就会送来，好好学习吧。等你将来出人头地的那一天，我会出现在你面前的，我会向你祝贺的……

请多保重，我走了，留下了一片真情。不要怨恨我，不要难过，我每天都在祈求神，它会给你带来幸福的，感谢你曾经给过我刻骨铭心的爱。

别了，我最爱的圣子……

我不能相信眼前的一切是真的，前天他在电话里哄我，怎么会突然出走？他不会那么狠心，一定是美子来过了，他受不住诱惑又投到她的怀抱里去了。

他走了，就这样不辞而别地走了。他不爱我，仅仅是与美子赌气，仅仅是把我当作友子的化身、幻影来追求。如果他真的很爱我，他不会狠心抛下我，还说是为了我，为了我的前程、事业，骗人！骗人！

我不知道该如何才好，怎么办？打电话找李斐商量，不，几天前，我还拒绝他的好意；找落合去，不，他也曾告诫过我，说我不现实，不了解日本社会，太单纯了，会失败的。

让我冷静一下，也许铃木会突然回来的，他不会那么冷酷无情。我再等等，果然，不一会儿听到敲门声，是他！他没带钥匙？是的，他不想回来，所以把钥匙留下了。

"林圣薇，挂号信。"是邮递员。是谁来的信？

我拿了图章，奔跑出去，当我接过信一看，是上海敏的信。

自上次和他分离后，我们再也没有通过信，我有些内疚。

铃木在我身边，敏的身影已经淡漠了。三年来，我一直只捕捉虚无的爱的影子在聊以自慰，我们彼此都感到很疲倦，这爱的马拉松竞赛。

今天，我看到他的字迹，有一种异常的亲切感。噢，还是我的敏好，他一定受不了我的背叛，他要倾诉他的爱、他的苦恼……如果他说：回来吧，我永远等你，我一定明天就回去，我不想再见铃木了，他不属于我。敏才真正属于我。

我迫不及待地打开信。然而，一行行无情的言语似刀剑一般刺向我的心。一股雪上加霜般的寒冷朝我袭来，但我还是将信全部看完。敏写道：

薇：

收到这封信，我已经结婚了。恳求你原谅我，我等了你四年，整整四年。我不能够去日本，你也不想回中国，我们两人不能够无期限地等下去，每当我走进那间布置得像新房一样的小屋时，我的心就隐隐作痛。你可知道，我这四年是怎样度过的吗？

自从和你有了那令人难以忘怀的一夜后，我曾发誓要等你回来。每天夜里我忍受着情与性的煎熬，有时我梦见你，就遗流掉了。我好惭愧，我多想能给你，可是不能……

正当我在感情上万分痛苦的时候，一位姑娘走进了我的生活中。她是学服装设计的。她年轻，漂亮而富有才华，我不能拒绝她。在一次舞会上，我嗅到她香水的气息，看到她那双焕发出光亮的双眸，我忍不住吻了她……

以后我们经常来往，我一个月收不到你的信后，便去她那儿。她安慰我，给我温存，给我爱。我试图离开她，可是你不在我身旁，我实在做不到。你可以骂我伪君子，骂我风流轻率，你狠狠地骂吧！我真的对不起你，你在异国读书又打工，我知道很艰辛。最近上海在放一个电视纪录片《上海人在东京》，我每集都看，边看边想起你。我远在上海不能帮助你什么。如果我能来日本，即在家帮你做饭，做你喜爱吃的馄饨，你工作了一天回来后，看见我做的饭，你也会高兴的。

薇，请你原谅我。我对不起你，她有了身孕，我们5月1日结的婚。昨天，我没上班，一个人关在那小屋。我整整抽了一包烟。你走后，我第一次一个人偷偷在这里流泪。这儿每一件东西都是你我亲手去商店挑选的，可如今，我们不能共同享用。

我将来并不会很幸福，因为我对你的情未断，意未了。我们相爱了那么多年，可结局却是那么不幸……

不要恨我，好吗？听李斐说，你为把我办到日本去，花了许多钱，我会还你的。

上次你的男友来找过我，我们在宾馆的酒店谈了很久，他说对不起我，他不断地向我谢罪。我说只要对圣薇好，我就放心了，我在中国，鞭长莫及。那天他要给我50万日元，在车上他硬是塞给我的，当时我缺资金，想到广州买电脑零件，现在我刚成立公司，没有多少资金，以后我要还给你们的。他叫我千万不要告诉你，他是个很好的日本男人，你们一定会幸福的。

我们还是朋友，如果有什么事在中国要办的话，告诉我，我还会像以前那样为你尽心尽力。

别了，我的初恋、我的爱……

曾爱过你的敏
11月7日午夜

我看完信，没有流泪，我不恨他，恨我自己。当初是我离开了他，为什么出国前，不和他结婚呢？为什么要让他白白等我四年呢？

我有了铃木，为什么不允许他有爱的女人呢？那个服装设计师一定很漂亮，很美，她能给敏爱，我感谢她。可是他们要结婚，要结婚！和他结婚的应该是我，是我呀！

那套新房的东西都是我俩买的，24英寸的松下彩电，是我第一年回国时买的。那时，我仅仅只有30多万日币。一套彩色聚酯家具，是我走遍上海所有家具店后在东方商厦里买来的。如今，她要来享受我所准备的一切。

为什么美子和她，她们都要来夺我之爱呢？为什么都在这个时候离开我呢？他们都说不能给我幸福，难道离开我了，我们彼此都能幸福吗？敏还拿了他的钱！哈哈，卖了女朋友。铃木，我们之间的感情难道是能用钱来交换、平衡的吗？

敏、铃木，我恨你们，你们一个给了钱，是良心得到平衡；一个拿了钱，也使自己失落的心理得到点补偿……

都是自私的伪君子，都在为自己着想。一个和情人走了，一个结婚了，都走吧，统统地滚吧！

我不负天啊！天为何如此无情？我不负地啊！地为何不给我一席之地？

我不负爱啊！爱神为何夺我之爱？我要责问上帝，我何罪之有？

我想一个人走到茫茫的大海边，对着苍天，让我痛痛快快地哭上几天几夜。让我离开这个世界，远远地离开你们，到一个极乐世界去。

我没有向你们要金钱、地位，我愿将全部的爱都付诸你们，可你们却不要，不要！

我一个人关在房间里，泪如泉涌。当我看见与铃木的合影，我忍不住拿起狠狠地朝前丢去，我又发疯般地从抽屉里找出临出国前和敏的合影，我把它撕了，撕得粉碎，朝空中扬去……

还有什么东西可发泄的吗？没有，没有了。

我整整痛哭了一天，又是深夜 10 点钟，此时此刻他们都在干什么？

我仿佛看到敏穿着西装，她穿着薄纱衣裙，俩人手挽着手走进结婚礼堂……

我看到在夏威夷的河滩上，铃木正和美子并肩躺着；他们在月光下，手挽着手朝豪华的宾馆走去；在那异国的夜里，他们狂欢喜庆……

他们想到我吗？我孑然一身，苍天为何要这样惩罚一个善良的弱女子？

脑海中一片混乱，我简直不能自拔了，一切希望、美好都在我眼前消失了，我还奋斗什么？努力什么？

我现在想干什么？干什么？我要让他们都后悔、忏悔，我要用死来惩罚他们。

此时此刻，我想死！强烈地渴望着死，就像渴望爱一样。

我蔑视死亡，就像我蔑视金钱一样，让我的情唱出一首爱的挽歌吧。

这世界上已没有我的立足之地，还留恋什么？我真心爱他们，可他们却是如此薄情。这一夜里，我看破了红尘，我再也不愿意生活在这无情无缘、充满了罪孽的尘世中了。

赎罪，为人类的罪孽向上帝忏悔，走近上帝的身边，接受他的洗礼。

我茫然地从衣橱里拿出一套铃木在三越商店给我买的黑色礼服，那是上次在朋友的葬礼上穿的。我开始化妆，慢慢地，仔细地，镜子中的我变得异常漂亮，可没有笑容。

我要离开这里了，不想再待在这里了，每一件东西看了都感到钻心的疼痛。

我拿起了车钥匙，习惯性地拿起了皮包，拿包干什么？不去上班，也不去学习了。从此我再也不要背起沉重的书包，走进东京大学的校门。忽然，眼前浮现出指导老师期待的目光，他曾对我说："走进东大，就要不负东大的盛名。"

哦，老师，我没有辜负你的期望，我已经获了论文优秀奖回来。但不能参加明年国际性的学术讨论会了，请原谅我。我不再留恋这个世界，但是我留恋你的教诲、你的严厉、你的人格。你劳累过度，患有肝炎，我已经叫母亲给你寄片仔癀来了。可我不能亲自送到你的府上，你要多保重，永别了……

哦，落合，那么多年你教我学会了许多技术，我一直想帮你找一个女朋友，现在不行了……

哦，李斐，你是个神秘的男人。可不管你是干什么的，在精神上我与你共存，你帮敏弄好的保人材料，不需要了，他和别人结婚了，谢谢你……

我走出屋，也没将门锁上，这家已经不属于我了，小偷可以进去，把里面的东西都搬走，搬走吧。

我神情恍惚地走下楼，走到小车库时，看到了那辆白色的轿车。我呆呆地看着玻璃窗，多么希望铃木坐在里面，他打开车门问道："去哪儿玩？"我笑着说："去伊豆吧，我喜欢那儿的风景，川端康成写的《伊豆的舞女》美极了……"

"是吗？我们去那儿住一宿，怎么样？"

我微笑了，听到了他的声音，看到了他的面容。噢，我得了梦幻症吧？他早已不在了，又跟着美子走了。我要去找他，他没去外国，就在美子的公寓里，我要告诉他，我要走了……

我飞快地打开车门，我学会开车才两个月，还是他教我的，我没去汽车教练所学，跟着铃木才开了几十个小时，借来书看了看，没想到去考场，一次就考成了。他高兴地夸我真聪明。

我启动了马达，车发动起来了。我一点儿也不害怕，随着车在道路上奔驰，我被压抑着的心仿佛得到了发泄，车越开越快，我的心情就越痛快。

普通的道上，有红绿灯，我不想老是停下来。对了，开到高速公路上去。我转了个方向，朝右旁的高速公路驶去。哦，铃木特意关照不要开到高速公路上去，不管他，我偏要去！

宽阔的高速公路上一辆辆轿车从我旁边如流星般地闪过，我向前方看去，霓虹灯越来越小，渐渐地模糊了；道路边的指示黄灯，如一条黄线从我眼前闪过。

没有红绿灯，可以永远走；没有障碍，可以飞速向前。越开越快，多么痛快，多么惬意。

在飞速运动中，我淡忘了过去的烟云，空系着未来的魂梦。我从何处而来？从那茫茫的无垠无际的太极中而来，来到人间，这人间无始无终……

我不再悲伤了，我成了一颗运行在宇宙中的飞行物。

我看见无数颗星球在运转着，太阳像一团烈火，喷发出熊熊的火焰；月球上幽静而萧索，散发凉飕飕的寒气，在所有的星球中，唯有地球上看起来是那么的平静和谐，那青山绿水，群芳争艳。

我曾是那里的一粒微小分子，生存在那里。我看见一条条弯曲的小路，一块块像积木似的大楼。在那幢大厦里，看见了一个人影，那不是美子吗？她像一只蚂蚁一样渺小，她是地球上的女王，因为她拥有很多财产，那是一张张印着图案的纸。那是地球上的人赖以生存的崇拜物。为了那一张张花花绿绿的纸，那里的人互相搏斗、残杀……

我什么也不要，能够翱翔在这宇宙天体中，我感到拥有了一切。

我感到恍恍惚惚的，好像在后乐园和铃木坐在快速飞碟中一样，在空中旋转，飞速而降，我吓得闭上眼，紧紧地抓住了他的手。当我睁开眼时，飞碟已到地面，他紧紧地搂住我，轻声说："别怕，好了，睁开眼睛到地面了……"

我睁开眼睛，可眼前没有他，只有我一个人。我怎么会一个人驾驶着车开到高速公路上来呢？没有他，我会出事的！当我从恍惚中醒来时，吓得直哆嗦，时速120公里。

我在干什么？我不知道自己究竟在什么地方，在梦境中，在现实中？好像是在做梦！

不是想去一个没有世态炎凉的地方吗？不是想让他们都后悔吗？对了，友子不是死在他的轿车里吗？他这一生总也不能忘记最悲惨的情景，我也要让他记住，永远记住！

我不再害怕，仍加速朝前冲去，一路上没有红灯，多么惬意！人生如像今天这样一路无阻地行驶，飞速向前，这世界多美好。

我是那么兴奋、刺激，多想打开车窗对着黑暗的夜空吼叫几声。打开了录音机，那是一首他最喜爱听的音乐《孤独的牧羊人》，我开得很响，很响，简直发狂发疯了！

这时，我感到腹部跳动了一下，我的神经也抽搐了一下，是胎儿在动？我感觉到肚子鼓起了一个小包，突地一下又滑向了左旁。肚里的小家伙也在随着音乐手舞足蹈，他像铃木一样，听了这首歌，会情不自禁地扭动身体双手晃动起来。

噢，我的孩子，我和铃木的孩子，长得一定像他，那双乌黑发亮的眼睛，那富有性感的双唇……我要生下他，要养育他，他还没有看到这世界，看到他父母。我怎么能够为了自己失落的情感，带他一起走呢？不能，我太残忍了，我不配做一个母亲，上帝要惩罚我的……我不能去死，为了孩子，我要活下去，我不能带着他去死！

当我头脑从混乱的思绪清醒过来时，我害怕极了。车上的警铃叮叮地响着，我想减速，可是一时减不下来，后面一辆辆车紧紧地靠在我的车尾。

减速，快减速！我不能去死，我有了他的孩子，这就是我的爱和希望，他还不知道我怀孕。每天夜里，他都要伏在我身上说，什么时候能有个小宝贝？如果他知道，他肯定不会走的。为什么我在大阪不打电话告诉他？我多笨呀！

不，他不真正爱我，他变得多么快，说走就走，有孩子，他也会一走了之的。我要生下孩子，养到 20 岁，等孩子出人头地了，我要告诉他，你父亲抛弃了你，让孩子恨他，永远不要见他，这就是对他的报复。

我要活，活下来！

突然我产生了一种依恋的情绪，我应该回到那片绿洲上去！

我想赶快靠左边的慢速道，可手却不听使唤，一时慌张，竟不知如何是好。我怕一下子撞到前面慢速道上的车子，我感觉到一阵头晕目眩，那是美尼尔氏症又复发了。不能晕过去，我下意识地想着，可是感到眼前一片发黑，一阵冷汗刷地冒了出来。我急忙将速度减下，车一下慢了，从反光镜中看到后面的一辆要撞上来了，我用力将方向盘朝右一摆，一瞬间，我感到脑海中轰的一声响，人好像在半空中旋转，旋转……

我飞进一个光亮的洞窟中，那洞很大很大，前面一片白色的光在发亮，我的灵魂一直朝前飘去。我看到一片汪洋大海中有两个人影。一个是不认识的人，长得很清秀，她前面有着一束红色的光环，似花似火焰，一股股红的血从她的脑海中流了下来，她变成了一个血人，是友子？友子旁边有个幽灵似的人影，朝她扑去，俩人中间相隔一条红色的河……

我看清了，那是铃木。我拼命地喊叫起来，可嗓子被什么堵住了，叫不出来，想奔过去，可却不能走，我举起手在呼唤着……

慢慢地，那团光朝我逼近，渐渐地化成了一团光亮，刺得我想闭上眼帘，眼帘却很沉，很沉。

我看见一丝光，一个人影，我的脑子又开始思维了，我在哪里？

"醒了，醒了……"这个声音我很熟悉，在哪儿听到过？一时想不起来。我在记忆中搜索着，寻找着……哦，在什么地方遇见过他？他和我相处很久，很久了。

我的手被抓住了，那双手，好像很生疏，不是母亲那双温柔的手。母亲的手肉乎乎，软绵绵的。小时候，我做功课双手冻了，母亲将我的手放在她手中搓着、搓着。

也不是敏的手，他的很有力，老是紧紧地握住我。我和他最后一次在机场分手时，我放完行李，站在里面，他站在外面，我们俩双手平放着，中间隔着一块厚厚的玻璃，我多想一拳打碎那玻璃，伸出手将他的手牢牢地握住。

那是谁的手？也不是铃木的手，他的手时而有力，时而柔软。他不是握住我的手，一把从海中拉我上船的吗？他的手真有劲儿，一双真正男人的手。可当他在夜里坐在我身旁时，却那么缓慢，有节奏。慢慢地顺着我的肩膀，抚摸着我的全身，他那双手仿佛带着魔术，把我带到了一个神奇不可言喻的快乐世界中。我不能松开，松开他就要走了，走到美子那儿去了。

想睁开眼睛看看他，可眼睛沉重得睁不开，我想说，不要离开我，声带却发不出一点声音。渐渐地清醒了，我出事了，躺在医院的急救室里，有好多人在我身旁。铃木也在吗？他皱着剑眉，焦虑地望着我，他希望我快睁开眼睛。

是呀，快睁开眼睛，只要我看到他，再也不生他的气了。我要告诉他，我们有孩子了。他会惊喜地贴着我的面庞，深情地说，谢谢你，亲爱的圣子，我再也不离开你，我们永远在一起。

我微笑了，将他的那双手使劲地握住。哦，不是他的手，他握住我的时候，爱放在他手掌中，另一只手在手背上来回地抚摩。我感觉到那双手握得太紧，我有些不舒服。不是铃木的手，他不在这儿，不在这儿。

我的身体使劲抽动了一下，拼命地睁开眼睛，好不容易看见了一条缝，在这一条缝中，有个闪闪发亮的东西在闪耀，是什么？手术台上的灯？

我要动手术了！我全身被麻醉了。不知道一点儿疼痛，只觉得下腹有些胀痛，可没有跳动，噢，我的宝贝好吗？他一定也受惊了，怎么不舞动手脚了？那双小手握成一个小拳头，刚才还在随着他父亲喜爱听的音乐在跳动。怎么不动了？

太累了，是吗？待在母亲的子宫里太小了，太闷了，他伸不开双手，他翘着小嘴在赌气。他生气时也像他父亲一样吗？生气时爱抽烟，抽了一半就掐掉，掐了两根烟，又坐在我身旁，开始抓住我的手。

我有了小宝贝，铃木不在我身旁，也不再感到寂寞了。多好哇，妈妈希望快生下你，再也不会想你父亲了，他和一个坏女人抛弃我们走了。

怎么一点儿也没动静，死一般的静。我不再感到腹中鼓鼓的，我下意识地用力抽回手，放在自己的腹上，腹上平平的，怎么不鼓起来？

我突然脑子轰一闪念，清醒地意识到：流产了，我流产了。我惊慌地呼叫着铃木，我发出了声音。

"醒了，她醒了……"那是落合的声音，他从来都是不慌不忙地说话。

"圣子！"那是纯子的声音，她的声音很甜很柔又很轻。

我睁开双眼，他在哪儿？铃木在哪儿？我扭动着沉甸甸的脑袋，寻找着，他不在。

"我的孩子……"我问道。

"不要紧，孩子流产了。可你没事，车撞坏了。还好，是半夜，车不多，没有出连续撞车大事故。"纯子附在我耳边说，"你好好休息，不要多想，我叫父亲去找他了。"

"不，我要孩子，我不能没有他！"我失声痛哭起来。我哭无辜的小生命，我和铃木的爱也将永远逝去了。

谁之罪？谁之罪？

"不要哭，圣子。"落合抓住我的手安慰道。

"他在哪里？"我焦虑地问道。

"他和美子都不知道去哪了。"纯子告诉我。

此时此刻，我已经不再关心他与谁在一起，当我听到由于我造成的事故而使他失去了孩子，我就感到他一定不会再爱我了，绝不会原谅我的。我好害怕，他那双眼睛永远也不会对我有一丝微笑了。

我将永远失去他，失去他。如果有孩子，我们之间还有一条纽带，无形地会将我们牵在一起。现在唯一的希望，唯一的爱也没有了。

我真正地感到绝望了。那天夜里，只要再冷静一点儿，什么事都不会发生，说不定，他突然想起抛下我一个人在家会受不了，马上又返回来。当我晕沉沉睡着的时候，他半夜回来了，将我推醒，可现在，一点期待都没有了。

一行热泪从我眼眶中流出："不要告诉他……千万不要。"我恳求着纯子。

"知道，我知道。"

我相信了蒋儒煜的算命，他告诉我 12 点以后不要出去，我根本没有记住。如果，我听他的话，就能逃过这一关，可是现在，我什么也没有了。

我不要金钱，不要地位，我只要爱，只要爱！

第十二章　走投无路

一个多月后，落合叫了一辆出租车将我从医院里接了出来。落合告诉我说，铃木可能是去了老家，美子也赶去了，这个月的 3 日是他父亲去世的 28 周年忌日。他们是否说好一起要去，我不知道。

落合要我安心休养，一定要耐心等铃木回来。当我看到身旁坐着的不是自己喜爱的人，而是落合，不免有些惆怅。

我的身体还很虚弱，坐在车上有些头晕，想要靠在落合的肩膀上，可是不行。我从心底里感谢他这段时间的精心照料，每当他来到病房为我送来鲜花和点心，我感到深深的歉意，因为我不能给他一个满意的诺言。他心里对我的爱并不亚于铃木对我的爱。

很想快点离开他，我不能给他希望，最好也不要给他失望。当我回眸望了一眼他有些倦意而苍老的面庞时，感到一阵内疚。

"能行吗？躺了一个多月，一定很虚。"他关切地问。

"是的，有些头晕目眩，我现在一定比以前老多了。"我苦笑着。

"没有，还是那么年轻。看上去有些虚弱，不要紧，休养一段时候就会好的。"他诚恳地说。

"不找工作，每月房费要十几万，太贵了，怎么办？"我有些发愁。虽然铃木临走留下 200 多万日元，可不到几个月就要用光的，而且我不能用他的钱。

"钱的事你不要担心，我先借给你。"落合见我郁闷的神态便说，"如果房费太贵，以后找一间便宜点的房子，不过我想铃木一定会回来的，你不要担心。"

"他回来看到孩子没有了，一定会责备我，不会理我了。"我后悔地说。

"不会的，一定会比以前更爱你，因为你那么爱他，为他受了那么多苦。"我第一次发现落合很会劝人，是我以前对他有误解。

是的，我要好好休养，等铃木回来，我不能让他看到我那么憔悴的模样。也许落合说得对，因为他不辞而别，我发疯般地去寻找他，没有像友子那样死于车祸，他会感到很幸运。

他回到家，一定会将我紧紧地拥抱在怀里说："亲爱的，原谅我，我再也不离开你了，我们结婚后会再有个孩子的。"他会哀求我原谅他。可我不能责怪他，他是一个日本男人，怎么能忍受恋人到外面打工来养活他呢。

所有这一切，都是美子造成的，我心底里又泛起对美子的愤恨。

"我恨美子！"我忍不住又对落合说。

"你不要那么怪她，铃木是她的儿子，她希望找本国的儿媳妇。"落合总是帮着美子说话。她是老板，也许下属不应该说上司的坏话。

"美子是你的表姐，她给了你什么照顾？你总是帮着她，十几年你为她干了不少工作，也不过提你当个部长，哎，你呀。"我为落合的为人耿直感到惋惜。他从来不会阿谀奉承，如果会一点，他就会像纯子父亲一样，青云直上。

落合这样的人，也别想找到老婆，他不会说一句甜言蜜语。

到了家门口，落合付了钱。我要给他钱，他没要："你现在很紧张，以后你请我吃一顿中国料理就行了。"

他帮我将小旅行袋拿下车，我们一起进了屋内，屋里没有变化，仍是我一个月前开车出去时的摆设。我环顾四周，多希望看到有什么变化，看到外面多了一把伞，看到衣橱里有他换下来的衬衫。一切依然如故，他给我留下的信仍在桌子上。

落合将脏衣服放在洗衣机里洗干净，用吸尘器将地毯吸干净后说："你休息吧，我先走了，以后有空来看你，钱的事你不要急。"

"没想到你很会做家务，不像铃木。你坐一会儿吧，我沏茶给你喝。"我看他忙得很累便说。

"不用了，你早些休息，别忘了按时吃药，有事打电话找我。"落合拿起自己的公文包要走。

"下星期天，我再来看你。有他的消息，我会马上通知你的。不要担心，他很快就会回来的。"落合真是个好人。

我每天都期待着他回来，听了电话铃响，我会又惊又喜，然而当我拿起电话，却失望了。不是日夜盼望的那熟悉的声音，又是落合打来的，每天他要打来两次电话，问我是否好多了，需要什么东西？我从心里感谢他。为什么我喜爱的人偏偏不在身旁？

多希望铃木在我的床前，说一声：圣子，想吃什么？我所有的痛苦就会消失。可眼前只有我孤零零地躺在床上，为什么离开我？抛下我？此时此刻，他一定和美子在一起寻欢作乐，想到这里，我心里感到一阵阵的隐痛。

"圣薇，告诉你一个好消息，我大学里的一位同学开了一个公司，很对口，你去面试一下。只是公司太小，你签证还有两个月要过期了。"又是落合来的电话。

唉，我的签证快过期了，怎么忘了？可现在没有一家大公司要我。当时人事处的人看到我的学历都高兴地说："下星期会给你消息的。"可是一星期后，我收到的都是一张打印的便条，上面客气地写着客套话：恕不录用，请原谅……

都是美子的阴谋，记得一家大公司的人事处长打来电话，非常无奈抱歉地说："我们很想用你，可是老板不同意，我们也不知道什么原因。"

一个月后，我和落合来到他同学的小公司，那位老板是个很直爽的人，他说："落合是我中学里的同学，从来也没有求过我。他说是女朋友，一定要帮助，落合40多岁还没结婚，我们都快抱孙子了。其实，我们公司也是接东邦公司的活，要是给那位美子知道了，断了活儿，公司就没有生路了，怎么办呢？"老板仍在犹豫。

"没事，只要出一张就职证明书，先解决签证问题。没有签证，不可以待在日本。"我着急地说。

落合鞠躬谢道："是呀，请你老同学一定要帮我忙。"

"你先帮我开一张证明，万一上面查起来，就说先试用半年，如果有麻烦，明年我再想办法。"

"好吧。"那老板终于同意了，"瞧在老同学面上，我破格录用你，只是工资不高，每月 13 万日元，按理说你到大公司可以拿到 16 万日元的。我是小公司，其实就我和老婆，还有两名职员，设在大阪的分公司是借同学的屋子，只安了一个电话，客人打电话去分公司，电话自动转到我这儿。嘿嘿，几次都是我老婆接的电话，有个客户说，怎么分公司的事务员和总公司小姐声音一模一样，我只好说：'是双胞胎，别见怪。'"

那老板也直爽，说得我和落合都笑了。

没有办法，必须拿到这张职工证明才行，这是我留在日本的唯一希望。等签证批出来了，我到大阪去找蒋儒煜想办法，那儿有大公司，与美子公司没有什么关系。

这一天，我和落合特别开心，俩人从公司出来，就去对面的一家日本料理店美餐了一顿。

第二天我抱着唯一的希望去入管局。今年日本不景气，许多公司都倒闭了。每天的朝日新闻用醒目的标题报道：日本经济面临着崩溃，美元与日元的比例直线下跌，证券交易场上乱成一团。

入管局能否批示我的工作签证？我心中没有数，如果不批，我就得马上回中国。回到中国后，我拿一张硕士文凭去某合资公司工作，每月只能拿 2000 元人民币。

我不能步他们的后尘。最关键的是我一定要等铃木回来，我要永远地和他生活在一起。

入管局在大手町，每天各国留学生纷纷拥向这幢令他们紧张、恐惧的大楼，仿佛每个人都在等着判决。

我填好了表，坐在室内等候，室内鸦雀无声。这里是留学生最守纪律的地方，大家都紧张地屏着气等待审查，我也同样如此。

已经等了 2 个小时，才叫到 300 多号。我实在太闷了，便起身想去大厅待一会儿，当我刚走出室内，看见一位打扮得非常时髦的姑娘，挽着一位日本老头朝这里走来。好面熟，那不是莉莉吗？

"是你，真有缘分，你也来签证？"莉莉看到我就奔了过来。

"你也来签证的吗？"我瞥了她旁边的一位日本人，心想：她可能和日本人结婚了。

"告诉你，是假结婚，我花了100万日元。要签一年证，以后每年只要给50万日元就行了。"莉莉偷偷地附在我耳边说。

我哑口无言。为什么要花100万日元，搞假结婚呢？我的目光发出疑问。

"我想每年回中国一次，家里人都很想我。另外，可以带他们一起回中国投资。所以我必须要有签证。我在六本木大酒店干，每月可以拿50万日元。"莉莉说得很轻松。我到现在只有几十万日元，来了日本快三年了。和铃木同居花了100多万日元，虽然他有储蓄在我这里，可我不想用他一分钱。

"你怎么啦？学校毕业了，我好羡慕你，漂亮，又有才华，一定有好多人追你吧？可我不行，自己又没多少文化……"莉莉滔滔不绝地说着，把那老头丢在一旁也不管。

"噢，李斐回北京去了，燕燕追到北京，要和他结婚。李斐不同意，燕燕晚上哭着跑到我这儿来，说爱他爱得发疯。他们恋爱两年，李斐没有和她发生过关系。那天他接到一个电话后喝了两瓶白酒，夜里燕燕进他房间，诱惑他，结果他们有了关系。就这么一次，以后他再也没来过。燕燕说他肯定在北京有恋人，所以追到北京，一定要跟他结婚，多有意思呀。"

我听了没有吱声，李斐除了说起纯子和公司的事，不太跟我提及燕燕的事，总之他是个神秘的人物。也许他经历太多，我们彼此相差几岁，我们没法理解他的世界，也无法透视他真正的内心世界，但他对我却是一片真诚。

"噢，对不起，快到号了。"我急忙打了个招呼。好险，只差两个号，否则过了号，又要重新排。

审查我资料的是位年轻人。当他看我的简历后，不无遗憾地说："你的变更资格不能变，因为公司太小，公司去年营业额不超过1000万日元。

所以他们没有理由需要一个中国人，他们和中国没有贸易关系。"

他仍在解释，见我默默无语地站着说："照你的条件，应该找一家大公司，大公司就职容易。你以前不是在东邦公司当临时工吗，去他们公司就职容易。"

我仍没有吱声，露出一丝无可奈何的笑："他们公司今年不景气，不需要中国人。"我只能这样解释。

"前几天，我还批了一位北京人。她的条件还没你好，你是否再去找找看，也许行。"

"不，这次批不出，我想回国了，谢谢你的关照。"我感谢这位小青年对我说了这些。

"再给你两个月的签证，你可以再去找找大的公司；如果行的话，还可以来签一次。"他很遗憾地对我说，并将护照放在桌上，他的目光中对我充满了同情。

我毫无表情地看了一下盖在上面"出国准备"的章。与我专业有关的公司都和美子有关系，没有一家肯收我，他们谁也不想得罪东京有权有势的美子。

我，一个无权无势的穷留学生算什么？我第一次感到深深的失落和悲哀。

虽然我毕业于中国名牌大学，又在东大毕业，但我仍是一个没有地位、没有后台的留学生。我没有燕燕那样有个显耀官位的父亲，又没有能为我助一臂之力的关键人物。当我拿起护照的一瞬间，我又想起铃木，只有他能助我一臂之力，他有国会议员朋友，他可以去找美子。

可是他却在我的关键时刻不辞而别，他根本就不爱我！可我为什么还日夜盼望着他归来呢？

我神态恍惚，动作迟缓地将护照放在包内，那位年轻人看了我一眼，同情地说："你可以尽快再找一家大公司……"

我勉强地挤出一丝微笑朝他微微点头，我觉得快要流泪了，我得赶紧逃跑——不能站在这儿流泪。我低着头，慌忙跑出大厅。

　　我听到有人叫我的名字，回头看是莉莉："签好啦？"她问我。

　　"没有签出来……"我勉强露出一丝笑容，"你呢？"

　　"签好了半年，还问我住哪儿，坐什么车？还好，和我打工的是一个地方去的，否则就签不出来了，100万日元就要泡汤了。"

　　"你怎么办呢？"她十分关心地问我。

　　"不知道，回去吧。"我说。

　　"再想办法，让我想想能帮你的忙吗？我认识几个大老板，他们是大公司的，可能要中国人。对了，我马上帮你问。"

　　莉莉转身对旁边的老头说："签完证了，你可以先走了。"

　　"好了，谢谢，我先走了。"那老头连忙鞠躬道谢。

　　"走吧，我到外面帮你打电话。"莉莉没等我回答，就拉着我下楼。她在大厅的电话边拿出通讯录。

　　"喂，请问内藤老板在吗？唉，没在，那我等一会儿再打电话。"她放下电话又换了一个号码，"我找竹内老板，我是莉莉，我有重要事找你。今天没空，明天行吗？我有位要好朋友……好，见面再说吧。"

　　她挂了电话对我说："他要开会，明天来店再说。你放心，没问题，他是个很好的老头，以前去过中国，很热情的。他一看你那么漂亮，肯定会要你。"

　　"不要麻烦了。"我听莉莉说因为我漂亮，老板才可能要，心里有些不太高兴。我又不是去酒店当招待，我的学历完全可以胜任公司工作，为什么要看我漂亮，才可能收我。

　　"我想早些回去，有消息你打电话给我。"我心里烦躁不已，不想再和她在一起，她人不错肯帮忙，可我不喜欢她这种方式。

　　"你不上班吧？"她问道。

　　"不，没有工作。"我说。

　　"那么，今天我请客，去居酒屋玩玩。你怎么老是愁眉苦脸的，走吧，一个人回去又没有意思，你有男朋友了吗？"她问道。

　　"哦，没有……"我苦笑道。

"那好，今晚我俩好好玩玩，走吧。"没等我回答，她拉起我就走，好像熟朋友一样。其实，在班里我也不常和她说话，对她印象不太好，上课她总是睡觉，又逃学。我不喜欢和不好好念书的女孩子在一起。

来东京了，大家都一样，都是从洗碗、扫地开始，都是来自第三世界的留学生，没有什么贵贱之分。何况，每个人都有一本难念的经。莉莉也不一定那么快乐，那天我看到她在燕燕家就没有今天那样开心，她总是看燕燕的脸色行事。她实在不是坏女孩。在东京，我没有其他女朋友，陈弘又去了美国，唯有我……

去玩吧，一个人闷在家里，一定会不开心的。天有些凉，吹起了寒风，已是3月初，今年没有冷过。今天天气预报白天下雪，可下了几点雨。莉莉领着我到了赤坂的居酒屋，里面只有一位姑娘。

"这是我刚来日本时打工的地方，老板娘很照顾我。我借了100万日元来到日本，我拼命地打工还债。上课老是想睡觉，还好，老是抄你的答案，我一直很感谢你。"

店里没客人，只有我和莉莉。莉莉唱了一首《悲哀的酒》，没想到她说话叽叽喳喳的，可唱歌却那么动听，嗓音浑厚，唱得很低沉、婉转。这首《悲哀的酒》说的是一个饱经风霜的日本男人独立坐在小酒店里，追忆着逝去的爱和青春。

这是日本有名女歌手的名曲，那歌手去年病逝了。她的歌反映了日本老一辈人的艰苦的经历。战败以后，日本人没有面包、牛奶，没有工作和房子。但是他们齐心协力夜以继日地工作，使日本今天成为一个经济大国。现在那些上了年纪，当了老板，有了官职的日本人，坐在酒店里听她的歌都会追忆过去的岁月。

音乐响起，整个气氛都会使人变得凝重起来。三弦声悲悲戚戚，如怨如诉，勾起人的无限惆怅，凡是唱这首歌的人都在用自己的心在唱。莉莉才比我大两岁，看上去整天乐呵呵，一副玩世不恭的样子，可她却那么动情地唱这首歌。我总以为她很快乐，没有忧愁。

唱完第一段时，有一段对白，她用十分流利的日语诉说道：

我寂寞地坐在酒店，

回想过去的爱，

每天等待着他的归来，

不知他在何方？

他是否也惦着我。

······

"你唱得那么好。"我说。

"我也是用心在唱。我的男朋友丢下我去了澳大利亚，我把嫁妆都准备好了。他说两年后来接我去，我每天等呀等，信越来越少。最后听他的朋友说，他去了澳大利亚一年就和一位上海姑娘同居了。气得我把嫁妆都丢了出去；我拍卖了所有的金银首饰，又向亲戚借了 50 万日元，来到日本。我拼命地打工，攒了 100 多万日元，去年去了一次澳大利亚玩，还去了他那儿呢！"

莉莉一口气地干完了一杯啤酒，好不得意地说："他穷得很，女朋友跑了，又要和我好，我才不理他呢。看在以前谈朋友的情分上，留给他 20 万日元，我再不相信这些臭男人了。"

"你谈过朋友吗？"她问道。

我点了点头："还在上海，想帮他办来，可办不成，他已经结婚了……"

莉莉好同情地看了我一眼："这些男人你不要相信他们，身旁有女人就把原来的情忘了。像你这样聪明、漂亮，一定能找到更好的。"

今天我的心情本来就不好，本想和她出来散散心，没想到她的话却勾起了我的心事。我好想哭，可却哭不出来。

店里又来五位年轻的客人，他们快活地唱起了《干杯》《获胜的爱情》。他们喝着啤酒，兴奋地手舞足蹈地唱着，我和莉莉虽然和他们是同龄人，可怎么也合不在一起。

他们朝我们笑着说："一位中国美人和可爱的姑娘，一起干一杯吧？"他们想请我们喝酒。

我对莉莉说，回去吧，我怎么也高兴不起来。

"好吧。"莉莉懒懒地说。她抢着付了钱，"以后等你找到有钱的老板，请我客就行了。"

我不好意思地道了谢，心里一阵凄凉。我又想起铃木，不知他在什么地方，为什么不给我一个电话？

现在我无依无靠，李斐回北京了，有他在，我的心情好些。他就像一个很可信赖的老大哥，一定会帮我出主意的。

都走了，都离开了我，今天我不知去何方？

推开小店的门，没想到外面竟下起了雪。今年冬天还未真正冷过，早该下雪。雪已经下了好久。我俩站在门口不知如何才好，这时一位小青年去拿了一把伞来给我们。

"外面下大雪，拿着吧。"

莉莉不客气地接下了："下次来，我放在店里。"

"不要了，送给你，留着做纪念。"那小伙子笑了起来。我俩手挽着手，合撑着一把伞，摇摇晃晃地行走在雪地上。

已经是 10 点钟了，下着雪，没有行人，大家都早已回家了。一片白茫茫的雪地上只有我俩紧靠在一起行走着。莉莉喝得多了，走路有些摇晃，我也喝了不少啤酒，有些头晕。曾喝醉过一次，也是在酒店里，那时铃木扶着我，将我扶上车。可现在，没有那辆白色的轿车等在外面，也听不到他深厚而温柔的声音在我耳边低语："你喝多了，我好担心，靠在我肩上。"

那天为什么喝醉了酒？对了，是美子突然闯到了我们的新居，我预感到我们的爱巢要倾斜摇晃了。那天我说待在屋里有些闷，要出去唱歌，于是我去了铃木朋友开的高级酒店，一口气连喝下两瓶啤酒。

现在爱巢仍在，却是冷冰冰的。我不想再回去，我害怕回去。

莉莉有些醉意，一边走，一边又唱起了《悲哀的酒》。我也跟着唱了起来。俩人跟跄地行走在马路的中央，唱着这首歌，唱着唱着，我们都哭了。

"你听我说，我到东京来的第一年，也下这么大雪。我下班是半夜 4 点，5 点才有早车，不能去坐咖啡店，要消费 400 日元。你猜我怎么做？为了省下车票钱，我一个人在雪地上行走了 50 分钟，走到家里，脚都冻僵了。我使劲地搓呀搓呀，脚怎么也不动了。突然，我害怕极了，会不会冻僵了？双脚要切断的。我哇的一声大哭起来，一边哭，一边使劲地用拳头敲腿……感动了上帝，双脚终于能动了，那天夜里，我发誓半年还了债，要挣很多很多的钱，拿了钱给母亲看病，给弟弟上大学，给父亲买一辆新的自行车。"

"后来我就不上学拼命打工，白天黑夜地赚钱，现在我有了好几百万日元，我再也不要在雪地上跑回家了，你呢？一定要比我好吧？"

"我没借那么多钱，可也没钱，给男朋友办留学花了几十万日元买保人。"

"啊哎，你为什么不早说，我认识的日本老板，可以做保人，不要一分钱，现在还办不办啦？"

"不办了，他结婚了。"我苦笑着。

"噢，对不起，以后你有什么事，尽管来找我，我一定帮你忙。你真是书呆子，上次在燕燕家，我看你和他们这帮人不一样，你穿得那么朴素，又不高傲，我就喜欢和你交朋友。你不知道这群公子哥儿，借着父母的光，住的是别墅，拿的奖学金和外快，整天不打工，不是泡姐就是玩乐……我看不惯他们。燕燕还算好，可老是爱发脾气。我当时没钱，住在她那儿，不要交房费帮她干点活儿，寄人篱下，现在我终于解放了。"

莉莉滔滔不绝地说："我现在住的也是别墅，那老头每月还给我 10 万日元零用钱。我想通了，人家靠老子我靠日本老头。但是人家对我好，我也不骗他，人总要有些良心，你说对吗？"

我看了看莉莉，我发现她不是一位坏姑娘。如果不是今天我们碰在一起，没听她讲过去的事，也许我会蔑视她。可现在，我好同情她，她也很苦，并不幸福。

我们是同病相怜，今天能碰到她，使我在寂寞孤独中有了一点儿温暖。

"我送你到家吧？"莉莉在车站前对我说。

"不用了，今天非常感谢你。以后我会给你打电话的。"

"好吧，有什么事找我。"我们挥手告了别。

当我从池袋站下了车，走在和平道里的小道上，我发现在家门口小树下，站着一个人，他穿着风衣缩着脖子，背影好熟。是铃木？他回来了，没有带钥匙？噢，我应该早些回来。

当我加快脚步走近一看，不像，那人矮小许多。我走到公寓的门前，回头望去，不由惊呆了，那是落合。

"圣薇，你上哪儿去了？"他飞快地从树下走了出来。

"你怎么在这里？"我不解地问，已是深夜 10 点钟了，他站在这儿干什么？

"我等你 3 个小时了，你说去入管局，我担心你签证的事。下了班就赶过来，到这儿 6 点钟，一直在这儿等。"

我望着他感动得说不出一句话："你为什么不去咖啡店坐一会，一个人傻乎乎地站在外面？"

"我没事的。"我看到他大衣上积满了雪，他的双手使劲地搓着，鼻子冻得发红。我看到小树下雪地有一排脚印，一定是他冻得在来回跑着。

"我想你马上就要回来，一直等着，不知不觉等了几个小时，我担心你出什么事，下雪天路又滑。"

我深深地被感动了："你为什么要对我这样好？"

"我并没有为你做什么，我希望你在日本能够幸福……"他低垂着头，"我恨自己无能，帮不了你大忙。美子虽然和我是远房亲戚，只是公司与部下的关系。我想叫母亲和她谈谈，以前曾住我家一个月，和我母亲处得很好。那是几十年前的事，她当时才 18 岁。现在母亲也说，她变了，不去麻烦她。"

"不用叫你母亲去找她，没有用的，连铃木都说服不了她，谁能说服她呢？她就是要我走，要我离开铃木，逼得我没有签证，只有回中国。我真想马上离开东京，再也不回来了……"

我不想再迈进这间屋，当我饥寒交迫，走投无路时，他在与美子作乐，可我却痴情地等着他。

　　"不行，你等铃木回来，他心里一定有难言的苦衷。"落合一直帮铃木说话。

　　"你真是个好人。"我望着他说道。

　　"想想，还有什么办法留下来？"落合皱着眉，为我在焦虑，"以前我父亲认识一位自民党参议员，是他大学里的同学，现在去了美国。"

　　"我只有两个月时间，要准备收拾一下行李。"我觉得没有理由可以留下来，除非美子发善心。只要她同意我们的婚事，我什么都会有了。有工作、有爱情、有房子。

　　现在我什么也没有，有的只是走投无路和绵绵怨恨，谁也帮不上我一点忙。

　　铃木的出走意味着我的爱已经失去了，留在日本干什么？每天回忆往事吗？我再一次清醒地意识到：在日本，我已经没有出路了。

　　谁对爱投入越多，谁就冒着失去得越多的危险，这就是爱的定律。

第十三章 告别东京

落合今天很早就赶来了，兴冲冲地对我说："我去了总公司，碰到美子，她叫我带了一封信。快看看，有什么好消息？"落合从皮包里拿出一封厚厚的信。我打开看，信写道：

圣薇：

近来可好？上次来，承蒙你的招待，铃木给我打了电话。他说是你一定要他给我来电的，你是很守信誉的人，谢谢你。我刚从台湾回来，得知你的遇难，我很难过。由于近日很忙，不能去看你，顺便问候并寄50万日元。

你对铃木的感情我很感动，你是一位可爱而聪明的姑娘，铃木能得到你，是幸福的。我感谢你给了他许多爱，我会报答你的。你要就职，为何不告诉我呢？只要你提出，什么单位都可以，你能如愿以偿的。但是我有一个要求，我知道这对你是不公平的，因为爱情和现实是两回事。

铃木的父亲早逝，他希望儿子出人头地，成为日本屈指可数的人物。我尽后半生的心血和精力，努力培养他，他才有今天的成绩。我不想让他现在分散精力，更不能结婚。如果你爱他，就不要打搅他，让他有安定的情绪。他的前程无量，可能将来会成为日本财政界的首脑，这是我一位母亲的期望。

所以，我以铃木母亲的名义：要求你马上离开他，你们不可以再同居！这会影响他今后的声誉；也不要去找他，他也已经觉醒了，你们的爱是不现实的。那都是少男少女的游戏，现在该结束了。

说实在，我很喜爱你，你非常漂亮，将来一定会有许多的男人追求你，你一定会幸福的。

只要你答应这个条件，你可以任意去哪家公司，可以打我的直线电话。我知道你是一位自尊自爱的姑娘。你的爱和事业在中国，切记！祝你早日恢复健康。

铃木美子

平成一九九〇年三月十日

我看完了信后，气得不知如何是好。她是一个多么专制独裁的"母亲"，一个笑里藏刀的女人！我爱铃木会影响他的前途？那么，她对铃木的那种两重身份是天经地义的吗？一个心理变态的怪女人，还道貌岸然地要我放弃爱，她把铃木当作私有财产，随心所欲。可以培养他，也可以毁灭他！我不由为铃木感到悲哀：他成了美子的驯服工具。

但是，我应该承认，我能给铃木的只是爱。我不能给他金钱、地位、权势，美子有实力来完成她的计划。此时此刻，我冷静地注视着这间狭小的房间，回想这两年的经历，我第一次感到爱的力量是那么微弱，爱并不是伟大到有翻江倒海的气势，那只是闲情文人笔下的赞美诗。

从信中看出，铃木现在没有去美子那儿，他没有和美子去秘鲁。他去了哪里？在爱与现实中他无法选择，他把难题留给了我，让我去选择。

落合见我没吱声，便问道："美子说什么？"我把信给他看。他看完后愤慨地说："她太无理了，你怎么办？"

"我不可能答应她的条件，也不需要她的怜悯和帮忙。只有一条路，走为上策。回中国。"

落合听我说要回国，着急地说："我去求求情，我从来也没有求她什么。"

"没有一个人能改变她的主意，除非是天皇，我已别无选择。"

不，我不甘心就这样灰溜溜地提着箱子撤退，刚刚在日本能够生存，就这样走了？我只有50万日元，这样回去，岂不是太狼狈了吗？同班的同学有驻加拿大使馆的，谈了一位外国男朋友，明年结婚。还有晴晴如今去了三菱商社，一年跑几次上海，成了令人羡慕的白领小姐。

可我呢？学历比她们强，为什么会沦落到连一家大公司都不要的地步，这个可恶的黑网，是美子一手织起来的。她是东京的名人，哪个老板会不买她的账？谁能同情帮助我一个留学生？

记得上次去了松本公司，人事处长的老头送我到门口，他语重心长地对我说，我以前也去过中国，中国人真好。"你来日本不容易，那么努力，我很想帮你，但是……"他为难地说着。

听到他慈父般的语言，我当着老人面流下了泪。因为那天我已经整整跑了三家公司，都回复不能录用。我知道所有大公司的人事处都知道我的名字。

他见我这样难过，拿出一沓纸巾递给我说："我女儿也在美国留学，和你一样年龄，我也经常担心她，一个女孩家，会不会被人欺负？是不是你得罪了哪位很有权势的人？"

"我得罪了一个很有权威的女人。"我对他说了实话，当他听到美子时大吃一惊："你怎么会得罪她？东京没有一个人惹得起她的……"

当我向他告别时，他一直送到我公司的大门口。我没敢再回头去看他，看到这样一位善良的老人对我发自内心的关切，我会忍不住再流泪的。

我要走了，离开这座生活了四年的东京。在这四年中，我无时无刻不想着日本海峡彼岸有我的故乡、我的母亲、我的恋人。而今恋人已随红颜自奔前途，唯一能给我受伤的心灵以抚慰的，只有我的母亲。不知多少次渴望着能踏上那块真正属于自己的国土，离开每天都使我生活得沉重的留学生涯。

下星期房子就要退租，落合帮我办理一些手续。那白色的家具才买了不到两年，我舍不得扔了，落合说运到他家，他家里有几间空房，以后我再回来还可以用。

我说："我再也不想来了，东京给了我太多的伤痕。"

"难道没有一点你留恋的东西吗？"落合有些伤感地问。

我沉默了一会儿，对他说："有，我来日本遇见许多热情的日本人，第一个是我的房东，一位60多岁善良的看仓库老人。那时我没有电话，妈妈有急事来电话打到他那儿，他为了让母亲听懂，特意在电机前贴上他刚学的中国话：'她不在家。''你等一会儿，我马上去叫。'后来他得了肝炎住在医院，他叫女儿把他新买的自行车和录音机都送给我，这样我每天可以骑车去学校，有了录音机可以好好学日语……他说以后去中国看长城，可是不久他就去世了。"

我想起了许许多多的日本人，我的日语老师，以前是建筑工程师，在战争中他去过中国，所以心里一直很忏悔。开学时，他拿出100万日元给学校，奖励学习好的学生，我也拿到5万日元。还有我的大学指导老师。

我默默地整理着东西，这里的每一件东西都使我深深怀念。帮敏办的材料还留着，如今该付之一炬了。和铃木一起在美子的温泉王国照的相片都在。那时是多么幸福，我们笑得那么甜蜜，谁能想到今天却分道扬镳。

我愤恨地想将那本照相簿扔了。落合说："拿回去吧，你们曾经相爱过。"

我又将它默默地放进了包里，我发誓将永远不打开它。让我的爱和恨埋在心灵深处，我永远也不能原谅铃木和美子。

当我再一次回首看到那间我们共同生活的爱巢时，我忍不住抱住落合放声大哭起来……

"我也很难过，等他回来后，我找他，叫他到中国接你……"落合的声音哽咽着。

"不，那是不可能的，你不要安慰我了。"我难过地说。

"我知道你心里难过，你就哭吧，哭出来也许会好些的……"他双手扶在我的肩膀上，"你走了，我也很寂寞，再也没有人给我介绍朋友了。"他苦笑着说。

"我会给你写信的，公司放假了去上海玩。我会给你介绍漂亮的上海姑娘。"我抬起头真诚地说。

"谢谢，我一个人也习惯了。只要你生活得好，我就高兴。"他回避了我的目光，"走吧，纯子要等急了。"

当我推着行李走到码头时，突然感到一阵茫然，我真的要走了？永远地离开这儿了吗？难道这儿没有一点值得我留恋的地方吗？环顾着四周，我感觉到心里沉甸甸的。当我看到推着行李的落合时，感到有负于他，我没有给他一丝爱与情。

可他为什么在我最痛苦的时刻每天陪着我，给了我新生的力量与勇气，他图什么？从他近乎兄妹式平淡的谈吐和行动中，我知道在他的心灵深处仍在盼望着爱。可我不能给他，我的爱已毁灭在车祸中。

几年来，与他共事，觉得他没有热情，没有冲动，很乏味。当我离开他时，我觉得多么需要他，这种需要不是爱情而是友情。

友情能够天长地久，爱却不能！爱在现实中显得那么苍白。

我回眸望了他一眼，他平淡地朝我笑笑："别忘了，打电话给我，以后公司放假了，我一定去上海看你。"

我的鼻子一酸，泪水盈在眼眶里，我急忙转过头。

左边是纯子小姐，她也很难过，掏出手帕给我："你走了，我们会很想你的，会感到很寂寞……"她也动了感情。

现在我才发现，她是一个非常重感情的日本女孩子。为了父亲在公司的地位，自我委屈成全铃木和美子，她竟能这样忍辱了整整五年。她失去了多少机会，失去了爱情，失去了少女特有的欢快，她每天都在同事面前含笑着，像一位生活愉快的甜蜜少女。

我始终没有忘记李斐讲那天夜里，她含着泪一定要他去情人旅馆。她爱李斐，但却不能公开地爱。

我曾经嫉妒过她和铃木的关系，猜疑过她是个假惺惺的日本姑娘，虽然她曾经向美子报告我与铃木的事，我现在原谅了她。我恨美子，这个像毒蛇似的女人！一切都是她策划的，她在东京的权势，使别人都服从于她，一个多么高傲而专制的女人。

"纯子，我回去后，叫李斐给你来信，他一定非常想你。"我对纯子说。

纯子抬起头，脸上现出了光彩："代问他好，我真的很想他……对了，我托你把今年的日本集邮册送给他，他喜爱集邮。昨天我特地去东京邮电总局买了一本。还有这只小狗，他属狗。"纯子从书里掏出一本邮票本，还有一只镀银的小狗钥匙圈，小狗的身上印着吉祥两个字。

"他拿到你的礼物，会非常高兴。"

"他能高兴，我也就满足了。"纯子笑得很甜，眼神望着前方，沉浸在幸福的回忆中。我知道李斐常给她来信，有时还偷偷地在公司里打几分钟国际电话，有次只说了几句话，电话嘎地断了。纯子急匆匆地奔到我的办公桌前，偷偷地附在我耳边说："怎么电话突然断了？"

"有可能是客户来了。"纯子听了，这才解开愁眉。

我觉得纯子是幸福的，至少现在有一个人在远方还想着她，可我呢？

我又想起了铃木，曾发过誓不再想他。我恨他，恨他屈身于比他大20多岁的女人，恨他屈身于权势与地位，他不是一个真正的男子汉，是个懦夫，十足的懦夫！我为什么爱他？我没有能力对他惩罚，使他彻底失去第二次爱。

然而当我挥手向落合与纯子告别，排着队走进出国检查口时，我情不自禁地朝大厅里望去，多么希望在那宽阔的候客厅里，奔过一个熟悉的身影，可我知道那是不可能的。

我在离开东京的一刹那间，还期待着他，如果他能在我离开东京的几秒钟内出现在我面前，我会忘记一切怨恨，只要他神奇般地出现在岸边。

然而，只看见一个个陌生的面影。今日将永远告别了，我的爱，告别那块曾经也给过我爱的国土，往事如潮，历历在目……

那生日之夜的玫瑰花，那伊豆岛上的恋情，那黄色的小公寓，那只米老鼠还挂在墙上，还有一个个那刻骨铭心的狂欢之夜……

我的泪水如潮涌出，我抑制不住，抱住了低头哭泣的纯子："我受不了，我好难过。"

"我知道你心里难过……"纯子哽咽道，轻轻地拍着我的肩，"他回来，我会告诉他的，一定叫他给你去电话。"

"不，不要，我要忘记他，什么也不要告诉他。"我听到候客室内的播音员在催促着乘客上船。

"谢谢你们的关照。"我握住落合的手说。他久久地望着我，那双手紧紧地握住我，不愿意松开。

"我会写信来的……"我泪眼蒙眬，没有勇气看他那伤心的神情。

这时，我看见了前面一大束玫瑰在眼前升起来。玫瑰花，那不是去年我过生日时铃木送的花吗？就是这束玫瑰花牵着我的情丝陷入了爱河中。

怎么？眼前真的又出现了那束玫瑰花，我的心激动地颤抖起来，我定睛朝前望去，是他？一双冷峻而焦虑的双眸又出现在我眼前，那不是梦幻吧？他能来码头为我送行吗？

"铃木！"我听到纯子激动的叫喊声。

是他，没有错，是那张我曾朝思暮想的面孔。我竟不知所措地站立着，我嚅嗫着，说不出一句话。

"你为什么要走？今天是你的生日。"我又听到他那深厚而甜蜜的声音。

生日，是我的生日吗？我看了手中的船票，是的，今天是 4 月 27 日，我的生日，我怎么会选上这一天？为什么我的生日，竟是最痛苦的别离之日呢？我已经忘了自己的生日，可他还记得，是特意赶回东京的吗？

我仍茫然地望着他，眼前仿佛似梦非梦。那束花和去年在银座买的玫瑰一样，呈现在面前。

"不，我不要……"我颤抖着推开了他的手。

"圣子，你不要走，你留下，什么都会有的，美子不是答应了吗？"他哀求道。

"我什么都没有，什么都没有了！"没有了爱，我感到世界空空荡荡，我想起在那高速公路上，我的眼前又出现了白色衣裙上鲜红的血……

"我什么都没有了，你还来干什么？来为我祝福是吗？"眼前的那玫瑰色彩使我恐怖，我仿佛又看到了衣裙上的血。

我的血，还有孩子的血，是他的孩子。一个未成形的孩子离开我的时候，他在干什么？他在悲伤吗？他在哭泣吗？我感到内心一阵剧烈的疼痛，我不愿意再看到那束玫瑰色，我发了疯似的将他手中的那束花打落在地上。

那束玫瑰花散落在地上，落英缤纷……

我掩住嘴，不让自己哭出声音来。

"为什么？你为什么这样恨我？"他唏嘘着。他那双悲哀而不解的目光望着我。

落合一把将他拉到旁边："难道你真的什么也不知道吗？纯子没有打电话告诉你吗？"落合激动地责问着他的上司。

"我不知道，发生什么事了？"铃木转向纯子问道。

"对不起，我一直瞒着你，我不想打电话告诉你。美子才是你唯一的爱。"纯子的脸上没有一丝微笑地对她的"男朋友"这样说话。

"告诉我到底发生了什么事？"铃木拉住我的手臂，万分焦虑地问我。我没有勇气看他一眼，我闭上了眼睛，泪水如潮般地涌了出来。

"你不要逼她了好吗？她要回自己的国家了。她留在东京，你给了她什么？"落合气愤地拉着他的手说，"你看了这个就知道了。"

落合从口袋里掏出那本厚厚的病历卡，朝铃木手中塞去。

铃木慌忙地看着，突然他冲到我面前："你为什么要这样做？为什么？我们的孩子，孩子！"我看到他那双冰冷的眼睛闪着逼人的寒光。

"我恨你！"我冷冷地望着他说。

"我不是不负责任的男人，你以为我一走了之了吗？我每天都在想着你，我不愿意看到你为我牺牲。为了我，你放弃了学业，我不忍心看到你每天干两份工作，不忍心看到你憔悴的面庞。我是男人！我要使你快活、幸福！只有我走，你才能获得想要的一切。美子答应了我所有的条件，你可以长久留在日本，可以去读博士，毕业后，可以去她公司……"我望着他激动得涨红了的面庞，他要哭出来着急的样子。

我已没有了激情，只是淡淡地说了一句："谢谢，这些我都不需要了，我要走了，一切是命中安排的。"

"美子答应我帮你解决所有的事。我去了秘鲁，我四年没有回家了，我特意在你生日时赶回来的。"这时，又响起播音员的声音。我抬起头来，再次向纯子、落合告别。

这时，我下意识地朝前望去，我看见一张美人的面孔，是美子，她穿着白色的西装站在大厅的中央，原来他们是一起来的，真是形影不离。

她没有将我的事告诉铃木，她知道当时铃木在什么地方，所有一切都是她的阴谋。

我不愿意再看到那张脸，那张回眸一笑倾城倾国的美人。看见了她，仿佛看见一个披着人皮的妖怪。

我毅然扭过头，当我转身朝前走去的一瞬间，我被铃木紧紧地抱住："我爱你……"说完，他吻着我的面颊，他的泪水顺着我的面颊流了下来。

看见他流泪，我的心又软了下来，我也紧紧地将他抱住，害怕有人从我身旁将他夺走："你多保重，我走了，你什么又会有了……"我再也说不下去了。

我俩不顾众人相望，紧紧地拥抱着哭成一团。

泪水融化了我的怨恨，此时此刻，我觉得我做错了一件终身遗憾的事，是我毁了我们之间的爱。如果我不是歇斯底里般地开着车去高速公路，我们的孩子还在，他一定会惊喜地俯在我的身上，谛听孩子的胎音。有了孩子他会重新回到我身旁。

是我毁了我们的爱，是我。"原谅我……"我忏悔地在他的耳边低语道。

"她以前从来就是听我的，不失信于我，我没有想到事情会这样。"铃木泣不成声，"圣子，记住我，我是个不幸的人。离开你，我不会幸福的。"我相信他说的话。

码头工作人员在呼叫着未上船的乘客，纯子和落合在催促着我们。

我们这才依依不舍地分开，我每朝前走一步，感觉到生离死别般绞心的痛苦，我永远再也见不到他了，他曾经给过我许多许多的爱，我永远不能忘怀……

我哭泣着，一步一回首，朝出境口检查处走去。

我看见铃木低垂着头，他在哭泣。我多想再看一眼他那双冷峻而乌黑的双眸。抬起头，快抬起头，让我看最后一眼吧……

我看见远处的美子在用手帕擦着泪水。她也会哭？她哭什么？哭铃木将永远不会原谅她，永远也得不到铃木的爱！

美子是上帝派到人间来的天使和魔鬼，在我面前她是魔鬼，在铃木面前她是天使。

今天，她和我一样充满了痛苦与悲哀，都是不幸的女人。我们是同病相怜，又何必互相怨恨呢？中国是我的归宿，这是命运。

相聚又别离，人生匆匆，爱情短暂。有情人未必天长地久，我的心中永远永远地爱恋着你，铃木俊雄。

噢，别了，东京！别了，我的恋人！

第十四章　苦海无边

当我提着箱子踏上轮船的甲板时，我又一次忍不住回首望去。我看见落合站在海岸边向我挥手。看到他，我总觉得很内疚。这几个月都靠他，没有他，落难时不知道怎么样生活下去，可我却不爱他。我爱的人却远离了我，当我的视线转向铃木时，隐隐地看到他茫然地站立着，像一尊塑像。美子站在他身旁，但她没有表露出幸灾乐祸的模样。她像一位慈祥的母亲站在铃木身旁，她是一个多么出色的演员。

她心里一定在狞笑，终于逼着我离开了日本。她可以像以前那样，随心所欲地支配着铃木。瞬间，我又想起了她把铃木当作恋人时的那一幕幕，我感到恶心……

我不愿意再看到他们两人。我抬起头来，看到新建的横滨普林斯顿大厦，我的心情好像不再郁闷了。啊，别了，东京！别了，横滨码头！我不会再每天向往着去逛中华街。两天后我将回到上海，每天可以逛淮海路、南京路，每天吃烤鸭、肉包子，可以陪母亲去逛城隍庙，吃南翔小笼包子，这不就是我五年中一直所向往的吗？可如今，我为什么却没有这份激情与兴奋？

前面一对夫妻提着箱子大声地说笑着："我都待够了，总算回去啦！"

"是呀！……"

我没有这种感觉，我和他们不一样。他们是满载而归。可我没有，只有几箱书和一台电脑。我不想买电冰箱和电视机，临走时，一点兴趣也没有，都是落合在帮我收拾东西。

今天的"鉴真号"船上的乘客大多数是中国人，都是回国不想再来的留学生。没有一个人是忧愁的，唯有我，我和他们不一样。我一无所有，没有钱，没有爱，被迫离开日本，这艘船中几百名留学生有几个像我这样的遭遇呢？

我在二等舱内，有十来个人，几位日本学生好像是去中国旅游的。还有几位像是持有秘鲁护照的中国留学生，他们讲着是如何能拿到秘鲁护照去那儿移民的。对了，花 100 多万日元买本第三国的护照，这样可以再来日本了。再来东京干什么？去寻找铃木吗？我为自己的想法感到可笑。

夜里，我没去餐厅吃饭，一点儿食欲也没有。二等舱内的游客，唯有我是独身一人闷闷不乐。我躺在上铺，听到下面两位回国的女士谈论着在新宿如何开店，每月挣几十万日元，买了十几双皮鞋和几十套衣服。那些谈话我一点也听不下去，我觉得在这个坐满了几百名留学生的船中，我是最可悲的，唯一被逼得走投无路的人。

我有什么过错？为什么命运对我如此不公平？我得冷静地想一想，我睡不着，独自走出了船舱。

夜很静，没有一点儿风浪。这条"鉴真号"船看起来也不像白天那样乘风破浪，一往无前，好像漂游在茫茫海洋中的一片落叶。我走向甲板，靠着栏杆，仰望着一片黑黝黝的前方，在那遥远的地方有几点闪烁的光，那么遥远……

我离他越来越远，今夜他在何方？他一定陪着美子在六本木的酒家，在那闪烁着五彩缤纷的霓虹灯下举杯应酬。他可曾想到我独自站在甲板上伤心流泪？

他是个多么无能软弱的男人，连心爱的女人也保护不了，心甘情愿去做一个小情人，我为什么要爱他？应该恨他才是。我以前把他看得很伟大，很可爱，我多么傻，多么单纯，如果没有他，我不会沦落到今天的地步，至少我可以找到一家公司就职谋生……

他故意离开日本逃避责任，让我去应付难堪的局面。他多么狡猾，他以前的一切都是伪装的，装得那么逼真，那么纯情，能和比自己大二十几岁的女人搞在一起的男人能纯洁吗？我多么愚蠢，竟会那么相信他。

当我凝望着茫茫无边的海洋时，思路一下豁然开朗。我第一次怀疑起铃木，他并不真心地爱我，他爱的是美子，爱她的亿万财产和显赫的地位。想到这里，我恨不得船马上掉头，马上返回东京，狠狠地痛骂他一顿心里才痛快。

从来也没有像今天这样从心底里憎恨他，我的内心像被虫咬啮似的，真想发泄，真想发疯地狂叫——然而不能，我这一叫，船舱里的人都要奔出来以为发生了什么事；怎么办？我一定要叫他也为此付出代价，要叫他终生不忘！

一个人站在空荡荡的甲板上，毫无办法，没一个人能帮我。回到中国后，我又怎么能报复他？怎么能叫他付出代价呢？

我多么狼狈，仅带着一张文凭，没有钱，没有爱和事业。我会被亲朋好友看不起的。尤其会被敏嘲笑，会让母亲难过。是母亲卖掉了订婚时父亲送她的钻石戒指，凑了几千元人民币，给我买了机票来日本，她要我像父亲一样成为出色的工程师。

船向前方行驶着，每行驶一程，我的心就感到一阵绞痛。我就这样回去了？不，我不甘心！我的能力、学历完全能进东京一流的公司，完全能胜任大公司的工作，我应该跟着老板，提着皮箱来往于东京、上海，周旋于谈判桌上，成为众人羡慕的白领小姐。

上海的亲朋好友都知道我交了一个富翁男友，可现在我却孤独一人走投无路，被逼离开东京。我这么无能，这么软弱，活在世上又有什么意思呢？我低头凝望着海风掀起的层层海浪，心中也汹涌澎湃……

突然一个念头闪出：跳下海，跳下去！瞬间就没了影，多么痛快、多么惬意，我的痛苦与悲哀也将永远消逝，消逝在那冥冥的天国中，我不想回中国，不想回去。我是个失败者，彻底的失败者，有什么脸面回去？

跳下去，难道连这点勇气也没有吗？所以我会被美子逼得无路可走。好，那我就干脆让你们更痛快，我要叫铃木永远背上罪孽的包袱，永远忏悔，永远蒙上阴影。他的第一个初恋女友出车祸死了，第二个异国女友被逼跳海死了，他还能与美子寻欢作乐吗？

第二天，日本各地的报纸都会登上新闻：一位中国留学生跳海自杀，死因不明……我要让他悲哀——永远悲哀！当我抬起头，仰望着黑幕般的天空时，泪如泉涌。曾记得那次在伊豆半岛和他游泳时，我也是这样仰望着蓝天的。

那天是爱的开始，可今天却是生命的末日。

是否要写份遗书告诉他，我曾经多么爱他，为了他，我失去了初恋、失去了孩子、失去事业和学业……我现在后悔了，后悔爱上了一个无情无义的日本男人，爱上了一个离不开母爱的男人，可我不能回到船舱里去书写；我会热泪盈眶，放声痛哭的。

不，我不写，我要不留一句话就这样悄悄地走。当这艘"鉴真号"每星期经过这儿时，有谁能想到这里曾经吞噬过一位中国留学生的生命？

人生如烟似雾，稍纵即逝，有什么可留恋的呢？

我不再流泪，只想闭上眼睛纵身跳入海中——突然，我的眼前出现了一个亲切的面容——我的母亲，一张年轻时与我一样美丽的面容，那乌黑的头发已有几缕银丝，脸上也增添了几条淡淡的皱纹。母亲是否还在烧香拜佛？几十年前从普陀山请来的佛像是否保佑她一生平安幸福？

她说，托菩萨的福，很幸福，年轻时有体贴温存的丈夫，晚年时有漂亮聪明的女儿，她很满足这淡泊的人生。母亲从没工作过，年轻时在苏州弹琴、绘画，生性聪慧，一直是父亲的贤内助。

我曾答应母亲回国后不再离开她，永远陪伴在她身旁。现在我为了失去的爱却要逃脱这个世界呢？我多么自私，把一切痛苦留给爱我的母亲。我怎么能那么残忍？我不能死，不能把母亲的养育之恩无情地让大海吞噬。

当所有的人得知了我的死讯后，有谁能悲痛呢？只有我的母亲，铃木不会痛哭流涕，也许会一个人关在房里拼命地抽烟；也许会开着车，发疯地行驶在高速公路上……可几天后，他将重新微笑地走进公司的大门，投到美子的怀抱，接受"母亲"的爱抚。

船颠簸了一下，接着摇晃了起来。起风了，前面一片乌云，朝我压来，我感到心里沉甸甸的，脑袋昏昏沉沉的。

我的心像压了块沉重的铅，越来越沉，沉得叫我喘不过气来，我知道心脏病又犯了。以前没有，到了东京以后，劳累过度，常常出现心率过速，心里发闷。

"你怎么啦？"我听到一个非常温存的声音，是他？有一次我写了三天三夜的论文，心脏病复发了，是铃木抱起我送到医院，在病房里他坐在我身旁，关切地说："我不能让你再劳累了，我要你永远健康，快乐地微笑……"他吻着我的手说。

那天我哭了，这是我到日本后，第二次当着日本人面流泪。

我曾发誓，绝不在日本人面前流泪，那是因为我刚到日本来，在一家料理店打工时，一个好色的店长想侮辱我，我向女老板哭泣着，没想到她挥挥手说，你马上可以走了。事后我才知道，我的美貌引起了她的嫉妒，那店长是她的恋人。

那天以后，我发过誓，绝不在日本人面前流泪。可那天，我却在铃木面前哭了，他轻轻地吻干了我的泪说："你吃了不少苦，我知道，以后我会保护你，不让你被人欺负。"

恍惚中，我抓住了那双手，那双温暖的手。可我下意识地抽回了手，他不是铃木，不是他，我睁开眼睛，看到一张不熟悉的脸，"你是谁？"我警觉地抽回手。

"对不起，我看你一直站在这里，是不是不舒服？"

"我没什么……"我在恍惚中醒来，看到一片茫茫的大海，环顾四周，这艘豪华的"鉴真号"犹如一叶小舟在漂流，那么缓慢。我也是一片落叶，何去何从？我怎么会落到这地步？我低垂着头，悲哀地想着。

"你一定有什么心事。我看你站了好久，外面很凉，快进船舱吧！"那声音怎么那么像铃木？也许我想念他太深了。

我缓慢地抬起头，看到了一位戴着眼镜、瘦瘦的男子，"你回上海探亲吧？"他又问道。

"回去，再也不回来了。"我低沉地对他说道。

"我也是，再也不回日本了，我来日本三年，在神户一家公司工作，一夜之间，我什么都没有了。"他苦笑着对我说。

"是吗？"我想起来了，前几个月的神户地震，有几十名留学生因所住的简陋的木板房倒塌而压死了，还有许多没有签证的中国人，才20多岁，因不能确认他们的身份，尸首一直放在那儿。

"听说这次死了许多留学生？"

"是的，我同学的爱人刚来探亲，第二天俩人都被压死了。我是幸运的，压在一根房柱的夹缝中，头被震得昏了好久。我几天几夜没吃东西，快不行了。那时候，我产生了一种从来也没有的信念，我要活，要活下去！我曾一度悲观厌世。我出身于资本家，父亲在新中国成立前是上海工商会副会长，'文革'中自杀了，母亲病逝；我被送到吉林下乡。几年后别人都上调进工厂了；我因为出身问题，只能留在农村。那时，一个人住在四周是冰霜的土坯房内，守着一盏油灯，我真的产生过自杀的念头，觉得社会抛弃了我。"

他叹息了一声，接着说："由于我不能上调到工厂，女朋友从农村进了同济大学，几年后她嫁给了一个局长的儿子。你说，我多窝囊，真想一死了之，我觉得自己是社会上多余的人。后来一位生产队长开导了我，我才没去死。后来考上了大学，分在科技单位，但是又得不到重视，一气之下，来到日本，和你一样。刚到日本时，我每天大白天戴着口罩扫大街……人生几多磨难啊！你还小，不要有一点挫折，就想不开，我知道你一定碰到什么事了，你不告诉我可以，但是有一点：只要信念不灭，一定会成功的。"他说着，陷入深深的回忆之中。

我听到他这样说，惭愧地低下了头。我知道他已经看出了我想干什么。

"后来我又拼命念书，考上了博士，进了公司，可转眼什么又没有了，但在地震的那一刹那间，我明白了：生命是最可贵的。当时我看见一丝光亮，我想生活在太阳下是多么幸福，只要让我活着，一切将重新开始，我有一种强烈的生的欲望！

"在昏迷中，梦见我去世的父亲端来一碗水，他说喝下去，以后就会有人救你了，好奇怪！我一口气喝下了水，就来精神了；后来听到有声响，我就拼命地叫……结果被法国猎狗嗅到了，我被一群从法国来的救护人员救出来了。我命好大，出来的一刹那间看到了阳光，我便感到我是世界上最幸福的人，因为我还活着！"他激动地滔滔不绝地对我说。

"现在神户活下来的人想什么，你知道吗？"

"不知道，他们一定很悲哀……"

"不，他们已经摆脱了人生中最大的忧患，死。所以活着就是幸福，什么都不要过于苛求，因为财产是身外之物，一刹那间会毁灭的，只要活着，就能创造一切。"

"活着就是幸福？"我思索着，"活着不开心也是幸福吗？"

"活着开心不开心，由自己的心境来决定的。烦恼是你自己生出来的。现在我一无所有，可是我比死去的人还是幸福的。我可以重新来，一切都还会有的，要珍惜自己的生命，这才是人生的涅槃境地。那天夜里，如果没梦见我父亲，也许我发不出声响，那么再等一天，我就会窒息而死。而这梦境恰恰是我产生强烈的求生欲而形成的一种幻觉。所以要有意志，生命是万物之灵。不要轻易地抛弃它，抛弃它，就是罪过。"他的目光看着我，显然，他洞察了我刚才想一了百了的念头。

我无声地低垂着头，望着这茫茫的海水，"活着就是幸福。"我没感觉到，他与我不一样。但有一点，我得到启示，人有意志，意志能够战胜一切。他在垂危之际，能梦见父亲来救他，开导他，可我呢？我没有梦见父亲，老是梦见美子狞笑着朝我走来。

今天遇见他，会不会是上帝在拯救我？是的，我要活下去，为什么无情地将自己葬身于大海？母亲生下了我，养育了我，我就这样报答她吗？我让最亲爱的人伤心，让最狠毒的人高兴，噢，我多傻，傻极了。

我要坚强地活下去，苦海无边，回头是岸。

我幡然醒悟，抬起头对他说："谢谢你开导了我，我们交个朋友好吗？"

"好，我叫龚学华。我是神户大学理工科毕业的，这次想回国发展。朋友们都开了公司，搞得火红，成了百万元户。"当我拿出我的名片时，他惊喜地说，"上次在大阪演讲，我没去，可听朋友说起你，说你讲得好极了。我们是一个专业，以后多关照，有什么事，你来电话，我一定会帮助你的。"他写下了上海的地址和电话。

"甲板上很凉，去卡拉OK唱首歌吧，我最爱唱《群山》，每唱起这首歌，我就从心中涌起一种信念，百折不挠的信念——生活就是奋斗。"

我们走进了卡拉OK厅，我没有唱，唱不出来。可是看到屏幕上万马奔驰的景色时，我觉得生活又充满了希望。是的，我要活下去，活下去再创造一番事业，让美子、铃木瞧瞧。

我渡过了这生死之关，可等在我面前的仍是一座座险峰。以后，每当挫折之时，我便想起龚学华的话："活着就是幸福，意志就是创造幸福的源泉！"

是的，我今天也摆脱了人生最大的忧患——死亡。前面还有苦难，这苦难我们每人都躲不过的，忍受苦难吧。想到这里，我的情绪安稳些了。

回国后等待我的将是什么命运呢？不知道，可是我相信："苦海无边，回头是岸。"

第十五章　故国重逢

　　我提着一大堆行李到了上海码头，李斐早已站在岸边迎接我，他特意从北京赶来的。我没有告诉其他人回国的消息。我不想让别人知道我没有成为日本媳妇，最后与铃木分手，无可奈何、走投无路地回国了。我是一个灰溜溜的战败者。

　　"我失败了，没有得到爱情，没有成功……"我见了李斐第一句话就是这样说。

　　他吩咐远洋公司的同事帮我卸下了行李，他拿起了我手中的包，对我说："我和你一样，纯子的父亲看不起我这个穷学生，美子看我没有帮助到她，爱答不理。好，我要以退为进，不用五年时间，我会叫纯子的父亲朝我鞠躬磕头，还会叫美子对我笑脸相迎。"

　　李斐望着前方，脸上露出冷冷的微笑，然后意志坚定地看着我说："你相信吗？"

　　我不能够回答他，我知道他有魄力，有后台，还有他在北京的上层关系及一帮有门路的小兄弟，可是再要打回日本，这不是容易的事。

　　我听纯子说，她父亲把他叫到办公室要他拿出 2000 万日元，为纯子举办婚礼。李斐气愤地说："好，两年以后，我会把你全家都买过来的。"气得芝本拍着桌子大骂："八格牙路！"李斐二话没说转身就走。

　　纯子连续一个星期下了班跟着李斐。有一次，半夜到李斐家，一定要和他私奔。可李斐说，我不能伤害你，你爱我，就等我五年，等我有了5000 万日元来娶你。我没有他这勇气和胆量。尽管我不服美子，她用权势压制了我，可我确实无能为力。美子是东京的大富婆，我是来自中国的穷留学生；她是久经商场的女人，我是不会耍一点儿手段的纯情女子。我唯一拥有的是一片爱心，可这能起什么作用呢？爱能翻江倒海吗？

一路上，我无心欣赏正在建设中的工地。上海现在变化很大，有几千个大大小小的建筑工地，还有在建的地铁和高速公路。看到这些我的心情有了一点振奋。

李斐见我一路无言，便建议去咖啡店坐一会儿，行李托朋友先送到我家。我也很想和他多待一会儿，于是我们来到南京路上一家装潢很好看的咖啡店。

我们推开小门，一个清脆的声音从里面传出："欢迎，欢迎！"

店里很幽静，只有几个人，当我的目光看到一对情人在窃窃私语时，眼前立即出现铃木的影像。在东京，我们常常手拉着手去咖啡店，有时默默地坐着相望着，他爱握住我的手。有一次我问他为什么老爱握我的手，他深情地望着我的眼睛说：我怕你逃回中国去，一去不复返。

现在我不是逃回中国了吗？不，是他和美子赶我回中国的。

不知怎么，我的眼睛有些湿润了，我慌忙低下头。李斐瞧见了，"我知道你这次回来心情一定不好，所以特意从北京赶来接你，我能理解你。"

我没敢抬起头来向他道一声谢；相反，我的泪水再也忍不住流了出来，我赶紧坐在椅子上，低垂着头。

"唉，总归是女人，我见女人流泪就一筹莫展。纯子每天在我面前哭。有一天她说她想自杀，我没有办法，只好去哄她，说一定会娶她。还有燕燕，我根本就不喜爱她，缠着我不放。"

我苦笑着，纯子是幸福的，有这样一个男人说一定要娶她，可我呢？

"你今后打算怎么办？"李斐要了两杯咖啡，问我。

"想休息一段时间再说，想去旅游散散心，暂时不想干什么，也不想让同学知道我回国。"

"如果有空去北京玩玩。我最近开了一个公司，很有希望的公司。我没有时间悲伤，要赶时间来完成我的诺言。"

我对李斐的计划、公司没有什么大兴趣，我钦佩他的果断。可是要拿出 5000 万日元，谈何容易，要不去炒股、搞房地产，怎么能赚到 5000 万日元？可这两项发财的机会，我们都没有赶上。

"你有什么困难？可以打电话告诉我，我会帮助你的，我们是同一战壕里的战友。"

"谢谢你，很感谢你特意来接我，今天如果没有你，心情会更难过的。"

"你们还要些什么？"老板娘笑盈盈地走上来问道。

"你不是从日本来的吧？"她见我们说了一句日语。

"是的，刚回来。"李斐回答道。

"啊呀，我也是从日本回来的，快两年了，还是回来好。在外面做三等公民太苦了。我现在开了一个咖啡店，又开了一个饭店，你们以后有空来玩。"她拿出一张名片，上面写着：金陵饭店总经理，曹艳。

"现在当老板虽然很累，可很开心，为自己干。"老板娘滔滔不绝地说着。她见我勉强对她笑着，便知趣地说："慢慢喝，以后常来。"

以后常来，我和谁来？我觉得一切无趣，喝咖啡都不知是什么滋味。

"我有个大计划，以后等你心情好了，再和你谈，你一定会感兴趣的。这个计划只让你一个人知道，目前对其他人都保密。我不太相信周围的那些朋友。有义气的没有才能，有才能的没有忠心，你是二者都具备了，你要像我一样东山再起，夺回应该属于你的东西！"

我无奈地苦笑着："我一没资金，二没门路，能干什么？又不像你有上层的那些关系和一帮小兄弟。在东京我是个弱女子，回国了也是一样。"

"你怎么变得那么悲观，你身上有许多别的女人没有的东西。你有才华，有能力和爱心，铃木能够爱上你，美子能够用计对付你，说明你有一定的能耐。"

"谢谢你的过奖，至少现在我是个失败者。我没有带着铃木回来结婚，没有进日本公司就职；有能力，可我却没有如愿，这不是失败吗？我不想聊以自慰，要承认事实。"

"我现在说服不了你，等过段时间你就能体会到了。"

天色不早了，不知怎么，我并不想马上回到家。母亲不知道我回来，她以为我快结婚了，自从上次带铃木回中国一次，每次打电话来就问什么时候结婚。我总是敷衍地说再过几年。

母亲希望我这次回来能做新娘，没想到我是如此狼狈地孤独一人回到家。事业未成，爱情失败，我简直无颜见江东父老。

"回去吧，你母亲等着你呢。"李斐对我说。

我仍麻木地坐着，虽然和李斐在一起，没有依依不舍的感觉，可是和他在一起感到很充实。他像长者，每当在我不高兴的时候总是第一个想起他。如今和他坐在一起好像仍在东京，一切都在进行着，他爱纯子，我爱铃木。

"走吧，总要回家的，不要再留恋什么了。记住我的话，有雄心就会东山再起！"

"谢谢你的鼓励……"我听不清自己在说什么。

"你们女人总是那样，缠绵悱恻，成不了大气候，在东京你可不是这样的，不能摔了个跟头就爬不起来了，走吧。"李斐已经拿起我的包站起来，"你的行李已到家了，可人还没回去，你妈妈要着急的。"

我无奈地站立起来，后面传来老板娘的声音："走好，走好，下次再来！"她笑脸送到门口。

我们叫了辆出租车，此时正是 5 点。路上的行人在汽车站前排着大队，有些人群拥挤到马路边，任喇叭在叫，仍不让开。我一时有些看不惯。

"上海近年来变化很大，你有空去看看淮海路，像东京的银座一样。今年上海共有两千多个建筑工地，三年之内大变样，到那时，你不会再看不惯了。"李斐见我不言，皱着眉头对我说，"开心点好吗？像以前那样。"

"好吧，为了不使你失望。"我勉强地笑了笑。望着他无可奈何耸耸肩的模样，我又忍不住笑了。在东京我俩一个假戏真做，难分难离；一个陷入情网，不能自拔。李斐比我潇洒，挥挥手与未来老丈人说一声拜拜。可我呢？东京的别离使我心力交瘁，我不能再回首往事，更没有勇气面对现实。

出租车在拥挤的车道上走走停停两个多小时，终于到了徐家汇。这里几十年前，是上海的外围，市郊的农民背着特产，从乡下来到徐家汇喜气洋洋地坐上去市区的电车。

如今却大变了样，东方商厦醒目地耸立在徐家汇的正中央，五光十色的霓虹灯在向大上海的市民炫耀着上海的繁华富贵，来自世界各国的精品无不诱惑着踏上商城的每一个顾客。贫困之久的上海市民虽然口袋里没几个钱，可领略新潮流的强烈欲望使他们如饥似渴地睁大了双目，贪婪地观赏着橱窗里的一切精品，时时发出啧啧的赞叹声。

他们像灰姑娘一样踏上宫殿，一切是那么不可思议：一根皮带要几千元人民币，相当于普通工人一年的工资。年轻的姑娘望着琳琅满目的金银首饰，无不露出羡慕的目光。一位有钱人陪着漂亮姑娘，慷慨地给她买下了一个钻石戒指。

我在徐家汇逛了一圈，这才走进了南天大楼。

没想到母亲已在楼下站着等我，当她看到我和李斐一起提着小包回来，不由微微地愣了一下，"怎么你一个人回来的？"

我知道母亲想看见铃木和我一起回来，上次他回东京前，和母亲说好，下次来上海结婚。喜得母亲开始布置新房间，还不断地去信、去电话问我如何布置房间。

母亲感到有些不妙，但她马上又笑了起来："我这几天眼睛跳，总觉得有事，怎么不事先告诉一声？刚才听到敲门声，几个小伙子将一大堆箱子放在门口，我还以为他们敲错了门呢。"

"我最近身体不太好，想休息一段时间。"我对母亲说。

母亲狐疑地望了我一眼："脸色不太好，是不是……"也许母亲怀疑我怀孕了。

"没有，工作太忙了，有些累。"

"铃木他来电话说要我好好照顾你，他会把钱寄来的。"母亲看了看李斐，压低了声音对我说。

"什么？"我不由抬头吃惊地问道，"他什么时候来的电话？"

"今天上午，他的中国话说得比上次好多了，是你教他的吧？他说，最近工作忙，不来上海了，他说以后来上海看你。"

噢，他竟那么细心，特意从东京打电话给母亲，他还想着我？

当我踏进屋里时，惊讶极了，母亲已经买好了一套红木家具，那是上次铃木去东方商城时看中的一套，要三万元人民币。母亲没有和我说，出乎意外地想给我俩惊喜。

然而，望着放在床边柜上我和铃木在苏州虎丘合影的照片，我多想哭。可我不能哭，不能让她老人家又一次扫兴。四年前和敏订婚让她空喜欢了一场，可如今，再也不能让她再次空喜欢一场了。

她最疼我，爱我。在美国的哥哥，她不太操心，哥哥在外国七年，有了自己的公司，娶了个美国老婆生了个漂亮得像洋娃娃一样的女儿。母亲说，孩子还是让他们自己带，孩子不能离开父母。

"这样布置怎么样，我买了许多日本的家庭装潢的书来看，又请了几位在学校里的日本教师，我想这次你会回来结婚的，是不是他很忙？"

"……是的。"为什么老是提他，真让人受不了。

还是李斐会见风使舵："圣薇坐了两天船，先休息一会儿吧。"

"好，吃饭吧，我去买点熟菜。也不知道你来，你对我们圣薇真好。"

"大家都是洋插队的朋友，我特意从北京赶来接她的。"李斐狡黠地笑着说。

"是的，谢谢你了，你先坐会，我去买点菜。"母亲匆匆地出了门。

母亲一走，我无力地坐在床前，凝视着那张照片，我赌气地将照片放进了抽屉里。

李斐走过来，将照片拿起，放进了玻璃橱的里面，正好被一只银制的花瓶遮住。

"这样你母亲看了不会怀疑你们分手了，以后慢慢和她说，现在不能让她知道，她会难过的。"平时不拘小节的李斐竟也那么心细。

"我母亲已给我准备了两次结婚用品，都吹了，上次当我告诉她，我不准备结婚时，她一夜老了许多，唉，可怜天下父母心。"

"有你这样的朋友我很高兴，一辈子不结婚也行。"我微笑着对他说。

"好哇，到时候，我俩一起参加独身俱乐部。我俩分别去报名，到时候也许有人会给我们牵红线呢，我们一起在日本留过学，又学电脑，不是很般配吗？"

"神经病！"我不明白他怎么这么想得开，一点也不忧愁。

"我有一个大计划，等成熟了，再告诉你。现在成立的公司，但我不能出面，一定要有个非常知心的朋友。

"以前，一批有背景的阔少控制着电子产品的进口贸易，产品明明是台湾在深圳的合资厂生产的，却由日本公司一转手，变成日本公司的产品。其他人不知情，误认是正牌日本货，所以现在有关部门要整顿。日本东邦公司垄断了向中国出口电子产品优惠权，最近要研制一个新产品，王子公司和东邦公司关系紧密，东邦公司从中国挣了不少钱，挣的钱，再抽出5%的回扣，所以王子公司在东京银行的存款有数十亿日元。"

"你怎么知道的？"我问道。

"有些是美子告诉我的，当时她知道我在北京有门路，想拉拢我，因为王子公司那帮人要价太高，美子想甩掉他们，重找一个有门路有关系的人，作为她公司代理人。她说，可以帮我先在银行存2000万日元，但必须将她公司前几年生产的一批过时产品卖给中国，总价达300万美元。我没干，我不能干昧良心的事。所以她渐渐地冷淡我，但她一直找不到合适的人，所以也没有驱逐我出公司。"

"你可从来也没和我说过，那时你和我关系不太好。噢，记得铃木说过，台湾一家公司想独资在大陆搞有线电视，美子为了拉拢他们，叫铃木去稳住老板的女儿。"

"喔，他还说什么？"李斐若有所思地看着我问道。

"没说什么，那天，他是非常生气的时候说的。"我说道。

"那现在怎么样？"我不知道这里竟有那么多的事。

"首先切断东邦公司在中国的生意，由台湾另一家公司在大陆合资制造相同的电子产品，替代原东邦公司在台湾的分公司，这样，王子公司和美子的公司就要垮台。我整整调查了几年，才和有关人物制订了这套计划。现在只告诉你一个人，研究工作也保密，三年之内那些搞电脑的专家不能回家，说是研究一项国家的机密工程。我们还要用重金聘请熟悉东邦公司的电脑设计专家，今年由于不景气，又解雇了五名有经验的专家，我们要花每月 50 万日元聘请他们来中国。让他们在美子公司发挥的才能用在我们的公司，每月 50 万日元的工资不算高。"我明白李斐的这套计划。没有想到他竟有这样深的计谋，敢横眉冷对瞧不起他的"老岳父"。

"有那么容易吗？原台湾的电脑公司有许多的客户，他们不会再订其他公司的产品。"我说道。

"这还不容易？电子部门的几个公司都要重新组合，新上任的都是少壮派，年龄都在 40 岁左右。这些少壮派现在就在干。"

"你是干什么的？怎么都知道？"我疑惑地望着今天神态有些严峻的李斐，"你是不是……"

"嘘，别说得那么可怕，我像吗？"

"我虽觉得你与众不同，说不清，但是你很正义，讲义气。不像其他高干子弟那样轻浮。噢，原来你一直在利用我，在注意我！"我忍不住叫了起来，"你特意来上海，是为了告诉我这些，你一直是别有用心的。"不知怎么我有些反感。我不喜欢别人利用我。

"我没有利用你，是帮助你。我以前利用过你吗？难道你愿意有些人拿着国家的钱到处挥霍，而我们这些贫困的留学生，有本事想干点事业的人，却处处遭磨难吗？就像你，到日本四年，靠自己打工干出来的钱来付高昂的学费。难道你愿意任人摆布？我们国家穷，跑出去被人瞧不起，如果你从美国来，就不可能毕业后到处找不到工作，不可能被美子耍。"

"不要说了。"我十分反感他提这件事，"你说得也有理，可我不愿意卷入这种旋涡里，我只想好好地找份工作，过个太平日子。今天你给我说的话，我不会和别人讲，你放心吧！"

"好吧！我不勉强你。"

门铃响了，母亲回来了。母亲喜气洋洋地提了一大堆菜。"今天买了你喜欢吃的鳗鱼，还有李斐爱吃的酸辣菜。"

"母亲的记性正好，还记得你爱吃的菜。"

是的，母亲现在还常记得铃木爱吃中国的饺子、粽子。我怎么啦？又想起他，这辈子是忘不了他了。

母亲的烹调技术很好，手脚也很利索。不一会儿，一桌丰盛的晚餐就做好了。我们三人围坐在一起，母亲又说起了他："如果今天铃木能坐在一起该多好。"

李斐看着我，朝母亲挤挤眼，母亲是个聪明人，立马不再说了。我吃完了，李斐要回宾馆，我送他下楼。

在路上，他一再嘱咐，今天的事，他不应该那么早就对我说，太感情用事了，那是很糟糕的。

"好吧，但愿我没有看错人，你会和我合作的，为了我俩一起杀回东京……"李斐的眼光带着强烈的诱惑。他抓住了我的弱点，使我无力抵抗，也许我真能成为他的同盟者，可我现在还不能答应。

"你回去吧！我会打电话给你，有什么困难告诉我。"他又像个长者似的关照我，恢复了在东京时的模样。我俩站在淡淡的路灯下，彼此凝望着。好像今天才认识一般。

许久，他才说："我真的很喜欢你，但我不能够爱你，我们的纪律是不可以动真情。"

莫非他的身份带有神秘性？我心底的疑惑又浮了上来。

"那么你和纯子，不是谈恋爱吗？"我好奇地问。

"我只是寂寞，找个女朋友散散心罢了。有爱也不能爱，眼睁睁地看着自己喜欢的女人被日本人抢走，所以我也要找个日本姑娘解解闷。"他十分坦率而又冷漠地望着我。

"原来你一直是个感情上的骗子。"我有些生气了。我不喜欢他逢场作戏。他真像个书中描写的英俊而有才干，诱惑女人十分出色的间谍007。

"你真可怕。"我自语道。

"不过现在有些喜欢她了，她使我感动，我没有想到24岁的日本姑娘还是处女。在去日本旅游的那天夜晚，她给了我，我感动极了。就在那天夜里，我爱上了她，我决定要娶她，我不能抛弃一个真心爱我的人，她已是我的人了。可是那个老家伙嫌我穷，娶不起他的女儿。"

说起纯子的父亲，李斐的语气有些愤怒，恨不得要把他父亲一口吞下去似的。

"不早了，回去吧！今晚陪你妈妈好好谈谈，千万不要说铃木的事。"

"好吧！可早晚会知道的。她还等着办喜事呢。"我苦笑着，心里感到一阵难过。

"振作起来，一切都会好的。"他和蔼地拍了拍我的肩。

"有事打电话给我，这是我的直线电话号码，有急事才打。"他递给我一张名片，上面印着某某科技情报研究所，陈启列。

"怎么？你姓陈？"我疑惑地问。

"我有许多的名字，真实姓名连我自己都忘了。"他显然不愿意告诉我他的真实姓名。

他挥手叫了一辆出租汽车，临上车时对我说："以后我会告诉你的。"

我茫然失措地向他挥了挥手，独自站立在街头，车已经没有了影，我仍然站立着。

一切不出我的意料，以前总觉得他与众不同，他什么都会，会跳舞，会开汽车，当过兵，打过仗，可不像个粗鲁的兵。在舞厅里，他是风度翩翩的王子，他能跳七种舞，像受过特种训练似的，又能唱像李双江一样的男中音的歌。可他对我确实很好，难道这也是预谋的吗？知道我和铃木有这样一场结果，又利用我帮助他们来搞垮摧毁东邦公司？我是他心目中的最佳人选？

可他怎么也没有想到我对铃木仍怀有眷恋之情，搞垮美子也就是搞垮铃木，我真能这样干吗？

我行走在寂静的马路上，一边走，一边沉思着。我不想参与他的这套计划，我是搞技术的，要靠自己的真才实学在日本打出一片属于自己的天地。可是我有这个能力吗？我的眼前又浮现出美子那冷酷而妩媚的面容。今晚她在何方？她仍拥有铃木吗？我恨她，决不能宽恕她。

我要报复！报复她逼得我走投无路，报复她夺走了我的爱！

想起了她，我的心头便燃起了熊熊火焰，而这复仇火焰正是李斐所需要的。难道我们俩真的要结成同盟吗？我感到茫然不知所措。

回到家，母亲还没睡，她已准备好了银耳燕窝羹等着我。"去了那么久，晚上很凉，别感冒了！"母亲端上一碗银耳燕窝羹，"那位朋友对你很好。"

"我们是一般朋友。"母亲仿佛放心似的点了点头，看来她还是喜欢铃木。上次铃木来中国，很讨母亲喜欢，用中国话不停地叫着"妈妈"。他从东京给母亲带来一只价值 20 万日元治疗关节炎的医疗器。后来，母亲每天坐在椅子上，双脚踩在医疗器上时，总是要说起铃木好，能想到她。

"你在中国住长了，铃木不会感到寂寞吗？"母亲又提起了他。

"……不会的，他马上要去美国开订货会，很忙。"我没敢看母亲一眼，"我太累了，想早点休息。"

"好，你就睡在那间新房吧！床都已经铺好了。"母亲不无遗憾地说，"真希望他也一起来，他一定会喜欢我为你们准备了几个月的新房。上次来我也不知道，房子刚买好，也没有来得及布置，下次再来他就不要住宾馆了，这儿比高级宾馆舒服。"

母亲越说我心里越烦，我真想对母亲大喊一声："他永远也不会再来了！"可我不能，母亲会彻底失望难过的，她会承受不了的。

现在，她花了半年的时间，将这两室一厅装修得富丽堂皇，只等着门上贴一个喜字，她一定会乐得眉开眼笑。我望着母亲慈悲而又瘦削的面庞，轻轻地说："是的，他知道了一定会喜欢的，我先睡了，妈，你也早些睡吧！"

我勉强地笑着对母亲说，便走进了屋内。

我关上了门，茫然地站立着，新房很漂亮，淡咖啡色的床单与窗帘相得益彰，浅色的家具在柔和的灯光照耀下，显得那么静谧，舒适。梳妆台上摆放着名牌化妆品，还放着一套铃木喜爱用的香水和摩丝。

我一看到这瓶摩丝，眼前又浮现他的面容，他喜爱清晨起来在阳台上练练身体再洗澡，而后喝上一杯咖啡，修饰头发。他的头发很密又很黑，一丝不乱，每天要用摩丝洒一遍。我不太喜爱每天洗头，怕年纪大了，要犯头痛病。也不喜欢天天洒摩丝，太一本正经了。他经常说我什么都好，就是不爱修饰头发。

镜子里出现了他的面影，在向我微笑。定睛一看，原来是摆在壁橱架上我与他的合影。

不知母亲什么时候将这张照片放大了，还特意摆在醒目的地方。一年前的往事历历在目，去年的夏天我最幸福，可为什么消逝得这么快？

我感到一阵无可奈何的惆怅，一阵阵的倦意袭来，便沉沉地睡着了。

半夜，听到有人敲门。是谁？是母亲？不会，母亲不会在这时候来打扰我。

我睡眼蒙眬地去开门，打开门一看，是他——铃木！他穿着一身西装，胸前别着一朵玫瑰花，在他的后面竟是穿着婚礼服的美子，我惊得大叫了起来！

当我睁开眼睛，阳光从绣花窗帘中射了进来。环顾四周，房间里静悄悄的，那扇门紧关着。

哎！又是一个梦，不知他是否也常常梦见我？

第十六章　重拾旧情

不知不觉，一个冬天已经过去了，我不知道这个冬天怎样过来的。每天起来喝杯咖啡，便坐在阳台上看当天的报纸。下午，去上海宾馆咖啡厅坐一会儿，晚上回来将以前买的悲伤的小说全都看了一遍，我不像以前那样会流泪了。现在无所事事，有些寂寞但不痛苦，仿佛神经已经麻木了。

母亲不再多问我与铃木的事，她好像知道了，怕我闲在家里心情不好，所以经常叫我出去玩。她就怕我在家里，只要我两天不出门，她会买两张电影票叫我去看，我俩都有意回避这个问题。

昨天，莉莉来了电话，今天居酒屋开张要我去，老同学一定要去捧捧场。

居酒屋开在静安寺的百乐门旁，门面不大，但装潢十分别致，一排蓝色的门帘挂在外面，还有一只大红灯笼，上面写着一个"酒"字。门前张灯结彩，一个个大花篮摆放在外面，外面停了许多私人轿车，看来她的朋友不少。

"莉莉回上海后，也搞得不错，先开了个饭店，生意很好。现在又开了这间日本风味酒店。"母亲近来常夸莉莉，也许有意叫我快找工作。几个月闲在家里，我没有一点动作。带回来的100多万日元，已用了50多万，也不知道怎么用的，只是买了一个空调。

去日本五年，我只积蓄了200多万日元。和铃木到中国旅游以及在日本租房子买家具用了100多万日元。他要把钱给我，我没要，如果收下他的钱，他会以为我为了钱才和他同居的。他临走时留下了200万日元，我又打到他的银行卡上去了。虽然银行卡还在我这儿，但我不能用，那是他的钱。

今天来了一批批的客人，个个西装革履，手拿着大哥大，真是财大气粗，每人都是开着自己的轿车来的。

"来,我介绍一下,这是我的朋友,华百贸易公司的总经理。"莉莉今天满面红光,春风得意,她向我介绍的是一位胖乎乎的年轻人。

"这位是上海炒股大款,孙百万。"进来一位戴着眼镜瘦瘦的中年人,他递给莉莉一沓红纸包。

"谢谢,谢谢。"莉莉将红包吻了一下,"太好了。"

我看不惯这场面,尤其是莉莉市侩气的模样。我没有带一份礼,只买了一束鲜花,太寒酸了。在这里我是个贫困者。我感到生气的是,莉莉没有向她的朋友介绍我是谁,在日本她总是显耀地向朋友介绍:"这是我最要好的朋友,东京大学的电脑硕士,亿万富翁的儿媳妇。"今天,好像怕我失了她面子似的。

她换了三次衣服,最后换了一件晚会上穿的低胸红礼服,在这些大款、日本小老板面前卖弄风情。

他们喝得醉醺醺的,又猜起了拳;几个女人叼着烟,戴着 24K 的金项链说着粗话。

我想走,可不能半场退出去,因为今天莉莉一定要我唱几首日本歌,好像我是她请来的不付酬的歌手。看在是朋友的面上,也只好硬着头皮坐下去。今天她请来了上海两位有名的歌唱家前来献艺,每一位出场费 5000 元人民币,她知道在居酒屋要唱日本歌才够味,因为有日本朋友。

两位歌唱家也不看看这气氛环境,其中一位唱的《东方明珠》和气氛不符合,结果唱的人没放开,听的人也没趣。

"好,下面请我的朋友圣薇小姐为大家唱一首日本歌曲《恋爱似蜜酒》,这是一首最近日本流行的歌曲。歌词大意是一位年轻人因为失恋后感到寂寞来到酒店,老板娘的美丽与温情使他重新燃起对生活的激情。正在这时,那年轻人的旧恋人又出现了,于是年轻人旧情复燃,跟着昔日恋人走了……"

"好,妙极了,够味。"那位不多言语的孙百万兴奋起来了。于是大家跟着鼓起了掌。"噢,今天是恋爱之日。"一位日本人兴奋地说了起来。

　　这首歌曲是我最爱唱的。这是男女二重唱，以前唱这首歌常常想起敏。他在上海，是我抛下了他，留下他一个人落落寡欢。每次唱这首歌，我都要流泪。仿佛在向他忏悔，向他表白我的心迹。后来我与铃木分手后，我也唱过这首歌。唱起歌，便想起他跟着旧恋人美子走了，而我却像那位年轻美丽的老板娘，默默地伫立在门前，望着夜幕中消逝的一对对恋人。

　　当音乐响起，酒店的灯渐渐地暗了下来。卡拉 OK 电视屏幕上出现了一幅幅画面，我的情绪也进入了画面之中。

　　当你抛下了我，我每夜徘徊在街头，
　　我走进酒店，多想一醉方休。
　　这儿是我俩常去的地方，你还记得吗？
　　如今你远在天涯海角。
　　……

　　屏幕上出现一幅幅画面：天下着大雨，老板娘泪眼隔着窗棂在向外翘望，盼望着心爱的人重新回到身旁。

　　我想起了两年前的敏，他也是这样，如今他在何方？与他新婚妻子共度周末。我仿佛看见了他俩相偎在一起，而我却一个人流浪在街头。

　　我的嗓音变得多情而有些伤感。

　　最后一段是酒店老板娘唱的歌：

　　那朵凋谢的玫瑰花是我的身影，
　　我每夜盼望着他从雨夜中归来。

　　我多像这位多情的老板娘，每夜每夜隔窗盼望。然而寂静的小巷中没有他的身影，他到哪里去了？他又跟着旧恋人远走高飞，去美国，去南朝鲜……

　　抛下我一个人提着行李回到了中国，空守着那间新房。唱着，唱着，我多想哭，痛痛快快地哭一场；可是不能，这里不是我发泄情感的地方，我强忍着，没让泪水流出来。

歌唱完后，我低头向大家道谢，好半天，平时喧闹的居酒屋竟没有一点儿声响，我慢慢地抬起头，看见大家仍屏息地凝望着我，还没有从那缠绵悱恻、多愁善感的歌中解脱出来。

"再唱一首！"一位日本客人高兴地用日语喊了一声。

"太好了，我都要流泪了。"坐在前面的孙百万感叹地说。他从包里拿出一沓红纸包："给你，是我的一点儿心意。"我看见他的眼睛有些湿润了。我也有些感动，看来他不只是个会挣钱的人。

世界上无须刻意修饰，能够使人心灵相通的就是爱。爱是永恒的，渗透于每个人的心灵深处。

今天有来自日本、美国等国的客人，他们的层次不一样，语言虽然互不相通，可音乐使他们都能感受到爱的悲欢离合。

当我再一次鞠躬向大家致谢时，又是一阵热烈的鼓掌声和喝彩声。许多人走上来和我握手，并给我名片。

"谢谢，谢谢。"我激动极了，这是我回中国后第一次那么高兴。

"大家静静，我介绍一下，这是我最要好的朋友，东京第八次外国留学生卡拉OK比赛二等奖的获得者林圣薇小姐，东京大学的高才生——"莉莉不知从什么地方窜了出来，她又换了一件和服，变得文雅些了。

可我不喜欢她的逢场作戏，现在看到我引起了客人们的兴趣，随机应变地向大家介绍。虽然我不太喜欢这儿的朋友，但大家的真情感动了我，我不断地向大家鞠躬致谢。

这时，一只酒杯举到我面前："我敬你一杯！"我定睛一看，不由愣住了——原来是李逸敏！

没想到他也来了。他不像上次在咖啡店里颓丧无神，这次他显得很精神。他从来也不穿西装，今天却穿了一件非常挺括的西装，看得出质地很好，一条彩色领带非常醒目地系在胸前。

他一向穿着很随便，不拘小节，今天变得彬彬有礼，变得成熟而更富有男子气，一定是受他夫人熏陶的。

我拿着酒杯不知如何是好，他深情地望着我："我知道这首歌是唱给谁听的。真心地感谢你，来，为了友谊，干了！"

我的手颤抖起来，我从来也不喝白酒，可是今天要喝，一醉方休，像那位失去爱的年轻人一样，我毫不犹豫地将一杯白酒干了。顿时，我被呛得喘不过气来，感到嗓子眼一阵火辣，可我挺住了，将喝光的酒杯还给了他。

下面又是一阵鼓掌："好一个女中豪杰，文武双全！"

"莉莉还有这样一位女朋友！"台下喝彩，叫喊道。

"对不起，我先走了。"我感到头有些晕，一分钟也不能在这儿待下去了。

我和莉莉打了招呼，冲出了人群，走到自己的座位上，拿起了包，对大家说了声："谢谢大家的掌声，我有事，先走一步，大家接着唱……"我不能当着这么多人面倒下，必须马上离开这儿。

"你不能走！"莉莉拉着我的手恳求道，"上次李逸敏来我这里说，他现在还很想你的。其实你们谁也没有错，我以前的朋友也是因为寂寞才和那位女人好的，谁叫我们分离呢？我看你回来后心情一直不好，如果你们能再和好……"

"不，那是不可能的，他已经结婚了。"我感谢她的好意，可是她使我那么狼狈。"对不起，我要走了。"

我惶然失措地提起包，逃出了这喧闹的地方。我站在晚风中招手，可出租车一辆辆地从前面开过，没有一辆停下。

一阵凉风袭来，我感到有些恶心，想吐。一杯白酒就醉了，真没有用，可恨的敏竟在那么多人面前出我的洋相，他一定恨我，可我恨谁呢？为什么他不再等我一年？也许我还能回到他身旁，如果现在他还是一个人的话。

一辆车停在我面前，车门打开了，是他！"请上车，我送你回去——"

"谢谢，我自己叫车回去……"他什么时候学会开车？这个书呆子怎么变得那么潇洒，又是他夫人教他的？

"上车吧，外面很冷，我今天特意来看你的。"他的目光中充满了爱怜，我回避了他的目光。

"我觉得自己也很对不起你,一直在忏悔,想找个机会和你好好谈谈,我生活得并不幸福,经常想起你。我知道你在外面很苦,一点儿也不怪你。"他伸出手柔情地说道,"进来吧……"

晚风吹来,我又感到一阵寒冷,我低垂着头,不由自主地踏了进去。

车开得很快,他开得很熟练。"什么时候学会开车的?"我问道。

"两年前,闲在家没事,学了半年。后来借朋友的车练练,这辆车是上个月买的。"

"是你买的?"我十分惊讶。30 万人民币一台的奥迪,他也买得起?那他起码有 100 多万元的固定资产了。

"我炒原始股挣了一些钱。单位里的人都不要,我用准备结婚的两万元都买了。反正也不准备结婚了,没想到一年后翻了几十倍。天助我也,一夜成了富翁,多滑稽。"他自嘲地笑着说,"用这钱开了一家小公司,承包建筑设计、打字、翻译工作,生意很好。去年接了一项组装电脑的工作,组装了 100 多台电脑,一个月就销光了。"

他的言语中没有一丝夸耀,仍是那么淡淡的。他仍像以前那样,他并不爱财。

"你生活很好吗?"我平静地问道。

"认识她才一年就结婚了。那时,好像有些爱情饥渴症。她是上海服装总公司的设计师,也经常出国。可是太任性,又很爱财,有了钱就到处旅游。上星期去马来西亚、泰国旅游,要到两星期后才回来。"

我望了他一眼,没有吱声。也许我天生没有这个命,我和他谈恋爱时,他是个穷书生,他的衣服都是我帮他买的。当我一离开,他便发财了。别人跟着他享福,可我呢?在日本艰辛地干了四年,才挣了 200 万日元币,合人民币也就 16 万元。

我的心有些隐隐作痛,不想再听他讲下去了:"快送我回家,我有些不舒服。"他看了我一眼,没有吱声,车开得更快了,他没有朝我家的方向开。

"你去哪儿?"我喊叫了起来。

他没有看我，说了声："开到我们家去。"

"你发神经病！"我发怒了，他要我去他的那间新房，向我显耀他的富贵。

"不是我和她结婚的新房，我在华亭宾馆前买了一套二室一厅的房子。那儿的家具都是你买的，所有的一切都是你的，你的！"他有些生气了，可仍没有回头看我。

我没想到他仍保留着我五年前准备的一切东西，那是我俩辛苦攒了两年的钱买的结婚用品。他没有弃之如敝屣，却如珍品似的搬到他的新居。

我多想去看看，多想能回到以往的岁月中。那时是多么快乐，无忧无虑……去日本，东京，它给了我什么？

车很快开到了一幢花园别墅前，他按了下喇叭，看门的老头迎了出来："李经理，晚上好。"我看见老头的目光飞速地扫了我一眼。

"你经常带女人到这儿来吗？"我有些嫉妒地问。

"你把我当作什么人？我告诉你，这儿是属于我们俩的。"

我知道他不是个花言巧语的人，他真的还那么想到我？我有些感动，刚才的戒备情绪也消失了。

我有些茫然地跟着他上了三楼，记得那一年，我俩也是一起看新房，但我俩是手拉手，唱着歌上楼的。

分开五年，彼此都经历了那么多，我们都变得成熟了。不，不是成熟，我们的心灵都留下深深的伤痕，这伤痕使我们之间的距离拉开了。今天，我俩像陌路相逢的异性朋友，拘谨、不安、慌张，好像到这儿是偷情似的。

他打开房门，屋里有一股味，好久没住人了。

"她不知道我这儿有房子。"

打开里面一间的房门，我不由愣住了：所有的摆设都是我临走时放的那样：我亲手选的四条红、黄、蓝、紫织锦绸缎被子仍整齐地摆放在那儿，梳妆台上，一张我俩在校园时的合影放在上面；打开橱门，里面有一件他亲手做的白色结婚礼服，还有他帮我买的玫瑰色的滑雪衫。

"有时心情不好，一个人常来这儿，一坐就是几个小时。"

我听了他的话，鼻子一酸，再也忍不住了，泪水夺眶而出。

"我常常听这首《恋爱似蜜酒》。听了这首曲，我就想起你。有一次，我和她吵了架，一个人跑到这儿，两天没回去就住在这儿，我多希望你能在我身旁。"他哽咽道，"我不怪你有了男朋友，你一个人在外很辛苦，我没有本事来照顾你，那是我无能。"

他越是这样自责，我越感到一阵难以忍受的疼痛。

是我对不起他，如果我不碰到铃木，也许我仍会等他。我不会和另外一个男人走的，三年内找我的男人很多，可我仍想着他。为什么铃木一下子抓住了我的心，那么轻易地俘虏了我？这是天意和缘分吗？

"是我对不起你，原谅我，我伤害了你，你不应该再想我。"我多想扑在他怀里，放声痛哭一场。可不能够，他已经不属于我了。

我仍站立着，多希望他能拥抱我。可他没有，只是深情地凝望着我俩的照片。

"你不要将这些都留着，所有一切都过去了，看了会更难过的。"

"我要有自己的天地，自己的感情世界。当我很累很累的时候，来到这儿，心里好像安宁了些。我在这儿等待一个人回来，这就是我的希望。我要挣很多很多的钱，比那些日本人挣得多，为什么我们中国男人要输给日本男人？"

"我并没有看中他的钱。"我这才知道他为什么发疯般地挣钱，为什么西装革履开着奥迪来接我。

我感到一阵羞辱。

"我没有要他一分钱！他给我的钱，我都还给他了。我不是为了钱才跟他的，你知道吗！"我委屈的泪水直下，对着他声嘶力竭地喊叫着，"你以为我像别的女孩子一样，为了在日本待下去，随便找个日本男人，抛弃自己的男朋友吗？你一点儿也不了解我，你不知道我是怎样一步步走过来的？刚去的一年我好想你，我每天夜里拿着你的照片看啊看……"

我用双手捂住眼，不想让他看见我的泪水。

"对不起，我并没有责怪你。"他终于用双手按住我的肩膀。我哭得更伤心了，他紧紧地抱住了我，他也流泪了。

"你是属于我的，我一直等待着。我不爱她，她把我俩的照片在新婚之夜都烧光了。她是个冷酷的女人，我对她的爱也就在那一夜逝去了。这一张是上次我去你家送书，趁你妈妈倒水时从玻璃板下偷来的。"他的嗓音嘶哑着，"你和她不一样，我好后悔，为什么不再等你？"他断断续续地在我耳边低语着，我感到一阵温暖和安慰。

"不要离开我，当时不要让我去日本多好。"我喃喃地呓语道。我俩和衣倒在床上，如痴如醉地拥抱亲吻着。这是我们的新居，我们的床。

他轻轻地解开了我的衣扣，慢慢地脱下，我没有挣扎，我早就应该属于他。是我跑到了日本，我还能再用贞操来献给他吗？

不能了，我愧对于他。不，我用手捂住胸前，"不，我……"我惭愧地说道。

他诧异地望着我："为什么，我等了你四五年了。"

"我对不起你。"

"我不在乎，只要以后不离开我，不要再回东京。"他恳求道。

"我不再回去，不再回去了。"我又想起铃木，"我和他之间永远结束了。"我闭起眼睛，没敢看他一眼。

我的身体紧紧地贴紧了他温暖的胸前，他双手抚摸着我……爱的温存，性的骚动似火焰般地燃烧着我全身，我感到晕乎乎的，脸上一阵火热。此时此刻多么需要像铃木一样强健而柔情的男人，用他的整个情和爱占有我的全部。

床上柔软的彩色被褥似一层层波浪，波浪中一叶小舟在浪尖上翻滚，有节奏的上下起伏着，与波浪融合成一幅美丽的海岸风景——绚丽，多彩，激荡而富有诗情画意。渐渐地，波浪平静了，泛着柔软的微波，小舟轻轻地荡漾在河面上，构成一幅晚霞而归的风景画……

我们平坦地躺在"蓝色的海面上"喘息着，时而，彼此又难分难离地拥抱在一起。

"今夜不要回去，住在这儿。"他在我耳边低语道。

"不行，我从来也不住在外面，妈妈会着急的。"我不能让母亲知道我与他和好了，母亲有些恨他。有一次，她说看见他带着老婆开车在南京路兜风，她说这辈子再也不要看到他。

母亲性格很古怪，她喜欢的人，无论做错了什么，她都会原谅；她不喜欢的人，看一眼再也不想说话，怎么立功赎罪也不行。

"我母亲有些恨你，你老婆在居委会说我找了个日本鬼子，她气得打电话骂过她。"

"我知道，那天她和我吵了一架。她就是这样无事生非，一点也不像个知识分子，刻薄又自私。我一直想和你母亲解释，怕得很，没敢去。她老人家以前对我一直很好，你走后，每星期都叫我去吃饭。"

"我要回去了，送我回去吧。"我不能让母亲等我，这几个月她为了照顾我，操劳了很多。

"好吧，再过一个小时，送你回去，你现在准备干什么？"他起身穿好衬衫，抽支烟问道。

"不知道，不想为了一个月1000元人民币把自己关在公司里。想找份自由的工作，有活儿就干，没活儿在家，最好要和我专业对口的。"

"到我公司来，我正好需要一名电脑操作人员，培训几名技术员，明年公司要扩大。给你每月3000元人民币，怎么样？"他笑着对我说。

"真是财大气粗，用金钱收买我。好呀，什么时候学会这一套？我可不吃你这套，我不干！"我故意气他。"不说一月3000元，我还考虑一下，你说起工资时真像个资本家。"我用力地扭着他的鼻子，疼得他直叫："好，不给你工资，叫你义务劳动，干不干？"

我又揍了他一下："我给你干，挣了钱给你老婆游山玩水。不要忘记我是从日本回来的，哪有白干不给钱的？日本有个名词叫'无料'，就是不要钱为你服务，那是为了叫顾客从口袋中乖乖地掏出更多的钱。"

"那你不要我工资，是为了从我老板的口袋里掏出更多的钱？你比我还狡猾，看来日本没白去。"

"不要瞎讲，我不爱你口袋里的钱。"我真的一点也不想他的钱，可是他老婆每月用 3000 元买衣服、化妆品，我有些嫉妒。

"今天送你一件礼物。"他神秘地从西装口袋里拿出一张磁卡，"这是长城信用卡，签上你的名就能用了。以后用你的身份证，可以到处买东西了，现在里面有 10 万元人民币。"

"我不要！"我坚决地回绝，虽然我带回来的日元只剩下 50 万了。

"为什么不要，我的就是你的。不要忘记，我最宝贵的东西今天都给你了，我一无所有。"我一时没听懂他的话，猛然，我明白了，他什么时候也变得幽默起来了，我用手遮住他的眼睛。

"不许再说，把你眼睛闭上，别看我。"

"好，把眼睛闭上。"他果真闭上了双眼，这时我将卡偷偷地塞在枕头下。

"好了，睁开眼吧，我要走了。"

"你一定在搞什么鬼，你藏起来我也会找到。对了，以后有别的女人来，要给她们发现拿走的。"他急中生智地说。

"这样更好，我更不想要这钱了，不要用激将法。一个晚上你要付 10 万人民币，可比日本的大老板还要挥金如土啊。"

他摇了摇头，无奈地说："以前为我办到日本去，你花了很多钱，我要还你的。好吧，以后等你缺钱了，再来拿吧。"

我已经穿好衣服，化好了妆。他又穿起了那套 1 万元人民币的西装，戴上劳莱克斯手表。可是他不爱洒香水，不爱在头发上喷定型水，我怎么又想起了铃木。

总觉得在他身上少了些什么？可我说不清，缺少一种气质和浪漫，为什么要将他和铃木比？他依依不舍地吻别了我，开着车将我送到我家里弄外。

"有事给我打 BP 机，每星期六晚上，你在那儿等我。"他交给我一把钥匙。我想了一下答应了："工作的事，来电话吧。"我决定去他公司帮忙干些活儿，老闲在家里太闷了。

我告别了他，匆匆上楼，母亲已经睡了，桌上还留着许多菜。我怕母亲醒来后问我去了哪里，便蹑手蹑脚偷偷地跑到自己的房间里。

当我走进自己的房间，打开灯，又看见铃木的照片。他那么冷峻地瞧着我，今天的神态好像不一样。当我再仔细观看时，仍是那张照片。我不敢多看他一眼，他好像在责备我：今天你多么高兴，多么风流……

我将照片啪的一下反放在桌上。我淋了浴，刚要入睡，电话铃响了："是圣薇吗？"

是敏的声音："我今夜怎么也睡不着，为什么要放你回去，新婚夫妻为什么要分离？"

"说什么呀？快睡吧，明天不是还要去金山工厂安装电脑吗？"

"是呀，我想你是否到我这里来工作？每月 3000 元人民币，承包给你，你再教两个徒弟，这也是一点收入，怎么样？"

他怎么变得那么市侩，刚刚还充满柔情蜜意，现在就说起了工作，马上谈工资。我有些讨厌："我还没考虑好，你现在变得像个精明的老板，谈起工资，一点儿也不糊涂，和情人谈工资也算得很清。"我不高兴地说。

"你说到哪里去了。我的钱就是你的钱，以后每月奖金另外给，你要多少给多少。"

他这样说着钱，我一点儿也没兴趣："我想休息了，以后再谈吧。"

"什么时候再见面？"他又有些情意了。

"不知道，你算好了每月给我多少工资，再去请示老板娘。"

我有些说不出的感觉，两年前他一贫如洗，如今成了暴发户。我堂堂一个东大毕业生，却在他手下当工人，自尊心使我的心理不平衡。

说到工作的事我就满肚子说不清的委屈，对他的感情也一落万丈，也许我太不现实了。每月 3000 元人民币，就是在上海也是个美差，可我却迟迟不肯给他回音。

虽然现在还有些积蓄，可每天都要开销。要买衣服，请朋友吃饭去旅游，这点钱怎么够我花呢。

眼看着钱一天天少了，心里有一点慌。我节省了许多开支，每隔一星期去一次咖啡店，这样可以省下几百元。出家门开始像上班族那样挤公共汽车，尽管要等半个小时，脚很酸，但能省下几十元，心里也觉得很高兴。

母亲说省下 100 元，等于今天挣了 100 元，这样想，就不觉得挤车或少喝一杯咖啡是委屈了。

每天仍是按部就班地生活。买了几百元的新书，也差不多看完了，朋友那儿也都去玩过了。现在大家都在忙，有时星期天也找不到人，有的去外地学习了，有的去市场找机会了，还有的当了家庭教师，只有我最空闲，我感到自己被时代甩得很远。

我开始考虑应该走出去，这样可以有些社会关系，一是不寂寞，二是也有些收入。于是我看了《新民晚报》，上面有一家美容商品推销员的招聘广告。

电话里说，要推销掉 1000 元人民币的产品，才有 100 元工资，我不想去。又有一家电脑排字工作，一个月也才 1000 元人民币，每天工作 8 个小时以上，我也不想去干。

每当我失望地回到家，气愤得恨不得把铃木的照片撕了，我又想起了妖艳绝情的美子！

跑了几个公司，不是工资不满意，就是工作不如意。于是我开始委曲求全，去找敏。他听我说要去工作，高兴得连声说好："快来吧，去金山工厂，我准备一套二室一厅，平时住在那儿。装完一批成品可以回来。反正你也没有家属，不要紧。"

听到他说起家属，触痛了我的神经，"是呀，我没家属，你有家属可以每天回去团聚。"

"又想到哪去了？我可以来看你。那儿是我们的乡间别墅，上海是城市金窝，你不要再耍脾气了。以前你不是这样，变得那么神经质。我仍像以前那样爱你，来吧。"

别无选择，只有去他那儿当一名临时工。呜呼，多么悲哀！天道是循环的，说不定哪天你由富翁变成一个穷光蛋。为了混口饭吃，好吧，得忍辱负重。

在东京是这样，回中国仍是这样，我认命了。好在敏还能继续爱我，悲哀之中，多少有些安慰。

他的安装工厂设在金山县城里，租用的房子，每月才 4000 元人民币。房子很大，楼上楼下共九个房间。楼下是组装间，放着从广州运来的电脑零件，和一些已经安装好的电脑，楼上是办公室和工人宿舍。他雇了五个技术工人，其中有一位是从东京留学归来的小杨。

夜里，我和看门的农民姑娘，还有小杨住在这里。另外还有一个从乡里雇来的小青年，打扫房子，晚上值班。总之，还不错，我住在二楼中间的一套房间里。敏从上海运来了一套家具，将房间收拾了一下，倒也很整洁；卫生间也装修了一下，很漂亮。他又特意买了一个 20 英寸的电视机放在我房里。

偶尔，敏也来住。小杨知道我们的事，他女朋友也是在他去了日本后分开的。为此他总是笑呵呵地说："真是羡慕你们破镜重圆。"

过惯了城市生活，来到乡村，倒也觉得安静，心里不再那么浮躁不安了。和几位小青年一起干活儿，我好像又年轻了好几岁，他们都叫我"薇姐"，常常叫我讲东京留学的事。平时，他们帮我去买菜，买鲜鱼。照顾得我很好，我感到了一种新的气氛。

当一天工作下来，站在布置得很好的房间里，眺望着远处的乡村晚霞，心绪得到了安宁。一旦听到院里轿车的喇叭声，我便知道是李逸敏来了，他总是风尘仆仆地过来看我，有时陪我住一夜，我从内心深处感谢他。

渐渐地，我仿佛遗忘了在东京的一切不幸与悲哀，也遗忘了李逸敏结过婚，有妻子。好像我也没去过东京，我和他仍在谈朋友，我们一起开了公司，一起奋斗，我俩的情绪常常又回到了当年在上海谈朋友时的情景。

每天与年轻的朋友一起愉快工作，夜里与李逸敏在一起，星期日去乡村逛逛玩玩，又有每月 3000 元的收入，我感到很满足。

母亲不知道我为他工作，我一直瞒着她，至今她仍恨李逸敏。说他骗了我的钱去投股，发了财，忘了情，娶了一个漂亮的"母夜叉"。

每人都有自己的困境，有些是出于无奈，有些是命中安排。如今，我也不再想责怪他，我相信了命运与缘分。

然而，我们和谐的生活维持不到半年，我即面临着一场感情争夺战。我知道这一天总会来的，但没想到来得那么快，我又跌到了无底的深渊，又一次面临工作、感情上的危机。

这是每个做情人必定要遇到的险境。情人不是那么好当的，风流总是要付出代价的。我早就和李逸敏说："如果我输了，我永远也不会再见你，也永远不会做第二个男人的情人。"

"你不会输的，我会保护你的。"每次他都是坚信地对我说，"我没有你，事业就发展不快；没有你，我就没有爱。"

可是每次我听到他的话，心里便不愉快。因为他总是想到没有我，他就会失败，没有我他就会……我成了他的依靠，如果当他所需要的都达到了，那么这个依靠也可以不要了？

以前谈恋爱时，他也这么说，我可没在意，相反很自豪，觉得他少不了我。如今当我经历了两次感情冲击后，我真正明白了爱是什么？爱是付出，付出愈多，得到愈少，留给自己的是累累伤痕。

而许多爱的格言是：付出多少，得到多少，这都是诗人们在阳光下歌唱的聊以自慰的赞美诗。

我不再相信我们之间的爱会出现什么奇迹，能这样维持现状就不错了。然而，好景不长，我又一次面临着危机——

第十七章 爱的残梦

敏的公司电脑组装生意很好，每天能组装 10 台 386 电脑，零件都是从日本、中国台湾、中国香港托朋友运进来的，有的是托船员带进来的。每装一次，给几百元人民币，皆大欢喜。

零件先运到他们公司仓库，然后派车运到金山加工厂。

然而，每次他来这儿，我总是有些心惊胆战。因为这儿不是上海的仙霞别墅，他那位夫人不知道。这儿是工厂车间，万一什么时候她来了怎么办？

"不要怕，不会来的，她哪有这份闲心来看工厂，跑舞厅都来不及了。还是你好，能与我共甘苦。真后悔，再熬一年就好了。"他常常自责道。

"是我不好，为什么不回来结婚呢。"每次我这样自责时，面前总是浮现出铃木那冷峻而乌黑的双眸，我仍没有忘记他。

昨天连续突击组装了 20 台电脑，我累得不想走一步，独自坐在阳台上。天色很好，4 月的季节，眼前是一片片黄灿灿的菜花。眺望着一片江南景色，心里好像舒适些了。

李逸敏对我笑着说："今晚我陪你，我们去陈庄。那里 300 年前的明清建筑，至今保存完好，今天去逛逛。记得你临出国前，我们也想来玩，那天你突然感冒了。"

是的，五年前我们说好，去陈庄旅游一天，住在那儿。我们还偷偷地说："去乡下可以住一个房间，不要结婚证书。"如果那天去了，我俩一定会喜结良缘，也许我会结婚后再去日本。

"今天，不要为住一宿而绞尽脑汁了，可以回到我们自己的窝。"敏这些日子和我寸步不离，变得那么缠绵，以前他不是这样的。

　　我们开着车到了陈庄，先去看"落日生晖"的景色。夕阳西下，眼前的南湖清澈如平镜，远处几艘晚归的渔船衬在夕阳下，构成了一幅江南恬静和谐的晚景，真好像在电影中看到的一样。

　　好久没有这样静心地欣赏风景了，我仿佛又回到了大学生时代。那时，我和敏骑车去龙华玩，那么快乐。

　　心中又充满了欢乐，忘记了世尘的喧闹和爱的烦恼，又走进了伊甸园。我望着敏的侧面，他是那么清秀，比以前多了几分男子的魅力。我好欢喜他这样静静地坐着不说话。

　　他搂着我，轻轻地对我说："每天工作完了，我们开车到这里燃一把篝火，烤几只野鸭，然后搭上帐篷躺在里面，该多好。"

　　我望着他不由笑了："你以前不太浪漫，从哪学来的？"

　　我眼前突然出现一个人的面影，一张妩媚而漂亮的面孔——他的新婚夫人。我的情绪陡然下降，我轻声叹息道："你不真正地属于我。"

　　他猛然回头："你为什么要说这些？"

　　"对不起，总是想起她，害怕她会突然出现在我们面前。以前我们谈恋爱时，我没有这样想过，不害怕有人会夺走你。"我总是有些伤感，自从东京归来之后。

　　"不要提到她，好吗？在这样的气氛下，多叫人扫兴。"他见我低头不语，就吻着我。我紧紧地搂住了他，怕他被人夺走，好像这快乐时刻不会太久。

　　我们在一片绿草地上尽情地翻滚着，亲吻着，俩人平静地躺在地上，仰望着满天的星星。今天的星星真多，望着、望着，我好像看见有一颗星星特别明亮，一闪一闪地直朝我而来。

　　我不由颤抖了一下，是他！是铃木，那双乌黑发亮的眼睛，没有微笑，那么冷冷地看着我，眼中盈着晶莹的泪水。

　　我慌忙闭上眼睛，为什么他老是在我面前？他不是和美子在一起吗？噢，在东京是看不到星星的。有一次他说在上海每晚都能看到星星，所以准备在以后中秋节时再来上海，我们看一晚上星星。可是今天我却是和敏一起看星星。

"肚子饿了吧？"敏将头枕在我的腹上，"我听到你的肚子在咕咕叫，多希望能听到一个孩子在叫'爸爸，爸爸！'"他自言自语地说。

"给我生个孩子。"他抬起头，认真地对我说。

我无言地望着他。噢，孩子，我猛然想起那天夜里，我仿佛又看到了一滩殷红的血，孩子——我与铃木的孩子，是我在刹那间毁了我们的爱，毁了他的希望。

两年前，铃木也是这样把头深情地枕在我的腹上，对我说："给我生孩子，要女孩子，像你一样漂亮，成为全东京的第一美人。"

我又想起了那天晚上，同时看到两封绝情的信。

我急忙用手捂住了脸，我多想哭，多想放声地大哭，多想马上飞回东京，跪在铃木面前，请求他原谅我。不是他抛弃了我，是我无情地离开了他，难怪他的身影总是跟踪着我，不让我有一分钟的安宁。

"对不起，我不应该这样要求你，我没有这个权利。"也许敏以为我又想起了他的夫人，"只要你每天高兴，我什么都依你。"他见我不言，便安慰道。

"谢谢，我们走吧，肚子有些饿了，想早些回去休息。"我站起来。

我们在小镇的饭店吃了一顿丰盛的鲜鱼晚餐。回来快一年了，和敏在一起，我才觉得心情稍微好一些。他给了我工作，给了我爱，也给了我暂时的栖息之地，我应该感谢他。但我从内心一直觉得欠了他一份情，用什么来偿还呢？

我爱怜地望着他的侧影，我好想为他生个孩子，他一定会高兴地发疯。可是我算什么呢？我不是他妻子。

他一直沉默无言，好像不太高兴。

"你不高兴吗？"我问。

"没有。"他若无其事地说。

"如果今天晚上，我有了孩子，你高兴吗？"我试探道。

他没有回头看我，脸上露出一丝苦涩的微笑，他知道那是不现实的，我们彼此会付出很大的代价。为什么相爱的人不能够尽情地爱呢？

爱是什么？爱是那么渺小，它是被现实这个黑色的魔掌笼罩着的一个可怜的小东西。

尽管多少诗人作家歌颂爱的伟大与奇迹，可那都是自欺欺人。正因为爱不能尽善尽美，人们才绞尽脑汁为它披上一层光辉的圣衣，多么诱人！多么神圣！它使多少个痴情者为此殉情，到头来又有几个人能真正得到心中的爱呢？

呜呼！万能的上帝看到爱的悲剧太多了，怎样才不会有朱丽叶和罗密欧的悲剧重演？

我们漫步走到大院门前，发现院里一辆轿车停在那里。当我回头要问他时，我见他的脸色有些变了，我马上意识到，是他夫人来了。

"是她的车，她怎么会来的？"他有些紧张地对我说。

我见他那紧张的神色，反而冷静下来："她来视察工厂，老板的夫人当然可以来。"我并不在乎，当我和敏同居的那一天起，我就知道，我们三人之间必定会有一场"爱的争夺战"。这一天能早一天来，我倒觉得早一天安心。

我也不想这样偷偷摸摸地和敏在一起，我要光明正大地去爱一个人！尽管我们以前真挚地相爱过，可是事实却无情地嘲笑着我的无能，结婚登记书上堂堂正正地写着的是另一个人的名字。这一切都是谁的责任？是我吗？

院子里没有人，她已经上楼了。糟糕，敏的上衣还挂在我房间里呢。

我俩忐忑不安地上了楼，当我推开房门时，只见欧阳雯坐在我的写字台前。

"果然是沉鱼落雁之貌，能迷住东京亿万富翁继承人的林圣薇，没想到在这里见面吧。"我听到非常尖刻的声音，那声音是从涂得红红的嘴里一字字吐出来的。

一场舌战不可避免，我无所畏惧，因为这份爱本来不属于她。面对这样一个女人有什么可惧怕的呢？

"你好，夫人，这是我的房间。"我微笑着冷冷地对她说。

"噢，是吗？你的房间？不要忘记这是我的工厂！你在我这里工作，拿我的工资。"她叼起了一支烟，跷起了二郎腿，神态高傲地瞟了房间一眼。

"跑到这儿来偷我丈夫，在东京没有男人吗？"她的眼睛望着一件挂在墙上的西装。

"东京男人多得很，玩够了，所以想找个中国男人解解闷。"我毫不示弱地回答她。

"你……"欧阳雯使劲地将才抽了一口的烟掐在烟灰缸里，"好哇，我早知道你有这套本领，你一回来我就一直跟踪你。我知道他今天来这里，可惜，再晚一会儿就有好戏看了。"

我心里不由"咯噔"一下，难道仙霞别墅她也知道？不，如果知道她一定会到那儿去的，今天她也是偶尔来的。如果知道的话，她肯定会半夜来。老天保佑，我不由暗自庆幸。

毕竟敏现在是她的丈夫，想到这里，我心里不由一阵疼痛。我算什么？敏的情人。我为什么要偷偷摸摸做他的情人？

"有何贵干？快说吧，老板娘。"我不想再让她坐在我房里。

"今天有两件事想告诉你：第一你被解雇了。最近电脑业不景气，我们要解雇人员，非常对不起。没想到在东京待了五年的高才生，竟跑到乡下来当临时工。看来东京的男人没有抓好，否则的话，还愁没饭吃？"欧阳雯露出一副自傲的神态，她的眉毛不时地朝上翘起。

"请你说话自重点。"我气愤地说。

"难道不是吗？东京恋人抛弃了你，我是很同情你的。你来打工我也没什么话可说。到哪去找东京大学毕业的电脑才女，一个月才3000元人民币，我何乐而不为呢？可是你不要勾引我男人，你们以前的事早就结束了！"她没有发火，仍不紧不慢地说着，看得出她是个非常有心计的女人，在这方面我不如她，难怪敏被她掌握在手里。

我不想再与她周旋："好，明天我就不来了。第二件什么事？"

"希望你离开他，不要破坏我们夫妻关系，就这些。"

我望着她那高傲、冷艳的面孔说："我和敏以前是朋友，现在是，将来也永远是！"

"你，你太过分了！我给你面子，你不要，我不想在床上抓到你们，使你们难堪，让你们都能知趣地分手。我也不是没知识的女人，你是东大毕业，我是复旦毕业；你去过东京，我去过美国。我理解你，可你理解我吗？我不想让两个女人占一个男人，我绝不允许另一个女人也爱他。"

欧阳雯显得有些激动。从她的神色中，我看到她真的很爱敏，那表情是真挚的。

我望着她，好久没吱声。从道义上来讲，我是理亏的，可从感情上讲，我一时不能离开敏，他成了我回国后唯一的精神支柱。我并不是为了每月3000 元人民币才来这里工作的，每天工作和他一起商议、讨论，我感到心中很充实。

有时我们一天不见面，彼此也要打个电话。上次他去广州出差，一天给我来三个电话，虽然只有短短的几句话，可我却很心安。当他从广州回来的第一天，我们就在仙霞别墅幽会。他看见我，猛力地将我抱起："我太想你了！"如果我们结婚成了夫妻，是否也会有这样的感情？

我不能拒绝欧阳雯的第二个要求，她是对的。

我俩都没有言语，彼此都在静心地等待。她等待我明确的回答，我等待着什么呢？我等着敏进来，等他像刚才那样拥抱我，在他的妻子面前说：我仍爱圣薇。

房间里弥漫着烟雾，她已经抽了第四支烟，每次只抽几口就掐灭了。

这时，门轻轻地推开了，是敏进来了。他有些拘谨地看了欧阳雯一眼后说："你今天怎么有空来这里？"

"问你！"欧阳雯狠狠地瞪了他一眼。

"……"他的眼神有些慌张，看了我一眼。看到他那不安的神态，我失望了。我多么想能在他的目光中读到："不要紧张，我仍爱你。"可是他的目光中仿佛在说："啊呀！糟糕，怎么办？"

就在彼此用目光交流的一瞬间，我对敏的感情从沸点一下降到了冰点。

我已看到了自己的失败，我对爱再也不抱一丝希望了。

"我要回去了，希望你跟我一起走。"欧阳雯微笑着对敏说。

"噢……"敏飞速地望了我一眼，满脸是无奈。

我再也不想看到这目光，如果今天要他做最后的选择，那么，他不会选择我。因为他不能放弃苦苦经营了两年的公司，重新成为贫困者。因为这个公司的销售渠道大多是通过欧阳雯的父亲打入市场的。

我再一次坚信：爱战胜不了现实！人人需要爱，可又不得不被现实所束缚。

命运注定我要失去敏，那么就不要再勉强了。我对他也不会像在湖边那样留恋了，因为我看到了他心灵中最真实的一面：他想全部都拥有，拥有我、拥有妻子、拥有公司。

要他二者选择，他必定选择后者。我也只能微笑地挥挥手道声告别。

敏穿上了西装，看着我，有些依依不舍："明天可能要装486电脑，你指导他们。"

"我明天不来了，老板。"我毫无表情地对他说。

"什么？"李敏回头看了看欧阳雯。

"这是我决定的。"欧阳雯平静地说。

"这也是我决定的，非常抱歉。在你公司要上新技术的时候，我离开了。我明天要去北京。"我说。

"这怎么行呢？明天零件要来，一个星期要组装完，我们要抢在华东公司前，将100台电脑先上市场。一时招人怎么来得及？不行，你一定要留下，将这批活儿干完再说。"

我冷冷地望着他，心中充满了怨恨。即使欧阳雯点头现在请求我留下，我也绝不在这里再干一天。因为敏为了他的公司与产品可以对夫人发号施令，他担心产品组装不好，要少挣几十万人民币，他并没有想到留下我一个星期，我们仍可以相爱一星期——他也选择了现实。

"你知道吗，华东公司今天也去广东运零件。他们有两位高级工程师，如果他们的产品先出来，我们要少挣几十万人民币。现在市场上还没有，我们可以提前三天上柜台。他们内部有消息，上柜台 12000 元一台，如果他们卖 12000 元，我们能开到 15000 元，一台少挣 3000 元，一百台就是 30 万，30 万人民币！"敏像个精明的商人，在向他的夫人解说道。

欧阳雯疑惑地问："少挣 30 万？"看来她不太关心公司的事，否则她不会在今天要我走。

她的脸色有些缓和了，对敏说："你看着办吧……"

"怎么样，再留下一个星期，好吗？"他的眼神又充满了柔和的光泽。

我已经不想再看到他那含情脉脉的目光，我感到从未有过的厌恶，第一次对他有这种情感，我知道我们之间的感情永远结束了。

我没有吱声，冷漠地望着他，可我的心里却在哭泣，哭泣我们八年的爱在今天永远地结束了。我很难过，在一小时前，我俩还那么深情地拥抱，接吻，等待今夜发疯般做爱。

现实是那么地残酷，我再一次在现实面前惨败了。如果我不爱敏，我绝不会明天就走，我不能做损人利己的事；可是敏既然能这样无情的选择现实，我为什么就不能呢？

"对不起，明天我一定要走，这半个月工资请转到我的卡上，账号是95387。"

这是第一天见敏时，他给我的卡，上面有 5 万元人民币。

"你，你不能这样无情，这时候一甩手就走。"他生气了。

看到他气急败坏的模样，我感到非常痛快："这不是我的本意，我并非无情无义，因为在五分钟前答应了君子协定，君子一言，驷马难追。"我得意地看了他一眼，为他们将损失几十万的钱而有些幸灾乐祸。

欧阳雯又翘起柳眉："你……"

"好，你干的好事，你来收拾！"敏终于对太太发火了。看来这 30 万对他是多么重要，远比我对他的爱重要得多。

"你叫什么！损失就损失！"欧阳雯不怕她丈夫，尖着嗓子说道。

"你——"丈夫无可奈何。

"对不起，时间不早，我要休息了，明天一早我就要离开此地。"我下了逐客令，我不愿意再看到这对夫妻。

欧阳雯拎起了那只紫罗兰的小包，"走吧。"她故意在我面前挽起了丈夫的胳膊，昂起小脸，"那么我们说定了，彼此遵守诺言。"

敏被她拖着，他无奈地回头看我一眼："再见……"他的声音很胆怯。

他俩挽着胳膊走了，我将门狠狠地关上。我站在门后好久，当我听到窗外汽车的喇叭声，我飞奔向窗口，打开一角窗帘：一辆轿车开出大院，朝黑暗的乡间小道驶去，我伫立着，只觉得脑海中一片空白。

当我转身向屋内，看见铺得好好的两条被子时，泪无声地流了下来……

昨天，我特意将被子洗好，还为他准备了一个中药枕头。他说近来经常头痛，可能是脊柱炎。我还去药房买了一服中药神力袋，据说贴在腹上，能治百病，今夜我想为他束在腹上。

那只盒子还放在枕头旁……

我走到床前，将盒子打开，慢慢地取出神力袋，一股浓浓的中药味直扑鼻子：欧阳雯能为敏想到这些吗？不，她绝不会想到，唯有我能为他想到这一切，可我却没有得到他。

桌上，欧阳雯留下了一包烟，她一定气得忘了带走了。我从来也不抽烟，可今天看到这包烟，我想抽一支，桌上还有敏留下的打火机。于是我打开烟盒，拿出一支抽了起来。

还好，不太熏人，有些淡淡的薄荷味。我狠狠地抽了一口，又吐了出来。

这镜子里是谁？一位穿着蓝色套装，盘着发髻的少妇，她美得能使任何一个男人醉心；她的心更好，能为自己爱的男人牺牲一切。

镜子里出现一位比现在更年轻的姑娘，她在电脑机旁聚精会神地打着电脑……

她在伊豆半岛，她和一位英俊的恋人在海滩上热恋地依偎着……

倾盆大雨中，她扶起那位喝得酩酊大醉的恋人……

高速公路上，她驾驶白色的轿车飞驰，一刹那间，一摊殷红的血出现在镜子上……

横滨码头，一束玫瑰花落在地上，姑娘一步三回头地向那恋人挥手告别……

许久，许久，镜子里的图画渐渐地消失了，烟雾也散开了，镜子里出现我的面影。

我抽了五支烟，将她留下的烟都抽完了，这是我第一次抽烟，但愿是我一生中抽烟最多的一次。我不想有第二次，更不想抽别人留下的烟。

我没有眼泪，明天要走了，一点儿也没有睡意。想出去独自走走，我穿好了外衣走了出去。

这儿很宁静，没有城市的喧闹，已是午夜12点了。新盖的几幢农民别墅也都熄灯了，唯有天上的星星明亮地闪烁着，皓洁的月光照在前方一大片黄澄澄的油菜花上，那么安宁、静谧。

我独自漫步在田埂上，漫无目标地走下去，不知走了多长时间。

当我觉得有些寒冷，才知头上有些湿润，看看手表，已是两点钟了。我走了两个小时，回头看，我住的房屋隐隐地在后方，可那盏灯依然固执地亮着，不因夜色而消失。

我坐在田埂上，任露水弄湿衣襟，任凉风轻轻拂面，将心潮融于大自然的万象之中。小屋里发生的一切是那么遥远……

前方出现了一片灿烂的曙光，我朝那曙光走去，走出这块不属于我的天地。

第二天，我又回到了母亲给我布置的那间新房。母亲看见我很高兴，这半年来，我一直扑在敏的工厂，母亲不知道我在为他工作，我也没告诉她。

当我回到了属于自己的小屋时，感到一种从未有的解脱，这儿属于我，不会害怕有人半夜闯进来。

到了傍晚，想早些睡，我确实很累。这几个月，每天才睡六个小时，我不能停下手中的工作，而且还要教几位新来的安装工。当我刚要休息时，一阵电话铃响了，我懒洋洋地拿起电话。

"喂，是圣薇吗？我是敏，昨天半夜给你打电话，你怎么不在？我担心你出事，你去哪儿了？"是敏着急的声音。

"……我休息了，可能睡得太死了。"我相信他不是说谎，"你不是和夫人回家了吗，半夜在哪儿打的电话？"

"等她睡了，拿了移动电话在厕所里打的。怎么也没人接，我知道你不开心。我没想到她会来乡下，你马上出来好吗？我有话和你说，在老地方我等你。"

"不，我们该结束了！"我又想起昨夜他看见欧阳雯时那副窝囊样。

"你不要这样任性，我并没有伤害你，我不想失去你。我俩在工作上配合得多好！她什么也不会，只知道跳舞、交朋友，我根本就不爱她，你知道吗？"敏哀求道，"出来，我等你，即使是最后一次，我们也该把话说明白。我知道你昨天很委屈，你要理解我，我是爱你的……"

我再也不想听他的山盟海誓了。他以前不是这样的，现在变得那么势利，变得太现实了。他要金钱，不要贫困，我不反对，他要妻子我也不反对。然而，非常可怕的是，他让我看出了：在金钱与爱情面前，他选择的是前者，这使我深深地痛苦。

记得六年前在校园里，他说："你不要去日本，我能养活你。你在家带孩子，我去打工。我要你每天微笑，这是我最大的幸福，我只需要你的爱。"

这些话，仍记忆犹新。可如今，他变了，计算起盈亏的脑袋比电脑还灵。他是个有远见的策划者，也是个精明的管理人才，在今天的时代里，二者他都发挥得尽善尽美。

我为什么也不能现实点呢？不放弃他的爱，又很实惠地得到许多利，为什么一定要爱情呢？为什么不能逢场作戏呢？不，我做不到。如果我能这样，不会沦落到这种地步。在日本，美子不是答应我放弃爱的条件吗？如果那样，我能每个月拿30万日元，而不是现在3000元人民币。今天我第一次在想：我是否太傻了？

"薇……你说话呀，我们好好谈谈行吗？"

"没有什么好谈的，我不想影响你们夫妻的感情。我现在心绪很平静，请你不要打搅我的情绪。非常感谢你给过我很多爱，那里的钥匙我交给你。"我要把钥匙还给他，马上还给他，再也不想踏进那间他为我垒的金窝，我不是金丝鸟。

我感到很悲哀，东京回来的高才生做了半年昔日恋人笼子里的金丝雀。

"我马上过来，把自己的东西拿回来，把钥匙还给你。"

我知道不见这最后一面，他是不会罢休的。他不愿意失去我，是因为他公司缺少不了我，什么时候公司有了像我一样有能力的人，他绝不会这样哀求我。

一个小时后，我来到了我们常幽会的地方。当我打开门，房间里没有人影，漆黑一团，我有些奇怪。

我打开灯，不由吓了一跳，只见敏独自坐在沙发上，一言不语地看着我。

我有些害怕，路上还在想，他会热烈地拥抱我，哀求我，我该怎样摆脱他？可现在，他像一尊塑像似的坐着。

"对不起，我把衣服拿走……"我从包里掏出神力袋放在桌上，"知道你最近身体不好，我特意买了这个。每天带着能治病，效果很好，请收下我的最后一点心意。"我低垂着头轻声说道。

他仍平静地坐着，没有一点儿表示。我不敢去看他一眼，我从橱里将衣服一件件地拿到小皮箱里，有几件套装是他帮我买的，我没有拿，虽然我很喜欢。我把自己带来的内衣都放在小皮箱里，还有几盒化妆品。想尽快地离开这儿，我将箱子关上，抬头看了他一眼，他已经泪流满面。

我的心不由一阵难过，我多想说："我不离开你了……"可是我说不出来。我从包里拿出手帕递给他，他没有接，泪水仍唰唰地流下来。

"对不起，我们以后还是朋友，我会来看你的。"我想安慰他。

"谢谢，我知道你心里并不真正爱我……"他终于说话了，说得那么平静，缓慢。

"不，我真正地爱过你，直到昨天晚上。可是我看到你，看见你夫人就像看见一只猫，你爱我吗？为什么昨夜不留下来？如果你留下，我做牛做马会为你效劳一辈子。可是你走了，昨夜与太太睡得很香甜，我一个人游荡了大半夜，但这一夜使我清醒了。"

"我睡得好香甜，哈哈，哈哈……"他发出一阵令人不寒而栗的笑声，"你以为我和太太在做爱，是吗？玩得很开心？把你一个人抛在田野。告诉你，我和夫人半年没有性生活，你知道吗？我不想让你看到我的悲哀，只想让你看到我是多么风流潇洒。上海滩有名的电脑商，每天驾驶着奥迪，多自在！有小姐追求他，他只要丢几百元人民币，就可以有漂亮的姑娘陪他过夜，在这间房间，无忧无虑地可以享受一切。"

"你……"我感到受到了侮辱，难道在我之前，还有别的姑娘在这里过夜？

"这房间从来没有别的姑娘来，我是为你准备的。我是要让你看看，昔日的穷大学生，今天也有别墅、洋房、汽车，我不比那个日本男人差！我要用我的智力来取得一切，要夺回我的爱和失去的一切！"我第一次听到他发自内心的话。

"你走后，我是怎么熬过来的？辞了职，没有工资，你寄的钱，我一分没用，那是你的血汗钱。我是一个男人，不能靠女朋友的血汗钱过日子。每当我站在东方商厦，想给你买几件漂亮的衣服时，我只恨口袋里没有钱……

"多少次，我忍辱回到家，你知道一个男人没有钱为可爱的女人买一件漂亮的衣服，那羞辱的心情吗？你体会不出我当时的心情……朋友们有的发了财，穿上西装，开了公司。可我仍是个穷光蛋，等着女朋友寄来的签证，想去日本。可是我没有得到签证，却听说你找了一个有钱的日本男人。"

他抬起头，望着我一字一句地说："我恨你，多么恨你！那天我回到家，我一口气喝了一瓶白酒，睡了三天三夜。我以为我死了，死了多好，可我没有死，上帝又让我活了回来……"

我再也听不下去了，泪水情不自禁地流了下来。是我不好，是我先伤害了他。可是我为他办了三次留学，花了几十万日元，结果都没有批下来。我两年中没买过一件新衣服，省吃俭用，但有一次打国际电话，就花了一万日元。

这些他知道吗？他不知道！我不想说独身在异国是多么艰难。后来我遇见了铃木，我没法控制自己被禁欲了多年的情感。我需要爱，需要一个坚强的男人在我身旁。我并不想他有多少钱，只要每天我拖着沉重的步子回到家，能在他那温暖、宽阔的胸前静静地休息一会儿，这些，我就满足了。憩息一天的劳苦，调养一天消耗的精力，第二天再去拼搏……

我又想起在东京的一幕幕，往事勾起了我无限的惆怅，伤感。我俩为何各奔异地？为何不能厮守在一起？如果我不去东京，也许我们很幸福，不会有这么多曲折的感情经历。

为什么要去日本留学？为什么有成千上万的中国留学生，不惜一切代价踏上这个弹丸之国？为什么？为什么？

难道仅仅是为了挣钱吗？不，我不是为了去挣钱，为了寻找自己的梦。

我们都失去了许多，许多……

"对不起你，可是我心里并没有忘记你，也并没有嫌你穷才去找一个有钱的日本人。我爱他，就像当初爱你一样。他给了我快乐，我没有要他一分钱，他没有工作，是我每天去餐厅当服务员。我没有享受过荣华富贵，希望我们彼此都不要怨恨。"

他总算有些平静了："我应该感谢你和铃木，你寄来的几十万日元，我买了原始股。我明白了，贫困是没有希望与出路的。我为什么要娶她为妻？因为她父亲是上级部门的一位实力人物。"

"要是有自己的销售渠道，自己的客户，我也再不会在她面前忍受了。一年前我发现她在外面有男朋友，关系很好，我对她再也没有一点儿情欲。后来我们都习惯了，彼此不管私生活，她知道你来了，对她是个威胁。如果你真的要离开我，我不怨恨你，我又得回到原来的生活中去，我以前有一个喜欢的姑娘……

"你们关系很好吗？"我有些妒意。

"是的，但是你来了以后，我没有见她一面。"

我的眼前浮现出一位自己想象出来姑娘的倩影，她拥抱着敏，恬不知耻地从他的口袋里拿出一张张的钞票。

"你嫉妒了是吗？说明你还爱我。"敏望着我，狡猾地说道，"可为什么要离开我，为什么？"我没有料到他会突然站起来，将我按在床上，他以居高临下的口吻对我说："我最后一次要求你，你答应吗？"

我知道他想干什么，我闭上眼睛，不想回答，不想拒绝，也不想呼应……

我感觉到身上沉甸甸的，他迫不及待地吻着我，仿佛几秒钟后，我们将挽手走向天堂。

我们彼此都知道，今天是爱的告别仪式，爱的葬礼！

现实这个魔鬼再一次狰狞地对我们狂笑着……

疾风暴雨迅速地过去了，没有和风细雨，也没有雨后彩虹。暴雨冲涤着彼此心中的怨恨，一切又恢复了平静。

"你准备今后干什么？"他躺在床上问我。

"不知道，我想会有事干的。"想起李斐和我说的事，我不想说给敏听。

"你有什么困难，来找我。"他很真诚地说。

"如果我有困难来找你，说明我是多么无能。你喜欢一个无能的女人吗？"我们彼此已没有了眼泪，没有了爱情。有的只是朋友间的友情，但比友情更多一份东西，那是什么呢？是残留在心中的伤痕。

"我知道你很要强，可是这些年，我也没给你什么帮助。如今我有能力来帮助你，你又不接受，不接受我的爱、我的财富。你是一个多么不可思议的女人。你知道有多少漂亮有才华的姑娘在追我，要做我的情人吗？"

"是吗？感谢你看中了我，多么幸运。"我嘲笑着说。

"好吧，你什么时候打电话给我都可以，今晚我不准备回去了，再重温你的余热……"他揶揄地说着。

"我要走了，你不开车送我吗？"我看他躺着不想起来。

"你坐出租车走吧，我给你钱。"他有些轻浮地说。

我有些愠怒："你把我当什么，你以前也是这样对待别的姑娘的，是吗？我讨厌你这副模样，有了几个臭钱，觉得自己多了不起，我永远也不要再见到你！"我拿起皮箱转身要走。

"别生气，跟你说着玩的，怎么可能不送你呢？"他一骨碌地爬起来，

"说实在的我真不想起来，再闭上眼睛重新回味那爱的甘甜。"

不知怎么，我有些讨厌他。他有些世俗，轻佻，以前他不是这样的。

铃木可不是这样，每天早晨出门，总要到床前吻我一下，回来后拥抱着我，再轻轻一吻。我每次出门，他总是开车送我，从不摆架子，没有装着像富翁似的掏出钱，像救世主似的在你面前显示。

他的爱是多么令人心醉，那么柔情万分，似绵羊般地温顺、柔和，似白兔般的可爱、活泼，又似猛虎般地刚毅。他是一个刚柔结合，真正的男人。

可敏却是那么急迫，令你措手不及。不像一只猛虎，有时像西伯利亚饿狼，真使我扫兴！

他开着车，也显得有些傲慢。一辆自行车飞快地骑过，他瞪着眼嘟哝道："真他妈的没长眼。"还好，他没有打开车窗来骂。

铃木从不这样，有一次亮了红灯，一位行人还飞快地奔过马路。铃木的车刚起动，又马上刹了车，他无奈地朝我耸耸肩，笑着说："他一定是怕约会迟到，女朋友要罚他了。"他是多么幽默。可敏是那么无礼，那么不文明。

心里总忘不了铃木，为什么？我到底是爱敏还是爱铃木呢？我默默地坐在车内，望着敏沉思着。

车开到弄堂外，"只有你，我才服务到家，送到门口。"他又要表白了。越表白，我越是讨厌。他仍然把我当情人，做情人的责任比做丈夫的责任要少，他想表达已经尽了做丈夫的责任了。

铃木是这样的吗？不，他不是这样说的。记得我们还在谈朋友时，他开了两个小时车送我到家门口，我感动得直鞠躬。他说："看到你进了屋，我才安心，让你一个人回去，我不放心的。"他可不说："只有你，我才服务到家。"他觉得应该送我到家门口，这是一个男人的责任。以前我没感觉到铃木这些文明与修养，现在与敏对照，我越发觉得铃木才是我需要的爱。

敏有了钱，就趾高气扬，好像今世终于做了上等人，他缺少了同情心。记得有一次去饭店，有两个安徽乡下人要钱，他不耐烦地挥挥手，最后不屑一顾地丢了一张十块钱，"真扫兴！"他嘟哝着。

铃木不是这样。有一次去浅草游玩，他看见两个老太太裹着被蹲坐在地上，他看了半天说："真可怜！"

"那你给她们些钱吧。"我说道。

他像孩子般地说："对，对，我就去给。"他便拿出一万日元，跑到老太太面前，喜得那老太太直朝他磕头，他慌忙摇摇手，扶她起来："没关系，没关系……"

他若有所思地走到我面前说，她们好可怜，一定是子女把他们赶出门。人不能不孝不忠，那是你们孔子说的。

他充满了爱心，从不轻视贫贱者。

我望着敏，又想着铃木，为什么我老是将他俩相比？敏在我面前，越来越失去了优势。

今天分离，我已没有更多的伤感。但是，我仍感谢他在半年里照顾了我许多。

他走出车门，在围墙的黑暗处吻了我："再见！"

我挥手向他告别。他仍站立着看我走出大门。我又一次回头看他，在暮色中，他站立着，那模样还是很潇洒，神气的，有点儿老板的气派。

呵，永远别了，我的初恋——昔日的穷恋人，今日的富商。

我又成了一个流浪者。没有工作、没有恋人，有的只是无限的惆怅与绵绵的追忆。

明天会有什么奇迹等待我？我已不期待奇迹的出现，需要的是改变自己，而不是改变现实。

没有一个人能改变现实，世上只有温布尔夫妇那么无视现实，为爱献身。

那是上帝看到人类的爱是那么地软弱无能，被笼罩着一团黑雾，才安排了这样一对有身份、有头衔的恋人做楷模。可世人又有几个人会效仿呢？

第十八章　路在何方

我又重新陷入了困境，成了一个无业无爱的漂泊者。使我更难过的是敏乖乖地跟着欧阳雯回去了。欧阳雯那副傲慢不可一世的神态，敏那摇尾乞怜的模样使我终生难忘，内心对他充满了鄙夷。

沉睡了一天后，脑袋仍昏沉沉的。当我醒来后已是下午 4 点钟了，我得出去走走，清醒一下。去哪儿呢？大学里的朋友个个都忙着搞第二职业，东京回来的几位有的搓麻将，有的去舞厅，我都不太喜欢，现在没兴趣去跳舞。

去莉莉的酒店吧，她虽然有些俗气，可很够朋友。我常对她说知心话，她一直守口如瓶。我走进居酒屋，里面坐的人不多，新来的店长也是从日本留学回来的。他见了我便说老板娘要晚上才来，如有急事，他可打电话去。

"好吧，叫她早些来。"她不在，我独自坐在酒店没意思。

店长要通了莉莉的 BP 机。

"我是圣子。"

"啊呀，我找了你好久，到哪儿去了？以为你找了个靠山。"她的嗓音总是那么脆亮。

"想与你见面，心情不太好……"我忧郁地说。

"好吧，快来，到华亭宾馆。今晚我介绍你认识一下我的新情人，7 点在餐厅等。"没等我说话，她挂了电话。她总是那么风风火火，不过也搞出了些名堂，回来后，开了一个酒店，一家餐厅，生意好极了。

我坐着出租车，来到华亭宾馆，她已等在餐厅，"今天我请客，好几个月没见面了，怎么样？"她见我满脸愁云。

"我给敏帮了半年忙，后来被欧阳雯知道了。"我对她说了感情的前后经过。

"你呀，太窝囊了。叫他给你几十万，白给他当几年朋友，半年情人，小家子气，干不了大事业。算了，找这种小老板一发不了财，二得不到爱，又搞得你感情低落。我算看穿了，趁着年轻，捞一把。我的两个店都是那老头援助的，没有他，也和你一样，是个穷光蛋，看人家面孔。靠几张在日本赤脚打工的钱回中国能干什么？"

莉莉点起一支烟，满不在乎地说："你太固执了，弄了半天，什么也没有。跟那铃木没弄到一分钱，还赔了本；跟着那小子，又受他老婆的气。你不是没本事，比我漂亮，有才华，唉……"她长长地吐了一口烟，"这人生我算看穿了，我俩是好朋友，应该帮助你。可我不见得叫你到我店里当临时工，这太大才小用了。"

招待员拿来了菜单，"今天你点菜，挑最贵的点，反正有人出钱。这儿的龙虾三吃很不错。"

"多少钱？"我问道。

"还好，2500块。"莉莉笑着说。

"什么？！"我简直像刘姥姥进了大观园，连连摇手，"太贵了，比东京还贵，别吃了吧。"

"行啦，我来点！椒盐生蟹钳，鲜露笋炒鸽脯，红烧大鲍翅，还要什么？"

"行了，够吃了，不要叫太贵的。"我摇着手说道。

"没关系，开发票，叫老头报销。这次交了好运，狠敲一下。上次，那个不动产的老板太小气了，叫他给我买一幢洋房，还要考虑一下，我一脚把他蹬了。这老头大方，在台湾是大富翁，是老蒋的什么远方亲戚。妻子刚去世，有十个子女，等着抢他的财产，气得跑到大陆来，要和我过一辈子。这几天在挑房子，买一套有花园的别墅，要100万人民币。"

真服了这个莉莉，她长得不太漂亮，但很白，胖乎乎的脸，很可爱。有人叫她"杨贵妃"，在日本也是男朋友一队队的。小手一勾，整脚的日语说得日本男人个个都会送她生日礼物。她的生日多得很，自己也搞不清哪月哪日。今天和这个客人说生日，明天又和另一个日本男人说生日。有一个月中，她过了三次生日，得到一只宝石戒指、一套衣服、一个紫罗兰包和一双皮鞋。

她把不太喜欢和多余的东西都给了我，可我却认为是非常奢侈的生活用品。我永远也学不像她这样地玩世不恭。

"你还这样？越骗越大。"我对她只好无奈地摇摇头。

"现在不骗，等老太婆要骗也骗不到了，你真是个小傻瓜。连铃木送给你的戒指也不要，实在太傻了。"

桌上摆着丰盛的佳肴，可我却吃不下。我觉得自己是那么寒酸，从来也没请亲戚朋友来这儿开荤一顿。我只有 50 万日元了，连每星期去咖啡店也免了。

"吃吧，你那位小老板能带你到这儿来开荤吗？他得考虑两天两夜。"

"不要提他好吗，我们谈些别的。真的，我真不知该怎么办好。没本事开公司，又没有你的本事，我不能每天闲坐在家。"我的事莉莉都知道，我从不隐瞒她。

"我说想开些，找个有钱的老板算了。等有了些钱，你再开公司，发展事业也不迟。找一个有实力的人，管他年龄多大！"

"我做不到。"我不能走莉莉的路，尽管现在我已穷途末路。

"对了，那老头有个外甥，今天要来。听说才 35 岁，也在东京留过学，还没有结过婚。你的好运来了，肯定行。"莉莉看看表，"怎么还不来？说去接他外甥的。"

我无言以对，因为我已经不想再有什么奇迹出现。两次的恋情使我心灰意懒，我再不想陷入感情的旋涡里。

反正今晚没事，就奉陪到底吧。"你多吃点，不要客气。在东京时记得我一个星期都在啃鸡翅膀，那日子想起来就害怕。我刚到日本时，亲戚没接我，叫我蹲了一夜地铁。对了，前几天，她来吃饭，想便宜一些。我叫店长再加空调费和服务费，气得她只好掏钱包。"莉莉说完哈哈大笑。

我俩边吃边谈，我心情倒觉得舒畅些了。用完餐后，服务员过来结账，我一看要 3560 元人民币。我惊异不已,想掏钱,可皮包里只带了 500 元人民币,"我……来付吧。"我支吾道。

"说好我请客的。零钱不用找了,给你吧,开张发票。"莉莉笑着对一位年轻的服务员说,那服务员惊喜地连连鞠躬:"谢谢,谢谢,我就去开发票。"

"这小女孩看起来蛮讨人喜欢,又很老实。瞧,那个服务员刁滑得很,刚才叫她,理也不理。看我不是大老板,我给她瞧瞧。"那服务员羡慕地看着女孩手中的小费。

"谢谢小姐,欢迎下次再来。"那清秀的服务员一直送我们出餐厅。

"你刚来干的,是吗?"莉莉问那女孩。

"我才干了一个月……"小女孩腼腆地说。

"下次再来看你。"莉莉披上了彩色丝绸围巾,挥挥手说。

"你的派头真大。"我对她说,"我刚去日本,客人送 1000 日元小费,心里别提有多么高兴。我也很理解这小女孩,今天她可以去逛淮海路,买些化妆品了。"

莉莉的心不错,就是嘴不饶人。我知道她的脾气,所以也不计较。

"这老头怎么搞的?说好 7 点等我,来了外甥就忘了我。"她满脸的不高兴。

我俩坐在大厅的沙发上,我刚坐定,想起了两年前和铃木游玩上海时,他也是住在这儿。那天,我和他俩人也坐在这儿,等我母亲来一起用餐。

我仍摆脱不了往事的纠缠,想着往事,情绪便低落下去。我想快些离开这儿,不愿意再坐下去。

"想早些回去,你等吧,我不想认识他们。"

"说好的,怎么跑了?介绍一下,说不定有机遇。哦,来了!"莉莉激动地站了起来。我看见她奔跑过去,大厅门口走进两位西装革履、气度不凡的客人。怎么?是他?我看错了吧,当我定睛再看时,蒋儒煜已站在我面前。

"你……"我诧异了。

"介绍一下，这是蒋老板，这是我在东京的朋友，圣子小姐。"那白发苍苍的老头挺直了身板，看上去很精神，他伸出手与我握手。

"正是踏破铁鞋无觅处，得来全不费功夫，我俩真有缘。"蒋儒煜惊喜地握住我的手，"我找得你好苦。"

"好久不见……"我没有想到会在这里碰到他，他在我的记忆中是那么淡薄。

"怎么，你们认识？"莉莉乐得直叫，"太好了，真是有缘千里来相会，看来你的缘分来了！"

"你们以前认识？"那蒋先生也问道。

"这就是我常提起的，在大阪演讲会上认识的东大高才生林圣薇小姐。"

"噢，儒煜常说起你，他上次去东京还特意找过你。"老先生满面红光，精神焕发。

我并没有喜形于色，淡淡地微笑着，"过奖了，认识你很高兴，遇见你也很高兴。"我向他俩微微鞠躬道。

"今夜得玩个痛快——我今天请圣薇小姐吃晚餐，用了 4000 元。"莉莉挽着老先生的手甜滋滋地对他说。

"好，好，今天是双喜临门；儒煜找到了圣薇小姐，我有什么喜事？"他对蒋儒煜说。

"你为小莉看中了一幢洋房。"蒋说着，又看看我。我不太欢喜他故弄玄虚，显示阔气的神态，像个典型的台湾商人。

铃木可从来不这样，他也说过要买一幢洋房给我住，但首先我必须在上海开个公司，每年盈利 500 万日元。还要让我母亲一起搬过去住，他送房子给我不是炫耀他的财产，而是要我发奋努力。更使我感动的是，他不想让我只顾建自己的爱巢，他要母亲也和我们同欢乐。他是一个多么有孝心的人，难怪母亲很喜爱他。

想起了他，我对这两位有财产的老板，有些冷淡。

我们走进银座厅，霓虹灯五光十色闪耀着，一对对情侣翩翩起舞。几位日本、中国台湾的富翁正在这儿寻找着漂亮的姑娘。

"和你跳舞好吗？"蒋儒煜彬彬有礼地请我，我不好意思回绝。

"我们真有缘，大阪一别快两年了，你还那么年轻。"他恭维道。

"谢谢，你来上海投资？"我问道。

"是的，已在北京办了一家电脑公司，想找个能懂三门外语又懂电脑的秘书，可找不到。你回来多久了？"他仍彬彬有礼地问道。他的舞姿很美，像受过专业训练一样。

"回来半年，没干什么。"我回避他温情的目光。

"你好像比以前成熟了，更有魅力。到我公司干，怎么样？"他靠近我的身边低语道。

"我想出去旅游一个月。"我没有答应他，我再也不想在别人手下工作，尤其不想在喜欢我的男人手下工作。

"你好像有心事？"他望着我说，"你一直皱着眉，在考虑什么？我会看面相，你好像失恋了……"他的话击中了我的要害，我回避了他的目光。

"对不起。"他看出我不高兴。我把脸转向右侧，我不想脸对脸，不能让他从脸上看到我心里想什么。当年在大阪，也是他看手相，被他说中了。

"你会交好运的，请相信我说的。"他十分真挚而动情地对我说。我不想冷落他，他好像并没有什么恶意。他的手也并没有使劲地搂住我，这使我很安心。

一曲歌舞完后，我俩坐了下来。我见莉莉依偎在老先生的身旁，亲热得像个孙女一样。他们起码相差30岁。再看蒋儒煜，觉得还顺眼，至少他不比我大几十岁。

我可没法和莉莉比，不知她怎么想的，仅仅为了一幢小洋房。

"这是我的名片，有空来电话，最近我也很忙，只要你来电话，我一定奉陪。"

他的名片上写着台湾BTT公司。这公司名好熟，在那儿见过？对了，听李斐讲过。难道就是他要联手的台湾那家公司吗？

怎么都碰到一起了？可能我真的要交好运了。因为在踏进华亭宾馆的一瞬间，我已决定去北京找李斐，我要与他合作。我隐隐地感到，好像有人在支配着这一切？难道会有这么巧？

难道这是莉莉故意安排的？她不是个搞计谋的女人，她一定会偷偷地告诉我这里发生了什么。自从李斐向我透露了他的身份后，我每干一件事，总觉得都是他在安排，他是个非常神秘的、能调度一切的隐面人。

我怎么会走进这个圈子里，我与他们的商战竞争无关，为什么要牵连我进去？但我像个迷途的羔羊，一步步地走向陷阱……

我感到风度翩翩的蒋儒煜微笑的后面，也隐藏了许多计谋。我一口干了一杯威士忌，头有些晕沉沉的："我想，回去……"

我有些语无伦次，隐隐地听到莉莉嬉笑着好开心。可我却笑不起来。她活得多潇洒。我像她那样，也不会有这么多痛苦了。

我又想起铃木、美子、李斐、敏、欧阳雯……一张张模糊的面庞与彩色的灯光交替着在我眼前闪过。

"我要回去。"我支撑着站起来，不觉脚一软，便斜倒在蒋儒煜的身旁。

"你喝醉了，我送你回去。"蒋儒煜急忙扶起我。

"她从来也不喝酒的，今天看见你高兴，喝多了，你送她回去吧。"莉莉走过来说。

"不要，不要送，我自己走……"我想吐，难受得眼前一片漆黑。身上直出冷汗，刚才和莉莉多喝了几杯。

"没事吧？要不，先去我房间休息一会儿？"老先生关切地说。

"那也好。"我说。蒋儒煜扶着我，走到8楼的房间里。

进了房间，我一头栽倒在床上，"我想喝水。"我无力地呻吟着。

他递过来一杯水："一会儿就好了。"

我见他焦虑地站在我身旁，"你没喝多少杯，怎么就这样？你是体虚肾亏，积劳过度，阴阳失调。"他按着我的脉搏说。

"你还会看病？"我抬起蒙眬的眼睛问他。

"是的，以前学过几年中医。不要紧，休息几天，再吃点人参补品，会好的。"他搓着我的手掌。

那是谁的手？是铃木的手？以前他也这样抚摩着我的手。那是在夜晚，他拿起我的手慢慢地搓，又轻轻地吻着。

如今他在哪儿？为什么他不来找我？哪怕打个电话也好。不，我不能让你看着我只能在昔日的情人手下工作，又被他的妻子羞辱，我决定要找出路，我要走出困境。

"我明天要去北京，帮我订一张机票。"我对蒋儒煜说。

"你这样怎么能去北京呢？去旅游？"

"不，我没有那份闲情逸致。"我摇摇头。

"那我陪你一起去，我也正好想去北京。"

"你回中国后，一定碰到许多不好的事。"他又要看我的面相了，我真讨厌他像个老相术家这样看着我。

"我不是很好吗？"我勉强挤出一丝笑对他说。我觉得恢复了神态，清醒了。是他在帮我搓手掌，放气功呢。

"你真好，送我回去，母亲要着急的。"我没对母亲说和莉莉玩。

"我送你回去。"他帮我整理好衣服，扶着我走出房门。

这时莉莉挽着老先生走过来。"没事吧。"老先生关切地问。

"谢谢了，麻烦你们，刚才我喝多了些。"我不好意思向他说。第一次见面我就这样失态，太失礼了。

"没事就好，你送她回去吧，以后再见。"莉莉也喝多了，她靠在老先生手臂上，对我叫道："别忘了明天来电话。星期日有个旅游团要来，你去当翻译，别忘了……我不送了。"莉莉有些醉了。

我知道她今夜不回去，就住在老先生房里，我只得说了一声："再见。"

"你现在干什么？"蒋儒煜问我。

"有什么就干什么。"我不想和他讲我的一切，我们不是知心朋友。更不想让他知道我目前的困境，我不需要他居高临下的怜悯。

他送我到家门后，对我说："我买了机票给你打电话，但愿能同行，路费我来出。"

"不要，我有钱。"我嘴上这样说，可一星期前就在盘算去北京一次又要花费几千元人民币。几位大学的朋友都在北京，我要去看他们一下，该带些礼物去。

我虽然脑子有些清醒了，仍有些头重脚轻，当我打开房门，母亲急忙跑了出来，"你去哪儿了？"

她闻到了一股酒味。"你怎么啦？"

"没事，和莉莉多喝了几杯。"我欲进屋。

"你从来不喝酒的。"母亲连忙扶着我进屋，她帮我脱下鞋，"我知道你近来心情不好，我都知道了。你早告诉妈，妈可以帮你一起承担，你为什么这样折磨自己？"

母亲用毛巾帮我擦着脸。我茫然地望着母亲，我第一次深深地感到：任何时候，谁都可能抛弃、背叛你，世界上只有母亲不会抛弃自己的儿女。

我伏在母亲的肩上，无声地流下了泪。

"我早看透了这个人，当初拿了你的钱去炒股，发了财，就去找女人，你为他去日本花了多少心血。"

"妈，你别说了，他有他的难处。"我不想再提到他了。

"有什么难处？你回来干什么还去找他？"母亲说到这儿不由怒气冲冲，"铃木也是的，再忙也应该来个电话。"母亲仍不知道我们已经分手了。

我不想再瞒母亲了："我们已经分手了，我们毕竟是两个国籍的。"我没有向母亲多说起他与美子的事，她不能理解。

母亲愣了一下："其实我看你这次回来就不对劲，也不想多问你。你已经大了，在外闯了五年。唉，还像孩子一样，看看人家莉莉，没你本事大，在上海滩混得也不错。"

母亲对莉莉印象不错，因为我不在上海时，母亲有什么事，她都帮忙。家里修房子，搬家都是她叫的那些小兄弟来。母亲生病住院，她每天来看，还亲自烧了甲鱼汤，感动得母亲来电话说："你交了一个好朋友。"

而敏去我家几次，坐一会儿就走，他不会做家务事。那时他正与欧阳雯热恋中，为此母亲一直耿耿于怀。

"你和莉莉一起干些什么吧！"母亲劝说道。

"你不知道,她是她,我是我,我们不一样。"母亲显然不知道莉莉背后有多少财大气粗的老板,而她也为此付出自己的青春年华,我绝不会走她的路。

"那怎么办呢?对了,刚才李斐来电话,问你好。他倒不错,很讲义气,在北京又有门路,你去找找他。"母亲是个典型的贤妻良母,当年在南京基督教大学毕业,认识了父亲,她一直守着这个家。她不知道时代变了,这社会变得千奇百怪,无所不有。

如果我告诉她莉莉有个 60 多岁的老情人,她一定不会相信。

如果我告诉她铃木有像母亲一样的美子,她会怀疑我是否在说谎。

如果我告诉她李斐的特殊背景,她一定会阻止我不要再与他来往。

李斐来过几次电话,要我去北京玩。可是怕他再提到这件事,我不想参与到他的事中,想平平安安地过日子。

莉莉人不错,虽然俗气了些。可爱打抱不平,又讲义气。她常介绍我干些零工,有时去她的居酒屋帮忙当翻译,有时去旅行社当导游。这样每月也有 2000 多元人民币的收入,比起一般的工薪阶层要好。

这天,我又被她介绍到中青社当导游,来了一批东京厚生省的旅游者。中青社一定要派日语好,在东京又念过大学,层次较高的留学生当导游,我正好没事,就去干两天。

这次来旅游的是厚生省的一批退休老人,他们自己组织了 20 人来中国。这些老人年龄最大的 70 多岁,最小的也 50 岁了。经济不景气,有提前退休,闲在家里觉得无聊,由留学生办的一家经济交流团牵线,来上海、苏州、无锡三日游。

当他们听说我在东京待了五年,对我好亲切。我用流利的日语向他们解说,他们一个个兴高采烈,好像见了久别的亲人一样。

到苏州,他们最高兴了。有几位客人战争前来过中国。那位才 50 岁的理事在吃午饭时对我说,今年日本不景气,汽车行业解雇了几万名职工。电脑行业也不行。日本最大的东邦电脑公司上个月解雇了一百名职工。

他的话引起了我的注意:"为什么?"我迫切想知道东邦公司的近况,

尤其想知道铃木的消息。

"据说，一家创意电脑公司有一半产品没人要了，这大伤元气。每年少挣几个亿，老板美子近来去美国养病了。新上任的老板是个才30岁的年轻人，很有本事。对了，有这几天的朝日新闻，你有空拿去看看吧。"

那理事很热情地从包里掏出一沓报纸，我迫不及待地打开报，第一版上一个醒目的标题：日本影星百明子与东邦电脑情报公司新上任总经理的桃色新闻。

副标题写道，东京最大的东邦电脑公司董事长铃木俊雄与百明子半夜从京都旅游出来，被女性周刊记者发现，此事引起原东邦电脑公司常务董事长芝本先生大为不满。他女儿芝本纯子在今年8月与铃木俊雄订了婚约，此事影响了芝本纯子的声誉。但芝木不敢取消婚约，结婚介绍人是铃木美子，东京闻名的富翁美人。

我看到杂志上有一张模糊的照片，照片上的人眼睛用长方块遮住了，铃木和百明子一前一后走出旅馆，下面是一张特大的铃本与纯子婚约宴会上的照片。

"我不要了，你拿去看吧，以前在东京也经常看日本杂志吧？"那理事问我。

"是的，经常看……"我不想再看下去。没有想到铃木与芝本纯子真的要结婚了，这一切都是美子一手策划的。

是美子破坏了我的爱，我的事业，每当想起她，忍不住复仇的念头油然而生——我要出人头地，要将美子的公司搞垮！

我能吗？我仅仅是一个回国没有职业的中国留学生。手中的一点点钱够什么？想到这里，不由心灰意懒。可我不会气馁，要寻找机会，对，找李斐。他不是也想两年后，让纯子的父亲对他鞠躬吗？

想到这里，我已经没有兴趣再滔滔不绝地向游客解说了，看着一群胸前挂着牌子的日本人，我就想起了日本东京，那儿，曾经有我的爱与恨……

"林姑娘，回东京有什么事需要我们办吗？"那位佐佐木热情地对我说。

"谢谢，没有什么。"铃木喜欢吃阳澄湖的大螃蟹，多想叫他们捎几个去，他一定会惊喜万分的。我为什么还要想着他？如今他有百明子、纯子。这几天，他正陪着纯子去三越商店挑选结婚礼服，可我却那么痴情地托人送阳澄湖螃蟹？多么可悲可叹，一个中国女人真挚的爱，被他弃之如敝屣。

那天，我不知道怎样回到家的，我的希望彻底破灭了。以前，我还有一丝希望，期待着铃木会突然出现在我的眼前，手中捧着一束玫瑰花……

那是少女天真的遐想。我不知道今后干什么，为什么我会遭遇那么多的不幸？

我几天几夜没有吃一口饭，一个人呆呆地望着天花板，母亲见我这样，叹着气说："圣薇，我早知道你会遇到许多不幸，这是免不了的，我算过命，有个幽灵一直在我们的身边，我命硬，我一直在烧香求菩萨，它克不了我。但，你是逃脱不了的。"

我不明白母亲说什么："妈妈，你能告诉我到底是为什么？我从来也不去坏别人的事，为什么一直倒霉？我前世做错了什么，这辈子要我赎罪？"

母亲叹了一口气，终于说起家中的一段往事：

"你父亲50年代从法国回来，那时，有一位法国姑娘爱上了他，他们一起同居了。你父亲回来后，你爷爷逼他和我结婚。因为，你外公是上海市工商会的会长，他们是商场上的世交。后来，就在我生下你的那天，那姑娘忧郁而死。是你父亲欠她的债，欠她的情，这是需要你来还的……"

"我不相信？那是迷信？"我对着母亲叫喊起来，"为什么要我赎罪！要我受苦！"我痛哭了起来。

我不由想起父亲在农场病危时，他拉着母亲的手说："我这辈子对不起你，我心里一直没有忘记她，委屈你了。"

生活着的每一个人都有自己不可告人的隐秘，而正是这些隐秘才构成了人与人之间的差异、距离、成功与失败。在生活中，如果没有难得糊涂的宽容之心，那么你将永远与社会格格不入，永远没法理解这世道、这人情。

那姑娘那么纯情，一直等待着爱，最后忧郁而死。当时，父亲为什么要回来呢？他的根在中国，在中国！我与铃木，我们谁也离不开自己的根，可我不能忧伤而死，我要活，我要活下去！

"以前给你算过命，龙华寺的明圆方丈说：你30岁以后，能交好运，有贵人相助。"母亲对我说。可我周围没有贵人，贵人美子、铃木不但不帮我，还毁了我的前途。

母亲告诉我："我天天烧香，为你父亲赎罪，求姑娘宽恕，求菩萨保佑你。你也为自己念经，这样灾难就会过去。"

那天，我第一次虔诚地拿起了八支香，在母亲一直供的观音面前烧起了香。说也奇怪，当我望见那尊面容慈祥的观音时，那怨恨的心得到些平静。

我想起了法国姑娘，心里念道：哦，那已归天国的香魂，我与你一样痴情，你为何不宽恕我？为何不宽恕我的父亲？他到临终都想着你……菩萨会保佑你来世和父亲重逢再结百年姻缘。

我从不懂世俗到现在，渐渐地成熟起来，这五年中在我身旁发生了那么多不可思议的事。我惊异、不解、忍受，直到理解，这是心与灵，理智与情感苦痛的搏斗。

我应该要勇于面对惨淡而又辉煌的人生，再一次走出去，寻找一条属于自己的路。当我从噩梦中醒来，仿佛觉得一下子长大了许多。我不再悲哀，不再等待着奇迹的发生。既然我周围所有的人都能坦然地面对人生，对了生存发展不惜代价，我为什么不能呢？难道这几年我付出的还少吗？我的纯情、真挚又换来了什么呢？

彻夜难眠，第二天，当太阳刚射出一缕光辉向我问好时，我早已起了床，我决定去找李斐，与他合作，将用尽我全部的才智与能力来击败对手——美子与欧阳雯，我不能让她们在我面前再露出骄傲、自负、不可一世的笑容。

当我刚要给蒋儒煜打电话，不料倒是他先来电话，告诉我机票已经买好了，连宾馆也订好了。

我不再受宠若惊，感恩不已，我也应该得到属于女人的一份恩赐，何况我不是个又丑又蠢的女人。

我是个比莉莉美，比欧阳雯聪明，比美子还懂爱情的女人。我再也不想做一个只知道哭泣的灰姑娘。我不愿再干临时工！更不愿继续被欧阳雯嘲笑。要报复美子的唯一办法，就是要她的公司彻底垮掉！

为什么我做人那么唯唯诺诺，小心谨慎却四处碰壁呢？这都是母亲的遗传。她从不越雷池半步，虽然她才貌过人，却一事无成。我不能再让我的才华与美貌付诸东流，成为禁困在家中的一只木偶。

一夜之中，我完全改变了以往的人生观，只有这样，将会有辉煌的前景，将不败于所有的女人！既然爱已经失去了，还有什么可值得留恋与珍惜的呢？

我决定去找李斐，绝不能再等候别人的施舍，不再期待爱的奇迹出现——铃木会突然拿了一束玫瑰花出现在我的面前——那是少女天真的幻想。

那时代永远结束了，我将开始一个新的人生！

第十九章　柳暗花明

当我和蒋儒煜像情侣一般同程去北京时，我已经不再是五年前提着一只旅行袋，泪洒满襟与敏告别的纯情女孩，也不是一年前，一步三回首与铃木在东京别离充满了哀怨的姑娘。

我告别了过去，告别了爱情，变成了一个内心冷淡、充满心计的冰美人。我为自己的改变感到由衷的高兴，因为我不再哭泣了。我的聪明才智将成为我砍断荆棘、勇往直前的利剑。

我含笑望着蒋儒煜得意扬扬的神态，他以为那么快就俘虏了我。我怎么会像莉莉那样为了一幢小洋房出卖自己，我没有那么廉价。我需要的是他的实力与商人的头脑，让他为我服务，使我能获得不只是一幢洋房的利润。

"圣，到我公司去干吧，当我的秘书。"他坐在我身旁脉脉含情地说。

"你不认为我当秘书太可惜了吗？"我微笑着回答道。

"……对，可我想让你留在我身旁。"他急忙改变口吻。

"等你想好适当的位置后再告诉我，秘书你另外找人。"我含笑对他说。

"真不愧是东大才女，眼望五岳，你将来肯定能成大器，在大阪演讲时，当你一踏上讲台的一刹那，我好像看到了意想中的恋人。"他幽默地说着。

"是吗，我感到很荣幸。"我挑逗道。什么时候学会这一套？没人教我，是女人天生就有的遗传因子，以前我从来也没发挥。

我脸上笑着，可心中却在嘲笑他的奉承。

我们到了北京饭店，他拿出证件，要只开一个房间。我连忙说："住一个房间半夜查房，被抓进去，你要倒霉的。"我用日语和他说。

他疑惑地看了一眼："好，开两个房间。"当我们各自走进自己的房内，他吩咐道，"你寂寞可以过来。"

"好哇，我到你房间，你到我房间。"我机灵地回答。

他一时没有反应过来："哇，你好狡猾呀，拿你没办法。"他哈哈大笑，以此来掩盖自己的失言。他毕竟是有教养和身份的，不会像个无赖似的纠缠不清。他知道我不是一个轻易能上钩的女人。越是这样，他对我越充满了敬意，不敢随意开玩笑了。

走进房间，第一件事先给李斐打电话，那是他的专用电话。他只许我记在心里，不许记在任何纸上。当我拨好了电话时，一个非常清脆的女孩子声音："你找谁？"

"我找5号。"这是找人的暗号。

那声音稍微迟疑了一下："请等一会儿。"

等了好半天，我才听到李斐深沉的声音："是谁？"

"是我呀，把我忘了吧？"我的声音充满了柔情，我以前可从来不是这样的。

"……你的声音变得动听了，我想是哪个明星给我打电话，你在哪儿？"他很兴奋。

"在北京饭店，五分钟前刚到，能马上过来吗？好想见到你。"我又违心地说着。我怎么会变得这样？我有些羞愧。

"好，过一小时就来。"当我放下电话，心中充满了迷惘。我并不想与蒋儒煜同行，受他的恩惠，可我接受了。我也并不想钻入李斐的圈子里，可我从现在开始将成为他的同伙，我为了什么？我会为此而后悔吗？

躺在柔软的床上，眼望着白色的吊灯独自冥想着，不知道所有一切的后果将是如何？我已别无选择，残酷的现实把我逼上梁山。

眼前又出现了以往的一幕幕，雨中的铃木茫然地行走着，美子傲慢的面容……

我拿着毕业证书被一家家公司拒于门外，我又回到了五年前的日本料理店端盆子，高速公路上一辆翻倒的白色小轿车，一片殷红的血染红了玻璃窗……

我在金山工厂遭到欧阳雯的嘲笑。

面前又是一张醒目的标题：铃木与纯子的订婚前夜，与百明子走进赤板普林斯顿宾馆。

我不能再想下去了，一骨碌从床上蹦起，独自踱步在客厅里，我开始抽烟了，今天是第二支烟，飘扬的烟雾将心中的一切怨气吐得精光。

那镜子里是我吗？一个娇艳的女人，比美子年轻，比欧阳雯漂亮。

镜子里的女人那么自傲、冷漠、孤艳，那就是现在的我吗？但我还缺少一件东西，我没有美子那么多的财产，但我最终目的一定要战败美子！我要让她在我面前哭泣、哀求，也要让铃木对我刮目相看，镜子中的女人是一个复仇女神！

铃声响了，是李斐来了。我打开门一看，噢，他可变了样，西装革履，气度不凡。脱下了皮夹克衫，变成了一个很有魅力的男子。可我仍不爱他，一个硬派小生。

"今天穿得那么整洁，见谁呀？"我惊异道。

"见你呀，圣薇小姐。"他微鞠躬道，很有教养，"我做梦也没想到你能来北京看我，哪股风把你吹来了？"

"东京九级台风把我吹来了，我爱偷袭，看看你有没有女朋友？"

"哈哈，那你要失望了，身边一个也没有，心里却有一个。"他幽默地说。

"是谁呀？"我虽然不爱他，可我有些嫉妒他有女朋友。我希望他永远成为我的好朋友，我是多么自私。

"到时候会告诉你的。"他淡淡地微笑着，看样子好像在谈恋爱，神采不一样。

"你抽烟了？"他看到烟缸里的烟灰惊愕地问道。

"是的，赶潮流。"我回避他那咄咄逼人的目光。

"碰到什么事了？"他很敏感地问道。

"没有……"我不想告诉他，可是我声音哽咽了。

"告诉我，有谁欺负你了？"他仍像个大哥哥似的关切地问我。

"没有，我很好……"我装作不在乎的样子。

他抓住了我的手，"发生什么事了？我会帮助你的。"我从来没在他面前伤心过，他有些慌张，"是铃木有什么消息？"

我把带来的杂志拿了出来。他看完后，却显得很轻松："你太痴情了，这件事在日本不见怪。你那么想他，可他想你吗？你还是那样单纯，如此专情，受苦的是你。我以为出了什么大事了，你要超越自己，才会重新站起来。"他显然有些生气。

我告诉了他遭到欧阳雯的侮辱，心中受不了，所以跑到北京来散散心。

"好吧，我陪你两天，玩玩。最近也很忙，在设计一个新的计划，总设计是我。我们台湾客商成立了一个电脑公司，也很想请你参加，可是……"他犹豫了一会儿，"我考虑了半天，也没告诉你。"

我知道一年前他和我说起的那件事，今天我不是来散心，是想成为他的合伙人，想利用他的权势来实现我的愿望。纵然有许多惊险，我已不能再退却了，因为我已没有退路了。

我既不能像莉莉那样用青春换取财产，更不会像欧阳雯那样去花一个小资本老板的钱。到社会上打零工，一个月只能挣几千人民币，我不甘心。讨个老实巴交的男人，当个贤妻良母，不，这更不是我的出路。

既然什么也没有了，何不从头开始，轰轰烈烈地干一番？

我擦干了泪水，非常娴熟地点燃了一支烟，李斐的目光不再是那么热烈和焦虑，那目光中有着一丝伤感。他皱了一下眉，我知道他不喜欢看我这样。

"我实在不喜欢看到你抽烟。"

"我喜欢！活着够累了，还禁什么欲？我只不过是抽支烟罢了。"我讨厌他这样管我，我又不是他恋人。太一本正经了，所以我不爱他。

"对不起，我知道你不开心。"他深深地叹了一口气。

看他这样说，我后悔对他太凶了。我对铃木从来也不这样，由他随心所欲。也许他比我大五岁，平时一直宠我。

"今晚要见台湾客商，谈关于合作的事，如果你有兴趣可以一起去听听，他也是今天来。"

"你们谈公事，我不想参加。"

"没事，也许对你有好处，如果你愿意合作。"李斐的目光很诚恳，我相信他不会害我，更不会引我走向歧路。

"6点钟在楼下等，我们出去喝点咖啡好吗？"他今天神采奕奕，和他在一起有一种安全感，他永远也不会出卖我。

在漂泊无根的流浪生涯中，我好像抓住了一只救生圈一样。这只救生圈上哪怕离水雷很近，我也要抓住它，只有抓住它，才能活命。

我目前的命运便是如此，现实不允许我想太多。他不是我想象中冷酷无情的人，因为我从来也没有看到他打过架，他曾经说过上天入地都会。在空军部队驾驶过飞机，在东海舰队当过水手，至于摩托车、汽车，对于他来讲是小玩意；他曾是三军100公里越野摩托车比赛冠军，如此健壮的军人又会电脑软件设计，是个能文能武的全才。

我们正欲出门，与站在门口的蒋儒煜撞了满怀，"……你！"他看见李斐不由愣住了，李斐瞬时恢复了平静，他伸出手："你好，没想到在这儿碰上了。"

"你们认识？"蒋儒煜指着李斐对我说。

"是呀，我们原在一个公司上班。"

"我介绍一下，这位就是要与我们合作的台湾电脑天才蒋儒煜先生。"李斐落落大方地对我说，"林小姐也许能成为我们的特权代表，今天我特意来找她的。"他怎么乱扯一气，我根本就没答应过要到他的公司去。

"还是李先生有眼光，有办法啊，今天上午，我还想请她当我的秘书。"蒋儒煜说。

"林小姐当秘书可是大材小用，她当然不肯了。如果能同意当我们合资公司的副总经理，那是太理想了。愿以后多多包涵，合作成功。"李斐像玩笑似的对蒋儒煜说道。

"我会关照林小姐的，我们合作一定会成功的。"蒋儒煜显得很高兴。我无话可说，俩人仿佛是在念台词，可谁是导演呢？这一切是偶然还是必然的？

李斐先斩后奏，将我一军。这飞来的福分，简直在怀疑这一夜之间上帝会突然对我开恩起来，让我当合资公司的副总经理，到底是什么公司？

可能才几个人的小公司吧。既然俩人把我推上了这个台，我不能辜负众望。一切是那么不可思议，冥冥之中，我感觉到神开始在助我了。

晚上8点，李斐拿出了合资公司全部的资料时，我看后吓了一跳。合资公司总投资400万美元，北京方面出资六成，蒋出三成，另外一成是另一家中国公司。合资项目共有五条：第一条是软件开发；第二条是电子产品进出口；第三条是轻化工产品原料的进出口；第四条是电脑的组装与改进；第五条是电子、化工产品工程设计承包。

蒋儒煜看了章程后说："可以，银行章由董事长和总经理各执一枚，中方任副董事长和总经理，台方任董事长。"

我是副总经理，可无权掌握财务。

虽然我从没有就职于公司的要职工作，可这一套方案我大致清楚，以前铃木也告诉过我一些。

"但是业务副总经理也有权查账，监督财务。"

我没有兴趣听他俩的议论，我感觉到，他们这项计划已经讨论了好久。

我搞不清是谁牵的线，为什么李斐在公司不担当任何职务？他像一个幕后策划者，把我推到前面，他在垂帘听政。

反正，每月能给我5000元人民币的工资，我也满足了。我会尽自己的能力将业务搞好，至于年底分红奖金我并不在乎。但是他们提出公司职员每人买原始股10份，几年后，每个职员都可以成为公司的小股东，而董事成员占股5%，我没投资一分，但也给我2%的股份。蒋说台湾和大陆两方都给我1%的智力投资，400万美元中，我也有8万美元的投资，真是一夜成了富翁。

我相信身边的幽灵开始慢慢离开我了，菩萨开始保佑我了，苦难将过去了，我要感恩。

我们在宾馆住了三天，后两天，5名董事、4名副总经理都来了，莉莉的老情人也从上海赶来。由他坐镇主持会议，两方签了字，合同生效。

晚上在饭店摆了 10 桌，每桌约 5000 元人民币。在餐厅上，我看见一位长得非常清秀的姑娘，总是跟在李斐的后面，形影不离，我好生嫉妒。

但是看他俩的神态，不像恋人，那姑娘总是看李斐的眼光，当李斐拿着酒到其他桌上干杯时，好几次是那姑娘接过来一饮而尽。我记得她喝了许多，可脸不红，仍神态安然，像只轻盈的小燕子，看起来才 25 岁左右。她是谁？是李斐的女朋友吗？

这一顿酒席中，我一直注意着他们两人的举止。李斐周旋在双方的客人前，有几位老者十分权贵，老态龙钟，身后跟着年轻的侍从。蒋周旋于台湾的客商，这些来自台湾的商人太太，个个珠光宝气，娇艳万分，相比之下我成了一个丑小鸭。在众多的贵宾面前，我好像是多余的。

我没有佩戴任何首饰，没有想要出现在这种场面上。我像老板的秘书一样，被冷落在一边，我的自尊心受到伤害。但我仍坦然自如，我相信从这里我将飞黄腾达。

看到他们兴高采烈地举杯祝贺时，一种从未有的感情油然而生。下次的酒席上，我要成为一名引人注目的主角。当我拿了一笔年终奖时，全部买股。当我拥有了公司 20% 的股份后，我将是个举足轻重的人物。

李斐和蒋儒煜，谁也没有向其他人介绍我是谁，这让我感到万分委屈。我隐隐地觉得，这里总有什么不可告人的秘密。

策划者是正在举杯痛饮的李斐，和频频向贵客点头献殷勤的蒋儒煜，而我是什么？是他俩手中的一颗棋子。可能这个小卒子在关键时能力挽狂澜，也可能被丢在一旁。我怎么变得狐疑起来了，因为我已经成熟了，不再是五年前纯情的姑娘。

既然我是一个小卒，那么我也要过楚河。当他们双方打得只剩下残兵败将时，我要发挥作用，为什么不利用这两方的主将呢？

今天在如此隆重的场合下，他俩心中想到我吗？我冷落地坐在旁边，无聊地找旁边一位台湾来的老太太聊天。

整整两个小时的宴会，李斐偶然朝我看一眼，使我很不快。还是莉莉的老情人和我干了几杯，又向旁边的阔太太介绍了我。

我明白，他们心中并没有我。我恨不得逃出这儿，情愿回到自己的家喝稀饭，这商场上是多么冷酷无情，昨天还情绵意浓，今天早就把我忘到九霄云外了。

经历了许多被冷落的场合后，我也变了。当莉莉的老情人与我干杯时，我那表面甜蜜的微笑下已是一颗冰冷的心。我笑得那么迷人，连我自己也不明白我什么时候学会这一套。

我以往的纯情哪去了？我的真诚心灵哪去了？没有空闲时间来考虑这些问题了。

蒋儒煜在应酬中早已忘了我在他旁边，直到他喝了个醉乎乎，才定睛看了我一眼，"噢，林小姐……"好像他刚发现我也在场。

虽然心中充满了委屈，可我脸上仍是笑得迷人："你没事吧，不要喝多了。"我非常关切地问道，那语言是甜蜜的，那笑容是迷人的，唯有我的那颗心早已冰冷了。

还有李斐，他不会喝醉的，那年轻的姑娘一直在为他挡驾，她到底是谁？

强熬到宴会结束，我感到累极了，今天经历了一场灵与肉的搏斗，我又一次长大、成熟了，虽然我才27岁。

晚上，我正躺得迷迷糊糊，电话铃响了：

"是圣薇吧？我是李斐，你没睡吗？"我第一次讨厌他，就在今天夜里。

"你把我吵醒了，我明天一早要走了，有事吗？"我十分冷淡地说。

"我想和你谈谈……"他说话有些含糊。

"已经是一点钟，你是不是喝多了？"我有些不耐烦了。心想那姑娘肯定就在他身旁，心里有说不出的滋味。

"对不起，今天喝多了，睡不着。"他第一次失态。

"睡不着，找个姑娘聊聊天，不是很好吗？"

他没回答。

"对不起，我要睡了。"我"啪"地放下了电话。

当电话刚放下，又响了。我正想骂他一句，是蒋儒煜深情的声音："林小姐，你没睡吗？"

"睡得很香，被你吵醒了。"

夜深人醉，他们回到了做美梦的境地，才想起了我。我又不是你们的随身秘书，别搞错了。

"对不起，我很累。"我冷冷地说。

"我睡不着，想到你房内来。"他含含糊糊地说。

"好哇，来吧。"我对他说。

"是吗，我马上来。"他的语言变得清醒了。

"你到我房间来，我到你房间去，怎么样？"我很冷静地说道。

他迟疑了一下："打扰了，真对不起……明天见。"

我气得搁下电话，再也睡不着了。我起了床，抽起了烟，一连抽了三支。

整个房间烟雾弥漫，我打开了窗。窗外的一切隐在夜色中，天际是那么遥远，一望无边，唯有小楼上的指示灯一闪一闪亮着红光，那么微弱，那么渺小。

我久久地望着前方的一盏红灯，与这幢摩天大楼相比，这盏红灯是那么渺小，可是如果没有这指示灯，夜里的那架飞机撞了上来，这摩天大楼会顷刻爆炸、倒塌……

谁能忽视这盏小小的指示灯？到了夜里它才发挥了作用，在黑夜中发着光。我也是这弱小的红灯，无力地闪着红光。他们没有忽视我，在白天，我不发光，夜里发了光，他们在寂寞时才想起我。

可是我不愿意做那么一盏不起眼的指示灯。

我要成为这幢大楼的主宰者，能吗？我能主宰李斐和蒋儒煜吗，他俩不都喜爱我吗？好，要利用你们的喜爱使我成为新公司的主宰者之一。

一夜间，我成了一个野心勃勃的女人，不再是五年前那纯情的圣薇。我为什么要改变自己呢？铃木俊雄还会爱我吗？

既然爱已经逝去了，过去的我也永远地消失了。

第二天，我精心地化了妆，打扮了一番，当我出现在餐厅里时，李斐和蒋儒煜目光都有些惊异，也许他们发现我一夜间变得妩媚动人了。

"噢，林小姐，今天特别漂亮。"蒋儒煜奉承道。

"你今天好像变了。"李斐的目光很锐利，我不再回避他那犀利的目光，我的目光现在能与他对视了，看谁先垂下眼帘。

曾记得俄国的沙皇的目光咄咄逼人，目光像响尾蛇一般，能发出逼人的寒光。有一次，他的女儿与他对视，最后他先垂下眼帘，但他兴奋地说："你不愧为我的女儿。"

我与李斐的目光在对着话，他在说："你变了，我看得出来。"

"是的，我看清了所有的人，包括你，我不再信任你了。"

"为什么？为了她吗？你误会了。"

"不用解释，我不再信任你了。"

我第一次看见李斐那双仿佛能洞察一切的目光闪了几下，终于垂下了眼帘，继而又抬起头："昨天休息得好吗？"

他回避了刚才我俩目光的对话，多会随机应变。

"休息得很好，还梦见了一位白马王子，是一个日本人。"我的眼睛又充满了笑容，可言语像利剑般地刺向他，他喉结动了一下："太好了，但愿天天有这样的美梦。"他忍不住讽刺道。

这是他第一次讽刺我，我俩好像不再是一对推心置腹的朋友，倒像一对吃醋的恋人。

我一点也不生气："天天做，那就不是美梦了，物以稀为贵嘛。"我终于能反唇相讥了。

"你俩大清早干什么？火药味很浓。"蒋儒煜看我们俩有些动起真格的来了，他忙打圆场。

虽然见了他们不开心，可我仍带着微笑，我已经知道如何掩饰自己的情感。

李斐拿着一盒肉包子放在我面前："昨天肯定没吃饭，这是你爱吃的。"他又像长者般地关切我。

可我仍在生他的气。对了，昨天那位姑娘今天怎么不见了？还躺在房里睡觉吧，一定是昨天喝醉了。

"你昨天的陪客还在休息？"我忍不住地问道。

"昨夜已回去了，她是我在少林寺练功时认识的师妹。"李斐很坦然地回答。

"噢……"我忙低下头喝了一口牛奶，"是吗？她真能喝酒。"

"是的，喝一瓶也不醉，昨天特意来保驾的。"李斐说道。

"长得那么俊巧、纯情，城里姑娘也没她那么清澈动人。"蒋儒煜说道。

李斐笑而不答，好像有什么秘密似的。

"你们几年没见面了？"我问道。我觉得他俩形影不离，很亲热，我怎么老想打听她的消息。

"是呀，我从少林寺出来后，七年了，没见过面。"

"李兄怎么去过少林寺？"蒋儒煜奇怪地问。

"那是部队复员后，没事干，想练练气功，后来就去了嵩山的寺院，玩了三年，反正我什么都爱玩，闲不住。不像你老兄是个读书人，好悠闲。我也想悠悠自在，可是……"李斐的话突然中断了，他仿佛意识到自己话说多了。

"明天你将计划书写好，关于办理申请执照、办公室招收人员都由我们来负责，我们老板昨天建议，我们想投55%，怎么样？"李斐问蒋儒煜。

蒋儒煜支吾了一下："我与老板商量一下再定。"

"好吧，看来，我们三人有缘分，能够那么容易找到了一个副经理。林小姐正是我所希望的人选。记得上次在大阪相遇，我一眼就看出我俩将来能合作。"蒋儒煜转身对我说。

李斐含笑看着我："还有我们这一关呢，若我不同意呢？"

"你开什么玩笑，我早知道你和林小姐之间的秘密……"蒋儒煜说完哈哈大笑。他们又开始演双簧了。

我含笑地望着他俩，心里却没有笑，我不喜欢商人们的寒暄和逢场作戏。

一切看起来是那么简单，那么随便，其实并不然，好像有人事先安排好的，那人是谁？我已身不由己地被他们两人推着向前走，难道他们两人就是方丈所说的贵人吗？前面是地狱，还是天堂？

但是我已无路可走，只有和他们共同创业。

第二十章　时来运转

一切来得那么突然，没想到命运就在一夜之中改变了。我成了 TB 公司的副总经理，那是偶然的吗？不，我感觉到好像谁在操纵预谋，是李斐！

是他挽救了我的命运吗？从我踏进美子公司的第一天，也许我就成了他的目标中可以在几年后胜任 TB 公司的副总经理，一个能为他完成击败王子公司计划的重要人物。

我已无路可走，只有按照他的策划而行，不管他的上司是谁，我只拿工资和 2% 的股份。

不管将来结局如何，至少现在我在一个拥有 5000 万美元资产的合资公司任职。现实已容不得我多考虑什么，必须顺其自然，利用李斐的政治实力和蒋儒煜的经济实力实现我的计划击败美子！

五年后切断她在中国的财路，将她的丑恶发迹史公布于众，使她在东南亚财政界失去信誉。

我必须依靠他们两人。但是我不知道蒋儒煜为什么要与李斐的公司合资，是为了靠拢中国吗？他从来也没透露过。

公司设在上海光华广场 13 层。这栋大楼是七年前刚由华侨投资建成的。据悉那位华侨与蒋儒煜父亲是世交，所以以较优惠的价格卖给了他这一层。

一个醒目的铜制招牌挂在办公室外。大楼刚建成，有三分之一是空的。这里大多是中国台湾、中国香港、日本的公司驻地，都是大集团。有中国香港的置地公司、中国台湾的公司，还有日本的八佰伴驻上海办事处也设在这儿。

第一次董事会议有八个人参加，有蒋儒煜的姨父和另一位陈老先生。据说，他是陈果夫的姨舅，他投了 20% 的股份，他不太多言。台湾方面的事都由蒋儒煜提交议案，几乎都是事先商量好的，没有什么多议。

中方有李斐和他的两位上司。其中一位是副部长级，看起来不到40岁。李斐说他从英国留学回来三年，是一位懂三国语言、精通电子的少壮派。另一位就是在宴会上露了一面的李斐的顶头上司，他对电子专业是外行，但李斐的每次提案都事先请示他，他点头，李斐便照写好的方案向大家提议。

第一次会议开得很成功。首先明确了第一年内组装两万台486家用电脑，以市场目前的386价格在几个月内销出去，然后，进口两套生产变频部件的设备，将原有的变频部件的变频范围扩大60%并在两年内生产出100万只。我知道这两套设备是与美子对立的村上电子公司的产品。由于美子将变频器生产线交给了台湾，产品、价格比日本便宜，使村上电子公司面临倒闭，他们的产品只能销往菲律宾、韩国，而美子却占领了中国这个大市场。

而现在我们用很便宜的价格向村上公司买了这套流水线，只要改装一下部分零件，年生产量就要超过台湾，而且订货单位都有了落实。

这项工作在极保密的情况下进行的。第一任务组装486，大量冲击市场，这只是一个幌子，让其他公司的视线都注意到这一点上。

最关键的点是能发展公司，占领整个东南亚市场的计划目前还在筹备中，半年以后将实施，已提前着手向海内外招聘优秀的电脑软件开发人才。

我做了会议的全部记录，并负责组装486电脑和筹备工厂场地和招聘工作。

具体的事务都落在我的身上，董事会议一结束，李斐留了下来要和我一起安排具体工作，蒋儒煜负责去日本商谈进口设备的事和招聘高级人才。

虽然我们公司南北海外都有路，可每件事都得我和李斐亲自去落实。我们迅速向广州联系了一批零件，零件刚运到苏州市郊的军工厂准备组装时。办公室里电话铃不停，那是上海几个上面有门路的小公司老板打来的电话。

"你们台湾来的，不要抢我们生意，小心点！"

"我们不是台湾来的，是北京来的，你打听后再来和老子说，否则，明天你连饭碗也没有了！"李斐狠狠地训了对方一顿，"嘎"地把电话挂断了。

"喂，听说你们进了10万台486，大家都是一个行业的，什么时候进市场，给透个消息，我可以马上把手中的386甩出去。"又是一个电话，那人是中年人，说话比较婉转。

"看你态度好，告诉你，快把仓库里的货以最便宜的价格卖出去，反正越快越好。"

"好，好，谢谢，我是海南电子公司的，我原是北京大学电子系毕业的，下海才两年，以后多关照。如果你们来不及组装，我这里有几十名熟练工，我们合作，怎么样？"

那位老板是个随机应付的商人，也许他早就打听清了我们公司的实力，所以不像刚才那位年轻人无理气盛。

"好吧，以后你和林小姐联系。"李斐看看我说。

对方不断地说："谢谢，谢谢。"

李斐笑着对我说："像这样的人，你要利用好，他不像刚才那个暴发户。他有技术，以后将他的公司接过来。别忘了，我们要成为整个电信行业的托拉斯。"

我没有想到除了搞好业务外还有许多人际关系，纵向与横向联系都要把握好。

"还好，公司有你的上司当靠山，如果我一个人回来办公司，用不了多久就会搞得头昏脑涨。"

"所以，你靠着我是没有错的。"李斐十分狡黠地看着我说。我没有笑，也没有暗自高兴，这一步是上帝安排的，无法选择。我清楚地知道自己已经卷入了一场政治争斗之中，经济、商业有时是它的附属品。

一切看起来是合情合理的，但都掩盖在冠冕堂皇的语言之下，一切都是在做交易：政治交易、爱情交易、经济交易。人类自发明货币之前就实行这一公式，互相交换物质，一头牛换一匹布，每人拿出自己多余的物质来换取所需要的东西。

自有了货币以后这种物与物的交易变得公平、合理；然而，随着人类不断地进步，文明交易的方式也变得像万花筒一般，有爱情与金钱的交易，有权力与现实的交易。

几乎所有一切都在交易——最后连发明交易的人也成为交易的商品——出卖良心与品质。

我也参加了交易。我出卖了才干，换取的是复仇——有朝一日重返东京，在美子面前仰天大笑。

这种发自内心的驱动力，使我的聪明才智发挥得尽善尽美，每项任务我都全力以赴地去办，以至达到最好的效果。和当初在日本留学一样，不分昼夜地拼命工作。

我像机器人似的每天几乎十几个小时埋头工作，今天赶到广州订合同，第二天赶到苏州乡下的工厂，亲自指导工人，每项工作的安排、落实都由我亲自去办。

半年之内公司以速战速决的作风，横扫上海、长江三角洲一带的家用电脑市场，我们合并了几十家电脑公司，一年之内，净挣了100万美元。

我们以这100万美元买下了一块浦东外高桥保税区的地，向银行贷款盖起了15层楼的高级住宅区，又以银行贷款给客户的形式出售了全部楼房，又净挣了500多万美元。

这生意是那么好做，钱是那么好挣，比我当留学生时不知要好挣多少倍。中国现在正是发大财的大好机会。谁的机会抓准了，一夜之间就可以成为百万富翁。

蒋儒煜已联系好了进口设备，我们将在两个月内改装机器，今年预计可生产500万高频头零件。李斐手中的客户需要100万只，还有400万只，只好让王子公司去挣了。明年他们手中只剩下三分之一客户了，这样就断了美子四分之一的财路了。

我们价格比他们便宜1美元。我们向各地招聘熟手工人，并解决他们住房、户口。由于工资不高，所以生产出来的成本要比台湾公司便宜一半。

万事如意，心情愉快，我忘却了过去的不幸和痛苦。然而，那只可憎的魔爪仍向我伸来。

那天，我接到一个电话，那声音在哪听过，但一时想不起来。"怎么把我忘了，四年前在燕燕家开生日宴会……"

噢，我想起来了，那是王子公司的总经理。

"贵人多忘事，没想到回国后，成了 TB 公司的副总经理，你很有才能，我们谈谈好吗？"

我知道来者不善。李斐去了日本，蒋儒煜到台湾招聘人才去了，只有我一个人，怎么办？

"好吧，请你来公司面谈。"

"还是去外面谈。今天，我为你准备了午餐，一定要赏脸。我很早就欣赏你，你不会使我失望的，晚上 7 点在希尔顿饭店见面。"没等我答应电话就挂断了。

我急忙打电话给在东京的李斐，他不在宾馆。这些日子他不知忙些什么，那份软件设计计划书还没出来，怎么又去日本了？反正，除了公司的事，他有重要任务，我是不能多问的，我不想介入太多，免得以后跳不出来。

和蒋儒煜打了电话，他慢悠悠地说："那是鸿门宴，你就去吧，连这场面也对付不了，怎么能当公司的副总经理呢？你一定会渡过这一关的，我早已算好了。"这种人不阴不阳，我实在不欢喜，他不像李斐那样能诚恳地给我建议。

自上次在北京回绝了他以后，他就很少和我开玩笑，有时还摆着架子。我不能得罪他，否则我被他踢出公司就前功尽弃了，好几次我主动约他一起喝咖啡，吃早餐，有一次约他去跳舞，我轻轻地在他耳边说："蒋先生是整个舞厅的王子。"

他有些飘飘然："可惜有些人并没有感觉到，一直跟我捉迷藏。"

我对他若即若离，不卑不亢，他也对我没办法。他知道我有李斐这块王牌，还有蒋老先生这块王牌。我早已将莉莉收买住了，我送给她几套日本紫罗兰套装和现金 1 万元。

莉莉在枕头边加了迷惑剂，让蒋老先生又加了2%的股份给我，其中1%是莉莉的。

这也是交易——人与人之间的交易，不知什么时候，我也学得竟是如此巧妙、成功。

本来我也不笨，只是从来也没想到要交易。如果早想到，我就能待在日本大公司就职，还能向美子拿到一笔几百万日元的损失费。我就不会有回国后遭受了一年多的苦难日子，不会遭到欧阳雯的嘲笑，也不会被她赶出工厂。

那都是因为我不会交易所造成的下场……

如今，我会了，既然会，为什么要怕去见王总经理呢？要让他看看，我已经不再是四年前在燕燕家碰到的林圣薇了。

我不再犹豫，不再胆怯，精心地打扮了一下，迈进了希尔顿宾馆。

夜上海很热闹，马路上排满了轿车，今天是星期五，是工作一周结束，迎来的放纵狂欢的周末之夜。有钱人满面红光地又来到这里，十分慷慨阔气，拿着昂贵的菜单，几个菜就花掉万儿八千的人民币，连眼都不眨。

当我来到门前，一位漂亮的小姐将我领到楼上的贵宾樱花厅，只见王总经理一个人坐在那儿。

"我知道你一定会光临的。我是一个人来的，这是破例。我从来也没有单独请过女贵宾。"

他仍是那么有风度，几年过去了，也不见老。他不卑不亢地请我坐下。

"今天不谈公事，那么美的月夜，那么好的晚餐。"他笑容可掬地对我说。

我一直在警备中，该放松些了，否则太没风度了。

"我也是破例，一个人从来也不和不太熟悉的男人吃饭。公司很忙，既然王总经理这么心诚，恭敬不如从命。"

"今天请你品尝龙虾三吃，这是特意为你准备的。今晚只有咱们这桌订下了，每天这顿别有风味的佳肴只有一桌。"

"实在不敢担当，不知以后如何回报才是。"我无时无刻不想着我们是在进行一场交易。

那位站在旁边的年轻小姐，她是否想到在如此美丽的夜晚，在动听的音乐下，一对男女不是在享受生活，享受意境，他们文质彬彬地坐着，可内心都在计算着下一步棋该如何走。

人们在达到了高度文明的物质生活后，恰恰不是在享受其成果，而是糟蹋文明。越是排场盛大，越是体现人类文明象征的场合下，人与人越不是以情交换，而是彼此都在盘算着一场交易。

看来人类还是回到北京猿人的时代为好，那时候的猿人不用绞尽脑汁。

脑子盘算着如何交易，这顿丰盛的晚餐只是一道装饰而已。如果每顿丰盛的佳肴都是镶嵌在交易场上的花冠，这岂不是亵渎文明吗？

"没想到林副总经理越来越年轻了，记得当初，我想和你跳个舞也没机会，以后成了一件心事。"

"谢谢，过奖了，现在只想着工作，王总理有什么事就直说吧，我们都是明白人，请不要浪费这顿丰盛的晚餐。"

"我很钦佩你，你在东京的悲欢离合我也知道一点。我也帮不上你一点忙，非常对不起。我第一次见到你，就喜欢你。你与众不同，气度不凡，你和燕燕完全是不一样的姑娘。"

赞美词还在唱，我对男人的这套千篇一律的陈词滥调已经听够了，但在脸上还保持着完美的微笑。

我什么时候变得这么冷静而老练了，是过去的岁月磨炼了我。我不再怯场了，很有信心地去对付他。

肚子已经饿了，不享受那是傻瓜。当你在做交易时，别忘了要享受，否则一笔笔交易倒是成功了，等到上帝召唤你时，这才会猛然醒悟——原来我还没真正地生活过，还没真正地享受过！

我可不做这样的大傻瓜，"这么大的龙虾，我在东京也没看到。"我露出十分惊喜的表情，像个很少见世面的女人，"这大虾多诱人！"

"吃吧，吃吧。"王总经理非常客气地夹了一块放在我的碟子里。他的表情很喜悦，也许他心里在笑：看见一对大虾都那么高兴的女人，肯定敌不过我的诱饵，乖乖投降吧。

你弄错了，我的肚子填饱，该回家了。

我俩频频举杯祝贺，互相微笑着，好一幅情意融融的和平场景。那位站在旁边的小姐一定非常羡慕我。

不用羡慕，当有人向你频频举杯时，你应该看看酒杯后面是否有圈套？要十分留意，不留心将会一失足成千古恨。

唯有似醉非醉你才能迷惑对方，犹如中国的少林醉拳一样，不会败下阵的。

我的脸好像有些发烫，眼神有些恍惚。不要紧，开始打醉拳了，似醉非醉，我的脑子可像电脑一样，没有 STOP。

"林小姐，我想提一件你不太愿意听的事。我回国前美子来我这里，她要我带给你一份礼物，希望你收下。"他微笑着从皮包里拿出一个系着红色蝴蝶结的贺袋，我知道这场戏开演了。

我接过王总经理手中的文件袋，我摸到了一块长长的和一粒尖尖的硬东西，我的眼睛望着王经理，彼此都在微笑。一块金块和一颗尖尖的子弹，那是诱惑和威胁。

此时此刻，我恨不得朝他脸上甩去，恨不得将桌子一下子掀起来，这个笑里藏刀的狗东西！不，我不要发怒，这太没风度了。我面不改色，将厚厚的一沓文件袋朝他面前推过去："我今天也没带礼物来，却享受了那么一顿丰盛的晚餐，只好借花献佛了，送这份礼给你王总经理了。"

"……"他的脸色霎时变了。他支吾道："你，打开看看是什么呀！"

"不用看。请回去告诉美子，我要干想干的事，没有任何力量能阻挡我！再见了，王总经理！酒足饭饱，谢谢你了。"

我提起包就要走。王总经理有些失态了，慌忙拉住我：

"你先别走，听我解释好吗？那都是美子交给我的，我什么也不知道。"

"谢谢你什么都不知道，我们不打不成交，第三次见面我们一定是好朋友了。"我要给他留个小面子，"那你送我回家好吗？"

"好，好……"他几乎受宠若惊，挽住我的胳膊。

"明天结账，你老板知道的。"他对那位年轻小姐说。

他开着奔驰车，一路上不停地说："美子太傻了，她根本就不了解你，咱们都是中国人。我很清楚，商场上的竞争不能怪你。"

"好了，别说了，我有些头晕了，喝得太多了。"我似醉非醉地望着他，"你好神气，其实我第一次看到你就有些欢喜你，可是攀不上，只好逃跑了。"我似真似假地说道。

"我是逼上梁山的，为了混口饭吃，在为别人打工，你能理解我吗？"我用楚楚动人的语调，含情脉脉地对他说。我得金蝉脱壳，不能当作他们之间竞争的牺牲品，我先下手。

"是呀，我知道，美子真不应该这样。"他几乎有些同情我了。

"拜拜！下次再见。"我妩媚地朝他笑着走进院内。

我疾步走进家，气急败坏地拨了个长途电话："喂，李斐吗？你去哪儿了，我今天差点被人家打死，一颗子弹从耳边擦过……"

"你说什么？"他刚从外面回来，听了我的话，有些莫名其妙。

"我不想做你们的替罪羊，什么时候被人枪杀在路上也不知道。"我说完，竟呜呜地大哭了起来。

"发生什么事了？你慢慢说。"李斐着急地问道。

我赌气地将电话一下子挂断了，我又将鞋丢到了角落里，那只每天都十分自豪地夹在腋下的皮包也被我甩到了门角落里。

我发疯般地拿起了枕头朝窗前丢去："美子——你为什么不放过我！"我大声地吼叫起来，"你以为我是个好欺负的弱女子吗？"

都是铃木，都是他！我歇斯底里地从抽屉里拿出镶着他照片的玻璃框，朝化妆台的玻璃镜子前狠狠地甩去。

顿时，前面出现了一个支离破碎的面影，我仿佛看到一摊鲜血从破碎的头上流了下来。我惊叫一声，用手掩住双眼。

我无力地伏在床上，轻轻地抽泣起来，从东京回来我没有哭过。美子的魔爪又伸向我，她真的要逼得我发疯吗？

好，我们同归于尽，我一定要以百倍的努力为 TB 公司工作，献计献策，让公司早日发达,让你早日完蛋!

电话铃已经响很久了,那是李斐打来的。

"到底发生了什么事?你快告诉我。"他着急地叫了起来。

"从明天起,我要有一个保镖,干过公安的。答应这点,我继续干下去,否则我马上离开公司。"

"好,这是很容易的事,等我回来吧。你放心,不会发生什么事的,他们不敢对你怎么样,不要害怕,有我在。"

他的声音使我有了依靠和力量。是呀,如今每天他能在我身边,我就不会害怕了。只有今天我才想起需要他在我身边,我爱他吗?不,不爱,我需要他的胆量。

我开始向他叙说刚才在餐厅里的事。

"我知道早晚要发生的,你放心,过一个月,关于开发软件的计划可以实施了。你离开上海,去西安负责这项工作,但两年之内不能出来。记住,否则,他们会发疯的,这一个月,我马上通知保安部派一个随从秘书在你身旁,派慧觉去,你会很安全的。"

"好吧,我再也不想和那个王总经理打交道了,今天恨不得将盘子摔在他脸上。看起来那么文明的人,什么暴力都能干出来。"

真恶心,刚才还说喜欢他,我差点没说给李斐听。他听了准会气得鼓鼓的。

"今晚我打电话给他,再不老实,就把他受贿的情况报上去,安心睡觉吧。"

几天后,李斐从日本回来,去了北京一趟。他把开发软件的计划与我和蒋儒煜一起商量。

"西安方面已经安排好了,那是西安大学设在郊外的一个研究所,我们招了 10 名最优秀的人才去。必须在两年之内,将这套多功能电脑联络网软件设计出来,这套计划需要 1000 万元人民币,等开发出来后,我们的专利权就可以有 5000 万元人民币。据我们掌握的情报,目前日本、中国台湾方面在研究这项工作,我们要绝对保密。除了一星期集体出来一次去城里，其他时间必须在研究所内。我们发给每个研究人员每年 15000 美元。"

"这项工作由我和林小姐负责。"李斐看了我一眼。

噢，两年不能出来，这不是被软禁吗？为什么那么保密？神出鬼没的，又不是搞原子弹。

李斐手中的计划没有发给我看，我很想看看他手中的一沓文件。我故意斜过身附着他耳边说："对不起，我去一趟厕所。"

我飞速地看到他手中的那份资料，是用日语写的 A&A 计划。我的脑海嗡地一下，记得在铃木的公文包里也看到这份材料。那是我清晨起来，将我的简历放进他包里时，无意看到这份计划，当时并没在意，我知道那是美子公司第二年的计划。

那份复印文件和铃木的一模一样，李斐怎么搞到手的？难道我们的软件设计和美子公司的一样？可他们已经研究一年了，美子要铃木去拉拢台湾公司老板的女儿，也是为了开发这新产品。

为什么要开发与他们相同的产品呢？我走出会议室时想着这件事。

我们的每项计划都是针对美子公司的，我想起了李斐说过击败美子的势力，首先就是击败王子公司。

当我走进会议室，蒋儒煜拿出了新召集的 10 名电脑软件开发人才的名单，一个熟悉的名字出现在我眼前：龚文华。

那不是神户地震中，他在梦里痛饮了父亲给水而神奇活下来的人吗？是他开导了我，我才没在那天夜里纵身跳入大海。

我又想起了离开东京，坐上"鉴真号"轮船被迫回国的一幕。

"林经理，你能否去西安？"蒋儒煜问我。

"能去，我想这项计划应该在一年半完成。美子公司在两年前就开始筹备计划这项工作，我们已经晚了，所以必须以最快速度赶出来。据我所知龚文华的一位同学是天才电脑专家，他能在一星期内将任天堂的电脑数据都解出来，他现在在上海科技大学任教。"

他俩听了我的话，有些惊异。

"你怎么知道的？"李斐好奇地问我。

他没有想到我已经知道他猎取了美子公司情报的事，更不会知道我和龚文华之间的那段友情。我回来后和他通过几次电话，吃过一顿晚餐，他同学的事就是在那天讲的，他说这样一个天才每月拿 500 元工资，他的天才没有人用，太可惜了。这事我一直记得。

"我的情报也很准，都是你的言传身教，潜移默化偷学来的。"

李斐听了我的回答，不可思议地摇摇头："你真变了。我们可要小心，别被你出卖了。"他笑着对蒋儒煜说。

我们三人哈哈大笑，大家各有自己的目标和计划。人们互相依赖，互相利用，才构成了这复杂的社会。

一个月后，由 13 人组成的研究西安大学学术成果鉴定代表团，从上海出发直飞西安。

龚文华和他的老同学也在内，我们没有谈笑风生，互相用眼神在问候："我们要关两年软禁。"

"是呀，可工资高，就去吧，不会有什么危险吧？"

"不会，放心吧，这是国家保密计划。"

李斐不时地看看我，没有读出我和他之间眼神中的言语。

我望着他，高兴地笑了，因为这两年中有他每天陪着我，还有一个救过我一次生命的神奇者。

我相信他两次随着我，那一定是神派他保护我的，怎么会那么巧呢？

我不再害怕那装在信封里的子弹了——心狠手辣的美子，两年后，你的脸上不会再有迷人的微笑了，还有那位靠美子的施舍发了横财的王总经理。

风水轮流转，现在该轮到我了，苦难的日子将过去了。

虽然，我离开了上海，但并没有感到太多的寂寞和思念，因为大上海并没有给我很多的幸运，曾经在大学里有过愉快的回忆，可如今大家各奔前途。

大上海，虽然有我初恋的回忆，可我想起了敏，心里仍感到一阵阵痛楚。欧阳雯已和他分手了，与一位台湾富人住在广州，敏便带着他的新恋人常去仙霞别墅。待在上海总有这些甩不掉的阴影，尤其每当我踏进母亲为我和铃木布置好的新房，仿佛像踏进地狱一般，心沉重得像铅一样，我不能让母亲操心准备了一年的家具、装饰都换掉，一直想再换一套新公寓，可没有钱。

如今与过去告别，去一个陌生的地方住上几年，我的心情也许会好些的。感到幸运的是，李斐和龚文华都跟着我，使我有了很大的安慰。又要研究自己熟悉、喜爱的专业，和那些真正有才华的同行者在一起工作，我感到心情很愉快。

我们几位合作得都很密切。由于上级部门拨付的资金较多，研究院的设施也很完备。院内的花园很大，种满了各种鲜花。那儿有休息室、图书室、卡拉 OK 厅和游泳池，也有网球场和各种体育活动的场地。

我们一个月去西安城里一次，都是集体活动的。有两名穿便衣的警卫跟着我们，也算是保护和警戒我们，但我们之间相处得不错。

我从龚文华朋友的来信中知道了燕燕去神户游玩，不幸碰上地震，她被压在一根房梁下。更不幸的是日本银行查到她的存款上有 5000 万日元，为此通知了有关部门，他们查出这笔款是美子公司和王子公司给她父亲的贿赂。王子公司的经理逃到了美国，燕燕的父亲被隔离审查，美子失去了在中国的后台。

这两年中又发生了许多重大的事件，自民党的国会议员望月太朗因接受了佐佐木运输公司的政治捐赠金后，宣布辞去职务。他是美子在日本的政治后台，我在她的温泉宫殿的大厅里看到他和美子俩人的合影。

美子又失去了一个强有力的政治靠山，她的势力摇摇欲坠。

就在这几个月，我们的软件将全部设计完毕，很快即将投入国际市场，我们将在明年的 1 月举行新产品发布会和电子产品订货会。

12 月，我们全部撤离西安，回上海休息一个月。

第二十一章　藕断丝连

当我回到上海，来到公司的光华大厦前，我仰望着这幢豪华的大厦时，心中充满了一股自豪。这是上海第一批向外国人出售土地时，一位在美国的华侨投资建造的现代化大厦，它是集商业、娱乐、办公三个功能于一体的综合性大厦。

大厅内有森林公园，小溪流水，绿树成荫，在椰树下设有露天咖啡店。两旁装潢新颖的商店内，商品琳琅满目。这里的一切完全可以和日本的三越商场媲美。

哦，这是在中国吗？这是坐落在自己国土上世界一流的广场大厦吗？

我的脑海中闪现出一个类似经历过的场面。哦，那是六年前我第一次站在阳光大厦的时候，走进了东邦情报公司，第一次遇见了铃木……

怎么来到上海我又想起了他？这个可怕的阴影，为什么一直还摆脱不掉呢？

我从沉思中又回到了现实，昂首阔步地迈进了坐落在自己国土上属于我们中国人的高楼大厦。站在圆形玻璃的室外电梯上，可以看到外滩黄浦江的景色和东方明珠电视塔。

哦，好像在东京。不，不是东京，是在上海，我的故乡！

我们的公司在第13层楼，公司的铜牌醒目地挂在墙上。一座宝塔从地球中升出，那是公司的象征。

这不是美子公司吗？不是，那是我们自己的公司！

我满面春风地走了进去，办公室的人员都站立起来了："欢迎你，林副总经理。"一位西装笔挺的年轻科长对我说,"刚才蒋总经理来过电话,告诉我们说你要来了。"

"你们怎么知道我是谁呢?"我没有见过他们,他们是我去西安时招进来的年轻人。

"这是公司的简报。"他拿出一份简报递给我。上面有我和李斐的照片。题目写道:当年的留日学生,今天的集团领导。还有一个醒目的题目是:公司走向成功的关键,蒋儒煜董事长的经济理论:重用人才,开发尖端项目,万事俱备,只差一度,即九十九度加一度的理论。

"我们去年和上海科技大学合资办了一个电脑专业,今年公司的计划都写在上面。请,你的办公室。"

他领着我走进了布置得很有气派的经理室,只见墙上挂着一幅草书的"忍"字,写字台的玻璃下还压着几张富士山的彩色照片,那是铃木照的风景照,我特别喜爱。临去西安时忘了拿出来,他们帮我保存到现在。

"你的信放在抽屉里。"

"好,谢谢,我看看文件。"我说。

"有事,打电话叫我。"他走了出去。

如今我不再是个两手空空的穷留学生了,我是TB集团公司的副总经理,这是真的吗?仿佛在梦境中,不,是真的。我坐上了副总经理的位置,是谁给我的恩赐?是机会和我的才能赋予我今天的地位,是中国发展的大好时机。我遇上了天时、地利、人和的大好机会。美子说得对:你的事业在中国,不是在日本。我要谢谢你,我的情敌。

我看到了一沓从东京寄来的信,字迹工整,是落合写的——

圣薇:

好久没有收到你的信了,我每年都寄去明信片,你也没有回信,不知出了什么事。我非常忧虑,但是我想你一定非常忙,中国这几年发展很快。NHK电视台每天在播放中国改革的专题报道,播放上海浦东新貌。我为中国的发展成绩感到高兴。"祖国强大了,才不会被别人欺负。"那是你临走时对我说的话。我多么希望你办起自己的公司，你是一个很有抱负和前程的姑娘。

我们公司不景气，美子和佐佐木公司之间的事被揭露出来后，补交了许多税金。中国的客户明显减少。公司今年解雇几百名职工，东邦公司唯一的希望是把一批软件开发出来，否则就没有生意了，它的兴盛也将走向终点。美子经常去美国看病，她患有严重的精神衰弱症。

铃木和百明子订婚了，听说等铃木竞选上参议员后举行婚礼。有一次，我遇见他，他说非常想念你。过去的事不要去责备任何人，那都是命运。哦，你放在我家的家具，铃木已经搬到美子给他的别墅去了。

我也提前从公司退休了。今年已四十多岁，再去别的公司也不可能了。现在只好到一家洗衣店打零工，加上一笔退休金和我父亲留下的一点遗产，生活也可以了。今天我看到了你留下的一张照片，又给你写一封长信，希望你收到后给我回信。

你的日本朋友 落合

5月10日

那是一年前写来的信，我所有的来信都在抽屉里。我们的信件不能转到西安，这是纪律。

还有纯子每年写来的贺年片，去年她写道："父亲退休了，去了九州老家。他非常后悔一生中做错了一件事，那就是没有帮助你留在公司。我每星期去教堂做礼拜。我在学中文，以后想到中国去旅游。"

多么纯情的姑娘！白白做了五年的替罪羊，多么可怜。都是可恶的美子一手造成的。我又想起了铃木，那套家具他搬过去干什么？他情愿要家具，也不要我。想起了往事，真不应该回上海，在西安的研究院多好，一个与世隔绝的世外桃源。

我翻到了放在最下层的照片，那是我和铃木在温泉的合影。我冷冷地看着，没有激情，也没有感触，一切是那么遥远，好像是上世纪灰姑娘和王子恋爱的故事。

　　我怎么啦？情感干枯了吗？我变成了一个只知道编排程序的机器人？是的，只有坐在电脑前，我的灵感、才华才如泉水般地涌了出来；思维像一把万能钥匙，一道道方程我会非常顺利地排列出来。我以前好像没有那么聪明，也许思维只有集中在一个聚点上，才能创造出闪光的智慧。

　　两年中，我忘了所有的悲欢离合，过着苦行僧般的生活。没有爱情，好像是从另一个星球上来的机器人。

　　今天我坐在写字台前，望着那几张富士山的照片，往事慢慢地又一次浮现在眼前……

　　我看到了一片大海，一个个彩色的温泉水池……

　　耳边是一个声音，从遥远的地方传来：圣子，今晚是我们俩人的婚礼……

　　樱花、烛光、音乐和笑声。

　　一阵铃声在耳边响起，电话铃响了："喂，是林副总经理吗？"

　　"我是，你是谁？"公司里的新人我不熟悉。

　　"你等一下，有人找你说话。"那人好像将电话给了另一个人，他在说日语。

　　一定是日本客户，我想。

　　"你是圣子吗？"一个浑厚而温情的声音。

　　"……你是谁？"离开日本没有人这样称呼过我，这个名字已经随着我逝去的爱也永远消失了。

　　"你一定是圣子！"那人激动地用日语叫着。我一时感觉到很陌生。圣子，我叫圣子吗？我是林圣薇。然而，在那一瞬间，我感到一股暖流从心中涌起……

　　是他！只有他才这样称呼我的。"你是……"我的声音颤抖着，我很慌张。

　　"我是铃木。好久不见了，你好吗？"真是铃木俊雄！

　　"……"我惊异得说不出话。为什么我刚回来，他就打电话来了？

　　"我在中国，很想见你一面。"

"我没有空……"我想起了落合的信，铃木和百明子已经订婚了。

"我很对不起你，可是我从来没有忘记你，请相信我。"他的声音仍很平静。

"一切都过去了，不要说了，我不可能和你见面。对不起，有电话进来了。"

"不好意思，明天我再来电话。"他把竞选参议员的精神用在我这里了，我可不会投他一票的。

是蒋儒煜打来的电话："圣薇，祝你顺利归来。办公室怎么样？今晚为你们在希尔顿举行接风宴会，晚上8点见。"

"我不想去，刚回来，太累了。"我说。

"你可以休息一个星期，下个月要你一马当先，可不能倒下去，今晚我来接你好吗？"蒋儒煜诚恳地说道。

"不用，我自己去。"我说，我想去问问龚文华怎么办。

宴会上，我心神不安，我不知道自己喝了什么、吃了什么。我的眼前又是他的身影，那双冷峻的双目……

龚文华见我闷闷不乐，在我回家的路上，他问我有何心事？

我把铃木的事告诉了他，他想了一会儿说："他还会给你打电话的，这次找你肯定有重要的事，否则不会亲自到中国来。你千万不要和公司的人讲，反正你有一个星期的假。"

龚文华接着说道："有缘千里来相会，无缘对面不相识。你根本就没有忘记他，人生相逢也是缘分，你与他的缘没有断，你想躲避也是不可能的，坦然地面对他吧！"

果然，第二天，铃木又来电话了："我在千岛湖，希望你能来，我很想见你。"

我知道躲不过这关。他来一定是有目的的，不管什么事，事到如今，我的计划将一切照行。为了他曾经给过我的爱，为了这几年来的相思，我应该去见他。

我不应该害怕见他，或回避他。如今我不是一个刚回国无职业的穷留学生，而是大名鼎鼎的 TB 公司的副总经理，我可以昂起头来对他微笑，叫他去告诉美子，下个月将是她的末日。

我非常从容地准备好随身所带的行李，只住一天，带几件衬衫就可以了。这些年，我没有时间去逛商店，不知道现在流行什么款式。找遍了衣橱，没有一件觉得称心的衣服，我灰心地坐在床边。

为什么要这样费心地找一件漂亮的衣服？突然，恍惚中我觉得此情此景，在什么地方遇到过？是的，十年前，也是这样一个夏天的清晨，他约我去伊旦玩，那时我才到日本两年，没有一件好看的衣服，也是这样发愁地坐在床前，后来终于翻到了一件连衣裙。

那天他穿着一套白色的运动服，好帅，好神气！我俩手拉着手在海滩上奔跑……八年了，真叫人不敢相信。

前面衣橱镜子里是我吗？怎么变得那么深沉，没有当时那甜蜜的微笑，他最爱看我微笑。他常说："你的笑像天使那样纯洁，淡淡的、柔柔的。每当看到你的微笑，我感到这一天是多么幸福。"

可现在我怎么也笑不出来。笑一笑，我试图想笑，唉，多么难看！他一见我，看见这样难堪的笑能喜欢吗？八年后给他留下大吃一惊的印象：哦，几年前我曾爱过的圣子已变成了小老太婆了。

我不知道在他眼里，我是否还是那么年轻，漂亮？突然，我好害怕去见他，害怕他那双深情的双眸。那双柔中带情的眼睛还会对我说话吗？

我不知道该怎么办？去找谁商量？找李斐，不行，他只是我事业上的提携者。我不能告诉他铃木要见我，他会嫉妒的，他一定会说不要去见他。找敏？不，他也会酸溜溜地说："你自己决定吧。"我讨厌看他那副模样。

我永远不会忘记那天夜里在金山县，他乖乖地跟着夫人跑的情景。这种男人不会在关键时刻舍出一切来帮你的，是个胆小自私的小人。

铃木是什么样的男人？他在与自己利益冲突的关键时刻能舍去一切吗？不，他也不可能放弃自己的国家跟我到中国来，不可能放弃自己的公司。但是他曾经放弃过，我们在小公寓同居的那一年里，那时他深深地爱我，我们俩厮守在小小的爱巢里。

那时，我们是多么幸福快乐。然而现实又是多么残酷，贫困使他再也受不了，没有豪华的汽车，丰厚的财产，不能去高尔夫球场玩，不能去六本木高级俱乐部。

说不清他爱我有多深。当年离开东京时，他赶到了码头，至今仍记忆犹新。

说不清是谁抛弃了谁。如果我能舍去一切，为什么不留在东京呢？即使黑下来打临工，至少他每天能见到我。美子已经妥协，只要我俩不同居，铃木仍回到她身旁，她可以帮我签证找工作。

我的脑子好乱，还想这些干什么？这几年，我没有再为情感而伤神过，倒也安宁。打电话给母亲吧，她一定会告诉我如何办。当我拨通电话，母亲却立即告诉我：

"快去见铃木吧，他刚才来过电话，我正要打电话给你……"

真会搞迂回战。他确实很聪明，知道我思想很矛盾，怕半途变卦，要我母亲来说服我，他知道母亲很喜欢他。

"我也正想打电话给你，去还是不去，我拿不定主意。"

"去吧，这几年你老是工作、工作，变得像个商人。要懂得生活，何况你们以前相爱过。"

"那一切已经结束了，再见他有什么意思？"

"你怕见他，是不是？怕见他，说明你还想着他。见了他，怕自己的感情控制不了，是不是？"母亲一针见血地回答我。

我被母亲说准了，也许是，我仍没有忘记他，我好害怕见到他。如果我不是这样，为什么要费心地找衣服？穿一套平时去开会的套装，从从容容地去见他好了。

"可我不愿意再见到他，想起往事，心里就不好受。"我对母亲说。

"并不是他害了你，谁不希望自己爱的人幸福？他有他的苦衷，为什么不体谅他，尽想着你自己？你不也很自私吗？"母亲是个通情达理的女人，难怪父亲让她三分。

"……"我又无言可答。母亲为什么老帮着他说话？仅仅见了一次面，铃木就会把母亲哄得团团转。可母亲不是个没见识的人，以前跟着父亲也常在商场上转，有些主意都是母亲出的，谁都知道，林会长家有个垂帘听政、发号施令的小夫人。

"妈妈，你为什么对铃木那么有好感，他用什么魔法征服了你？"我不解地问母亲。

"没用魔法，他用一颗爱你的心征服了我。"母亲振振有词地说。

如果不说爱，也许我心情还会好些。可说到爱，我有些发怒了："妈妈，他说得好听，多么爱我，爱我就不会和百明子订婚。"

我眼前又浮现出明星杂志上他和百明子订婚的合影，想起这些报道和照片，我心情怎么也平静不了。

我怎么也不能原谅他，如果说他回到美子身旁，回到自己的公司，我还能理解。没有钱，没有实力，无法在日本这个社会生存，为了生存他仍回到属于他的天地，我理解。可那么喜气洋洋地在万人招待会上吻着百明子，实在叫我受不了，母亲不说爱还可以，一说起爱，我决定不去见他！

"好了，我决定，不去见他了。什么也不用说了，过几天我有空来看你，最近，公司很忙。"我没等母亲说，便把电话挂断了。

我气愤地将堆在床上选出来的衣服都丢回到衣橱里。我笑自己多么笨，多么傻，竟像个纯情少女与情人约会一样。还好，和母亲通了电话，使我神志清醒些，又回到现实中。

我心灰意懒地一头栽倒在床上，眼前尽是铃木与百明子接吻的镜头。我用手蒙住眼睛，在那闪着点点光亮的黑色电视屏幕前仍是他俩的身影。我神经质地坐了起来，看见了刚才翻出来的一张我与铃木的合影照片，我一赌气地将它撕得粉碎。

我不愿再见你！我狂叫起来，好想发泄。四年前，自从我在普陀山痛哭了一场后，再也没有歇斯底里地狂叫过，痛哭过。这四年，我将对他的情感已埋在心灵最深处，这情感就像蕴藏在海洋深处的有机沉积物，经过若干年变化，变成了一点即燃烧的石油……

为什么还要来扰乱我已经安宁的心绪？他爱了百明子又想重温旧情，

我讨厌他、我恨他。

电话铃响了，我不想接，又是李斐来找我去喝咖啡，要不就是蒋儒煜找我商谈工作。

忽然，我觉得自己是那么孤独，情感又回到四年前，想起了东京的一幕幕，我的泪水似泉水般涌了出来。

不知道现在我是否幸福？现在有多少人羡慕我，崇拜我——回国留学生中的成功者。可我现在才觉得自己是孤独的，没有爱的生活不是生活，而是生存。就像动物一样，仅仅是为了生存才活在这个空间。动物为寻觅食物而奔波，而我们不也是为了猎取丰厚的物质而奔波吗？其实质不是一样的吗？

电话铃仍响着，会不会是他？我不想接，不愿意再听到他的声音。铃声一直没断，我无奈地接起了电话，我没吱声，对方先说了起来，"薇薇，你为什么把电话挂了？我话还没说完呢。"是母亲的声音。

"……对不起。"我的声音有些嘶哑。

"你不要哭，为什么要压抑着自己的感情呢？我知道这几年你没有忘记他，尽管你不说，可我知道。你藏起所有的东西，那都没用的，既然他来了，你去见他，他一直想着你，知不知道？"

"你不要说了好吗？想也好，不想也好，与我没关系。"我对母亲发怒道，我不明白母亲为什么老是帮他。记得当我听到铃木与百明子订婚的事后在家难过了几天，母亲知道后不但没说他，反而说："这是现实，你是生活在现实中，你太理想主义了，太浪漫了，和你父亲一样。他爱过一位法国姑娘，可后来归国后，听说那姑娘赶到上海，要与他结婚，你爷爷反对。你父亲在新婚之后一个星期也没理我。虽然与我结了婚，可仍不忘那姑娘。后来有了你，他才对我好些。

"他与我只是事业上的合作者，而不是爱情的结合者。直到你父亲被逼到农场务农病危在床，我去乡下看他，他这才感动得含着泪对我说，'这几十年，我没有从心底里爱过你，只是感谢你帮我操持了这个家，现在我想爱你也不行了……'"

那天，母亲把父亲的隐私告诉了我。母亲一再说："要现实！"可我仍想不通，仍不能原谅铃木。

"他能来看你，是他一直没有忘记你。为什么两人要互相折磨呢？他比你聪明，他会有办法再赢得你。"

"什么？那是不可能的。"我不否认他比我聪明，他多几分狡猾，可再想赢得我，那是不可能的，我对母亲叫了起来。

"你就会发脾气，去过日本，变得脾气坏多了。"母亲责备道，"你应该去谢谢他。"

"谢谢他，为什么？"我真不明白母亲，她好像是越老越糊涂。

"我一直没有告诉你，铃木每月都寄 10 万日元来，我帮你另开了一个存折。"

"你说什么，妈妈？你为什么不早告诉我？"我更生气了，这样大的事竟没有对我说。

难怪有一次我缺钱，母亲拿出 5 万日元说，这是以前你寄来的，用吧，如果想开店，你父亲有一笔存款。原来那是铃木的钱，天哪，我在用他的钱，他用钱来弥补自己的过错，以为钱能使他的心灵得到安宁，可他不知道我多么鄙夷这种做法。

我更恨他了——他多狡猾、多阴险、多有手段，是的，我不如他！

"为什么不告诉我？他不是你女婿，这样拿人家的钱是不应该的。如果我穷到没饭吃，也不会用他一分钱。妈妈，你们年纪大的人就是……"我想说就是贪财，可没说出口。这些年，为了我上大学，母亲省吃俭用。为了送我去日本留学，她还拍卖了自己的金银首饰。

难怪母亲一直帮铃木说话，原来如此！

"薇薇，你听我说，我没有用他一分钱。他寄来的钱都在银行，他特意关照说千万不要告诉你，等你急用钱时，可以马上用。他说，非常对不起你，让你受苦了。他说着，好像要哭似的。他不是装的，我听得出来，他求我千万不要告诉你，你会把钱退回去的。他说这样做，是补偿自己的罪过。听到你没有工作，回国后生活很苦，他非常难过，几天没睡好觉……

我听了很感动,答应这件事一定不告诉你。"

"……"我拿着电话筒,泪水涌了出来,不知是恨他还是谢他。

他知道我所有的事,是谁告诉他的?一定是快嘴的莉莉!好吧,告诉他,我当时多么贫困,多么狼狈,可我现在不是了。我可以把他寄来的钱当面还给他,我不稀罕他的钱,那是美子的钱。

"他一共寄来多少钱?"我问母亲。

"寄来 200 万日元,才用了 20 万。"

"今天都拿出来,我要亲自还给他!"我对母亲说。

"你这样做,会伤他的心的,为什么那么倔?"母亲抱怨道。

"妈妈,我现在有钱了,几百万也拿得出。为什么要欠人家的情,你以前不是一直教诲我做人要有志气吗?"

"可你们不一样,你并没有问他要,何况……好吧,你自己决定,我不管,钱我拿回来了,放在枕头下,我要出去几天。"母亲生气了。

"对不起,你用钱,我会给你的。"我对母亲说。

"我什么也不缺。做人要灵活,不要太死板,和你父亲一个模样,我这一辈子就为你们俩操心。"母亲很少生气,我不知道到底谁对谁错。

"见到铃木问他好,如有空的话,叫他来上海玩玩。"母亲特意关照。

"好吧。"我无奈地回答。

没有办法,只好去。当我冷静了以后,觉得母亲的话有些道理,她是过来人,凡事不能感情用事。母亲是既现实又不世俗,她把人生看得很浓又很淡,她知道父亲并不真心爱她,还能尽力地为父亲操持这个家,为他出谋划策。

她头脑中有传统教育的一面,又有现代文明的一面,不偏不离;而现代妇女却做不到,她们既没有传统妇女忍耐的一面,又没有太多的现代文明,非要闹得鸡犬不宁,这样反而物极必反。

我一直以为父母相亲相爱。记得小时候,母亲见父亲回来,为他脱下外衣,为他斟好酒,然后笑盈盈地看着他。

我很佩服母亲,在父亲过世的一周年,她含着泪在坟前烧着父亲过去情人的一封封信。她是为了使父亲在天国也能读到以前情人的柔情话语，享受回味初恋之情。虽然母亲自己是那么痛苦，却能忍受。

我从来也没能像今天这样对母亲由衷地敬佩，我觉得她是世界上最伟大、最宽宏大量的女人。

可我呢？我的心胸是多么狭窄，与铃木分离那么久，还耿耿于怀他与百明子订婚的一吻。既然我爱他，就应该舍去一切地去爱他，只要他幸福。

我做不到，我是多么世俗而平庸。

铃木比我有眼光，他能讨母亲喜欢，说明他知道母亲是一个通情达理的人。两人在异国联盟，携手将此事保密得那么好。

难怪我在经济危机时母亲劝我："天无绝人之路，你一定会重见艳阳的。和你父亲一样，有贵人相助。"

当时，我对母亲的话根本就听不进，她是安慰我，不让我难过，伤心。而且她又是那么迷信，我总认为她整天待在家里，越来越不见世面，原来她倒是胸有成竹。可我从日本回来后，什么事也不与她商量，使她有一种失落感。

我这才明白，为什么她整天地叹气。女儿不信任母亲，又不把心事告诉母亲，这是让她最受不了的。

是的，我应该去见铃木，把钱还给他，不要伤他的自尊心。应该感谢他在困难的时候帮助了我，我要学会母亲那样处事待人。想了许多，心情渐渐地平静下来了，好像自己又长了好几岁。

我不再去翻箱倒柜寻找漂亮的衣服，就穿平时开宴会时那套白色的西装领连衣裙。我没有向蒋儒煜说去见铃木，只对他说陪母亲去苏州游玩。

我心理负担很重，不知道等待我的是什么样的场面，我会应付过去吗？

第二十二章　情迷千岛湖

我踏上了去千岛湖的列车，像日常出差一样，没有任何激情。此行我也是去谈判、交易，这次结局如何？我不太有把握。因为我不知道对方需要什么？意图是什么？但是有一点我是非常清楚，他是为有事求我而来中国的，绝不是为了思念之情千里迢迢来看望我的。

既然是这样，我又有什么可激动的呢？我不是八年前，在东京与他相遇时的妙龄姑娘林圣薇了。这些年的风风雨雨使我一下子长大了，变得老练、深沉，感情也变得冷静了。

人的情感被现实的机器碾得粉碎。

我不能再让良知和蕴藏在心底那一点儿纯情也被现实出卖。但我仍带着警戒、复杂、不安的心情来到这座碧波荡漾的千岛湖避暑山庄。

铃木前一天就来了，他为我订好了房间。这是今年山庄改修后的贵宾房。

这里的装饰像日本箱根、热海旅游点的豪华乡村旅馆，新修好的别墅依傍在湖水边的山崖下，中间是弯弯曲曲的小桥，小桥两边红叶拂面，又有点儿像京都岚山旁的山庄。

在山石叠成的围墙边，有一块平滑的山石，上面撑着一顶红色的油布雨伞，后面是翠竹葱葱的山坡，好像伊豆大岛海滩旁的民宿。

望着眼前熟悉的景色，我那冷漠的心中泛起一股淡淡的思情，撩起一缕暖暖的春意。我仿佛看见在那红色的雨伞下，有一张戴着白色的凉帽，微笑的面庞——那就是我吗？

在那翠绿的竹树下，有两张依偎的面孔，那就是我和他——那是我俩第一次去伊豆游玩时的合影。

"请进，昨天来的日本客人为你订好了房间，他就住在你隔壁。"服务员小姐热忱地对我说。

我从回忆中惊醒，随着她走进了卵石垒成的弯月形拱门内。

"他在房间吗？"我问道。

"好像刚才出去了，可能在湖边散步。"服务员小姐说。

我走进了房间，将行李放好，这是一套带套间的客房。布置得非常雅致。桌上放着一张彩色纸条，上面用日语写道：欢迎你来避暑山庄。

这是千湖岛和日本人合资新建的一套贵宾山庄。浴室里的装饰也都是日式的，像温泉一般的浴池，靠在彩色玻璃旁。从玻璃窗里可以眺望远处，湖水碧波粼粼，可以望见远处一座座隐在湖中的岛屿。

这是铃木精心安排的，他让我回忆往事，让我的心绪再回到以往与他相恋的季节，我与他一起住过几天的美子别墅也是这样的装饰。

我独自苦笑着，长长地叹了一口气，望着远处陷入了沉思。今天的情景不太可能再激起我以往的情怀；相反，我无时无刻不处在警备之中，我不想再陷入那表面是鲜花和微笑的陷阱中，我不再需要这情与爱，因为我付出太多太多了⋯⋯

正当我拿起烟欲点火时，看见远处一个熟悉的背影，他穿着一件白色的T恤衫站在湖岸边，两手插在裤兜里，任凭风吹拂着。那挺直健美的背影，那强壮的双腿，那扬起双手做着优美、矫健打高尔夫球的动作，这是我印在脑海中美好而永不忘怀的掠影⋯⋯

哦，他无时无刻不在诱惑我，那件白色的T恤是他过生日时，我给他买的。那天我选了半天掏出1万日元买了下来。因为他穿的都是名牌货，我不能太寒酸，给他买几千元的礼物，今天他特意穿了这件T恤。

我的意识已不知不觉进入他的圈套，忍不住站立起来，想打开窗口对着他呼唤时，我又一次冷静地点燃了烟，坐了下来，可是双手在颤抖。

唉，这几年我从来也没有这样失态过。我六神无主地坐在沙发上，烟缸里已经有4支烟蒂了，都是抽了一半就掐灭了。

我多想马上奔出去见他，可非常紧张，见了他说些什么？镇静，一定要镇静！虽然我告诫自己，内心却慌得很。我看见他转过身来，慌忙躲进了窗帘内，不能让他看见我在凝望着他。

他一定知道我已经来了，此时他已经走进客厅，正朝我的房门走来……果然，没多久，我听到门铃声。我站立起来，朝梳妆台前走，慌忙地整理下头发。唉，那么土气，怎么穿着这件蓝色的套装，头发也没有烫，像个科室干部。太糟了，我应该打扮一下才是。

门铃又响了，"来了……"我急忙应着，走到门前，当我的手刚要打开门锁时，却停了下来，我感到一阵难忍的悸痛，慌忙用双手按住胸口，我已经好几年没有发过心脏病了。

记得最后一次是在东京，那天我干完了料理店的活儿后，又去教中文，回到家便倒了下来。是他送我去医院的，一路上他紧紧地抓住我的手，在我耳边轻轻地呼唤："圣子，没事吧……"

几天几夜，我躺在医院里，是他陪在我身边。我病痊愈后，他对我说："我害怕你会突然离开我，我也会死去的……"那天我感动极了。

我说："不会离开你，永远和你在一起。"可当我紧紧拥抱他时，心里想：我们总要离开这人世，谁先去世呢？我先离开人世，他该怎么度过余生呢？如果他先走了，我也没法活下去……那天，我荒唐地想着生与死，将他紧紧地拥抱着，泪水唰地流了下来。

以后，我的病再也没有那么严重地发作过。今天怎么啦？我太紧张了，从接到他电话后，心里一阵阵发慌。我不能开门，不能让他看见我这般痛苦的模样。

门铃没有再响，他走了，也许他以为我不在房间里。

我们迟早要见面的，既然来了，近在咫尺，为什么要躲避？

我害怕与他见面的一瞬间，会昏倒在地上吗？去吧，去见他，想起与他在一起的日子里，他没有亏待过我。离开我，他是身不由己，我用母亲的话告诫自己。

我走出了房门，来到隔壁的房门前，我按了门铃。

好半天，门没有开，会不会弄错，不是他的房间？我欲转身朝服务台走去。当我刚转身时，我看见铃木正站立在前面的大厅门前，原来他一直站在大厅的门前，看着我走出房门……

我们彼此都停住了，在那一霎间，仿佛周围的空气也凝固了。我们之间的感情也凝固了：没有惊喜、微笑，也没有痛苦，更没有拥抱、亲吻。

"……你好。"他先开口向我问好。我习惯性地鞠了一下躬。

"你好。"我们彼此朝对方走去，当走到面前时，我们都不约而同地伸出手——等待我们的不是久别后的拥抱，而是客套地握起了手。

"好久不见了。"他用日语说着。他的眼睛仍是那么乌黑、明亮，但没有深情的含笑，他比以前略胖了些，有一种中年人持重、矜持不苟的气度。

我没有回避他的目光，也用日语说了一句："好久不见了。"我们的手握在一起，好久好久没有松开，彼此仿佛都在等待着什么。然而，谁也没有事先跨出这一步。

噢，为什么曾经相爱的恋人，久别重逢后，竟像客人般地问候？我心里感到一阵难过，我慌忙低下头，松开了手。"请进屋坐吧。"他让我进屋。

走进了屋，我十分有礼貌地坐在客厅的沙发上，就像他公司的客人一样。他倒好了茶水放在桌前："请喝水吧。"

他坐在我对面，我的目光转到窗外："……这里真好。"我语无伦次说些什么。他没有回答，当我将目光转向他时，发现那双曾经使我如痴如醉的双眸又充满温情。

"你没有变，还是那么年轻、漂亮……"那浑厚动人的嗓音又在我耳边响起。我低下头没敢看他，也没有回答。为了掩盖我的尴尬，我想抽支烟。噢，忘了带，在我的房间里。

"我忘了带烟。"我说着，欲站起身，铃木将他的烟递了过来。

"不，我不抽这烟，谢谢了，我去拿。"

我没等他答应，便起身走出房间，当我打开房间，正欲拿起香烟时，我又感到一阵阵的心痛，觉得呼吸困难，像被什么窒息住了，难以忍受。此时此刻，为什么偏偏在这时候发病，我不能让他看见我这样，我要让他看到的是一个月后使美子财产失去一半的胜利宣告者。

我不再是一个拿着文凭，被逼得走投无路的穷留学生。我是胜利者，骄傲的复仇女神——站起来！去见他，可我却站不起来，胸前一阵阵悸痛，我听到一阵脚步声，他进来了。

我闭上了眼睛，不想让他看见我难以忍受的样子。

"你怎么啦？"他惊慌地走到床前问道。

我紧撑着身体，双手捂住了胸口。

"是不是心脏病又发了？你的脸色不好，我去叫医生。"

我摇了摇手："……不用，把包里的药给我。"

我好几年没有随身带药了，这次不知怎么竟带上了。我有预感，好像这次要经历一场风险。

他倒了一杯水，将药放在我手中："是不是太累了，快吃吧。"

我吃了两粒，过了一会儿，方觉好些，可是浑身没有劲儿，像散了架似的。"对不起，麻烦你了。"

他帮我盖好了被子，便坐在椅子上，可是这次他没有握住我的手。他说："我害怕极了，害怕你会走，我也会死的……"

今天我又想起了那天的话，如今他已经不是几年前我曾相恋过的铃木俊雄了。他是百明子的未婚夫，一个即将成为日本新进党的首领，野心勃勃的政治家。

我闭上了眼睛，回想起以往一切，忍不住泪水流了下来。

我输了，没有和他较量就输了，更说不上和他谈什么判了。我是女人，一个感情丰富而纯情的女人。尽管这几年在事业上成功了，可我仍没有忘记过去的一切，我用手掩住脸，不想让他看见我的泪水。

"好些了没有？"他关切地问道。可是并没有像以前那样将我紧紧地拥在胸前。以前我是他的恋人，如今我是他的克星，一个想击败他公司的对手，他怎么可能对我含情脉脉呢？

过去永远已经结束了，他的心里早已没有了我，我还期待着什么？

我一定要保持镇静，千万不能再有一点儿怀念的期待，刚痊愈的伤疤，不能再揭开。我不能把他当作曾经刻骨铭心爱过的铃木俊雄，应该把他看作一位来自日本的财政界人物，我公司的劲敌。我是来和他谈判的，虽然，还不知道谈判的内容是什么。

我静静地闭上眼睛思索着，不知不觉心绪安定了。当我睁开眼睛，看见他坐在客厅的椅子上，抽着烟低头在沉思着什么。

"对不起，谢谢你了……"我像对待客人一般向他道谢。

"没事，我也放心了。"他从恍惚中抬起头来，"我知道你很忙，你能够光临到这里来，我非常感谢。"

"我到这里是为了了却我们以前的情分。前几天母亲才和我说你寄来了 200 万日元，今天归还原主。我现在已不困难了。"我从皮包里拿出一张美元支票递给他。

"这些应该是你的，不要还给我。"铃木惊异地看着我，他根本就没有想到我是来还钱的。"那是美子给你的，她说上次托落合送给你，你没有收。让我寄给你，我知道你不肯收，所以叫母亲瞒着。"他急忙解释道。

如果不说是美子给我的，也许我的心情会好些。我会为在困难时他还想着我而感谢他，现在这种心情消失得无影无踪了。

"请你不要说起她，我根本不需要她的施舍。过去不需要，现在也不需要，你拿回去吧。"我把支票放在桌上，"她怎么没叫你带一颗子弹来？"

"什么？"铃木疑惑地抬起头，不解地看着我。

"她以前叫人送给我一份珍贵的礼物，一颗子弹，可我一点儿不怕，相反却更加坚定了我要与她争斗……"我的目光闪出憎恨的怒火，我看见铃木一双惊异惶恐的目光。

"过去的事已经永远结束了。可是我仍记得你对我的情和爱，所以才到这里，因为我欠你一个无法还清的债……"我始终没有忘记是我使他失去了孩子。

"对不起……"想起往事，我的心绪又回到了过去恋爱季节，想起了他给过我不可忘怀、令人心醉的情爱。

如今，彼此都像陌生人一般坐着，客套地交谈着，岁月无情地吞噬着曾经相爱过的心灵。

"是我对不起你，害你吃了不少苦，虽然我在日本，可每时每刻都想着你，想起你给我的爱。我也是一个上帝的殉难者，我不能给我所爱的人全部的爱，原谅我……"他的嗓音有些嘶哑低沉，"我对爱无缘，所以我将一切期望于政治生命，我即将成功，可是……"他抬起头哀求地望着我说："我相信你不会毁灭我最后的希望，是吗？"

我不知道他在说什么。"我们公司没有对你采取什么不利的手段，只是使美子失去了在中国的势力，你和美子是两回事。"

"不，我和美子一脉相承，她的经济实力决定了我的政治生命。下个月，参议员选举，我们还要集1亿日元的政治赞助金，如果你们宣布了王子公司的破产，就意味着宣布我不能参加竞选。"

"为什么？"我问道。

"美子公司失去了中国大陆和台湾方面的援助，她的经济、政治势力就开始动摇了，几家大公司马上要转方向，因为他们和中国有很大的贸易，和中国上层的关系很好。他们根本不可能给我捐款和投票，竞选也就不可能成功。所以，我请求你，这也是我第一次请求你，设法将你的电脑软件产品发布订货会推迟到竞选后，只差一天时间。"

我不知道这里竟那么复杂，原来李斐早已安排得很周密。李斐并不能让铃木上台，让他上台，也就是给美子留下了一个活路，留下了祸根。是的，铃木和美子是一脉相承的，美子和我说过要培养他成为政界要人，那也是为她鸣锣开道。她是个多么有心计而深谋远虑的女人，我实在不是她的对手。

不，我不能让她东山再起，何况李斐也不会同意让订货会推迟一天的。

"我没法办到，这个计划不是我能定的。"我抬起头来看了铃木一眼。

"不，你能做到。现在唯一能挽救我的只有你，没有别人：你只要将通知日期11日改成12日，上面问就说是记录时笔不小心点上去的。秘书将会按12日通知。就差这一天，我的政治生命就决定了。一旦我当上了参议员就可以摆脱美子了。"

我目瞪口呆，简直不能相信铃木竟会那么巧妙而轻易地说出口。对的，只要无意再加上一点，会议改成了 12 日。他不是一个要阴谋的人，肯定又是美子策划的阴谋。

"不，我不能够，这是作弊。"我马上拒绝道。

"你的会议晚开一天，没有什么关系，产品已经出来了，美子也要完的，可是能挽救我，你知道吗？你这一点会改变我一生的命运，难道你希望我永远被操纵在美子手里吗？难道你希望我绝望吗？"铃木站起来，一步步地逼近我，"圣子，我知道你绝不会拒绝我的，一旦我有了势力，我要将你接到日本，和你结婚，我一直是这样期待着的……"他一条腿跪在我面前，无比柔情地抓住了我的手，他轻轻地吻着我的手，那么温柔，那么动情。

"不……"我恐慌地退却着，"你已经和百明子订婚了。"

我眼前猛然又出现了他和百明子的大幅照片，我下意识地抽回手，"不要靠近我，你不要这样。"我不敢看他那双含情脉脉而期待着的双眸，"你不要逼我，好吗？"我欲扶他站起来。

"如果你不能够答应，我只有一条路了……"他悲哀地说着，"我所有的希望、梦都没有了，生活在这世界又有什么意义呢？为什么我所爱的人给我的都是打击？友子毁了我初恋，给了我五年的痛苦；美子给了我羞辱，使我心身永远蒙上羞耻；你给我了最后的绝望……"突然他站立起来，从裤兜里掏出一支手枪。

我惊叫起来，他要朝我开枪了，他是替美子来向我复仇的，我今天在劫难逃，闭上眼睛，向我射击吧。

死吧，死在曾经爱过的人面前也是幸福的："开枪吧，向我开枪吧。"我不想逃避。如果他真的对我开枪，我死而无怨，我们彼此的情债彻底地了结了。

"要去地狱的是我，不是你。我请求你在我死之后，每年只要给我烧一支香，供上一枝樱花……"他冷静地一字一句地对我说道，"我将去看我的孩子，他在那儿一定很寂寞，我爱你，但你只能再看十秒钟了……"

"不，你不能这样。"我从椅子上站起来，竟不知所措。

"你不要过来，今生今世我俩只有十秒钟时间，1，2，3……"铃木的手指扣着扳机。我呆呆地看着，不相信眼前的一切，再有几秒钟，他将永远闭上那双乌黑明亮、勾人心魂的双眸，那双在我病重时曾经那么悲哀的双眸，那双曾经将我的一切摄入内心的双眸。

"4，5，6，7，8，9……"铃木十分冷静地数着。

没等他叫出十字，我发疯般地朝前扑去。就在我向前扑去的一刹那，一颗无声的子弹射出枪膛，射进了墙壁内，我拼命抓住了他的手，哭喊着："你不能死……不能死！"我哭泣着使劲儿地抱住了他那僵硬的身体。

"我不愿失去你，不愿失去你。"我望着他，只见他紧闭着眼睛，死一般的神态。"你说话，求求你，不要吓我，我会死的……"我用手轻轻抚摸着他的面颊，多么希望他快睁开眼睛。

五年来，蕴藏在我心中所有的爱如火山般地迸发出来，原来我仍是那么爱他，那颗心仍然没有变。

"看看我吧……"我流着泪，吻着他那紧紧闭着的双眸，我感觉到嘴唇咸咸的味，他哭了。他没有死，没有死，我狂喜般地将他的面容紧紧地靠在我的脸上。

"我爱你，我一刻也没有忘记你……"我终于说出不想说的话。

"我不值得你爱，我好惭愧，你为我已经做出许多牺牲……"他仍那么僵硬地站立着。

"我什么也不需要。"我在一瞬间答应他的要求时，我什么也不考虑，只要他活着。既然如此，还能只求他给我什么呢？"我要求你活着，能够幸福，这就是我需要的。"我真情实意地对他说。此时此刻没有一点杂念，没有一点怨言。

他慢慢地睁开眼睛，像陌生人似的望着我。好久，好久，他捧起了我的脸，我仰起脸闭上了眼睛，如饥似渴般地期待着、期待着……

我内心的欲火渐渐地升腾起来，原始的情欲开始骚动，干裂的大地舒展开每一道龟背般的裂口，渴望着一道道闪电，一道道雷鸣，一阵阵狂风，生命的甘露无私地流进了大地。

天与地，阴与阳是那样天衣无缝般的绸缪、融为一体般的缠绵，它孕育着一个完整的生命——宇宙的精灵。

他是上帝的传教士，他将精华与力量毫无保留地奉献给我，将他火焰般的情温暖了我冰冷的心房。

爱本是赤裸裸，无须修饰的，彼此奉献以此达到满足，便是它全部的内涵与实质。然而现代文明的发展不断地赋予它新的含义，爱也变成了交易场上的商品。

为了猎取现实中的权势，可以舍去爱；为了追求所谓的幸福可以忍痛割爱。原始人没有顾虑地无拘无束地享受性与情，可现代人的头脑要加以分析、判断，等平衡得失的指示灯亮了才能行动。多么可怜，可哀，可悲，可叹。

然而，却没有几个人能感觉到自己是处于如此悲哀的地步，仍我行我素，这便是现代人的悲哀。

此时此刻，我已决定为他殉难，为他生为他死！为了那赤裸裸而无顾虑的原始之爱，我们忘却了埋伏在四周的危机，尽情地爱着。

在他的眼中仍是一片绚丽风光，丛林山峦，清澈的湖水中浮萍悠悠地漂浮着，一片芳草菲菲的草原，散发着醉人的清香。

"你还是那么美，我怎么也看不够，吻不够，为什么上帝要你离开我？"他深情地将头伏在我的胸前，像小鹿似的轻轻地舔着殷红的果实。

"你也是这样吻百明子的吗？"我嫉妒地问道。

"是的，也是这样吻她，可是眼前却是你的面容。"他没有笑，很真诚坦白地说，"她父亲是日本经连财团的理事长，美子叫我娶她，才能使她父亲助我们一臂之力。"

"政治婚姻，好完美。我俩是什么婚姻？"我问道。

"是生死婚姻，在生死线上举行的婚礼。"他的眼中闪出狡黠的光。

我看着射进墙内的子弹说："没有香槟酒，砰的一声子弹为我们喝彩。如果美子送给我十颗子弹，我也不会屈服，可现在你给一颗子弹，我就屈服了，多傻。"我嘴里含着他胸前的茸茸芳草。

"因为你爱这片芳香，愿意为它献身。"这几年，他到处演讲，说话变得也幽默了，我情不自禁地吻着他那富有性感红润的双唇。

"如果刚才我真的死了，你怎么办？我是否太冷酷了，把痛苦给你。"他突然问道。

"我俩最好在同一秒钟死去，那么谁也不会悲哀了。"为什么又谈到生与死，也许爱得越深刻，越会感到恐慌不安。

不知在床上躺了多久，俩人有说不完的话，诉不完的情。

傍晚，天渐渐地黑了下来，我们开了床前的一盏小灯，彼此不想离开。"我整整四年没有这样生活过，仿佛就等着这一天。"

"……"他不解地望着我，"没有人爱过你吗？"

"没有，我不爱他们。"我想起了敏，想起了李斐。

敏和欧阳雯分居后，他来过许多电话。我想起那天夜里他乖乖地跟着欧阳雯走的情景，怎么也不能宽恕他。后来我们再没有见过面。

李斐爱恋我，可我却不爱他。如果一旦他发现我将为铃木修改一天日期，他会暴跳如雷恨不得掐死我。想起李斐，我的目光掠过一丝恐惧，我不由颤抖了一下。

"你怎么啦？"铃木看出我的表情，他搂住我问道。

"没什么。"我不想告诉他。既然我为了爱而舍去一切，那么由我来承担一切风险。"起来吧，去吃点晚餐，肚子有些饿了；今天早晨也没吃饭，好紧张，怕看见你。"

"我看你一点儿也不紧张，那么冷静。我不相信那是曾经爱过我的圣子，所以我不敢见面就拥抱你。"他终于坦白了刚才的心情。

"我是假装出来的，哪有一个女人见面就扑到男人怀抱里？这样你会瞧不起我的。"我也坦诚相告。

当我们手挽着手走出房内，走进餐厅，服务员小姐十分惊奇地看着我们，她们一定以为我是来偷情的女人。

这时，我看见有一对年轻的夫妇一直坐在我们后面。我知道那是铃木带来了保镖和随从。看到不时注意着我们的年轻夫妇时，我又开始警觉起来了。

短暂热烈季节结束了，我的脑子清醒地回到了现实中，坐在我跟前的已经不是一个只在爱欲中尽情奉献的恋人，而是一位即将跻身参议员的政治家。

铃木风度翩翩、含情脉脉地向我举杯，我也举起杯，可是我没有一点儿微笑，我输了，还举杯祝贺什么？我的头脑开始像电脑似的开始运转起来。怎么办？我已经答应他，我不能失信。

刚才他真的举枪要自杀吗？不，他抓住了我的弱点，他多么清楚我的致命弱点！哦，我斗不过他。

不，他没有装假，子弹飞出来了，如果我不扑上前，他就会死去。他能肯定我在千钧一发时救他吗？不要低估他的智力，他已经不是五年前的铃木俊雄，而是一个经历了风风雨雨的政治家。难道连这点勇气和胆量也没有？

他仿佛看出我的心迹，那双乌黑发亮的双眸没有停止在我的脸上搜寻着："你后悔了吗？"他的眼睛在问我。

"是的，有些后悔了。"我的眼睛看着他。

"不要后悔，我永远爱你。"他的双眸盯着我。

"不，我已经不相信爱了。"我的眼睛有些悲哀地向他倾诉。

"不要难过，我会记住你的。"他的眼睛仍在解释。

我转过头回避了这一切。

"今天你住在我房间里好吗？"他对我说。

"不，我一个人住，让我好好想想。"我拒绝了他的要求，我知道我会被他的爱迷得神魂颠倒，不由自主。

"不要压抑自己，我会使你快活的。"他仍没有停止对我的诱惑，他知道我内心矛盾，他不能让我再反悔。

"你让我安静些好吗？我答应你的事，会守信用的。"我又变得十分冷静。

"好吧，明天我就要回去了。这一走，不知什么时候再见到你。"他有些动情地说。

"去日本也很方便，以后我会去看你的，我们一起到伊豆别墅住几天。"

我又想起曾经去过的美子的温泉王国。

"我准备好一切等待着你。"他十分认真地说，我又看见了一个八年前初次见面的铃木俊雄，我好高兴。

"今天谢谢你了，我想早些回去休息。"我怕再陷进去，必须早点逃避这布满鲜花的陷阱。

走出餐厅，只见岸边的树上挂着五彩灯，闪闪烁烁倒映在湖水中，煞是好看。我们漫步在湖边，好一幅春江花月夜的景色。然而，我却是心事重重。如果是八年前，我会勾住他的胳膊，像孩童般地对着湖水唱起歌，会拉着他在湖边奔跑，会偷偷地藏在山崖边，让他寻找……

此时此刻，我却没有一点儿童心，我的心态变老了。世态炎凉，人情冷暖无情地改变着那颗无邪的心。

心变凉了，情变冷了，爱变态了。

我有些歉意地对他说："真对不起，我有些累，想早些回去。"我回过身，看见一对夫妇也在我们后面漫步。我心里不太高兴，更想早些离开这儿。

当铃木送我到房间时，他递给我一张名片，"上面有我的专用电话号码，有急事，你打来，祝贺我选举成功！"他吻别了我，我也吻了他一下。彼此的吻是礼节性的，既不热烈也不牵强，那不是情人之间的吻。

回到房间我辗转反侧，怎么也睡不着，刚才在这张床上我们曾经那么忘情地相恋做爱，可为什么走出房间，彼此就像从外星球而来的，不了解，不信任？

哦，人啊人，为什么要如此提防、警戒，连情人也是如此？

是我错了吗？不，我没有错，我不能失去现在的一切，再回到过去苦难的岁月中，过去我的纯情换来什么呢？它没有给我带来幸福，为什么要恢复以前的我呢？

既然爱他，就为他献身，献出一切，地位、金钱、势力有什么不可舍得的呢？不，他能为我舍去一切吗？没有了权势，他就会去自杀，没有了爱他能去自杀吗？

他不爱我，他在利用我，我下了结论，更是睡不着。突然铃声响了，我拿起电话。

"圣子，我睡不着。"

"在想能否竞选上参议员？"

"不，我在想为什么彼此相爱的人，久别重逢却是隔着墙壁说话？"

"……"我无言可答。是的，我们真的很相爱，彼此的内心是如此渴望。在这月色朦胧的夜晚，我是多么渴望有一个强壮身躯将我搂住，就像八年前在东京那样，为什么要压抑自己，拒绝他，又是为了现实——这个微笑的披着文明外衣的魔鬼！

爱吧，尽情地爱，现实并没有给我快乐与幸福，我又何必与它同流合污？

"你过来，马上来。"我袒露自己的心迹。一阵沉默，他好半天才说："我真的过来，行吗？"

"你为什么害怕？"我把电话挂断了，走下床把房门的锁打开。不一会儿，门轻轻地推开了，又锁上了，是他来了。

我佯装躺着，没有惊喜地迎接他。渐渐地，我感觉到他的气息逼近我，当我慢慢地睁开眼睛时，朦胧中我看见两颗闪烁的星光，那是在我最艰难的异国留学生涯中给了我灵魂的光。它唤醒了我那滞塞不通的感觉功能，它以柔和的光泽融合在我心灵中，于是我的眼前便出现氤氲开辟，欢愉美妙的世界。

在光与光相遇的一瞬间，情以它从未受到物欲蒙蔽的本能使我们的心地澄澈。此时此刻，意念和融，灵气相通，所有的感觉都进入了一个"无"的境界之中，无争斗、无追求、无杂念、无痛苦……

爱与情，正如行云流水合为一个宇宙之中。在这个宇宙中，没有物欲横流，贪惰成性，那是一个洁净充满曙光的世界。此时此地没有交易，人的境界也是最高贵的。

他常常带着我遨游在这神奇的宇宙之中，今天也是如此，即使如昙花一现般的短暂，他也可以使我被世俗搅得不安宁的灵魂得到片刻的憩息。

我们仿佛都领悟到今生今世，今夜是最后的相会，最后的结合，明天是一个死期。我们的心绪感情又将走进一个充满了阴谋、欺诈的世界之中。于是我们又充满激昂地进行着一场场的冲刺，我们看见一道黎明曙光，一片晴天白云，这里没有黑暗与白天，只有五彩的光芒，我们融合在这光的世界中，达到人性最高的境界。

我们累了，疲倦了，可依依不舍地不想分离，因为这时光是不多的。

"准备什么时候回去？"我问道。

"我送你走后，马上回东京。"他若有所思地对我说，"你不会忘记我吧。"

我知道他指的什么："不会，我会为你献出一切。"疯狂的、如痴如醉的爱荡涤了我心中的杂念，唯有爱是永恒不变的。

"谢谢你，我也会永远记住你的。"他没有微笑，冷静地对我，"我们来世还会相见吗？"

"来世还是那么苦恋，我不想再投胎了。"我对他说。

已是清晨4点，再也睡不着了，该起床了。我每天起来很早，在西安科技院，每天清晨6点起来围着后山的竹林跑步。

今天想和他一起去湖边散步，可是我又想起会有一对夫妇跟在我们后面，心里有些不情愿。

"你回去休息一会儿吧，他们发现你没在，会以为出了什么事。"

"好吧，我走了，我叫他们送你去车站。我不想露面，好吗？"他又有了政治家做派。

我的情绪立即被破坏了："但愿来世我俩做一对平凡夫妇，男耕女织，起早夜归生活在世外桃源。"

他突然笑了起来，"你还是那么罗曼蒂克，还是八年前的圣子。"他深情地吻了我，"再见了……"他有些伤感。

我茫然地望着他那魁梧的背影，轻轻地关上了门。我睡不着，站立在窗前。

新的一天又开始了，我该做些什么？去做那件危险的为解救情人不可饶恕的事？有什么不可以饶恕的呢？为什么都要将对方置于死地呢？人与人互相争斗最后同归于尽，那时候就没有互相排斥，都化为细小的尘埃，分散在大气层中。

我决定为所爱的人去做一生中最惊心动魄的事，爱神给了我勇气，因为在我的体内储藏了他的生命与精华。他以不可抗拒的力量征服了我——一个女性纤细柔弱的爱之心。

当我从千岛湖的避暑山庄出来时，我像一位即将出征的勇士那样无所畏惧。

回到上海的本部时，我感觉到自己又被卷进了一个闷热、庞大、旋转着的机器中。我被一股热浪包围着，不能自主。这现代化的机器吞噬我的肉体、消耗我的精神、磨砺我的生命，这五年我就是这样过来的吗？

这几年我生活得愉快吗？赏心悦目吗？我像所有忙忙碌碌行走在马路上的人们一样，面无表情、皱着眉头为生活而奔波、操劳。人们也像小蚂蚁一样在垒自己的巢，但是在巢中又有多少温暖和爱呢？

我在为谁忙碌？为自己吗？为五年前立下的誓言——报复美子吗？如今这一切即将实现，可为何感到从未有过的空虚和浮躁？那是铃木撩起了我心中的爱与情，他要我亲自去毁灭我们五年苦心经营、策划击败美子与王子公司的计划。不，我不能。

这几天我心神不安，李斐看出我的心思，他问道："这次去苏州和母亲玩得很高兴吧？"

"是的，母亲近来身体不太好。"我回避了他那双仿佛能洞察一切的眼睛，"几年没有和母亲一起出去玩了，她一个人在家也很寂寞。"

"但愿一切都顺利。"他淡淡地微笑着，可神态有些怪怪的。

这两年，他变得沉默少言，很少看到他的微笑和幽默，不像在东京那样和我开玩笑了。他有些上司的架子，我们之间有了一些距离，但是他还是默默地关照我。

蒋儒煜已经等在会议室里，我看见他冷冷地瞧着我，不说一句话。

"你回来，又要开始最后的搏斗了，我们谈谈下一步的计划。"在董事会上蒋儒煜将会议日期内容安排了一下，"这两个星期我们都要全力以赴地扑在这次新产品发布会和集团成立五周年上，我已经通知了各报社记者，电视及海外的记者也要来。"

李斐没有吱声，好半天他才说："但愿一切都顺利，我们为此花了五年的精力和心血，我花了七年的时间也就等这一天，使命完成也该退休了。"他没有像蒋儒煜那样慷慨激昂。

晚上的董事会是在华亭宾馆的会议室召开的，很秘密也很严肃。我们订在1月5日至11日开三个集会，参加总人数达1000多名，聘请中国台湾、日本、新加坡等亚洲十几个国家和地区的最有实力的企业家进行友好对话活动，开辟亚洲经济市场。

工作量很大，通知必须在后天发出去，由我起草文件后交付秘书打印，随后传真出去，接下来的工作是安排会议场地、工作人员、礼品。当然李斐并没有忘记在那天增加几十名安保人员，都是身怀绝技的特工出身，以防出现什么意外。

因为这次有三方力量被我们击垮，中国王子公司、中国台湾宏鸿公司和日本的美子公司，我们公司的分公司将代替以前的王子公司进入日本市场，负责人是龚文华。

台湾方面由蒋先生的公司代替了，直到会议后我才听老蒋说："这次儒煜能够在父亲墓前告诉他可以安息了。"

原来台湾宏鸿公司的老板，曾是蒋儒煜父亲手下的一位工程师，他取得蒋儒煜父亲的信任后，窃取了公司里的软件技术，经过改装后，投靠了日本美子公司。逼得蒋儒煜父亲没有生意可做，破产跳楼自杀了。蒋儒煜的母亲带着他漂流到东京，几十年来，母子俩一直在为重振家业艰难地奋斗。

而蒋儒煜又怎样和李斐搭上这关系的？我不太清楚，总之这幕后的戏很多，我也不想知道得太多。

而我们三个人又志同道合地走在一起了。

会议结束后，谁也没有去大吃大喝，也没有去卡拉OK。不像以前那么轻松，仿佛每个人都感到有些沉甸甸的。

谁也没有想到我已经和他们分道扬镳了，我心不在焉地起草着计划，一边想着铃木怎么知道会议是 1 月 11 日开，他的情报那么准，在我们内部一定有他的人，那是谁呢？

当我写好计划交给李斐看时，他抬起头看了我好半天，才说："这次会议结束后，你准备去哪儿？我可能会有变动，要离开这儿。"

他要走了，我不想再待在 TB 公司，这里是个交易的陷阱。这几年我看透了这一切，厌恶了商业中的毫无人性的竞争。我也想走，可不知去哪。如果铃木选上了参议员，摆脱了美子，他真的能再来中国与我相会吗？我没有把握，也不期待，因为我已经不是八年前刚去日本的圣薇了，听天由命吧。

李斐这些天一直很沉默，并不像蒋儒煜那样得意扬扬。他好像有什么心事，现在他不像以前在东京那样和我说话了，我们是上级与下级的关系，彼此有些拘束。

那天夜里，当我再一次拿出已审查好的文件，准备按照铃木说的方法办时，我却犹豫了，这支笔似千斤重，怎么也下不去。

只要我轻轻地点一笔，第二天秘书就会打出 12 日，然后文件马上传真出去。在开会前两天，我装作才发现，这时再改发通知也来不及了。

我这样做就会为公司留下后患。

如果他们问起我，我就坦白地说，我的生命就需要这一天，它能挽救一个人的命运；如果他们对我起诉，那么我将所有的一切都摊牌。然后我又去哪儿呢？

我会将自己逼到山穷水尽的地步，李斐和蒋儒煜是不会宽恕我的。

想起美子，我的笔放下了。铃木和美子是一脉相承的，而我却不是，爱只有在两个人的世界中才能相融相通，离开了两人场合，爱怎么也争夺不过现实，它常被山盟海誓的人抛到九霄云外。

美子、百明子她们都拥有铃木，当铃木选上了议员，她俩仍然是铃木的左膀右臂，还能有我的位置吗？

我从抽屉的最下层抽出了那本旧杂志，那是铃木与百明子订婚宴会上俩人亲吻的照片，美子在他俩的后面，那么满面春风。

当铃木选上议员，他们马上举行婚礼，铃木还会想到我吗？唉，我多傻，他为了自己的政治生命，能不惜一切来中国。想当初，在我身陷绝境走投无路的时候，他为什么不来呢？

人是利己的，这种利己都掩盖在布满着玫瑰花的微笑中。

我的头脑豁然清醒了，我不能改日期，不能让这两个女人都拥有我的爱：同归于尽也不能让她们共有。我抬起头看见前面墙上挂着一个"忍"字，那是以前慧明大师送给母亲的亲笔书。母亲就靠着这个"忍"字，度过了漫长的岁月。每天到办公室时，我都要看一眼，忍了几年，今天要将其前功尽弃吗？那么这"忍"又有什么意义呢？

如今，我还要忍最后一关，以忍克爱。

我毅然将笔收好，把桌上的文件放回到夹子里。

我长长地舒了一口气，我胜利了！今天已经无声地宣布美子将再也爬不起来了，她们公司也将日落西山。

可是我觉得有负于铃木，不能失信于他。是否想个变通的方法，借他几千万日元竞选。我自己在公司的股份才 1000 万日元，挪动公司的款要有蒋的另一枚私章，而蒋的私章锁在保险箱里，谁也不知道密码。可是我知道，那是他在一次酒醉后说过，他所有的银行卡密码、暗号都是他父亲破产后跳楼而死那一天的号码，他要永远记住那一天。

我有一次去图书馆看到那一年台湾联合报，上面写道蒋鼎文先生于民国五十八年十二月八日因破产跳楼自杀，那么应该是 5812。试试看，可怎么也打不开。

民国五十八年，公历应该是 1969 年：当我再一次拨动这几个数字时，竟然打开了，里面有一沓美元，还有一封信，那是李斐的字迹，是我在大阪参加学术研讲会的前一个星期，他不是在北京吗？为什么他的信要锁在保险箱里？

我好奇地打开一看，上面写道：你父亲的案子已调查清楚。一切照计划办，我已经请示上级，关于股份的比例：你的公司占 30%，只有我们联合起来，才能办好事情，请果断决定。

原来蒋儒煜和李斐在东京就有交易。那么蒋儒煜是故意向我献花的？那都是李斐的主意。

噢，人生为什么那么复杂？

我不能再卷进去了，不能取出蒋儒煜的私章，挪用公款要犯法的，我可从来也没有干过坏事。

我决定将自己的股份先拿出来，给铃木寄去。我发了一张传真，写道：委托之事无法办理，请谅解！电汇的款作为你竞选参议员的资金，祝你成功。

我如释重负地关上了办公室的灯，走出屋。

第二十三章　大功告成

　　由我公司和亚洲经济协会联合举办的"亚洲经济开发研讨会"在北京举行。来自亚洲地区的 1000 多名企业家，商谈了如何共同协调开发亚洲经济。我公司的新产品订货会也在大会期间举行，在会上向全体亚洲经济人宣布了 TB 国际电脑集团与日本山田集团将携手开发电脑技术，长期合作的消息。

　　山田集团的总裁、日本经连会副会长荒木先生，在会上宣读了日本自民党书记的贺电，我知道他们和美子是两个政治派别的。

　　我公司加入了亚洲经济联合会，并担任了华人经济开发部首席代表，这意味着我公司在亚洲的地位和声誉大大提高。公司上下个个万分高兴，尤其是蒋儒煜更显得精神焕发。他从一个名不见经传的商人成为台湾的知名人士，被称为与大陆经济合作最有成效的新一代企业家。我知道他最成功的是为他父亲复了仇，夺回了父亲的公司，这秘密也只有我和李斐知道。

　　晚上的庆祝会上个个喜气洋洋，满面春风。唯有我，我感到一种从未有的失落感，不知道从明天起我该干什么？因为美子完了，她那不可一世的女王桂冠已经落地。那么铃木也失去了政治势力，他现在在干什么？他一定很恨我。

　　现在我得到了什么？得到了公司的嘉奖，又加了 3% 的股份和提升为副总经理兼海外贸易部部长，这也意味着我永远失去了爱。虽然我从离开东京的那一天和铃木分手起，在我的心灵深处隐藏着那么一点期待和希望，然而从现在起一丝丝的期待也没有了。我和铃木之间仅存的一点情分也随着今天祝贺会上的鞭炮、鲜花彻底地消失了。

　　等待我的明天将是什么？铃木的选举会怎么样？

第二天，日本朝日新闻登出消息：国际化企业家铃木俊雄由于丸红事件而受到牵连，竞选国会议员落选。据初步调查，东邦公司几年来向黑社会缴纳了 1 亿日元的援助费，他们与黑社会的关系到底有多深，事件仍在调查中。铃木俊雄在竞选国会议员期间，受贿 7000 万日元……

我惊慌地拿着朝日新闻到了李斐的办公室，"铃木由于被反对派指控受贿 7000 万日元，他落选了参议员，目前他已不知去向。"我一口气地说完，我希望他能说，不要紧，他没事的。

不料，李斐抬起头，注视了我好久，他满不在乎地说："那不是很好吗？"

"什么？你们以前共过事，他帮你许多忙，他经常说在中国人中最欣赏你，你最后一次签证也是他帮你办下来的，你怎么那么无动于衷？"我气愤地说着。我第一次看到李斐也是那么无情，没想到，他的话更使我吃惊。

"这些正是我所希望的。"他毫无表情地说。

"你说什么？"我简直不认识他了。

"这叫打蛇要打七寸，永远不能再复生，否则就后患无穷。"

"……"我气得话也说不出来，"你，你太狠心了！把他的公司搞垮了还不算，还把他的政治生命也搞毁了。"

"我记得少林寺师傅传教的处事之道三句话：第一，待人要诚；第二，周旋要灵；第三，反手要狠。这是武林之本，也是做人之道。反手不狠，让他当选了，美子仍会东山再起，她仍会扶植王子公司为他们在中国的代理人。而这些王子们有了势力后仍会卷土再来。"

"你想得太过分了吧？你要适可而止！"我万没想到，平时一向随和谦让的李斐竟也是一个道貌岸然、心狠手辣的人。我一直在当他的帮凶，我感到悔恨。

"你不要误解我，人要服从现实，为了 TB 公司的发展，我们必须把美子公司搞垮，我花了五年时间调查、了解、策划并付诸行动。我不能感情用事，这是十分现实、残酷的斗争。"李斐振振有词，十分严肃地对我说，"你在我公司干，我不会让你做违背良心道德的事，相反，"他停顿了一下，

"你有时太感情用事，让我失望了。你以为铃木用旧情为诱饵迷惑你的事我们不知道吗？你险些干了什么呀！"他的眼睛严厉地看着我。

不管怎么，不能在这儿干下去了，我必须马上离开这儿，离开他。我要好好地思考，这几年我究竟干了什么。当一切如愿时，顿时感到精神上一种从未有过的空虚，像爬上了高山顶后再也无力迈一步，俯瞰大地、原野，我觉得自己又是多么渺小。

"不是我不想救他，是因为他曾经伤害过我，我没有忘记五年前我被逼离开东京时的诺言。我非常感谢依靠了你，依靠了蒋儒煜，使我实现了当初的复仇。你们都已得到了，没有什么损失，你可以高升，进一步得到公司的赏识，蒋儒煜也为父亲夺回了公司。唯有我，我永远失去了一件东西——我的纯情与爱。是我毁了自己的爱。如果当初我一念之差，将会议推迟一天，那么这一天就是上帝给他的帮助，可是上帝没有给他这个机会。一夜之间，他什么也没有了，好像滑铁卢战役一样，拿破仑只要再等到天黑，他便可以有喘息之机，反扑成功。可是太阳却高高地悬在上空，好像在嘲笑他注定这仗要失败似的。"

李斐皱着眉听着我说，他没有想到，我在这几年中，看了许多伟人的传记，并深刻地研究过，包括拿破仑的军事才能与魅力……

"你变了，圣薇，我多希望能再看到以前的你。"他的声音深沉了。

"以前的我有什么好？我得到了什么？得到敏吗？得到铃木吗？没有，我的纯情只能说明我无能，痴情只能说明愚蠢。我是永远不会忘记在东京走投无路的境地，永远不会忘记在我回国无工作，无地位，被欧阳雯嘲笑，赶出工厂门的情景。这时候，铃木却和百明子幽会，那时，哪怕他打一个电话来，说一声：我等你……也许我能舍去一切帮助他，不是我害了他，是他自己毁了自己。人是自私的，我不否认，当我看到他要自杀时，多想用自己的生命来拯救他。可是当我离开他，走进办公室时，我冷静了，往事历历在目，我不能让自己的誓言前功尽弃，和你一样。"

他听了我的话，他咬着牙，低垂着头："也许你是对的，我们都别无选择。你准备今后怎么办？"

"我要好好地反省一下，我太累了。"电话铃响了，是北京打来的，找李斐，又是那位不见面的上司。

听完了上面的指示，他说："我又要走了。"我刚要问，秘书又走了进来，她送来了蒋儒煜的传真，上面写道：要回台湾几天，祭完父亲的坟后，去美国看看。

他又有什么新的打算，这个深不可测的商人。

我下一步怎么办？不知道。现在最关心的是铃木的下落，这只有李斐能帮到我，他肯定知道铃木去哪里了，所以我不能得罪他。

"我们出去走走好吗？我有些话要对你说，这里说话不方便。"

"好吧，晚上在那家咖啡店里见。"李斐没有拒绝。

我们又去了那家咖啡店，一切如故，整整四年过去了。记得我刚从东京狼狈地撤退回来，情绪万分低落，是他来接我的。后来又在我绝望之际，是他给了我机缘。

我从心底里应该感谢他。可是今天他西装革履地出现在我面前时，我感到被他利用了。从我们相识在东京时，我已经成了他眼中的猎物。我不太喜欢他那过于精明的头脑，可是感谢他曾经帮助过我。

"祝贺你高升。"我客气地说了一句。

他微微一怔："对我有什么不满意？"

"不，谁都对你满意：你的上司为你庆功，TB 公司为你嘉奖，还有我要感谢你实现了我的复仇计划。"

"你什么意思？"他愠怒道，"难道我有什么对不起你的？"

"没有，你一直对我像妹妹，像知心朋友……"我不想再抱怨他，当初是我答应去 TB 电脑公司的。如果没有我，也会有人顶替我，他的计划也会实现的。

我报复了铃木，报复了美子，可我得到什么呢？得到了一笔钱，得到了李斐和蒋儒煜的欣赏。可是这些都不是我内心想要的。我想要的是什么，仍要铃木的爱？然而这已经是完全不可能的了，当今天这些都失去了的时候，我才感觉到它的珍贵。

老板娘亲自送来两杯咖啡："慢慢喝。"她见我俩都不言语，便知趣地走了。

"我向你来告别的，还想告诉你一件事，那是我几年前就想说的，但我一直抑制自己的感情。"李斐的脸庞已不再那么高傲冷峻了。

"想说什么，说吧，去了美国就没机会了。"我知道他要说什么。

"我爱你！"他抬起头猛地抓住我的手，"等我从美国回来。我们结婚，我们一起搞电脑，开公司。"

"你在说什么？"我看着他激动而涨红的面庞。他仍抓住我的手，那么有力，他一点儿也不温柔，手都被他掐疼了。可我不忍心伤害他的感情，没有立即将手抽回。

"难道你不明白，这些年我一直在爱你吗？"他逼问道。

"我没感觉到，我们一直是知心朋友。"我对他说。可我不敢看他一眼，他的目光太犀利了，我在想什么他都能看穿。

"从我在东京与你第一次见面时，我就爱上了你。可是我不能感情用事，我忍受了多少年。我和燕燕、纯子谈恋爱是为了工作。我记得那年在燕燕家过生日，我是多么地讨厌这些人，可我必须含笑与他们干杯。那天我吻着燕燕，可我的心里在哭，为什么我不能拥抱我真正爱的人？当听说你爱上了铃木，我心里多么难过！那天我一个人在家，整整喝了一瓶二锅头，喝完了，骑着摩托车来你这里，我想说我爱你……

"可是当我一看到你，就说不出来了，怕伤害你。那天，我发疯地骑着车回来，出了车祸，撞在一根电线杆上，划了一个大伤口。我身上有两处伤：一次在越南战场上，一颗子弹擦过前额，只差几厘米，没去见上帝；一处是与贩毒分子搏斗，吃了一刀，离心脏只差几毫米。"他说完便撩起裤腿，我看见他膝盖上小碗大的伤疤。我想起来了，他说回中国去了，请假一个月，可没说出车祸。

"不好意思对你说，我是个男子汉，多丢脸，第一次为了爱去受伤。太感情用事了，我无颜见你，便借口说回北京，其实我在养伤。"

"你……"我看到他没有一丝笑容的面庞，相信他没有骗我。

我低垂着头，不敢看他。我喜欢和他在一起，可我不爱他，我怎么能够接受他的爱？何况，他的工作……

"答应我，我已经向上级请示了，为了要结婚，我才答应去美国。这次比东京的难度大，需要三年时间，你能否等我？"

"因为你爱我，才设计了毁灭美子公司的计划，是吗？"

"是的，相同的计划有两个，可我选中了东邦公司。"他毫不隐瞒地说。

"你是假公济私，还是为了实现你的爱？"我冷冷地看着他说。

"也许二者都有了，我可以不选美子的公司，而先击中另一家X公司，但我们不能同时击败两家。只要击败一家，另一家就会自觉地收敛。因为我们的目标不能打得太广，另一派还有相当势力，要分解他们。我选中美子公司为目标，也是为了实现你的报复计划，我不忍心看你被美子逼得走投无路。"

"是的，这一点我应该感谢你。可是你不应该赶尽杀绝，你要留些余地，为别人留一点生存之处。你把他们公司搞垮了还不算，还利用报刊将他贿赂的事也揭了出来，铃木被你逼得失踪了，满意了吧？"

我觉得李斐是那么无情无义，这也许是他的职业。他完全可以留一手，今天我才知道，他只有赶尽杀绝，才有他的立足之地，他才无后顾之忧。

他的眼神回避我逼问的眼光，脸上露出不安的神色。

"请原谅……爱是自私的，我必须得到你！"他紧紧地抓住了我的手。

我发怒了："我讨厌你！"我使劲地甩掉他的手，可怎么也甩不掉，他趁势用双臂抱住了我："我不能没有你！"

他不顾一切地想要拥抱我，吻我。此时此刻，我不知哪来的劲儿，使劲地挣扎着："放开我！"

我趁他惊愕之际，一下子站立起来，怒不可遏地给了他一个耳光。

他的脸唰地沉了下来，我害怕极了，我看到他咬紧了牙齿，僵硬的面庞由红变青，嘴唇在微微地颤抖，眼神变得像两把利剑。我浑身不由紧张起来，他会不会冲上来掐死我？我想逃，却没有逃，竟愣愣地站在他面前。

"对不起……"我战战兢兢地说，他没有吱声，身体像一座塑像般站着。

好久、好久，我看见暗淡的灯光下，有两颗晶莹的泪珠顺着他僵硬古板的脸流了下来。

我慌张极了，他也会流泪吗？他也有感情吗？他是一个身经百战的侦察员，一个连死也不在乎、文武双全的情报人员。

他心中有爱吗？他能为爱而流泪吗？

"请原谅……"我有些惭愧了。

"你走吧。"他毫无表情地对我说。我却像被什么钉住了一样，没有走。

"对不起，我失去了理智，伤害了你。回去吧，以后也许我再也帮不了你的忙了。"

"你还要去哪儿？"我担心地问。

"去很远很远的地方，继续我的流浪生涯。"他有些伤感地说。我有些怜悯他，我看到了他心灵深处那不为人所知的一面，他需要一个幸福安宁和温暖的家。

正巧，老板娘过来了，"要些什么饮料？今天人不多，你们慢慢地谈，我叫人送两罐八宝粥来。"我们和她已经是很熟悉了。

"谢谢，我想马上走。"我对老板娘说，可是不忍心让他一个人坐在这里。

"再坐一会儿，"老板娘看到李斐僵硬的脸，机灵地对我说，"他经常独自一个人来这儿喝咖啡，我问圣薇呢，他说你很忙。我还以为一定有别的姑娘来约会，可没有。"

"你经常到这里来？"我疑惑地问他。

"是的，每当想起你，想和你说一声：我爱你，就一个人来到这里。我什么都经历过，一切都不在乎。可是我想很有个家，一个温暖的家，一个喜爱的妻子。但是我爱上了谁，谁就要和我一样担风险，这对她太不公平了，真的……"他动了感情，嗓子有些嘶哑，一行眼泪从他眼眶里流了下来。

我被他的真挚所感动。我掏出手帕放在他手里："我不应该这样对你，对不起。"

"以后你有什么急事，打我专用电话，会有人来帮助你的。原来我弟弟可以帮助你，可是我得罪了他，在王子公司他也是其中的小帮手，他挣了不少外快，他恨我不顾情面把他的财路掐断了。我唯一的亲人都不理解我，我这样干究竟为了什么？"

顿时，我觉得他好可怜，他四海为家，他付出很多，他需要爱。今天将隐藏在心中八年的爱向我吐露，可我却打了他一记耳光，我是否太无情了，是否太伤他的心？

他是个很热心的好人，在东京时他拿出100万日元寄给安徽遭受水灾的老乡，他给许多留学生介绍工作和房子，有一次为一位离婚了的中国姑娘打官司、找律师……

今天我对他真正了解了，我又对他说出了自己的心里话：

"当我经历了许多以后，觉得一切恩怨应该结束了。谁也不欠谁的，我现在真的不想看到他们一败涂地，而幸灾乐祸。我曾这样想过，一定要搞垮她，可现在我听说她得了子宫癌住院，我觉得她也是个很重感情的女人，她为了铃木也付出了许多。"

"也许我们都没有错，一切为了爱，但我们的爱太狭窄了。"李斐又恢复了原样，但他仍古板着那张没有表情、刚毅的脸。

"是否应该爱众生爱人类，甚至爱你的敌人？"我说。

"爱敌人，我可做不到。"李斐耸了耸肩，无奈地说。

"我想去东京一趟，你能否安排我去一次，去看看美子，去寻找铃木，这是我现在唯一想做的事。"我对李斐说。

"好吧，过一个星期，有个经济代表团要去日本，你跟着一起去。但你不能暴露你的身份，我专门派一个人保护你，我希望你能找回你的爱。"他勉强地露出一丝苦涩的微笑。

"那么你呢？"我为他的大度而感动。

"只要你幸福，我也高兴。"他又像在东京一样真挚地对我说。

"如果我找不到呢？"我知道这次去东京大多是徒劳的，我不可能在短时期找到铃木。也许只是为了去忏悔一下，以求得心灵上的安宁。

"我估计他隐藏在什么地方。有个大公司的老板破产后出家了，但你的那位不会出家，他仍会东山再起的。但是他在反省，他肯定不会出危险的，我知道。"李斐肯定地对我说。

"你能否帮我调查一下，你会有办法的。"我哀求他。我知道这样要求他是很为难他，但我相信他一定会答应我的。

"好吧，不知道自己究竟在干什么，弄了半天，又要重整旗鼓，这人生，真是的。"他自嘲道，"地球是圆的，转了一圈又是一圈，早知今日，不如当初不干。"

"但是，人的醒悟常常是经历了许多事以后。当我的心愿达到后，便会觉得万念俱空，真如佛教所说的：色即是空，空即是色。"

"什么时候学起佛教了，等我回来后，也去当和尚。我每天为你诵经，祝你好运。"他又像以前那么诙谐地说着。

我看到他脸上留下一道淡淡的手印，心里好惭愧，我想补偿，才觉得不负他的一番爱心，"请你把眼睛闭上，我送你一件礼物。"我想了一个主意。

"什么礼物？"他疑惑地问，他看我手中什么也没有。

"闭上眼再说，不会骗你的，你一定会满意的。"

"好吧……"他无奈地闭上眼睛。我望着他平静而刚毅的面庞，在那淡淡的手印上吻了一下。他惊奇地"啊呀"一声："我可是第一次被人骗。"他睁开眼说，"不过骗得好满意，带着这份礼物去美国，一定会满载而归的。"

他的眼神变得明亮而温柔："谢谢你，我等待了八年的吻，我愿为你赴汤蹈火。"

我无言地看着他，我是为了感谢他，还是怜悯他，还是有一点儿爱心？我从东京回来，是否要考虑与他的事？一个闪念从脑际闪过，既而消失了。

"你在东京只能待一个星期，不能感情用事，多待一天，你就会多一分危险。我没有空，否则陪你去。"他又像老大哥一样对我说，"我叫觉慧陪你去。"

"你和她很好，你们形影不离。"我想起了上次她一直跟在李斐的身边。

"你很在意她，是吗？她真的是我师妹。我在大场面上一定要她来保驾的，因为我有个弱点，喝多了酒就容易失态、失言。但在你面前没有喝酒就失言很多。"他告诉了我真实的话。

"但是重要的事你是不会失言的，你也是很狡猾的。"我笑着说。

"你很聪明，所以我很喜欢你。"李斐看着我的眼睛说，"其实我在你的面前不但失言有时还失态，无法保持冷静。"

"是吗？这次去东京我回不来，你怎么办？"我故意试探地问。

"如果你在东京结婚了，我会叫人送一个大花篮给你，发一份贺电。如果你有什么不测，那么五年后，东京又会有一个为爱复仇的故事。"

"神经！那时你老了，脑瓜不好使，手脚也不灵了，还能复仇？"我嘲笑地说道。

"我培养的几个学生，个个胜过我，你放心吧。"他职业性地又看看手表，看看窗外，"5点了，我得马上走，带着你的吻去见自由女神。"

他送我到了家门口，当车停下后，他朝我手中塞了包东西："早想送给你，一直没有机会，就算这几年我们友谊的礼物吧。"我没来得及看，他已向我挥手告别。

我好奇地打开小包，一层层包得很好，是一个戒指盒。打开一看，竟是一只红宝石戒指。那不是五年前他叫我陪他去新宿伊势丹商场买的吗？他说送给燕燕，不知道买什么样的，让我参谋一下，给燕燕来个惊喜。我说这个好，原价五万日元，削价到三万。当时我到日本才第一年，好羡慕燕燕，能有男朋友送红宝石戒指。

原来他是买给我的。里面有一封信，写道：

这枚戒指是特意为你买的，当我想送给你时，听说你有男朋友了，所以一直放在箱子里。今天赠送给你，是我的一片心意，我从美国回来，希望你能戴上，来机场接我。如果我回不来，就作为一个大哥送给小妹妹永恒的纪念。

吻别

我的眼睛模糊了，泪水流在这张薄薄的信笺上。此行他去美国，吉凶难卜，我不由为他的命运而担忧。

第二十四章　重返东瀛

　　一个星期后，我随上海市经济代表团一行又来到了东京。我和觉慧有两天时间是自由行动，这都是李斐的安排。

　　他让觉慧陪我，我也很喜欢这位小巧玲珑的姑娘。当我坐在飞机上仔细地看着她时，好像看到了当年的自己。当年我也是这样清澈水灵的，满怀喜悦地望着机窗外。八年过去了，我已经没有当年的纯情了，世态炎凉，使我改变了自己。

　　可是我仍想着再赴东京，为什么？去寻往日的梦？是以胜利者的姿态来显示我的成功吗？也许什么都包含了，我没有忘记在东京的那爱与恨。

　　我们来得稍微晚了些，昨夜一场暴风雨袭来，盛开的樱花被打得落英缤纷，一片片粉红色的花瓣铺满在道上，一阵微风而起，像一只只无力飞舞的彩蝶。

　　我不由想起，铃木喜爱的《新古今集》中的日本歌曲，那是式子内亲子面对纷落的樱花写下的名诗：

　　人生如幻梦，时光似水无奈何，怅然度流年。观花痛感良辰短，悠然春已过。

　　记得有一年开春，与他同去上野观樱花，他说，友子去世后，他每年观花时总有这首诗意境中的感情。今年却完全不同，觉得这樱花盛开期短，但感到人生是那么幸福，因为拥有了我，心中能留住春光……

那时我们在河边的樱花树下坐到傍晚，临走时他说，明年不是我们俩坐在这儿了。我不解地望着他，他含笑地说：还有一对可爱的儿女……可是第二年的春天，我们没有相约在那棵樱花树下，更没有生一双儿女，我却含泪被逼离开了东京。

如今我又回来了，回忆往事，不由黯然神伤。然而，当我抬起头，看到还有未凋谢的樱花缀着绯红的花瓣，一滴滴晶莹的雨珠，在花瓣的边缘上闪着白光。那滴滴的雨珠没能将花瓣打落于尘埃之中，却与它共存于阳光之下，相映生辉，增添了另一番情趣。

我望着那满枝未凋落的樱花遐想：一场急风暴雨没能将娇嫩的樱花打落于地，却更使它放射异彩。那樱花不就是我吗？这一滴滴雨珠不就是他吗？

突然，我预感到铃木没有离开东京，他一定隐居在什么地方等待着我。

当又一次站在阳光大厦下，久久地仰望着这幢日本最高的大厦时，我百感交集，当年我是那样忐忑不安地走进公司的总部，后来遇见铃木……

"林姐，这是你以前工作过的地方？"觉慧银铃般的声音在耳边问起。

"不，我在分公司上班，这是公司总部办公大楼。"这幢日本战败30年后建筑的大楼雄伟地耸立在这儿，20年的风风雨雨没有改变它的任何结构，即使遭遇五级地震，它也不会晃动一下。可走进这幢大楼的人们在这些年中，却不知道发生了多少悲欢离合的故事。这摩天大厦犹如一座现代的墓穴，无情地埋葬了多少沉浮岁月。

我又回到这儿寻找逝去的年华，历史的足迹，爱情的旧梦……

当我迈着沉重的脚步走出50层楼的电梯时，我看到大理石的墙上已挂上了中日远东电脑公司的名字，它是亚洲经济协会下属的日本公司和我公司合资的。美子在软件设计上投资损失了几个亿，又为了缴纳伊豆的温泉别墅遗产税和20年的漏税共5亿日元的债务，她让出了盘踞在这里十几年的总部，公司又解雇了100名职员，听说现在搬到了千叶，借了一套很便宜的楼房。

不知怎么，看到现在的情景，我有些内疚和潜意识的失落感。

我不是早希望美子的公司倒闭吗？我为此应该喝彩。为什么我对东邦公司还怀有旧时的感情？因为在这块新制的金属牌上，再也看不到过去的一点儿痕迹，看不到我过去的悲与欢、爱与恨，什么都消失了，我的心也随之变得空空荡荡的。

"请问，你找谁？"服务台的小姐彬彬有礼地向我微笑。

"我找原来公司的芝本纯子小姐。"我们的分公司已没有了，纯子小姐不想继续留在美子那儿，李斐帮她介绍到这里。

"两个月前，这家公司破产了。你找芝本纯子，她还在，你是……"

"我是她朋友，特意从上海来看她，能否叫一声？"我问道。

"好，可以，你坐一会儿。"小姐泡好了茶，放在休息室内。

小姐在电话里寻找，不一会儿，纯子出来了。她穿着一套蓝色背心的公司套装，她在寻找着，当我站立起来时，她竟呆住了。她迟疑了一会儿，很冷淡地说："你找我吗？"她已经认出我了，我看到了她的冷漠，从她那没有一丝笑意的眼神中我知道，她怨恨我！

"我特意来看你的……"我有些后悔，为什么要找她？

"谢谢，我想告诉你，我父亲在公司倒闭那天退职了，去了长崎的老家。他说这辈子做错了一件事，当初不应该赶圣薇小姐走。美子住院治疗，铃木也失踪了……"她平静地说，竟没有一点儿悲伤，我感到很奇怪。

"对不起，这并不是我们的过错，生意场上有败有胜，人生道路的波折也难以避免。铃木失踪是他的失败。人生本是赌场，风水轮回转。你没有得罪我，我仍不忘过去的情分，所以来看看你。这是一点小礼物，请收下。"我送给她一只羊绒制的大熊猫。

"……谢谢。"纯子的声音有些哽咽了，"我也知道你没有错，你过去吃了不少苦，我没有能力帮助你，心里也很难过。你们回中国后，我经常想你，想李斐……以前的朋友都走了，只剩下我一个人了。后来我信了基督教，我的心也安宁了。"

纯子低垂着头，用手捂住了嘴，一行热泪流了出来。

"我现在很好，李斐也很好，他常常说起你。他真的很喜欢你，可是……"我无不悲切地说，"我们的爱都失败了。"

"不，我仍爱着他，不管他在什么地方，我每天都祈祷，祝他平安无事。"纯子的脸显得很安详。

"哦，落合他经常提起你。"

"他住在哪里？"我离开东京四年，一直没有忘记落合，他对我的关怀也许胜过铃木。

"前一年公司解雇了 100 名职员，落合也提前退休了。他每天在家，听说在练太极拳。对不起，不能多谈，6 点下班以后，我们去看看他吧。"

"好吧，明天休息，下午在楼下大厅里等。"我说。

告别了纯子，我看时间还早，便坐着出租车去和平街。我想再看一眼我们曾经住的公寓。当我来到这幢小公寓楼前，望着二楼，落地玻璃窗里也是用白色的窗帘，新主人一定是位爱清洁的主妇。

以前当我下了班，走到窗下，总是情不自禁地看一眼白色的窗帘里隐隐地露出的灯光，我知道铃木已经回来了。

他一边嚼着口香糖一边看棒球比赛，等着我下班，做一顿丰盛的中国料理。如果看见我在维新号饭店买了包子回来，他兴奋地拿起来就吃，像个孩子似的一边吃一边说："真好吃！"

当我做好了晚餐，棒球也结束了。他才意犹未尽地走进客厅，十分歉意地说："真对不起，有你这样好的妻子，我什么都满足了。"

他会深情地双手抱住我的腰，给我一个温柔的吻，有时会调皮地附在我耳边说："今夜一定让你像喝了茅台酒一样醉过去……"

我笑而不言，他是个很会讨女人喜爱的男人。吃完了饭，他会说："我来洗碗，让我做个中国的模范丈夫。"可我不要他洗，笨手笨脚的。但是每天都是他将浴缸洗干净，放好水，再放上一块除腰痛的香型药剂。那是他特意在药房里为我买的，这使我非常感动。

如今这白色的窗帘内没有灯光，我久久地凝望着，不由感慨万分：我多希望他能在里面，我飞奔进大厅内，他打开门，"噢，你回来了？"他惊喜地把我紧紧拥抱住……

噢，我在胡想什么？

"林姐，"是觉慧在叫我，"你以前在这住过？"她问道。

"是的，离开这儿转眼四年了。"我苦笑着走进大厅，我看见以前我们的信箱上写着"石川和雄"的名字。以前写的是铃木俊雄和林圣薇，每天我总要看信箱里有没有从上海寄来的信。

有一次，收到一封从美国寄来的信，是铃木的弟弟写的。他自费考上大学，问哥哥借100万日元，想买一辆车。那时他正好不上班，我知道他最疼爱这个弟弟，第二天，我拿了自己的积蓄照地址寄了出去，我没有告诉他。当他弟弟半夜里来电话时，我原想他一定会感谢我，可没想到他对我发脾气，说不应该寄给他，要他自立。我委屈极了，这100万日元是我做学生时辛苦积攒下来的，自己没舍得买一件漂亮的衣服。那天我哭了，后来他哄我，吻我，向我道歉，我好久不和他讲一句话。

第二天，我看见桌上放着刚从银行取出来的100万日元，我默默地收了起来。夜里，他又向我道歉："对不起，原谅我，你那么好，为我弟弟着想，我还对你发火。"我仍在生气，没理他，急得他直摇头，"叫我怎么办你才能对我笑一笑呢？"他学着卓别林的模样，可学得不像，很怪，我不愿意看。

我最爱看他每天淋浴出来，那健美富有弹力的胸膛和那双蒙着淡淡云雾含笑不笑的双眸。他老爱站在我面前好一会儿，像在诱惑我……

我还爱看他每天清晨洒上几滴香水，吹得整洁发亮的发型，穿着笔挺的西装，站在镜子前束领带的模样……他装卓别林那怪样，反把他自己最富有情感的男性魅力都破坏了，我赌气地仍不理他。

他最后才想起绝招，他拨了电话号码，我以为他给朋友打电话，没料他用中国话说："是妈妈吗？我是铃木，我和圣子吵架了。"没等他说完，我急忙起来将电话夺了过来，我不想让母亲知道我俩不高兴的事。她会整夜睡不着，第二天清晨再打电话过来的。

当我夺过电话听了半天，只听见"嘟嘟"的声音，原来他根本就没有拨号。

"好狡猾！"我用拳头揍他。他一下子抱住了我，"好了，好了，别再吵了……"

我使劲地用双手捶他的背，嗔怒道："你真坏！"我俩和好了。

和他在一起的日子里，我们好快乐！

可如今，他在哪儿？在哪儿？

我下意识地打开信箱，多希望里面有一封他写给我的信，或者有朋友寄给他的信。然而，我知道那是不可能的。

当我走出公寓的大厅，只见邻居一位开小百货店的老头，开着一辆白色的货车停了下来，他养的两条俄罗斯狗也坐在驾驶室里。他看见了我就打招呼："你是……"他不知道我名字，以前我们见面，总是客套地点点头。

"好久不见了，你身体还那么好。"我鞠躬道。

"谢谢，你回国了，怎么又来了？"他怎么知道我回国？

"前几个月，我看见你先生一个人也来过这儿。"

"他也来过？"我急忙问道。

"是的，在一天傍晚，我下班回来，看见一辆白色的车停在这儿，心想这儿不能停车，想告诉他。我下车一看，是铃木俊雄，前一年他的照片满街都是。前几天没选上议员，报上都是他的新闻。他一个人坐在里面，抽着烟，神色很不好。你们搬走了，可为什么他又来了呢？我觉得你们之间一定发生了什么事，以前我看你们俩出出进进很要好，会不会你们又别离了……"

以前从来不多讲话的老头，今天却唠唠叨叨地说了起来："我看了他半天，我觉得好像不太对劲。其实，他是一个很得人心的国际化企业家。他提出的日本如何走向国际化，对日本今后的政治经济有很大的作用。那天，车就停在你们以前住的窗外，我就走上去，和他打招呼。他很客气有礼貌地说：'马上开车就走。'我问他，'没事吧？'他说没事，到这里看看，要去国外很久……我也没多问，就关照他说：'再努力，下次竞选成功！'

"我看见他很难过，想让他进屋坐坐，他说'不了，马上就走'。第二天，我看见《朝日新闻》登出，他失踪了，不知去向。我很后悔，那天夜里，如果我邀请他去喝几杯，他心情也许会好些。他太年轻了，受挫不多。我年轻时惨败过几次，经营几十年的成衣铺一下破产了，40岁后我再一次投资……"

"去楼上坐坐吧？"那老头很善良，以前我觉得他有些清高，是个典型的只扫自家门前雪，不管他人瓦上霜的日本人，没想到，他是那么善解人意。

当我听到铃木在失踪前一天还开着车来这里，我的泪水忍不住流了出来。我好后悔，后悔这一辈子做错了一件永远也不能宽恕自己的事：是我毁灭了自己的爱。

他仍爱着我。如果他不怀念以往的岁月，就不会独自驾车一个人默默地来这里。我毁了他的一切，可他不恨我，仍怀念、追忆着我们过去的欢乐岁月……

为什么我们都到了这一步才悔恨呢？为什么当时我们的心境不能保持坦然而平静呢？

如果当初我想法推迟会议一天，他虽然没有美子的权势，可他有自己的政治生涯，不会穷途末路。我和李斐为什么要恩怨相报，不能宽恕一些吗？

今天，我才清楚地意识到，我和李斐一样无情，我俩为了在东京受的屈辱，绞尽脑汁，利用了各方关系，达到各自的复仇计划。

而今天的纯子没有怀恨李斐当初弃她而去，如今她每星期还在上帝面前祈祷着他平安无事，她的心灵是那么美。我毁了铃木最后的一盘棋，也许他并没有怀恨我，还在痛恨自己。可是从我离开东京那天起，虽然也常常想起他，但我仍没有忘记我的恨。

我要忏悔吗？要弥补我的罪过吗？我不知道，我一时感到很茫然。

当我挥手告别了那位善良的老人后，心情更加沉重了，我不应该来东京。我不再是一个胜利者——四年前我曾想有朝一日趾高气扬地再赴东京，让美子瞧瞧！可如今，当我听到美子住院动手术时，我感到她是那么地可怜。其实她是个很重情感的女人。她为了夺回失去的爱而不择手段。那么同样，当我有了一定的权势后，我也为失去的爱而不择手段。我们是相同的，所以我不应该耿耿于怀地恨她。

是的，我要去看她，不是幸灾乐祸地向她显耀我的胜利。去向她忏悔吗？不，从道义上我应该去看看她。

当然，我应该先去看看落合，他是我最艰难时的救命恩人。

第二天中午，我们在阳光大厦会见纯子，我请她在东京大饭店吃午餐，饭后我们一起去落合家。

落合的家在目黑区，现在是东京的上流住宅区。这是他父亲在战后花了一年的工资买的一块地，当时只是为了安个家。那时 10 万日元就可以买几方榻榻米大小的土地，盖了一幢有庭园的和式房屋。现在周围的人家都改建了新的洋房，他们因为没有钱，还住在几十年盖前的木结构的二层楼房。虽然有些陈旧了，可是却保存着日本民族的建筑风格。院内种着一棵柿子树和几株樱花、茶花。

我们按着电铃，好半天才有人出来开门。一位老妇人，探出脑袋："找谁呀？"那是落合的母亲，我早听说他和母亲住在一起。

"下午好，我们找落合先生。"纯子有礼貌地问候道。

"他去上野公园了。今天是一位中国气功师教太极拳，过会儿就回来，请里面坐。"他母亲惊喜地将我们引进庭园。也许从来没有年轻的姑娘来找落合，所以今天她显得特别热情。

"我们以前都是和落合一个公司的，今天特意来看看他，事先没联系，打扰了。"

"没关系，这儿整天冷冷清清的，平时没有人来。我每月举行一次茶道会，热闹些，除此以外就是我和落合两人面对面地坐着。他整天待在自己的屋里看电视，看推理小说。刚退职时，还和公司朋友出去喝酒，现在也不出去了。"他母亲唠叨着。

我们沿着大青石铺成的石路走进院内。

走进茶道室，很规矩地坐着。他母亲沏好了绿茶，端着一只小圆盒，里面还放了几块点心，那是又脆又硬的小圆饼，有点盐味，日本人很喜欢吃。

"她是圣薇，刚从中国来，今天特意来看看落合。"纯子介绍道。

"以前多蒙落合的帮助，万分感谢，我一直没有忘记，今天特意来谢谢！一点小礼物请收下。"我拿出一袋礼物放到他母亲面前，里面是人参蜂王浆、西洋参、乌龙茶、东北人参，还有装有中药的神袋，那是治腰疼的。他母亲看见那么多礼品，受宠若惊地双手直作拱："谢谢，太谢谢了，那么多贵重的礼品……"

看她那惊喜而不知所措的神态，我知道这对母子平时没有人送那么多礼品来。

他们是被社会冷落的人，老母亲长年待在这幢古旧的庭院里，不常出去。她是被遗忘了的满洲国铁道部高级工程师的遗孀，落合是已被大公司裁掉的人。他们是社会上被遗忘了的人物，在东京这个物欲横流的社会里谁向他们问候送礼？

如果按照落合以前对我的关怀，尤其是我出事故后对我几个月的护理，这点礼物又算得了什么呢？见到他母亲感激万分的神态，我为他们的处境感到难过。这庭院很大，可显得有些凄凉、冷落，是落难家庭的败象。

我不知落合每天和他母亲是怎样生活的。他是个好人，应该有个妻子，热热闹闹地有个家庭。他不善于交际，公司里星期六加班，他总要去，不是为了钱，而是出于自觉履行职责。一连几个月，他会忙得没时间出去约会，是个典型的日本"单身贵族"。以后年纪大了，要娶不到老婆的，为什么要那么拼命为公司工作？他可从来不这样想。

如今他的使用价值没有了，49岁提前退休，每个月拿十几万日元的退休金。有哪个未婚女子能与他结婚呢？我以前为他介绍过几个上海的女朋友，她们的条件都很好，有医生，有工程师，都长得很漂亮。可他说没见过面，不了解，都回绝了，拿他没办法。

如今他后悔吗？感到晚年凄凉吗？我又能为他做些什么呢？我一边喝着茶，一边想着。

"我以前常听落合说起你，说公司有个上海来的姑娘很聪明，后来……"他母亲停顿了一下，"唉，都是美子！"他母亲叹息道，她好像都知道。对了，她与美子的母亲是远房表姐妹。

"美子不像她母亲，她母亲可是乡里有名的织锦巧手，善良又美丽，后来被在东京念书的村长大少爷看中了，结了婚。听说那少爷在东京也有老婆，将美子母亲丢在乡里。后来美子与铃木父亲私奔出去了，被她父亲抓了回来，硬要她嫁给比她大 20 岁的黑社会老头。听说她父亲赌钱，欠老头 1000 万日元。如果不还，就要切断他的手，没办法，只好将 18 岁的女儿嫁给那老头做二房。"

"我听说美子的祖上是德川家族的吧。"

"谁都希望自己的祖上有地位，尤其是出了名的人，我们是一个家族的。那时美子领着铃木的父亲来我这里住了几天，我看他俩好亲热，也怪可怜……"我第一次那么详细地听说美子的身世，落合从来也没和我说起，铃木也只是简单地说。今天听到落合的母亲说起美子的事，我的心有些沉重了。

我眼前浮现出一位纯情而美丽的少女与她的恋人逃跑在乡间的小路上。

"后来铃木的父亲听说美子嫁了个老头，一气之下跟着商船跑到了秘鲁。美子那天从家里逃出来，赶到横滨码头，船已经开了，那天她晕倒在码头上。后来我接她到家里，夜里，她吃了一瓶安眠药，还好，发现早，救活了。以后她再也没有见到铃木的父亲，那时她只有 20 岁。十几年后，铃木父亲来过一封信，说要回来，她每天盼呀盼，去码头打听几号有船到东京。后来听那边回来的人说，他与当地姑娘结婚了……以后她好久再没来我这儿了。"

落合母亲滔滔不绝地讲着，也许多少年来也没有人这样聚精会神地听她讲述这些陈年旧事了。

"几十年后，当我在一次同乡会上看到她时，她可完全变了。不像以前那么热情、善良，她穿得珠光宝气，高傲得很，看见我，没有了以前的笑容，只是礼节性地打个招呼，就走开了。那时她老头已去世了，她继承了全部的遗产，又和一位政界的人同居，开了许多不动产公司，买了好多土地，开高尔夫球场，后来把铃木从秘鲁接到了东京。

"那时落合找不到工作，我打了电话求她，她看在以前的情分上，给落合安排了一个工作，就是现在的情报公司，落合一直干到退休。"

他母亲深深地叹息了一声："为她公司干了一辈子，现在也没什么储蓄，还没有结婚……"这时听到大门打开了，我们循声望去，只见落合穿着一件T恤走了进来。

他没有马上认出我们，等走到茶室门前才恍然大悟："啊呀，没想到是你们俩，怪不得今天我有些心神不宁，老是走错步。"

他站在那儿傻笑着："没想到，你还那么年轻。"

落合不像我想象的——退了休一定变得像个小老头，倒比以前精神了。"你比以前精神好多了，有女朋友了？"

"我这把年龄，又没有钱，谁来找我？我练了一年太极拳，身体比以前好了，头疼病、胃病也好多了。现在想练气功，以后还想去中国找个大师。"

"大师不用找，我帮你请来了。"我笑着看看觉慧对他说。

落合不解地看着我。

"那是我表妹，从小在少林寺学的气功。她教你一个星期，你可以在东京收学生了，马上可以变成大财主了。"

"你可真会开玩笑。"他不相信地看着小巧玲珑的觉慧。

"练几招，给他看看。"我对觉慧说，"这是我以前在东京的救命恩人，你可要教他几下。"觉慧笑而不语，她走到落合面前，双手向前，目光直视落合。不一会儿落合叫了起来："啊呀，好像有团热气在身上滚，滚到哪儿，那儿就好舒服，这就是气功吧？"

他母亲听了后，连忙说："我前几天腰肌劳损又犯了，能不能帮我推拿一下。以前推拿过一次，也是从中国来的气功师，可太贵了，一次要1万日元。"

我翻译给觉慧听，她叫老太太坐直，她用双手轻轻地在她背后旋转。大约10分钟后，老太太乐得直说："好了，腰背变热、发软，好舒服……可真是神仙手呀。"

落合看着呆了："你可不要走，教我吧？"

"我们明天就要回中国了。"我说。

"怎么不多待些日子，多玩玩？"落合无奈地说。

"我不是来玩的，来看看你，看看旧居。"我的话题又回到了铃木身上。

"我不想让你刚来，就不开心，铃木出走前来找过我。"落合说。

"他说什么？"我急忙问道。

"他要我保存一些东西，如果他以后回来再还给他。他不回来，让我亲自交给你。那天晚上，他开着车到我这儿，我好奇怪，他怎么会到我这寒舍来。他脸色很阴沉，我请他也坐在这儿，他说：'以前你对圣子那么好，感谢了，有一件事要托你。'他拿出一包东西，慢慢打开说：'以后，圣子会来东京的，她一定会来看你的。她是个恩怨分明的人，不会忘记过去在东京，只有你对她最好，她也不会忘记我和美子给她的屈辱。我爱过她，可并没有给她带来幸福，给她带来的是许多灾难、痛苦，她有理由恨我。我这次一落万丈，我没有怨言，我不恨她，恨自己自私、无能……'"

听了落合的话，我心里很难过，我不想当那么多人面哭。可是铃木说不恨我，使我感到羞愧万分。

"他打开包，拿出三件东西，一件是他的出生证明，他说，那是准备与你结婚开的出生证明。"

我看看上面的落款日期，不由惊住了，上面写着"一九九〇年三月五日"，那是他离开东京的一个月后，他去开出生证明，是为了开结婚登记用的，为什么不告诉我？如果他告诉我，我不会驾车出去的……

"这出生证明，他一直保存着。还有给你的一张存款，他说你用留学时的存款，借房子，买家具，又给他买衣服，你用了200万日元。现在都还给你，暗号你知道。"我们的暗号是四个零，他是铃木，我是林圣薇，所以都是零。

"还有这个人偶，他特意从浅草买来的。他说喜欢女孩子，你生个女孩子一定像你，漂亮、聪明。"

我再也不想听下去了。是的，他多么想要一个孩子，尤其是女孩子，他常常在夜里附在我的耳边说，明年生个女孩子，我可有两个女儿了，一个大女儿，一个小女儿……

可是，我当时没有想到要为他生个孩子，因为我们没有结婚，仅仅是同居。如果他和美子走了，我不能带着一个没有父亲的孩子回中国。而当我决定舍去一切时，他却突然走了，我受不了，那次事故完全怪我。

不管怎样，我让他失望，至今他仍想着我们应该有个孩子。是的，如果我们有个孩子，我不会那么绝情，他也不会突然失踪。

也许是命中注定的。可今天当我看到眼前三件他保存完好的东西，我明白，他确实是那么真心实意地爱过我，可是现实太残酷了。我不应该去责备、怨恨他，我为什么不宽容他，不理解他呢？

纯子看我伤心地流着泪，便劝道："他一定会回来的，因为他还爱着你。"

"是我让他失去了一切。"

"不是你，是上帝让他忏悔，要他重新做人，从失败中领悟到人生的真谛。"纯子对我说。我愕然地看着纯子，没想到这些话是从纯子嘴里说出来的，她那般的虔诚、安静，好像没有感觉到我们周围所发生的一切，为什么她能如此超脱地看淡这一切呢？

也许我也应该去请求上帝，也要在上帝面前忏悔、祈祷。让铃木早日回到我身旁。如果大家将一切都看得那么淡薄，也就不会发生悲恸欲绝、惊心动魄、伦理不分的人间悲喜剧。因为我们再怎样地拼搏、争斗、相爱，我们的灵魂最终都要回到他的身旁……

纯子安慰我说："铃木一定还在，他是个很坚强的男子，我了解他。"

我默默地将这些东西重新包好，我的内心在期待：期待着一个奇迹发生。那张出生证最终会变成一张结婚证，那张存款单，会成为我俩共同财产，那五月女儿节的人偶，也会供放在祠台前……想到这儿，我感到心情好多了。

"我想去看看美子。"我对落合说。

他不解地望了我一眼："唉，她病得很严重，医生说，发现太晚了，如果早三年时间就好了。我去看过她一次，她和以前完全不一样了。在公司里她不常和我多讲话，那天，她拉着我的手说：'你是个好人，不要恨我提前解雇了你。'她和我说了铃木的许多事。当我要走了，说以后去看她。她说，不要再来了，以后也许我就不在这里了。我听了她的话也很难过。一个多么美丽有能力的女人，如今瘦得皮包骨头了，一下子老了十几岁，也很可怜的。"

落合叹息道："其实我也不记仇，公司不景气，养着那么多人，也是不行的。当老板的要全面考虑。我不想再去了，看到她那样，几天也提不起精神，代我向她问好。"

"那好，我和纯子一起去。"我刚说完，落合的母亲在旁说："如果行的话，我也一起去看看她。当初我们生活困难也是她把落合介绍到公司去的，这个情我一直也没忘。"

落合母亲挽留我们吃饭，因为时间来不及，我说去看了美子后，我请大家在东京饭店会餐。

落合母子俩依依不舍地送我们到门口。看到那么善良可亲的母子俩，我心里有种说不出的滋味。

我们走出了小街口，回头看，仍见他们母子俩伫立在柿子树下，朝我们挥手。我的眼睛有些潮湿了……

第二十五章　笑泯恩仇

　　东京国立医院设在东银座，这是日本最大的一所医院。我们走进肿瘤科住院部，看到大院内穿着蓝色病人服的病人们，三三两两地闲聊着，有的坐在花坛的圆桌旁观赏着盛开的鲜花，两位年轻的护士推着一位病人站在水池边的绿草地前。当我走进病房时，偶尔下意识地回过头望了一眼身后的病人，突然，我的目光与那病人的目光相遇了——那是一双我曾经嫉妒过的美丽的眼睛，虽然现在没有那么光彩照人了，可还是与众不同。

　　那是美子？不，不可能，美子常盘着发髻，身穿和服，每隔一天要去美容院做头发。那乌黑的发髻盘在头上，那么富贵、高雅，那纤细白皙的颈项也很迷人。如今那病人头上只剩下光秃秃的几根细毛，像戈壁滩边的杂草。美子的面容光彩照人，妖艳无比，而那病人却暗淡无光，憔悴如落叶一般，虽然化了妆，但也掩盖不住苍老。

　　"是美子？"我对纯子说，她们都回过头去。

　　"是美子。"纯子认出来了，落合的母亲仍犹豫地站着。她今天特意去浅草买了两盒美子爱吃的浅草人偶烧饼。

　　"美子！"纯子奔跑过去，我随后也跟去。

　　"纯子……"美子无光彩的脸上泛起了一片红晕，她没有傲慢、高贵的微笑，今天的笑意是发自内心的。

　　"你是圣子？"她认出我来了，愕然地望着我。

　　"我是圣子，今天特意来看你的。"我的目光中没有一丝恶意，我悲悯地望着她，将一束鲜花送到她面前。

　　"……谢谢，"她伸出一双干枯、颤抖的双手，喃喃地呓语道，"没有想到你会来，我们到房间里去吧。"她对护士说。

来到病房，护士扶着她，她虚弱得支撑着上了床。她不再是叱咤风云的东京商界美人了。不知怎的，我对她的怨恨竟消失得无影无踪，我觉得去羞辱一个病危的人是一件多么不道德的事。

我没有幸灾乐祸，有的只是怜悯、惋惜。因为毕竟是她养育了铃木，她是铃木的"母亲"，我没有理由再去怨恨她。

"美子小姐，这是我送给你的点心，以前你来我家，你最喜欢吃的。"落合母亲将两盒人偶烧饼放在床边柜前。

"……"美子握住落合母亲的手，她说不出话，眼中盈着泪水，"那还是我十几岁的时候……"她颤颤地说着，无色的双唇中挤出一丝惨淡、苦涩的笑："那时候，我一口气吃了五个，等病好了，还要吃五个……"

落合母亲握住她的手安慰道："等病好了，全吃掉，我再去买。"

"可是，我的病不会好的，这是报应。当初，老头子害得落合父亲破产，这笔债由我来还。我对你和落合也照应不够。您不要怨恨我，这些天我一直在想，我这世做错了许多事。对不起纯子，害得她至今独身未嫁，害得圣子走投无路，铃木又不知行踪……"她泪眼望着我们，"你们还来看我，我是个坏女人……"

"不，你对我很好。父亲经常说起你，当年公司倒闭了，他差点没自杀，是你借了他 500 万日元才使他绝处逢生。"纯子很虔诚地说。

"是呀，当年落合没工作，不也是你介绍的吗？"落合的母亲也很真挚地说。

"是吗？"美子终于露出一丝微笑。她看了我一眼，我能说什么呢？我要说当初是她录取了我在当临时职员，后来认识了铃木，我也要感谢她吗？

"圣薇，我最对不起的是你。你走后铃木完全变了，他整天不和我说一句话。是我逼走了你。如果当初你们结婚，我不是早能抱上孙子了吗？他也不会恨我，更不会出走……你能原谅我吗？"

她哀求地凝视着我，我回避她的目光，不想正面回答她。原谅她，难道今天来看她不就是原谅了她吗？为什么还要我说出来？

　　我没有忘记被她逼得重新再去饭店工作，四处碰壁的困境。是她使我失去了我和铃木爱的结晶，可怜的小生命。我竭力不想让自己回想往事，然而，往事却一幕幕地出现在我眼前……

　　我想冷静下来，便走到窗前，望着窗外一簇簇杜鹃花。

　　"我知道你和铃木都不会原谅我，我去了天国会保佑你们的。"

　　"你会好的，不要想这些，圣子今天来看你，就是原谅了你。"落合母亲劝慰道。

　　"伯母，我好后悔，我毁了自己的爱。当初，铃木光雄去世不久，他给我来过一封信，他说很想回国，这些年来，在南美漂泊，太苦了。在圣弗朗希斯科的峡谷挖过矿石，在船上运过走私货……什么都干过，生活悲惨极了。但是有一个信念始终支持他，一定要活着回日本，要赚钱，要娶我做妻子，可是我当时没有回信。这封信我保存了几十年。一念之差，现在虽然我拥有了许多的财产，可失去了爱。当年老头子去世不久，他的兄弟，亲戚们都要来争夺财产。他们欺我年轻不懂财务，偷偷地将一笔巨款转到另一家公司，又将一批土地契约藏了起来……

　　"后来，我依靠经连会的会长帮我夺回了全部的财产，我跟了他十几年，也风光了十几年，直到他遇难我才独立。没多久，我听同乡说铃木的父亲劳累过度，患了肝炎。他托口信告诉我，要我看在一月夫妻的情分上照顾他的儿子……"美子泣不成声地说道，"是我害了他英年早逝。我曾经寄钱给他，被退了回来，因为他恨我。我为了赎罪，将铃木带到身边，作为养子……"美子悲悲切切地诉说道。

　　"这一切不能怪你，当时乱世，你一个人不能做主。"落合母亲很善解人意。大家都知道美子是铃木的养母，都认为她是个很讲情分的女人。除了我之外，没有第二个人知道美子与铃木之间还有一段不可告人的隐私。

　　我不怨恨她，因为铃木确实长得像他父亲，简直一模一样，所以美子才以双重身份来养育铃木。

　　不想再追忆往事，我迫切需要打听铃木究竟去了哪里。于是我转身走到床前问美子："我想知道铃木出去前说过什么？"

"那天夜里，他像以前一样来到我房里，对我说：'我想出去旅行一趟，要很长的时间，把我忘了吧。'我有些奇怪，问他去哪儿？他说去老家看看父母的墓，去郡马县看看友子，为她修修墓，然后想去哪儿就去哪儿。我还问去中国看圣子吗？他愣了一下说：'看到圣子了，她生活得很好……'"

"他还说什么？"我急迫地想知道他是否恨我？

"他说，对不起你，如今恩怨总算了结了。他把你们以前的东西都搬到伊豆的别墅里，说以后回来一个人住那儿。我没想到他会不回来……"美子悲哀地说，"我不行了，圣子，你答应我一件事。"

"什么事？"我问道。

"等铃木回来，你们结婚，我即使去了，也瞑目了。"美子说着，从枕头边的一个小包里拿出一串钥匙，"这是那栋小别墅的钥匙，收下吧，是我送给你们的结婚礼物。"

我无奈地苦笑着。这位足智多谋的贵妇人，今天竟如此天真而幼稚地提出我和铃木的婚事。也许人将离世，又回到"人之初，性本善"的境界。

铃木现在在哪里？他是否还在人世？虽然我相信他的毅力，可现在他失去太多太多了。政治是他的第一生命，选不上参议员就意味着他生命的结束，他不会再期待着爱。

他能东山再起吗，即使能，可我们还能再相爱吗？

铃木不再是当年为了反叛美子，一意孤行将我带到温泉别墅去的热恋中的年轻人。

我也不再是几年前把爱情看作是生命的纯情姑娘。

望着美子消瘦苍白的面容和期待的双目，我不想让她在临终前失望。我收下了钥匙："我答应你，尽力去寻找铃木，不管是天涯海角。我还会像以前那样去爱他的……"我是真心实意地说这些话的。

美子激动万分地拥抱着我："谢谢，谢谢你……"我感觉到她满是骨骼的身体颤抖着。

不知是因为对美子的怜悯，还是因为我俩都拥有过共同的爱，我也情不自禁地将她紧紧拥抱："我会找到他的……不管是天涯海角。"我抽泣着说不出话。

在这一瞬间，我突然醒悟到：我俩都犯了一个共同的错误，是我们自己亲手将爱埋葬！所有失去爱的人都是这样，但谁也没有清醒地意识到这点，因为我们要向现实妥协，这是人类共有的致命弱点。

落合的母亲和纯子小姐也为我们难过，房间里的空气很沉闷，仿佛是一场生离死别，我不可能再来这里，明天就要回国了。也许今天是最后一次拥抱美子，我俩都曾经拥有过一个共同的爱，爱铃木。此时此刻，我们之间已没有隔阂，没有怨恨，彼此都在失去爱的悲哀中宽恕了对方。

"我还会来东京看你的。"当我觉得美子不久要离开这个世界，才感觉到她不完全是个坏女人，她和我一样那么真挚地在心灵深处爱着一个人。

临别，我答应去寻找铃木，她含着泪又一次将我紧紧地拥抱着，连声说："谢谢，真是太谢谢你了，我死也瞑目了……"我默默地点点头。

我看到美子浑身颤抖，泣不成声，医生说她只有几个月的时间了。美子这一生中得到了名利、金钱与地位，在为名为利之下残害着真正属于她自己的生命。可她从没有想到要自由地去追求真诚的爱，使自己的生命发出异彩。今天当她清醒后，也只有等来世不为金钱所奴役。然而来世又是个什么样的世道呢？但愿不是一个充满奸诈、虚伪、战争、瘟疫、贪得无厌，无论是君子还是小人都将被金钱所奴役的世界。看到美子辉煌过一生，如今已行将入土的惨景，我突然觉得自己也和美子一样。

不，我不像美子，我还年轻，还能追求属于自己的真正的东西。我要去寻找铃木俊雄，请求他原谅我，我们再也不分离。

我的头脑突然清醒起来了，我不想再那么无情地，亲手摧残真正属于自己的有生命力的爱！

突然，我决定再一次去看看几年前我和铃木曾去过的那幢淡蓝色的别墅。我想一个人去，让觉慧留在旅馆等我。

和美子有些依依不舍地告了别，回首望着美子在晚风中瘦弱、孤独的身影，我豁然醒悟：万物皆空，辉煌、豪华在这永恒的宇宙中都是一瞬间的，唯有无与空才是永恒的！人世间的争夺、拼斗是那么可笑、可叹、可悲……

清晨，我坐上了从新宿发出的特快旅行车。记得当年，我和铃木是坐轿车去的，他开着那辆白色的轿车，我当时仅仅是想与他出去玩玩，但是没想到，一切悲欢离合从那时拉开了序幕……

如今美子身患绝症，铃木不知去向，芝本隐居九州，李斐赴美吉凶未卜……这几年在我周围发生了那么多不可思议的变化，真可谓，人间沧桑变化，玄机莫测。

我的心情很沉重。五年前离开东京时立下的复仇誓言，今天不是实现了吗？为什么不感到趾高气扬？我纵然可以站在普林斯顿宾馆的 70 层楼上，俯瞰东京全景而仰天大笑，可我却笑不起来，我感到心情很压抑。为什么还要去看一眼曾经住过一夜的别墅？再去追忆逝去的梦？

下了车，踏上通向别墅的铺着鹅卵石小道时，我感觉到铃木会在房里等我，此时他正抽着烟，在看棒球。他一定又买了一盒我爱吃的烤鸡腿。

现在不是盛夏，沙滩也没有人游泳，礁石上坐着两位钓鱼的老头。每幢别墅前都没有车，到了盛夏，人们才驾着车来这儿避暑。现在显得很清静，每幢别墅都关着窗。

这栋出名的温泉宫殿由于没有交遗产税，税务当局强令美子交出数亿日元税金。由于公司不景气，她只得将这幢象征着她富贵的宫殿抵押给国家，留下了铃木的那栋小别墅。如今这栋宫殿的大门紧关着，昔日的豪华富贵已烟消云散。久久凝望着院内的花木凋谢的情景，我的心情更沉重，突然我的耳边响起了一个熟悉的声音：

"这两天，你可要痛快地玩，泡了温泉，我教你打高尔夫球，学几首日本歌……"

"你太累了，就在我胸前躺上三天，我会像保护神一样地看护着你……"

回顾四面，没有一个人影，只听见"呱呱"的一声乌鸦叫，这不祥之声使我不寒而栗。

噢，铃木，你在哪里？你听到我的呼唤了吗？你看到我来寻找你了吗？我愿放弃世上的一切，只要能再看到你，只要再拥抱你一次……

我多么希望那幢蓝色的别墅开着窗。可是当我走上台阶，却迟疑了一下，我不想马上打开门，屏息谛听着，希望里面能传出电视机的喧闹声。可是什么声音也没有，我感到很失望。

我又下意识地按了电铃，期待着铃木会从里面出来打开门，他一看是我，会兴奋地将我紧紧拥抱……这一切都是不可能的。可为什么我却痴情而固执地希望奇迹发生呢？为什么在我的心灵深处还那么一往情深地依恋着他？

我神情懊丧地打开大门，眼前出现一个令人兴奋的奇迹：房间一切布置装饰得和以前时一模一样，他什么都没有丢，原封不动地搬到这儿来了。

床边柜上一只从迪士尼乐园买来的大米老鼠还放在上面，正对着我调皮地嬉笑着。梳妆台上有我留下的化妆品，一盒珍珠粉和一盒片仔癀珍珠膏。还有一瓶紫罗兰香水，那是铃木用的。每次出门他总要带走，上次他离开东京时也带走的，这次没有带，说明他并没有走远，或者说他再也不想用了？

我不敢再想象下去，晃了晃瓶，里面还有很多。也许他换了个牌，他和百明子在一起，她一定不喜欢铃木涂这香水。是的，他为了讨百明子的欢心，要涂她喜欢的香水。

我这样想着，感到有些宽慰。打开窗，看到窗台上摆着两盆金黄色和淡红色的郁金香。那是我最喜欢的花，每年都要买两盆放在窗外。用手按了里面的泥土，不太干，好像不久还浇过水，那么一星期前他曾在这儿住过？对了，我可以打电话问问别墅区的管理人员。

我拨了电话："喂，我是铃木美子的亲戚。我想问一下，前不久，有人来别墅住过吗？"管理人是个老头，几十年都住在海边的旧式小木房，管着十几幢别墅，打扫别墅前的院子，修理园林。如果谁要来别墅，他会事先将门窗打开通通风，将院子打扫干净。

他知道这里的居住者，今天他听到一个陌生的声音，犹豫地问道："你是？"

"我是美子的儿媳妇……"我只有这样说，他才能告诉我实情。日本人是不会向一个陌生人告知实情的。

"嗯，你什么时候从中国来？"他好像知道我，惊讶而兴奋地问道。

"来了一个星期了，明天我要回去。你怎么知道我？"我问。

"上次铃木先生从东京搬来家具，是我帮忙的。他拿着以前你们居住在东京的照片，将家具原封不动地放好，还把你的照片挂在床前。我说你是东方美人，他高兴地笑了。他说你去中国办事了，以后要回来住的。"管理人滔滔不绝地讲述道。

我默默地倾听着，望着墙上那张放大的照片，穿着和服的我那么美，笑得那么甜。她爱铃木吗？爱。既然爱得那么深，为什么要离开他？为什么要报复他？为什么不舍去自己，保他最后一条生路？

人性都有一个共同的弱点：利己。人性的弱点导致着人类从原始走向文明，又将从高度文明走向自我毁灭。因而上帝要拯救人类，教诲人类要有博爱的精神，而可悲的是人类看不到悲剧的根源所在。许多人都在为所谓"幸福"而奋斗拼搏，却在不自知地埋葬自己的爱与生活。

那副高尔夫球杆仍放在书橱的旁边，上面蒙上了一层灰。看样子，他好久没去玩了，为了选举，他到处演讲，一定很忙。写字台上的那台电脑是他帮我买的，对了，我还留下许多磁盘。

打开写字台上放磁盘的橱柜，这一排都放着我留下的软盘，他保存得很好。每盘都写上了目录，我不太爱整理，可他都分门别类地排列好。当初我在大阪演讲的论文他已经帮我输了进去，并注明获 1990 年国际留学生论文演讲一等奖。

我拿出了他的软盘，大多是演讲稿。《论日本国际化预想》的文章中写道：

十年前，日本提出要接纳 10 万名国外留学生，这个计划目前正在付诸行动之中。然而，我们仅仅做了一步。虽然我们接受了几万名来自东南亚的留学生，但是我们没有再做细致而周密的第二步工作：成立专门机构，成立留学生援助会等，虽然现在有日中友好协会，各区有国际交流协会，新都厅设有外国人咨询窗口，但是他们所做的工作和留学生在日本所遇到的难题只能是杯水车薪。许多来自中国、来自第三世界的自费留学生由于自费，为了节省开支，几个人挤一个房间。日本人不理解他们。许多人不借房给他们，致使他们四处奔波寻找，艰难地过着异国留学生涯。他们来到日本的初次印象是：日本人冷漠地将他们排斥在外，日本是一个排外而狭隘的民族。这不只是留学生的一个生活问题，这些现象给大批来自中国及第三世界精英的心中蒙下了阴影和反感的情绪。日本民族是否应该以博大宽阔的胸怀来接纳他们呢？

为什么留学生中有"去美的亲美，来日的反日"现象呢？有人仍称日本人为"日本鬼子"，"来日留学是八年抗战"，十几年后当这些在学业有成的留学生中成为自己国家各界的栋梁时，他们能在心理上倾向我们吗？能在感情上容纳我们吗？那么我们在十几年内接纳的10万名留学生，实际上却成了一个后顾之忧。当日本不再成为经济大国，或在经济、自然灾害上遭受了意想不到的灾难时，世界各国尤其是近邻中国能向我们伸出援助之手吗？如果不能，甚至有人想趁机报复我们，那么我们这个民族则面临着更大的危险。

当我今天看到了这份演讲稿时，这才明白以前我对自己的留学生活遭遇大发牢骚时，他总是冷静地看着我，我以为他无动于衷，没有想到他很深刻地想到这一点。

为什么许多人看不到这一点呢？他们在国会中高谈阔论的是经济改革、政党改革，可没有人谈论过如何援助各国留学生，认为这是摆不上台面的问题。据有关消息，留学生中有一批人，一直在等候时机，想搞垮我们几个大公司，其中有一些人在留学期间曾受到过日本人的轻视和污辱。他们实力很强，联合中国台湾、中国香港、南朝鲜经济集团。这不是一般经济企业之间的争斗，这是人与人的争斗。这些曾在日本留学的中国留学生，不但不倾向我们，反而背离反对我们。日本的国际化不但成了一句空话，而是成了一个危险的信号……

我看了他写的演讲稿，心里非常明白他所指的那些留学生是谁，他也在指我。从我离开东京的那一天起，他已经看到了我的心灵深处想要击败美子——今天我和李斐已经做到了。

我再翻看文件时，看到有一张磁盘上写道：《我的忏悔书》。那是他离开秘鲁踏上日本时写的笔记，其中写道：

踏上自己的国土时，我感到自己是那么渺小、卑微，我如同一个弃儿，被抛弃在贫困的异国小镇上。那儿贫困、落后、肮脏。如果我一直生活在那儿，将会成为什么样的人？成为和父亲一样浪迹天涯的游子，漂泊客死在异国的浪人。父亲这辈子饱尝了人间的痛苦，失去了爱情离乡背井，生活在那块与日本文化格格不入的国土上，最后身死他乡。他没能再看一眼现在的日本，一个多么令人骄傲的世界经济大国。我感谢父亲，帮我找了他昔日恋人。美子，我少年时心中的天使，是她拉着我的手踏上了美丽的国土。

友子死了，死在我的怀抱里。临死前她说，来世我们会相遇的，我们结婚要一幢漂亮的房子，我答应了她。友子好可怜，母亲生下她就下田干活，不到半年就去世了，她父亲在建设新宿都市中，出了事故也去世了，她从小就没有一个家。她说要有一个温暖的家，可我没有给她，是我害死了她。我一辈子也不能原谅自己。我已经没有了爱，也不想再去寻找，只想成为东京工商界的名人，一个有着亿万家财的继承人。我不想再贫困，不想回到拉着弟妹站在中国料理店门前，想吃两个饺子就是幸福的年代……

我遇见了圣子，她的眼睛多像友子，她一定是友子的幽灵，看我寂寞，所以托灵现身来陪我。母亲曾给我算过命，说我会有第二次刻骨铭心的爱。

原来他一开始就把我当友子，当我看他写的这段自白，心有些凉。他仍爱友子，友子是他第一个恋人。

我飞速地按着键盘，我不想看到他对友子那片深沉的怀念。

她比友子漂亮、聪明，比友子更坚强，她更爱我。友子是典型的日本女性，她期待着所爱的男人去创造财富。可圣子却不是，她用全部的爱来创造新生活，筑一个爱巢。我对不起她，每当看到她拖着沉重的脚步回到家，仍谈笑风生的样子，我心里一阵阵疼痛。我是一个男人，为什么不能给她所要的一切？她丢掉了专业、工作和前途……都是圣子，我从来也没有像今天这样憎恨她。当初她抛弃父亲，父亲含恨离去。如今她占有了我，都是为了她自己。一个多么自私自利的女人，一个貌若天仙却心如毒蛇的女妖，我恨她！我咒她明天就死去！

噢，铃木那么恨圣子，可他从来也没有对我显露过一点儿心迹，他怕别人说他忘恩负义，怕失去现在的一切，原来他的心里也充满了矛盾和痛苦。我不能责备他，他爱我，真正地爱我。

那次他从千岛湖回来写道：

我没有想到圣子答应了我的要求。当我要自杀时，她是那样的恐慌，她的目光告诉我，她一直没有忘记我。可是她没有了以前的活泼、可爱，这些年她经历了许许多多，我听莉莉讲过她的事，可她什么也没对我说……我心里很难过。她原谅了我，我从来也没有像今天这样想她，我要取消与百明子的婚事。我们一起去夏威夷度新婚佳期，我要给她买个钻石戒指。今天去三越看了，等到她来东京时为她定做一枚像皇太子夫人纪子戴的南海珍珠戒指，为她定做一件像美空穿的绣着孔雀的晚礼服。她一定会成为东京最美丽的新娘，谁也比不上她，我今夜好想她，她想我吗？

那是 8 月 10 日写的，是他从上海回来的夜里写的。

他失踪的前一天写道:

我不责备任何人,是我毁了自己的一切。我不恨圣子,自从认识她整整八年我没有给她带去一点幸福,至今她仍独自一人。在日本是我害得她回国,回国后遭受了那么多挫折。如今她有了自己的公司,为什么要她为了我而放弃已得到的一切呢?我是那么自私。

她不原谅我,原来她仍恨我,可我不恨她,我恨我自己!一个负心的男人,没有给所爱的人带来幸福。圣子,恨我吧,诅咒我吧!

一种不祥的预感袭击着我,我感到浑身冰冷。我的眼睛模糊了,如果他真的带着深深的忏悔和对我真挚的爱消逝在这世界,那么我一辈子也不能原谅自己。是我害他走上了绝路。

他从千岛湖回来,不是想着要和我结婚的吗?要为我买像纪子一样的钻石戒指、豪华的日本和服。从认识他开始就期待着这一天到来,在离开公司又去日本料理店上班时,我仍想着这一天:我们穿着和服坐在盛大隆重的结婚厅布满鲜花的台前,他为我戴上结婚戒指,我们含情脉脉地喝完交杯酒,在柔美动听的音乐声中,缓缓走进大礼堂内……

是谁毁了这一切,是谁使我们的期待成为一个虚无的黑洞?是我,不正是我自己吗?我多想放声痛哭,可心里却像铅一样沉重、发闷,哭不出来,我感到一阵昏沉沉。

环顾着布置得和以前一样漂亮的小屋时,我坚信他一定会回来的。那放在窗前的两盆郁金香,是他特意从东京买来的。桌上那束百合花也是新买的,没有凋谢。他知道我会来寻找他的,他绝不会离开我,让我再思念、再痛苦……

电脑里贮存的只是他一时的感情发泄,也许所有这些都是他精心的安排,他要我等待、反省,再给我一个吃惊的意外。只有这样我俩今生今世才能永不分离,因为我俩都经受了爱的熬煎,火的冶炼。

冰箱里他买了许多菜,有青菜、豆腐、冬笋,都是我爱吃的菜。他要过几天回来，等着我做中国料理。或许，他会在夜晚悄悄地开车回来，悄悄地打开门。

有一天夜里，他去看棒球就是这样轻轻地回来。那天我等着他，倦得躺在沙发上睡着了。不知他什么时候回来，他没有打开灯，一条腿跪在地毯上，我在朦胧中觉得脸上有异样的感觉。每个女人都很熟悉所爱男人的气息和细微的温情动作，我喜爱他那微香的气息和在耳边低沉的细语声："圣……"

那天我下意识地睁开眼睛，发现黑暗中有闪烁的光亮，我惊喜地叫了一声。没等我坐起来，却被一双强有力的手紧紧地拥抱住了，我的耳边又响起熟悉的细语："圣子，吓坏你了吗？"

我偎在他怀里，"你为什么吓我？"我有些委屈，"我等了你好久……"

"我想让你吃惊，又不忍心吵醒你，你睡着时的模样好可爱，像天使，我看了好久、好久……"

"以后不要这样。"我深深地感动了。那天夜里，我俩像久别重逢的恋人一样疯狂地做爱，直到天亮才入睡。

今天，当我独自躺在这张沙发上时，多么希望当我睡意蒙眬时，他悄悄地走进来，像上次一样，我会兴奋得发疯。我永远不再和他分离，我愿放弃一切财产、名誉、地位，做一个普通的家庭主妇，做他的妻子，一辈子厮守在他身旁，就像山口百惠那样，为她所爱的人生一双儿女。女儿长得像我，漂亮又聪明；儿子长得像他，英俊又有才气。

我们可以常到这里来度假，开着小车，带着儿女，坐在沙滩上眺望着夕阳的余晖，烤着海虾、箭鱼，喝着日本清酒，围着篝火，跳着日本民族舞。铃木一定会像孩子似的背着儿子趴在地上，装成小熊猫。

我和衣躺在沙发上遐想着，渐渐地进入了梦乡……

第二十六章　永恒的爱

　　一会儿，我听到海风冲击着礁石的巨响，海面上燃烧着熊熊的火焰，层层翻山倒海的波浪朝我胸前压来。我有些喘不过气，想睁开眼睛，可却睁不开，想逃跑，脚却迈不开。

　　我看到在怒吼的海面上，有一条细细的小道伸向远方，在那尽头，有一片闪烁着耀眼光辉的美丽宫殿耸立在光芒中。我隐隐听到叫声，那声音像被海浪淹没似的那么沉闷，断断续续的："圣子，圣……"是他，是铃木在呼唤我，那么焦虑、急促。

　　我惊慌地朝前望去，没有他的身影，只看见一排排黝黑的礁石耸立在我面前，一层层汹涌的海浪冲上礁石，在我眼前涌起。在海浪中，我隐隐看见一个身影，是他，是铃木——他光着脚，头发被风吹乱了，西装也敞开着，朝我奔来。他后面的海波在追逐着他，我拼命朝他奔去，我们彼此都伸出手，然而，我们的距离永远是那么远……

　　那火焰般的怒涛夹在中间，我们的手伸展出，怎么也拉不到一起，我绝望地哭叫着，不顾一切发狂似的朝火海冲去——火海奇迹般地朝两旁闪开了，我终于踏上了那条纤细的小道。我要拉住他，拉住他！不能让他被海浪冲走，我的手指碰到了他的手，他含泪的眼光满是期待。当我的手刚要握住他时，一团白色蘑菇形的巨浪将他罩住，他惊叫一声："圣子……"他被巨浪吞噬了，我扑向前方，声嘶力竭地呼喊着……

　　我猛地从沙发上站立起来，浑身湿透了，像被海水溅湿了一般。我喘息着恐慌地朝窗外望去，只见外面黑黝黝的一片。

　　他没有回来，没有悄悄地像上次那样，一条腿跪在地毯上，深情地望着我。

他不会回来了！一个不祥的预感在我脑际飞速地掠过。

不会的，在天亮之前，他一定会开着那辆白色的轿车回来的，他知道我在这儿等着他。他要我等待，煎熬而痛苦地等待，要我追忆，要我忏悔！够了，我不再企求什么，也不再怨恨美子，更不想复仇。

我只希冀着一个奇迹，他出现在我面前，那就是我的生命与爱。除此以外，我什么都不要。我仍固执地等待着，坚信他一定会回来的。他买了几盆郁金香，买了中国料理的调料品，难道不是等我回到这别墅来吗？

我坐在幽绿色的台灯下，没有开灯，静静地望着窗外的星星。直到拂晓窗外掠过两只海鸥，我推开窗，看见管理人正在海滩旁，收拾着昨夜游客们丢下的垃圾塑料袋。

他看见了我，打着招呼；"清晨好！10点钟，我送报纸来。"只要这些别墅住人，他总是按时将当天报纸送来。

我感到有些饿，昨天夜里也没吃晚饭，一直等着他回来。我打开冰箱，取出牛奶和鸡蛋。他不喝牛奶，清晨喜欢喝咖啡。可他买好了牛奶，是为了我，他知道我会来的，那么他也一定会回来的。

当我煮好了牛奶鸡蛋，门铃响了，我的神经紧张地跳动起来，他回来了？他为什么按铃？他有钥匙的呀！我只感到心突突地跳着，仿佛一个初恋女孩马上要见到心爱的人一样。

噢，我还没梳头还没化妆呢。我匆忙走到镜子旁，昨夜没睡好，眼睛有些浮肿，脸色也不好。我可不能让他看到我那么憔悴。我匆匆拿出化妆盒，抹了些粉底霜，又涂了口红，将头发梳理了一下。

门铃又响了一下，他一定等得不耐烦了，可为什么自己不开门？不悄悄地走进来呢？为什么按门铃，显然他知道我在屋里。噢，一定看见窗帘扫开了，今天清晨我才打开那白色的窗帘。不会是百明子吧？她已经去了美国。

我跑到门前，心里有些慌张，他进来后会不会一下拥抱我，会不会幽默地说："夜猫子终于回来了。"我心底充满了欢乐。我不想马上将门打开，迟疑了一会儿，等平静了，我慢慢地将门打开。

我惊愕地竟说不出一句话，眼前不是他，不是我日夜思念的铃木俊雄，竟是李斐！

"你……怎么到这儿来了？"我的心一下子沉了下来，他不是去美国了吗？他为什么老是像间谍似的跟踪我，我美好的遐想如泡沫似的消逝了。我多么希望是铃木出现在我的面前，可为什么阴差阳错，我不爱李斐，他偏偏要在这个时候出现在我面前。

他很歉意地说："我不放心你来日本，推迟了去美国的日期。昨天我来东京想再看你一眼。"李斐的眼中充满了焦虑，他好像满腹心事。

"为什么要一直跟着我，你不是答应让我安宁吗？"我实在不能忍受他在这个时候出现在我的面前。

他为什么不让我安宁，他一开始就把我当作一个猎物、一个目标。所有的人都是他的猎物。燕燕为他甩掉恋爱了四年的男友，又差点自杀。可他根本不爱她，仅仅是把她当作猎取情报的一台机器。而我呢，从一开始办公司，就已经进入了他的圈套。这圈套是我为了复仇而钻进去的，我俩为了不同的目的，同流合污演出了一场多么精彩、辉煌的戏。

是的，人生不就是一场戏吗？如今这戏已经结束了。我累了，想找一个安静的地方憩息疲倦不堪的身心，在这世外桃源和我深爱的铃木俊雄共度人生。我俩将与世无争，抛弃世俗一切的争夺、嫉妒、报复。依偎在樱花树下编织绚丽多彩的生活，沉浸在家里共享情爱欢乐，并肩坐在礁石上欣赏大海风光……

就这些，我已经满足了，不要再让金钱、地位、复仇来扰乱我那颗已安宁的心。

我默默地站立着，怨恨地望着李斐。因为他的到来，我下意识感觉到，我所有绚丽的人生之梦不可能再实现了。他要跟随我，追踪我，没人能改变他那坚如磐石的信念，是法海大师传教给他的人生之道：信念坚如磐石。

"能否让我进来？我想和你说一句话。"李斐显得很着急。

"为什么？为什么你不肯放过我！"我再也忍不住歇斯底里地喊叫起来。

"你冷静些，好吗？冷静些！"他两臂抓住我的肩膀，"现在不能告诉你为什么？你会受不住的。"

几夜未睡，几夜等候，我感到很累、很累。如果是铃木出现在我眼前，我一定会重新容光焕发。可现在，感到浑身瘫软，乏力。我走进屋慵懒地坐在沙发上："你究竟想干什么？"

李斐跟着走了进来，他蹲在我面前，无限柔情地说："圣，我知道你现在心情不好，知道你在等铃木，可是……"他看着我。

"他怎么啦？"我觉得他有什么事隐瞒着我，难道他……不祥的预感笼罩了我的心。会不会李斐暗害了铃木，他一定知道铃木在什么地方。他的情报网布满世界各地，连日本黑道也有他的朋友。他会治枪伤，治瘫痪，又会武术、会气功，这些使他得益不少。

他成了日本各阶层都非常欢迎的人。但是谁也不知道他是一个多么出色的科技情报特工员。

他能向我透露他的内幕与心中的矛盾，我很感动，因为他爱我。既然爱我，就应该让我幸福，而不应该毁灭我的爱。

"我求你，不要缠着我好吧？如果我不幸福，你会感到高兴吗？"

我的声音几乎是恳求，我从来也没有以这样的口吻对他说过话。

"不，从今天起，我绝对不能离开你。"他那双十分敏锐的眼睛自信地望着我。

"我不爱你，不爱你！不需要你跟在我身旁，我不需要一个保镖！"我冷酷地对他说。他的目光中闪出一丝忧郁，继而消失了。

"我告诉你，你不要再去跟踪铃木，也不要去寻找他，如果他有什么不测，我一辈子都要恨你，恨死你！"我几乎咬牙切齿充满了仇恨地对他说。

"噢……"李斐仿佛失控似的用手捂住了自己的脸，他离开我走到窗外，我看见他仍低垂着头。

许久，许久，他才慢慢地转过身来："你一直在误解我，一直以为我是个冷酷无情的人，一个不会爱的人。如果我真是这样，就不会亲自到这里来接你了。"

"接我，你在说什么？接我去美国吗？"我觉得李斐今天语无伦次，神情恍惚，他一定干了什么？

"你一定知道铃木在什么地方？"我逼问道，"告诉我他在什么地方。"

"我知道他在什么地方，但你一定要冷静，答应我，要冷静，好吗？"他的态度很和蔼亲切，"我怕你受不了，不忍心看到你难过，伤心，更不忍心看到你突然有什么意外，我原不想赶来，想在电话里告诉你……可是我还是从热海医院赶来了。"

"热海医院？"我疑惑地问道，"铃木住在热海医院，他被谋杀了？告诉我，究竟出了什么事，快告诉我！"我猛地从沙发上跳了起来，拼命地摇着他的肩膀，只见他像一块石雕似的站立着，凭我摇摆，厚厚的嘴唇紧闭着。

"告诉我，铃木为什么住在热海医院？"我逼问道，"一定是你害了他，你派人害了他。"我见李斐闭上眼睛低下了头，我发疯似的捶打着他，"为什么你要这样……"我顿时感到一阵晕眩，站立不住了。

他用双手扶住我："他昨夜投海自杀了……"他一字一字地吐了出来。

不，不可能，他根本不可能去自杀。他买好了绍兴酒，买好了做中国料理的材料，买好了我喜欢的郁金香，还把我的睡衣叠得整齐地放在右边的枕头边。他在等我回来，等待我回到我们共同度过良宵的伊豆别墅。

他是个意志坚强的男人，绝不会自杀。电脑里的文章还说着，等我过生日送我一房间的玫瑰花。

有人谋害他？是谁会这样卑鄙无情呢？

"这是今天的报纸。"李斐拿出一张《朝日新闻》，一行醒目的黑色标题出现在我眼前：

国际化企业家铃木俊雄昨夜投海自杀，现在正在热海医院抢救，生命垂危……

不，他不可能自杀，他不是意志软弱的男人，我仍不相信。可当我看到报纸上的照片，他鼻子里插着氧气管躺在病床上，是他！我只觉得一阵头晕目眩。

"圣子……"我在恍惚中听到铃木在叫我。当我睁开眼睛，我已坐在轿车里，李斐一只手扶着我的肩膀，"你冷静些，我尽快送你去，一定要冷静。"他对我说，"他仍在抢救中，只有你才能使他醒过来。"

"为什么不早告诉我？"此时此刻，我觉得李斐是我半个生命，因为有了他，我才不致倒下去。如果他不来，在电话中告诉我，我不知道在开车的途中会有什么意外。说不定没有见到铃木，我自己先出了事。现在有了李斐，我觉得有了依靠和支柱。此时此刻，他又变成了我的老大哥，我对他没有怨恨，只有敬仰和信赖。

"快，快开，他在等我，一定在等我！"我催促着。车在高速公路上飞快地奔着，时速达150公里。我抓住他的手，他在我身旁，我好像镇静些了。

伊豆离热海医院不到几十公里，半个小时，我们就开到了医院。当李斐刹住了车，只见医院门口一群记者围了上来，他们显然已经认出了我是谁。

我的照片曾在铃木失踪后的第二天登在妇女周刊上，上面有美子、我和百明子三人的照片。他们用醒目的标题写道：中国与日本两大美人的争夺战，国际化企业家铃木俊雄的桃色逸事。

这次我是悄悄地来的，没有一家杂志知道。今天我突然出现，那些小报与三流杂志的记者一下子认出我来了，连电视台的摄像机都对准了我。

李斐成了我的保镖，我好不容易从记者群中冲了出来。当我跨进医院的门时，又被一群穿便装的警察挡住了："对不起，谁也不能进去，目前正在抢救中。"

李斐从上衣口袋里掏出证件。我不知道他又拿出什么证件，也许是外务省发的特别证件，他要什么证件都会有的。"这位是林圣薇小姐，特意从中国赶来的。"

"是圣子小姐？"便衣警察也认出了我。

他们让出一条路让我们进去，我发了疯似的奔跑进去。

在急诊手术室的走廊里，我看见了美子。她穿着一身白色的套装。她看见我，惊喜地想从轮椅上站起来："圣子……"她抓住我的手，颤颤地叫着。

她一下子又老了许多，像60岁的老太太："是李斐给铃木输了血，哦，谢谢你！"美子朝李斐鞠躬道谢。

"对不起你，我错怪了你！"我很内疚地对李斐说。

"别说这些了，快去看他吧。"

"他一醒就在叫你的名字，我真受不了……"美子含着泪说。

此时此刻，我和美子成了一对共患难的朋友，我们的手握得那么紧，那么紧。以往的怨恨在铃木生死垂危的关键时刻都烟消云散了。为什么人们偏要等到这时候才互相谅解、宽容呢？

美子对守在门口的警卫说："她是圣子，让她进去吧。"一位主治医生走了出来，无奈地对美子说："你们有什么嘱咐快说吧。"

我迫不及待地走到了床前，轻轻地叫了一声："……铃木，是我。"

我没让自己流出眼泪。好久，他才慢慢地睁开眼睛，他那双冷峻的眼睛一刹那闪出耀眼的光，他的嘴角嗫嚅着："……圣子，我又看到你了……"

"我来了好几天了，住在别墅里一直在等你。"

"我也在等你，昨天住在对面的宾馆里，能看到我们的别墅，昨天没有灯光，我没有勇气再回到那儿去。"

"昨天我没开灯，我等着你！我想你会悄悄回来的……"此时此刻，我好后悔为什么不开灯？如果他在对面的热海宾馆看见房间里开着灯，他一定马上会驾驶车来的。可我俩却彼此在对岸等待着，难道这一切都是命运安排的吗？

当时，我曾有一个闪念，想开灯，手抬起又放下，我想在黑暗中等待光明的到来。

"我喝了许多酒，一个人走出去，站在礁石上，好像看到了你坐在桌前，可又没有……"

我知道他不会自杀的，一定喝得酩酊大醉，滑到礁石下了。他是为了等我，等我呀！

"你来了，我好幸福……"他的声音低弱下来了，目光渐渐地暗淡了。

"我梦见长得像我一样的男孩……他叫我爸爸，我好喜欢，当我要去抱时，他却跑了……"

我再也听不下去，泪如泉水般地流了出来。可我不能放声大哭，我要坚强地忍住，也许我们之间只有几分钟，几分钟的时间了……

为什么？为什么人要死？死了还能复生吗？如果能，我来世一定要去寻找他。我愿放弃一切，守在他身旁，为他生一双儿女。

"我对不起你！"我泣不成声。

"是我不好……"

我听到美子在哭泣："……是我，是我害了你们两人，原谅妈妈吧！妈妈跟你一起去。"美子泣不成声，她那双干枯的手抖抖地抓住了铃木的手。铃木含泪望了她一眼，微微地点了头：

"谢谢你，抚养我多年……对不起，我不能照顾你了……"

如果这死亡能让我去承受，那么我将毫无怨言地去承受。活着的人比死去的要痛苦。

铃木无力地抬起手指了指枕头边，示意我去拿。我看见枕头旁有一只红色的盒子，我取了过来。铃木示意我打开，里面竟是一只闪闪发光的钻石戒指，那是五年前我和他去西武商店时，我看中的一枚结婚戒指。

他用手轻轻地指了我的右手无名指，要我戴上。他喘息着，颤抖着将戒指戴在我的手指上，那干裂的唇边露出一丝微笑。他将我的手放在自己的面颊上……我没有勇气看他，用手掩住了脸，我不能让他看到我绝望痛苦的神情，不能在他弥留之际看见我难过。

让他带着我的微笑，我的甜蜜与爱离开这混浊、龌龊、充满了奸诈的世界，安心地去极乐天国。若干年后，仍再转世成一位风度翩翩的少年，那红润富有性感的双唇，那冷峻而充满了爱情的双眸……

到那时，我们还能相遇在富士山下吗？他还能如痴如醉地拥抱我，亲吻我，给我那令人销魂忘却一切世俗幽怨，人性达到最辉煌顶点的狂欢之夜吗？

他是一个男人，真正的男人！他的整个生命在那个时刻能够让他所爱的女人达到尽善尽美的境界，他那创造生命的丰碑为所爱的女人而奉献。当这座雄伟的丰碑倒塌下去，到达生命的全部尽头，我的生命与爱也已永远结束！我与他同生、同爱、同亡。虽然我的身躯仍在，可我的灵魂也将与他同去。

那双握住我的手渐渐地冷了，缓慢地松开了。我看见了一个安详的面庞，曾经狂热亲吻我的双唇紧闭着。

我慢慢地伏下身，在那还有余热的唇上印上深深的一吻。他那双冷峻而明亮的双眸，如今已永远闭上了，再也不能睁开了。

我又在那闭上的眼睛上深情地吻了一下。再睁开双目看我一眼吧，看看你的圣子，你为什么抛下她独自先走了？

也许几百年、几千年后，你仍会睁开眼睛，一定比现在更明亮！你仍会在芸芸众生中把我寻找！今世我们没有举行婚礼，可戴上了这枚戒指，来世一定会喜结良缘的。

你那浓密长长的睫毛再也不会闪动了，像个安静入睡的婴儿一样进入梦乡……

噢，你看见友子了，她展开手臂朝你奔来，你们又相会了是吗？我为你感到高兴，我不再悲伤了。

噢，你看见我们的孩子了，他蹒跚地向你走来，你们相会了是吗？我为你感到高兴，我不再悲伤了。

去吧，安息的灵魂……

我握住了他的一双手，那双手仍是那么温暖，柔软。它似一团火焰，点燃起我生命之火，焚烧着禁欲的封条，它使我的灵魂进入一个奇妙无比的天地中，我久久地握住曾经打开爱之锁的神奇的双手。

此时此刻，我没有眼泪，没有悲伤，我冷静地望着他，一个走向天国安宁的灵魂。他是幸福的，幸福地离开了这人世，所爱的人伴随在他身旁。他不孤独、不凄凉，一生辉煌、浪漫。

他走了，留下了我。我是孤独的、凄凉的，我去哪儿？去哪儿？

去中国？那儿有我的爱吗？昔日敏的爱是那么苍白、黯淡，我不再怀念；斐的爱，太牵强，跟他去美国？不，那儿不是我的天堂，我不想再开辟新天地……

留下来，住在日本？住在美子留给我们的那幢别墅里，每天站在窗前观潮涨潮落，忆无限往事？不，我不能再回到那别墅里，那儿有铃木留下的一切。

我抓住铃木的手感觉到他没有走，仍在我身旁，我为什么要想着去哪儿呢？永远和他一起同生同爱同死不更好吗？

"圣子，别难过，人死不能复生……"那是斐的声音，我茫然地抬起头，看见美子伏在铃木的胸前低垂着头呜咽着。我无言地望着她，我与她之间的怨恨随着铃木的去世永远地消除了。

这个曾经逼得我走投无路的女人，是她使铃木在那风雨交加的夜晚，喝醉了酒一个人待在月台上，是她害了我和铃木东西分离今生不成良缘。

往日风流美艳，能呼风唤雨的美子，如今成了一个瘫坐在轮椅上的病人，现在是日落西山，无一丝光彩，我怎能再怨恨她。我走到她的面前轻轻地说："他走了，我也要走了，你多保重。"

美子的身体颤抖了一下，她颤抖地抓住我，用幽幽的声音对我说："你不要走，不要走。"

"以后我会来看你的，将他的牌位设在那幢别墅里，那是他喜爱的地方，过几年我会去的。"

"都走了，走了……"美子失神的双眼望着安详入睡的铃木俊雄，她的儿子，她的恋人，她的生命与希望！

李斐一直跟在我身旁。我再一次走到铃木俊雄的遗体旁，久久地凝视着他……

在那太阳沉没的远方，有一片极乐净土，他已经迈过了火焰和怒涛走进了那里。

"死"不是一切毁灭，这是一种错觉，"死"是朝新生走去的起点。

灵魂在心脏停止的一瞬间，从肉体中脱出，犹如水一样，形成了蒸汽上升变成了云。云又转化成雨和雪降到了地面，湿润了草木，孕育了万物。当太阳升起时，那地面上的水又变成了水蒸气上升……

这是大自然的循环规则，灵魂也是如此，它与大宇宙的波动韵律相吻——从人体内越出，净化升天，进入灵界，生与死是反复的魂的轮回。

所以我没有痛哭，痛哭会扰乱他踏上天国之路。他会放心不下我，他不想看到我流泪伤心。以前当我哭泣时，他会吻干我的泪水。

哦，如今没有人能吻干我的泪。所以，我不应该哭泣。如果我微笑着活在世界上，那么他那逝去的灵魂也会安宁。几百年，几千年后，他会从那个冥冥世界中奔出来，脱胎转世，寻找他前世的爱。

我又在他的双唇上印下了最后一吻，他是幸福的，有爱人向他吻别……

死去的人并不痛苦，真正痛苦的是活着的人。

当我离开这世界时，会有一个我爱他，他也爱我的人这般虔诚地向我吻别吗？

噢，别了，我的异国之恋！

我毅然转过身，朝门口走去，李斐仍紧跟在我的身旁。

我们又一次冲出记者群和成千上万崇拜铃木的民众。一位女记者紧紧地跟在我的身后，她没有问话，也没有打扰我们。

我不知道朝哪儿走，不知道去哪儿……

走呀走，不知道走了多少路，看见一块礁石，那不是我俩曾经坐过的礁石吗？我们坐在上面观看海浪。我们坐在沙滩上，仰望着蓝天，想起了我们第一次在海中漫游，还有温泉别墅中的新婚之夜……

我看见一颗闪亮的东西，那是他送给我的钻石戒指。这是我们共同生活在一起爱的信物，我慢慢地摘了下来，松开了手，戒指落进了海中。将所有的一切还原于大自然之中，那爱与恋、悲与欢……

李斐仍在我身旁："圣，你哭吧，痛痛快快地哭，这样会好些的。"

"圣子小姐，我知道你很难过，以前我采访过铃木先生，他告诉我，他的爱在中国，我一直等待着想采访你。不要难过，你是幸福的，因为你得到过真正的爱，得到过许多女人都没得到的爱……"那位女记者盈着泪对我说。

"谢谢……谢谢你。"我有礼貌地朝她致谢。

她把我紧紧地拥抱住："我能为你做些什么？"

我在海滩上写下了一行字："铃木俊雄，我永远爱你！"当我注视着这行字时，一层薄薄的波浪迎了上来。当海浪退去后，那行字却消失得无影无踪了。

"圣，忘记一切吧，重新开始。"是李斐的声音。

我十分感谢地抬起头看着他，"谢谢你，以前我一直错怪你。"

"相信我吧！"李斐的目光是那么坚定。他也是一个男人，是一个真正的男人，一个为祖国、为事业而献身的男子汉。今生我与他似乎无缘相爱，但他永远是我推心置腹的朋友，一位值得信赖的老大哥。

我不忍心去伤害他。为了我，他从中国赶来，到热海医院为铃木献了血，他的爱是博大的，那么我的爱也应该是博大的。

我望着他，在他的额前深情地亲吻了一下。抬起头看见前方教堂的十字架，这时，我听到一阵悠扬、响彻云霄的钟声。那是教堂里的钟声，又是一对新婚佳人在举行结婚仪式，一辆铺满鲜花的马车在银杏树丛里奔跑着。

随着那马车消逝的影子，我看见教堂顶上的十字架，它直冲云霄，那么庄严，那么肃穆。在那十字架上我看见了披着白色婚纱的新娘，一双美丽的丹凤眼，那么美。她的身边是一位英俊的少年，他含情的双眸深情地望着前方。一对多么相配的异国新婚爱人……

我默默地望着他，没有悲哀，没有眼泪。我们信步朝那教堂走去，耳边响起了清脆的钟声……

尾　声

　　李斐走了，去了美国。这几年，没有他的消息，也不知道他的地址，但是我相信他一定能闯过这个难关的。后来有朋友告诉我，有人在曼哈顿的街上看到他，据说他在一家银行工作，一个人租了一套别墅。

　　我仍在那家公司工作，蒋儒煜回到了台湾的分公司。铃木去世后，美子拒绝治疗，不久也病死在医院。按照她的遗嘱，成立了一个铃木慈善组织，她的财产全做了基金，赞助那些在战争中流浪到海外生活艰苦的日本人，帮助他们的子女回归祖国。

　　好久，我才收到李斐一封简短的信，上面说了好些人生的体验与感受。

　　我感到地球越来越小了，我们之间的距离也越来越近了。

　　我想他一定会凯旋的。在太阳升起的东方有一个人在等待着他。